DE 1800 A 1812

Un

Aide de Camp

de

Napoléon

MÉMOIRES
DU GÉNÉRAL Cte DE SÉGUR
DE L'ACADÉMIE FRANÇAISE

PARIS

LIBRAIRIE DE FIRMIN-DIDOT ET Cie

IMPRIMEURS DE L'INSTITUT, RUE JACOB, 56

—

1894

DE 1800 A 1812

Un

Aide de Camp

de Napoléon

TYPOGRAPHIE FIRMIN-DIDOT ET Cie. — MESNIL (EURE.)

PHILIPPE-PAUL, Cte DE SÉGUR,

Général de division, pair de France, membre de l'Académie française,
1780 - 1873.

D'après le portrait de GÉRARD.

DE 1800 A 1812

Un

Aide de Camp

de

Napoléon

MÉMOIRES DU GÉNÉRAL Cᵀᴱ DE SÉGUR

DE L'ACADÉMIE FRANÇAISE

Édition nouvelle publiée par les soins de son petit fils

Le Cᵗᵉ Louis ᴅᴇ SÉGUR

PARIS

LIBRAIRIE DE FIRMIN-DIDOT ET Cᴵᴱ

IMPRIMEURS DE L'INSTITUT, RUE JACOB, 56

—

1894

AVANT-PROPOS DES ÉDITEURS

Le comte Philippe de Ségur, général de division, pair de France, académicien, naquit en 1780 et mourut en 1873. Sa vie dura près d'un siècle et brilla d'un vif éclat dans la guerre, la politique et les lettres. Engagé simple soldat en 1800, il devint général en février 1812 et ne cessa de combattre jusqu'à la fin de l'épopée impériale. Il fit toutes les guerres de l'Empire dans l'état-major de Napoléon ou à la tête de corps d'élite.

Également passionné pour la gloire des armes et pour celle des lettres, il occupa ses loisirs, après la paix à écrire de nombreux ouvrages, publia en 1824 sa célèbre narration de la campagne de Russie qui eut un si grand retentissement dans toute l'Europe. Son œuvre principale intitulée *Histoire, Mémoires et Mélanges* en huit volumes parut en 1873 après sa mort. Elle comprend l'histoire complète de Napoléon et les souvenirs personnels de l'auteur. Comme le titre l'indique, dans cet ouvrage, se trouvent deux parties : d'une part les grands faits de cette époque incomparable racontés et appréciés de haut par l'écrivain éloquent et consciencieux, d'autre part les mémoires personnels du général, le récit de ce qu'il a fait et ressenti.

C'est cette partie vécue si attrayante et si dramatique que nous publions à part, pour la première fois, sous le titre de *Mémoires d'un aide de camp de Napoléon*.

L'auteur consacre d'abord quelques pages à son père, le comte de Ségur, célèbre ambassadeur auprès de la grande Catherine, qui conclut le premier traité entre la France et la Russie, fut l'un des combattants français de la guerre d'indépendance des États-Unis, un conseiller d'État et grand-maître des cérémonies de Napoléon I\u1d49ʳ, académicien, enfin pair de France. Il sera souvent question de lui dans les Mémoires de son fils. Dans cette introduction le lecteur trouvera aussi quelques traits de la vie de l'aïeul du général Philippe de Ségur, le maréchal de Ségur, le héros de Laufeld et de Clostercamp, ministre dela guerre de Lonis XVI pendant la guerre d'Amérique, criblé de blessures dans les batailles les plus fameuses du dix-huitième siècle.

Enfin l'auteur retrace les premières années de son enfance, pauvre et proscrite, au milieu de la tourmente révolutionnaire.

INTRODUCTION

I.

Je commence les souvenirs de ma vie en parlant de mon père. Il avait, avec un esprit orné, vif, abondant, fin et profond, une constante bienveillance, une bonne foi pleine de candeur et la douce gaieté d'un naturel heureux et d'une conscience pure et confiante. Quelle que fût sa perspicacité, une âme si loyale, si douce et si aimante, tombée tout à coup de la cour de la grande Catherine, où il avait été ambassadeur, comme d'un autre monde, au milieu de notre Révolution, n'en devait comprendre les passions qu'après en avoir éprouvé les atteintes. Il crut aux vœux que la Reine lui avait confiés ; sa douleur l'avait profondément ému : elle venait de lui persuader qu'elle était disposée à des concessions raisonnables.

Et d'abord, il essaya de se servir de ses liens d'amitié et de parenté avec les chefs des différents partis innovateurs, pour les rapprocher de cette princesse. Mais c'était

a.

tenter l'impossible. Dans leur rivalité de faveur populaire, aucun de ces chefs, dépassé, entraîné par tous ceux qui l'environnaient, ne pouvait répondre, le jour suivant, de sa parole et de ses intentions de la veille. On fût demeuré seul et déchu de tout ce qui faisait la puissance ; on eût été exposé, d'une part, à l'animadversion des siens, tandis que, de l'autre, on n'aurait rien regagné dans le cœur d'une Cour et d'une aristocratie dont l'orgueil révolté et les intérêts blessés étaient implacables.

La reine elle-même de son côté, entourée de défiances et de passions, n'était pas plus maîtresse de ses propres déterminations. Aussi dès ses premiers pas conciliateurs vers les chefs libéraux, quoiqu'il ne les eût tentés que d'après le désir de cette princesse, mon père devint-il l'objet de sa défiance. Il eut en même temps la douloureuse surprise de se voir tout à coup en butte à la haineuse répulsion de tous ceux de ses anciens amis qui, regrettant tout et voulant tout ressaisir, paraissaient à la reine ses partisans les plus sûrs et les plus fidèles.

Il arriva pourtant à plusieurs reprises, qu'au milieu de cette tourmente de passions ennemies la réputation d'habileté, de modération et de loyauté de mon père apparut à nos malheureux princes comme une branche de salut. Trois fois entre autres, dans leur détresse toujours croissante, ils y eurent recours ; d'abord en le choisissant pour leur ambassadeur à Rome ; puis en lui offrant le ministère des affaires étrangères qu'il ne put accepter, et enfin en le nommant leur ministre plénipotentiaire à Berlin.

Mon père ne partit même pas pour Rome ; le Pape avait refusé de le recevoir ; tout accord de ce côté était devenu impossible. Quant à sa mission de Berlin, je tiens de lui-même qu'il ne voulut recevoir d'instructions que du roi et de la reine exclusivement. Malheureusement cette précaution fut inutile. Ces instructions furent toutes pacifiques ; mais soit dissimulation de nos princes avec leur ministre plénipotentiaire, soit qu'après son départ ils aient été entraînés dans une autre politique, le fait est que son dévouement fut tourné contre lui-même et qu'il y fut sacrifié ! Après s'être épuisé en vains efforts, s'apercevant qu'il était joué et calomnié par ceux qu'il voulait servir, ou plutôt par leurs conseillers aveugles, il lui fallut renoncer à conjurer le péril où sa clairvoyance les jugeait dès lors près de succomber.

On approchait alors de la catastrophe du 10 août et des massacres de septembre.

Quand cette désastreuse époque arriva, rebuté, découragé par la défiance du Gouvernement qu'il avait en vain essayé de servir, il s'était retiré depuis deux mois à sept lieues de Paris, à Fresnes, chez son beau-frère, M. d'Aguesseau, où la nouvelle des profanations démagogiques du 20 juin et les cruautés du 10 août vinrent, sans le surprendre, accroître sa douleur pour l'infortune des vaincus et son horreur pour les fureurs révolutionnaires. Bientôt les atrocités des 2 et 3 septembre s'étendirent jusqu'à la retraite où il ne lui restait plus qu'à s'efforcer de préserver sa femme et ses trois enfants de cette irruption de barbares. Une bande de ces démagogues poursuivait un gros fermier du lieu, suspect de royalisme et dénoncé comme accapareur parce qu'il était riche ; ces forcenés s'en étaient saisis, et, sans autre forme de procès, ils apprêtaient son supplice quand mon père accourut : il les harangua avec tant de bonheur que, subitement transformés, ces massacreurs passèrent tout à coup d'une horrible rage à un enthousiasme d'humanité non moins exagéré. Dans leur nouveau transport ils forcèrent de boire et de danser avec eux autour de l'arbre de la liberté le malheureux fermier encore pâle et tremblant, qu'un instant avant ils allaient impitoyablement pendre aux branches.

Revenu à Paris pendant le sinistre hiver de 1792 à 1793, il y trouva commencée cette Terreur qui ensanglanta, qui déshonora la France et la dégoûta si longtemps de la liberté. C'était un moyen de gouvernement dont on va voir que nos nouveaux historiens, admirateurs de Danton, ont le droit de lui rendre hommage. En effet, cette invention politique dont il s'est effrontément vanté date surtout de son ministère de la justice et des massacres qu'il a organisés et avoués ; en voici la preuve.

Quelques semaines après cette boucherie de prêtres, de femmes et de vieillards prisonniers et inoffensifs, mon père le rencontra. Danton l'aborde, engage l'entretien, et mon père, l'interpellant sur les horreurs de ces deux journées, lui dit qu'il n'en comprend pas le motif, le but, et comment lui, ministre de la justice, n'a pu ou les prévenir, ou du moins en arrêter le cours. Tous deux en ce moment marchaient à côté l'un de l'autre ; Danton s'arrête, regarde en face mon père, et avec son cynisme trop connu, il lui répond : « Monsieur, vous oubliez à « qui vous parlez ; vous oubliez que nous sommes de la « canaille ; que nous sortons du ruisseau ; qu'avec vos « principes nous y serions bientôt replongés, et que nous « ne pouvons gouverner qu'en faisant peur ! »

On comprend qu'après une telle déclaration, la conversation dut tourner court, et que mon père s'empressa de se séparer d'un monstre capable de se vanter d'un système de forfaits les plus odieux qui aient jamais souillé les pages de l'histoire !

Peu de jours après, et à deux reprises, mon père fut arrêté. La première fois, une de ces tendres amitiés qu'il savait si bien inspirer l'arracha des mains des terroristes ; la seconde fois ce fut son courage seul qui le sauva. Conduit devant le Comité révolutionnaire de la section, pour avoir refusé de monter la garde aux portes du Temple où le Roi était prisonnier, il prit le noble parti d'expliquer nettement à cette assemblée d'hommes ignorants et passionnés son invincible répugnance : « Était-ce à « lui, naguère ministre de ce prince qui tant de fois « l'avait comblé de bontés, d'aller se joindre à ses geô- « liers, et peut-être de se voir forcé à arrêter de sa main « le monarque infortuné dont il avait eu la confiance ! « N'y avait-il pas mille autres postes où il pourrait être « utile à l'ordre public sans inspirer à ses concitoyens « une juste défiance? Partout ailleurs il remplirait son « devoir sans manquer à des sentiments, que sans doute « la conscience de tous ceux qui l'écoutaient leur faisait

« comprendre, et que tous à sa place éprouveraient ! »

Heureusement, la courageuse franchise de cette déclaration vibra dans tous les cœurs. Il y eût un cri général
d'approbation ; le dénonciateur, troublé, stupéfait, se vit
honteusement chassé, et mon père fut ramené chez lui
en triomphe.

Cependant, les Girondins déjà si loin de leur point de
départ, et si coupables, ignoraient qu'ils étaient à la veille
d'être entraînés, par l'esprit de faction et par la peur,
jusqu'au plus lâche et au plus odieux de tous les crimes !
Janvier 1793 commençait, et mon père faisait près
d'eux, pour sauver l'infortuné Louis XVI, des efforts
qu'il ne devait pas croire inutiles. En effet, la veille
même du fatal jugement, il reçut des plus éloquents de
ses juges les promesses les plus rassurantes. Vergniaud
surtout eut avec lui jusqu'à des épanchements de conscience. « Qui, lui, voter la mort de Louis XVI ! C'était
« l'insulter, s'écria-t-il, que d'oser le supposer capable
« d'une action aussi indigne ! » Il en détailla l'affreuse
iniquité, il en signala l'inutilité, le danger même, et il
est hors de doute qu'en ce moment, ce Girondin s'en
croyait lui-même incapable. Ce fut pourtant ce crime
odieux que, peu d'heures après ce désaveu, de funestes
engagements de parti et les terribles entraînements
d'une tribune révolutionnaire lui firent commettre ! Ce
malheureux, après avoir voté la mort, vota même contre
tout sursis.

Il était impossible que mon père songeât à retourner
à Fresnes où son beau-frère, M. d'Aguesseau, s'était re-

tiré. Cette réunion de famille dans une grande terre eût
alléché la cupidité féroce des *batteurs de monnaie en
place publique!* La prudence voulait qu'on se dispersât.
Il acheta donc à trois lieues de Paris, près de Sceaux et
dans le village de Châtenay, une petite propriété qui
devint notre retraite. Ce fut là qu'il recueillit le maréchal de Ségur, mon grand-père, que les souvenirs de ses
glorieux faits d'armes et des sept années de son administration sage, économe et bienfaitrice au ministère de
la guerre, signalèrent à la proscription.

Bientôt des commissaires du Comité de Salut Public
vinrent l'arracher de nos bras! Leur brutalité fléchit à
l'aspect de ce vieux guerrier couvert de blessures! L'un
d'eux voulut cependant mettre la main sur lui, mais l'é-
tonnement de ce vieillard illustre et son regard ferme,
froid et imposant, arrêtèrent ce malheureux; il recula et
demeura respectueux pendant le reste de l'indigne mission qu'il accomplissait*. Toutefois il refusa d'accepter
le dévouement de mon père qui s'offrait avec instance,
ou pour remplacer mon grand-père dans la prison, ou
pour partager la captivité qu'on lui préparait.

---

* Quatre-vingts ans plus tard, en 1871, le général Philippe de
Ségur, son petit-fils, subit à Paris les douleurs du siège et de la
Commune. La scène suivante ne nous rappelle-t-elle pas l'émouvant
épisode de Châtenay?

« Un jour, des délégués de la Commune, revêtus de l'uniforme militaire, vinrent faire une perquisition dans l'hôtel du général. Il eut
une attitude si digne qu'il leur imposa le respect. Après quelques
paroles, troublés, incertains, les délégués renoncèrent à leur mission.
Seulement, l'un d'entre eux, en se retirant, changea soudain de lan

Elle dura six mois : on l'avait jeté à la Force, dans un cachot où il n'eut pour lit qu'un matelas étendu à terre sur une paille infecte. Le calme inaltérable et la sérénité constante de son âme soutinrent sa santé dans cette dure et froide prison ; il y fut respecté et même soigné par ses compagnons de captivité, ouvriers de la dernière classe du peuple, car les victimes étaient de toute espèce. Heureusement l'impudeur des terroristes hésita à faire monter à l'échafaud un vieillard mutilé au service de la patrie, pauvre, et sur lequel il n'y avait rien à confisquer. Pourtant l'impatience de l'un de ces scélérats, dont la cruauté a déshonoré le talent supérieur, marquait déjà le jour du supplice, quand la révolution du 9 thermidor commença celui de ce misérable.

Pour nous, restés consternés à Châtenay, nous recevions la liste quotidienne des fureurs des Conventionnels et des noms de leurs victimes. Chaque jour nous apportait la nouvelle du supplice des femmes les plus douces, les plus belles, les plus inoffensives, d'enfants même et des vieillards les plus vénérables : il suffit de citer les Vintimille, les Malesherbes et cette duchesse d'Ayen, sœur de ma mère, mère elle-même des pauvres, et dont Fouquier-Tinville demanda et obtint la mort !

---

gage et pria le général de leur donner de l'argent. A ce mot, le général changeant aussi de ton et d'allure : « Sortez d'ici, leur dit-il, « vous déshonorez l'uniforme. » Il ne parlait plus comme la victime déjà prête qui brave et intimide ses meurtriers, il parlait comme un général à des soldats. — Les malheureux sortirent la tête basse. — Ils avaient senti l'accent du maître. Quelque chose avait tressailli en eux de l'honneur indigné. »   (Saint-René Taillandier.)

C'étaient nos alliés, nos parents, et mille autres encore; car il y avait des sections entières de suspects.

Nous étions sans cesse dans les transes. Un soir, nous entendîmes du fond du jardin battre le rappel dans le village. L'instinct du danger nous fit accourir vers la maison ; il ne nous trompa pas : la consternation s'y peignait sur toutes les figures. Deux commissaires du Comité de Salut Public venaient d'arriver dans la commune. Ils furent bientôt chez mon père. L'un était un petit homme, blond, fade et indécis ; l'autre, un grand chenapan brun foncé, de cinq pieds sept pouces, en carmagnole, le bonnet rouge en tête, un grand sabre traînant à son côté, et deux pistolets à sa ceinture. Sa figure triviale portait l'empreinte de passions violentes et grossières. Il débuta par annoncer brutalement à mon père « qu'il venait pour se saisir de lui, et pour le jeter dans « une des prisons de Paris, où il n'aurait pas le temps « de pourrir ! » Il ajouta, qu'avant tout il fallait procéder à l'examen des papiers ; ce qu'il laissa faire à son collègue, car ce digne commissaire du gouvernement d'alors ne savait pas lire.

Le bonheur voulut qu'il fût déjà tard, que notre grand commissaire eût faim, soif surtout, et qu'il n'eût pas le vin méchant. Or, pendant que son collègue se perdait dans les tiroirs de tous les bureaux de la maison, nous fîmes boire notre sans-culotte ; puis le voyant s'émouvoir à nos instances, nous parvînmes à l'attendrir, et lui montrant le désespoir de notre pauvre mère, nous lui persuadâmes qu'une indisposition de mon père était une maladie assez grave pour rendre sa translation à Paris impossible. Cet homme, meilleur que ses dehors et que ceux qui l'employaient, feignit de nous croire ; il osa laisser mon père au milieu de nous, en état d'arrestation, avec deux paysans pour le garder à vue et répondre de sa personne. Ce bon mouvement nous sauva. Notre commissaire soutint à Paris sa bonne action ; on ne songea plus à mon père, et il fut quitte du reste de la Terreur pour la terreur seule que les nouvelles de chaque jour nous apportaient plus affreuse.

Plus tard, quand chaque chose reprit à peu près sa place, le sans-culotte notre protecteur devint notre protégé ! Mais ni l'argent ni les emplois ne suffirent ; rien ne lui tenait ; il devint impossible de le suivre dans les vicissitudes de sa fortune, qui ne pourraient bien figurer que dans des Mémoires pareils à ceux de Vidocq. Je crois pourtant qu'il finit sur un toit, atteint par la balle d'un gendarme qu'il fuyait et qui lui rendit ainsi un cruel mais utile service.

A la première terreur en succéda une seconde au 18 fructidor. Napoléon apparut alors. Aussitôt que dans cet odieux et honteux naufrage mon père aperçut cette branche de laurier, il s'en saisit, s'unit à elle et contribua de tous ses efforts, d'abord comme homme de lettres, puis comme législateur, enfin comme conseiller d'État, à y attacher la France entière. Ce fut lui qui rompit le silence imposé au Corps Législatif pour proposer le Consulat de dix ans. Ses travaux dans la section de l'intérieur du plus savant, du plus illustre des Conseils d'État passés, présents et probablement à venir furent immenses ! il y coopéra, de toutes les forces de son esprit et de son expérience, à la confection de nos Codes.

Dès lors, toute proscription ayant cessé, son mérite l'éleva partout au premier rang. On le vit successivement, dans la République des Lettres, membre de l'Académie Française ; dans l'Ordre d'Honneur, Grand'Croix ; à la Cour, Grand Officier de la Couronne, et Sénateur enfin dans le premier de nos corps politiques.

Après la funeste journée de Waterloo et l'offre dévouée qu'il fit à Napoléon de l'accompagner dans son exil, retombé dans la nécessité de vivre de ses écrits, on dut à cette dernière vicissitude la meilleure Histoire ancienne que l'Université Française ait encore mise dans les mains de la jeunesse, l'Histoire de France jusqu'au règne de Charles VIII, trois volumes de galerie dignes des œuvres morales de Plutarque, et ses Mémoires, que, malgré leur succès et nos prières, son grand âge, ses souffrances, et surtout son respect pour l'infortune de Louis XVI et de Marie-Antoinette, ne lui permirent pas d'achever.

Au milieu de ces travaux, sa bonne renommée le fit rappeler dans la Chambre des Pairs, où tous les partis l'accueillirent, et où il s'efforça de rendre possible la forme de gouvernement que Tacite avait indiquée et crue possible. En juillet 1830, son dernier regard vit pour la troisième fois tomber du trône la branche aînée des Rois de notre troisième race. Ce fut alors que le général La Fayette, son neveu, s'étant approché de son lit de mort, recueillit ses dernières et prophétiques paroles que j'entendis, et que l'événement n'a que trop justifiées; mais les trompeurs et premiers transports de cette Révolution populaire duraient encore quand mon père s'éteignit.

Maintenant mon tour est venu !

II.

J'avais été élevé près de ma mère jusqu'en 1790 ; puis en Angleterre jusqu'au commencement de 1792 ; d'où revenu près d'elle j'ai dit que nous avions été chercher un abri à Fresnes, et comment les retentissements des saturnales du 20 juin, des fureurs du 10 août, et des massacres de septembre, y avaient troublé notre solitude.

On a vu que la tourmente révolutionnaire redoublant, mon père, forcé de songer à notre sûreté personnelle, s'était réfugié à Châtenay, près Sceaux, à trois lieues de Paris avec mon grand-père, ma mère et trois enfants dont j'étais le dernier. Voltaire y avait, disait-on, été élevé ; je me souviens que l'abbé Raynal y vint voir mon père. Les théories de cet historien venaient d'être mises en action ; il m'en parut dégoûté. Je l'entendis se repentir de l'exagération de ses écrits philosophiques. Il se reprochait sa part de flammes dans cet horrible incendie, et d'avoir mis, au lieu de lumières, des torches dans des mains brutales qui ne s'en servaient que pour tout consumer et tout détruire ! Cette voix éloquente et octogénaire sourit à mon enfance ; j'ignorais alors que trois ans auparavant, cette même voix avait accueilli et encouragé le jeune officier d'artillerie destiné à devenir notre Empereur; mais qui eût pu me prédire que moi-même, vingt ans plus tard, après avoir attaché quatorze de mes plus belles années à celles de ce grand homme, je devais laisser, peut-être, à la postérité quelques-uns des traits de son histoire!

J'avais douze ans; la Terreur commençait; nous étions pauvres et proscrits; maîtres et précepteurs, tout nous abandonna, et mon père demeura notre seul instituteur; ce fut trop pour moi; il y avait disproportion trop grande de l'élève au maître. Dans ce jeune âge, celui des sensations, et au milieu des scènes tragiques qui m'environnaient faible et maladif, mon cœur s'était trop tôt et singulièrement développé, mais seul, mais aux dépens de tout le reste et de mon esprit surtout qui était resté dans sa première enfance. Les émotions souvent secrètes à cet âge, étaient en moi vives, profondes et tenaces; mais mon esprit distinguait ou comprenait peu, et travaillait machinalement. Je ne grandissais ni de corps ni d'intelligence. Enfin, au lieu d'être un sujet de consolation, je n'apportai que de nouveaux chagrins à ma famille jusqu'à l'âge de 17 ans.

A cette époque, c'était sous le Gouvernement Directorial, quelques restes du monde brillant du dix-huitième siècle avaient survécu. Beaucoup d'hommes d'esprit, de lettres et de plaisirs, s'étaient réunis à ces débris de la plus aimable société des temps modernes. Échappés au naufrage, on cherchait à s'en consoler, en reportant dans ce nouveau monde, au milieu des ruines encore toutes sanglantes de l'ancien, les mœurs d'autrefois, le goût du plaisir orné d'une sensiblerie ou galante ou romanesque, celui d'une littérature gracieuse et légère, et surtout d'une conversation mordante et railleuse, arme puérile du ridicule, la seule qui restât à notre haine contre le géant révolutionnaire. Nous en attaquions follement la hache suspendue sur nos têtes et dégouttante encore de notre sang, la fortune scandaleuse de ses grossiers parvenus, et jusqu'à la gloire de ses armées victorieuses alors de toute l'Europe !

Dans cette société, le vicomte de Ségur, mon oncle, était l'un des hommes les plus marquants par les grâces légères de son esprit. Ce fut lui qui m'y appela. Mon père s'y était réuni, mais par un seul côté, celui d'homme du monde et d'homme de lettres ; l'autre côté, celui d'homme d'État, de publiciste et d'historien, le rattachait à la société politique. Tous les deux vivaient de leur plume.

Pour moi, transplanté tout à coup dans les séductions du monde aimable et joyeux où régnait mon oncle, j'en fus ébloui, je fus saisi de l'ambition d'y soutenir la renommée d'esprit, de courage et de galanterie de ma famille. Cette ambition s'empara de toutes les facultés de mon adolescence ; je ne vis rien au delà. Aussi, dès qu'à l'âge de dix-sept ans je fus cité pour quelques chansons, pour un duel et pour quelques autres succès de société, je crus être un homme complet et avoir satisfait à tout ce qu'on devait attendre de mon âge et de mon mérite.

Mon instruction n'avait été assujettie à aucune mé-

thode. Habitué à ne jamais rien commencer par le commencement, de même que j'avais voulu faire des livres
avant d'avoir assez lu, et de la philosophie avant d'être
sorti de ma sixième, je me fis une opinion politique sur
ouï-dire ; l'exemple et le sentiment m'entraînèrent. Je
partageai la haine qui m'entourait pour une révolution
qui nous avait ruinés, décimés et qui nous proscrirait
encore ! Il n'y avait rien là que de naturel, d'autant plus
que telle n'était pas l'opinion mieux raisonnée de mon
père, et qu'il y a trop souvent esprit de contradiction de
l'élève au maître. Dès lors, sans examiner et confondant
tout dans mon aversion, je me refusai à rien accepter du
temps présent ; je m'obstinai aveuglément dans le passé,
arborant puérilement dans les rues le collet noir ven-
déen et appelant le héros de l'Italie monsieur Buona-
parte !

Pourtant s'il faut tout dire, le bien comme le mal, je
valais mieux que la vaine et stérile réputation que j'am-
bitionnais. Il y avait en moi un symptôme favorable à
ma jeunesse, c'était de rechercher, d'aimer la conversation des hommes sérieux et au-dessus de mon âge, et
d'attacher un grand prix à leur estime. Quant aux
femmes, c'était à celles dont le cœur et l'esprit étaient
les plus exigeants que je m'adressais. Quelque distinguées
qu'elles fussent, mon imagination les plaçait plus haut
encore ! J'adorais religieusement en elles le type idéal de
perfection que je m'étais créé ; c'était bon gré mal gré,
par toutes les conditions que ce type imposait que je
prétendais à leur plaire. Je m'y appliquais sans relâche,

sans distraction, prenant ainsi tout au sérieux; l'esprit, le cœur toujours tendus; pratiquant l'amour avec ferveur, faisant laborieusement des folies, et voyant tout mon avenir dans les succès les plus éphémères.

Cette société intime, d'où je sortais peu, ne me fut pas inutile. Un goût délicat, des formes nobles et polies, la bienveillance et les sentiments les plus élevés y dominaient; c'était par eux seuls qu'on y pouvait plaire. Chacun y parlait à son tour. On y médisait peu; on ne s'y entretenait ni de toilettes, ni d'économie domestique; il y fallait apporter une opinion sur les faits, sur les pièces et les livres du jour, sur les actions et les sentiments des héros de l'œuvre littéraire dont la lecture était à la mode. Ces jugements étaient controversés sans légèreté ni pédanterie, avec plus ou moins de développement, selon leur rapport avec la situation de cœur ou d'esprit qu'avaient entre eux les interlocuteurs. Je vivais enfin au milieu de l'un des restes les plus choisis de cette société célèbre, où nagnère venaient achever de se former l'homme du monde et l'homme de lettres.

Mais trop prématurément engagé dans cette carrière, proscrit de toute autre, et ne pouvant être à dix-huit ans qu'auteur de vers légers et de vaudevilles, l'inconvénient en était la futilité : mon caractère m'en préserva; ce fut à mes dépens. On a pu voir que par nature et éducation, il était tourné au sérieux; je chansonnais donc sans vocation, laborieusement, dépensant en couplets le peu qu'avait amassé mon esprit et réussissant fort médiocrement. Le souvenir des dégoûts que ma veine stérile m'inspira, celui de l'ennui que, l'été surtout, je promenais dans Paris vide de ma société dispersée, errant sans but, sans argent, mal vêtu et plus mal nourri, ce souvenir d'inoccupation, de dénûment, de mécontentement de moi-même et d'un temps si mal employé, est resté dans ma mémoire comme un poids insupportable.

La seconde Terreur, celle du 18 fructidor, régnait alors. La prudence autant que le besoin me retenaient le plus souvent à Châtenay, où du moins je retrouvais le nécessaire. Là, dans une habitation négligée mais encore élégante, au milieu d'une bibliothèque nombreuse et choisie, ma seule société, mon imagination affranchie se rallumait ; et mille rêves ambitieux, libres dans cet isolement où rien ne les troublait, s'échauffant, m'enlevaient hors du monde réel, et me transportaient dans celui des chimères. Alors, un bâton à la main, mon paquet de l'autre, je reprenais le chemin, ou plutôt le sentier de la capitale ; car c'était toujours à travers champs et par le côté de Fontenay-aux-Roses et de Châtillon que je m'acheminais, évitant soigneusement la grande route, les habitations, les passants et tout ce qui pouvait interrompre le charme de ma rêverie solitaire.

Oh ! combien je me sentais soulagé quand, affranchi enfin de toute rencontre, de toute salutation obligée et de tout regard, j'avais dépassé la dernière maison de notre village ! Avec quel transport de joie je m'abandonnais aussitôt à ma folle imagination ! Avec quelle promptitude elle m'emportait dans le monde des enchantements, et comme alors, dans ce trajet d'environ deux heures, elle m'élevait rapidement, de succès en succès les plus éclatants, jusqu'au sommet de toutes les plus brillantes carrières! Je compte encore ces instants au nombre des plus fortunés de mon existence! L'illusion devenait si complète que, ne me sentant plus marcher, frimas ou chaleur, fatigue ou pauvreté, j'oubliais tout. Mais quand le héros de tant d'aventures enchanteresses arrivait inopinément au véritable terme de son voyage, la barrière du Maine devenait la borne fatale où tant de ravissantes illusions, se heurtant tout à coup, venaient se briser et tomber en poudre! Alors, hélas! rendu à la triste réalité, l'irrésistible Alcibiade, le Crésus millionnaire, le vainqueur olimpique précipité de son char de gloire, se retrouvait à pied, en nage et couvert de boue ou de poussière! Tout lui devenait obstacle, un charretier brutal, un commis soupçonneux à éviter. Heureux quand, à la faveur de quelque embarras, se faufilant en suspect, il avait pu échapper à l'exigence, toujours dangereuse pour un ex-noble, de l'exhibition de son passe-port.

Arrivé enfin chez mes parents, la chute devenait plus complète encore. Le court et premier moment d'une tendre joie écoulée, venait cette triste question :

« Que vas-tu faire ? »

MÉMOIRES

AIDE DE CAMP DE L'EMPEREUR

NAPOLÉON Iᴱᴿ

I.

MA VOCATION.

J'avais dix-neuf ans. Et il se trouvait que je n'étais propre à rien, pas même à être commis dans un bureau, en raison de ma mauvaise écriture.

C'était là pourtant ma seule ressource. Le temps me pressait, et aussi l'humiliation de rester à charge à ma famille. J'allais me résigner. Déjà même je m'efforçais tristement de devenir un très médiocre copiste lorsqu'un dernier voyage me ramena dans Paris. Ce jour-là, dès la barrière, une singulière émotion, que je remarquai dans l'attitude de chacun et sur tous les visages, me saisit d'un vague espoir. Les révolutions se succédaient alors rapidement ; j'en pressentis une. Au milieu des proscriptions renaissantes et dans ma détresse, je n'avais qu'à gagner à un changement. Désenchanté de mes rêves et rendu par le malheur au monde réel, pour la première fois je pris part à la chose publique. La curiosité, un vif intérêt même m'entraînèrent et me détournèrent à tous risques de mon chemin ; ne pouvant être acteur dans ce nouveau bouleversement, je voulus en être témoin. J'ignorais tout ; je n'osais questionner personne, mais un puissant instinct me guida. Il me conduisit droit vers celui dont la destinée devait bientôt entraîner la mienne.

C'était à l'heure même où, dans les Tuileries, Napoléon, appelé par le Conseil des Anciens, commençait la révolution du 18 Brumaire, et haranguait la garnison de Paris pour s'assurer d'elle contre le Directoire et l'autre Conseil. La grille du jardin m'arrêta. Je me collai contre elle ; je plongeai d'avides regards sur cette scène mémorable. Puis je courus autour de l'enceinte ; j'essayai toutes les entrées ; enfin, parvenu à la grille du Pont-Tournant, je la vis s'ouvrir. Un régiment de dragons en sortit, c'était le neuvième ; ces dragons marchaient vers Saint-Cloud, les manteaux roulés, le casque en tête, le sabre en main, et dans cette exaltation guerrière, avec cet air fier et déterminé qu'ont les soldats lorsqu'ils vont à l'ennemi, décidés à vaincre ou à périr ! A cet aspect martial, le sang guerrier que j'avais reçu de mes pères bouillonna dans toutes mes veines. Ma vocation venait de se décider : dès ce moment je fus soldat ; je ne rêvai que combats, et je méprisai toute autre carrière.

Cependant, quelque transporté que je fusse, naturellement concentré, rêveur et mélancolique, je méditai mon enthoùsiasme; je renfermai soigneusement en moi-même une détermination si contraire à toute ma vie précédente. Jusque-là, dans ma société exclusivement aristocratique et contre-révolutionnaire, mes sentiments, mes paroles avaient été empreints d'horreur et de dégoût pour tout ce qui tenait à la Révolution ; je lui rendais proscription pour proscription ; l'armée elle-même n'avait pas été exceptée de cette aversion aveugle.

J'avais de tout ce qui la composait une si fausse et si fâcheuse opinion qu'il me souvient que, deux ans avant, dans un duel avec le jeune Verdière, fils et aide de camp du général commandant Paris, je n'avais voulu, en attendant des armes, ni me nommer, ni m'asseoir la nuit, sur le parapet du quai Voltaire, à côté de l'un de ses témoins, de peur que cet officier ne me jetât traîtreusement dans la rivière ! J'étais pourtant si peu soupçonneux de ma nature, qu'un moment auparavant, dans la salle du Vaudeville, où, seul contre trois, la querelle avait commencé, lorsqu'il avait été question de prendre des témoins, j'avais, sans les connaître, offert à l'un de ces messieurs de m'en servir. J'ignorais alors que j'avais affaire à des officiers, mais dès que je m'en étais aperçu telle avait été ma défiance.

Pourtant, ces braves jeunes gens, plus âgés que moi, avaient voulu que tout se passât régulièrement; ils avaient même eu la confiance et la patience d'attendre, dans les Champs-Élysées, que j'eusse été chercher un témoin de ma connaissance. Le combat avait eu lieu dans l'avenue de Marigny, à la lueur d'un réverbère que, par hasard et avant la Révolution, le vicomte de Ségur, mon oncle, avait fait mettre à cette place. C'était là qu'après avoir d'abord failli tuer mon adversaire et avoir été deux fois blessé légèrement, notre duel, interrompu par des gendarmes, s'était honorablement terminé. Néanmoins, cette épreuve de la loyauté de ces militaires n'avait en moi rien changé. Je m'étais même applaudi ensuite d'avoir caché mon nom, celui de mon témoin, et d'avoir exigé qu'on me laissât seul aller le chercher chez lui, afin de ne pas exposer sa maison à quelque dénonciation infâme.

On peut juger, par une si odieuse prévention, de la couleur prononcée que j'avais prise. Comment donc suivre cette vocation qu'en moi je venais tout à coup de découvrir? Comment avec mon aversion pour l'armée concilier cet amour des armes, cette passion de gloire avec la haine du seul drapeau sous lequel on pouvait la conquérir? Mais la vue de ce régiment en marche de guerre m'avait transformé de jeune rêveur en homme d'action, sans séparer encore en moi ces deux personnes. La première aplanit à l'autre l'entrée du monde des réalités en le décorant de chimères. Dans cette armée toute républicaine, mon imagination, féconde en projets, conçut aussitôt celui d'implanter mon royalisme! J'osai supposer que j'entraînerais un bon nombre de mes pareils à imiter mon exemple; que ce germe de contre-révolution armée prendrait racine; et, comme jusque-là on avait marché de révolution en révolution, jugeant de l'avenir par le passé, je me figurai que bientôt il en viendrait encore une, dont notre parti pourrait profiter. Cette idée, toute folle qu'elle était, eut un commencement d'exécution ; c'est pourquoi j'en parle, car je lui gagnai bientôt des prosélytes. Ce fut quelques mois plus tard, en Suisse, où déjà j'étais officier ; le vent d'alors soufflait aux conjurations ; on en tramait de tous côtés : notre invention en fut presque une, mais d'étourdis, dont le rêve ayant été découvert fut méprisé. On fit bien : nos frais d'esprit et d'argent furent perdus ; nous nous résignâmes.

Ce qui paraîtra peut-être plaisant, c'est que, partis ainsi pour l'armée dans l'espoir de la royaliser, ce fut elle tout au contraire qui nous entraîna dans sa cause ; et que, sortis de Paris fort chauds royalistes en 1800, en 1801 ce fut presque aussi chauds républicains que nous y rentrâmes. L'appréciation du véritable état des choses et la fraternité d'armes d'une part, de l'autre les rebuts de notre ancienne société, produisirent cette nouvelle transformation. Un an suffit. Mais je rentre dans l'ordre des faits ; ils expliqueront cette inconséquence.

Je m'étais figuré que le jour de mon enrôlement public serait celui de mon départ ; qu'ainsi du moins je laisserais derrière moi, sans l'entendre, éclater l'explosion que je redoutais ; mais il arriva tout le contraire. L'appel, plus politique que militaire, à une jeunesse d'élite s'armant, se montant, s'équipant elle-même, venait de paraître. Un ami de mon père, le général Dumas, était chargé de cette organisation ; j'allai le premier et sur-le-champ m'inscrire chez lui, mais mystérieusement. Ce fut seulement au retour de ce premier pas décisif que j'en fis confidence à mon père. Il m'approuva, je m'y étais attendu. Il fit plus; il voulut bien m'en garder le secret, en souriant toutefois de cette faiblesse.

Néanmoins, dans ces salons où j'étais encore si bien vu, me sentant à la veille d'être tant blâmé, j'éprouvais un grand malaise. Ce fut bien pis quand je m'aperçus que notre organisation s'effectuerait à Paris, au milieu même de cette société si redoutée. Dès lors et de jour en jour s'accrut mon anxiété; je ne dormis plus, j'avais la fièvre. Enfin, l'instant fatal arriva, celui de mon enrôlement public qu'il me fallut aller signer à l'hôtel de ville.

Ce fut le 24 ventôse an VIII (février 1800) que mon père m'y conduisit, ou, pour mieux dire, qu'il me traîna jusqu'à la place de Grève comme à un supplice, tant la prévision de l'esclandre qui allait suivre cette démarche m'obsédait. Le retour dans le faubourg Saint-Honoré, que j'habitais ainsi que la meilleure partie de ma société, fut pire encore. Plus j'en approchais, plus s'augmentait mon angoisse; elle devint si vive que, me sentant presque défaillir, effrayé, indigné de l'excès de ma faiblesse, cette autre honte me rendit quelque courage. Ce qui le fait perdre ainsi quand les grandes résolutions sont prises, c'est un penchant naturel à n'envisager que leur mauvais côté; on oublie l'autre, celui qui vous a déterminé, lorsque, au contraire, c'est en ce moment vers celui-là seul qu'il faudrait se tourner tout entier et se maintenir. Mon père y ramena mes esprits éperdus, c'est l'un des plus grands services que je lui dois, sans quoi je ne sais en vérité ce que serait devenue ma pauvre tête! La colère acheva de me la rendre, car je ne fus pas épargné. L'un de mes plus proches parents, celui que j'aimais le plus, prononça le premier le mot de *déshonneur!* Cet excès de sévérité me révolta; j'acceptai la guerre. Je rendis mépris pour mépris; je criai plus haut que mes adversaires; j'entraînai même plusieurs de mes amis dans ma cause. Ces jeunes nobles, moins réfléchis, ou suivant tout simplement le penchant naturel à l'activité de leur âge, répondirent successivement au même appel. Il fallut dès lors compter avec nous, et au lieu de nous attaquer, se défendre.

Ce fut ainsi que commença le premier mélange de l'ancienne société avec la nouvelle. Il faut ici se rappeler qu'il n'y avait pas cinq mois que l'une avait une dernière fois proscrit l'autre.

Cette première fusion toute faible et imparfaite qu'elle était, ne fut donc pas sans importance; elle en donnera quelque peu au récit. Sans aucun doute, cet heureux rapprochement aurait eu lieu sans moi, mais ce fut par moi qu'il commença. C'est pourquoi, après quelques mois seulement de service comme simple hussard dans les volontaires dits « *de Bonaparte,* » Napoléon me nomma sous-lieutenant le 9 floréal an VIII.

Ce n'était pas tout que d'avoir affronté ma société; j'avais à retourner à Châtenay dans ma famille pour rendre compte de mon coup de tête au maréchal de Sé-

gur, mon grand-père. J'y arrivai de bon matin, et m'approchai de son lit dans l'attitude la plus soumise. « Vous
« venez de manquer, me dit-il d'abord sèchement, à tous
« les souvenirs de vos ancêtres; mais c'en est fait, son-
« gez-y bien! vous voilà volontairement enrôlé dans l'ar-
« mée républicaine. Servez-y avec franchise et loyauté,
« car votre parti est pris et il n'est plus temps d'en re-
« venir! »

Alors me voyant inondé de larmes, il s'attendrit, et
de la seule main qui lui restait prenant la mienne, il
m'attira, me pressa sur son cœur; puis me remettant
vingt louis, c'était presque tout ce qu'il possédait, il
ajouta : « Tenez, voici de quoi vous aider à compléter
« votre équipement; allez, et du moins soutenez avec
« bravoure et fidélité, sous le drapeau qu'il vous a plu
« de choisir, le nom que vous portez et l'honneur de
« votre famille ! »

Cinquante ans se sont depuis écoulés, et je ne songe
jamais à ce noble et pénible adieu, à cette bénédiction
si mâle et si touchante, sans en être ému jusques au
fond de mes entrailles !.

II.

MES DÉBUTS.

Au commencement de 1800, lorsque je m'enrôlai, nos frontières étaient près d'être envahies ; et du Helder à Gênes, tous les efforts de Bonaparte n'avaient encore réussi à opposer à trois cent mille ennemis, qu'environ cent cinquante mille hommes.

C'était alors que, au milieu de tant de soins de toute nature, poursuivant son but, celui de tout rallier à sa fortune, il avait fait à une partie de la jeunesse française, jusque-là proscrite, cet appel auquel j'avais le premier répondu. Il ne le lui avait pas adressé directement, il est vrai ; mais il était évident qu'il lui offrait sa protection, qu'il lui ouvrait les rangs de l'armée ; et que, l'appelant, dans un corps à part et nouveau, à s'équiper et à se monter elle-même, il lui promettait, en retour de cet effort, la reconnaissance nationale. Rien n'avait été négligé pour nous attirer et nous séduire. Le général Dumas, proscrit par les Terreurs de 93 et directoriale, avait été chargé de nous former. Ce général datait de Louis XVI ; il avait l'esprit aimable, le carac-

tère bienveillant, et les formes douces et attrayantes de
l'ancien régime. Il en fut de même du chef immédiat
qu'on nous donna : c'était le colonel, autrefois comte,
de Labarbée, ancien officier de l'armée royale.

Plusieurs semaines furent indispensables au recrutement, dans Paris, de notre corps, d'abord appelé *Hussards volontaires,* puis *Légion de Bonaparte,* et qui n'alla
guère à plus de deux ou trois escadrons et d'un fort
bataillon. Quant au service, en attendant que nous
fussions casernés, il consistait, hors quelques factions, à
écrire, à porter les ordres du général Dumas, et à le
suivre. Ce dernier service, tout insignifiant qu'il était,
me devint utile : voici comment.

Le hasard voulut que dans ces premiers jours notre
général, m'ayant choisi comme ordonnance pour l'accompagner, eut affaire chez l'ancien conventionnel et
directeur Carnot, alors ministre de la guerre. Nous
arrivons dans la cour du ministère ; nous y mettons
pied à terre. Mon devoir était d'attendre là avec les chevaux ; mais comme, en partant, le général Dumas m'a-
vait ordonné de le suivre, me figurant qu'il ne fallait
pas le quitter, je m'attachai scrupuleusement à tous ses
pas, jaloux d'exécuter ponctuellement ma consigne. En
conséquence, le voyant monter l'escalier, je fais de même ;
de même encore je traverse, à sa piste, l'antichambre, les
salons, et pas à pas je pénètre, immédiatement derrière
lui, jusque dans le cabinet du ministre ! Là, tout préoccupé de l'affaire qui l'amenait, et ne se doutant pas de
cette inconvenance, il commença aussitôt à entretenir

ce personnage. Le général Dumas se trouvait entre le
ministre et moi, me tournant le dos ; ma tête plus élevée que la sienne, la dépassait, en sorte que Carnot, fort
étonné de voir, jusque dans le secret de son cabinet, un
jeune soldat planté tout droit derrière son interlocuteur,
n'écoutait pas celui-ci, et, par son air confondu d'étonnement, semblait demander l'explication d'une innova-
tion aussi bizarre. De son côté le général, surpris de la
réception du ministre, et remarquant qu'il paraissait
bien plus occupé de ce qui se passait derrière lui que de
l'affaire dont il était venu l'entretenir, se retourna. A
ma vue : « Eh ! que diable fais-tu là ? » s'écria-t-il. Je
répondis en alléguant ma consigne : alors tous deux,
éclatant de rire, me donnèrent une première leçon de
mon métier en me renvoyant à mon humble poste. Mais,
moi parti, cette incartade amena naturellement une
explication dans laquelle le général Dumas fit valoir mon
inscription volontaire, la première en date, et l'utilité
de l'exemple que j'avais donné.

Les conséquences de ma naïveté ne se firent point
attendre : j'avais été remarqué ; je fus favorablement
noté, et le grade de sous-lieutenant, que j'obtins le
1er mai 1800, devint l'heureux résultat de cette aventure.

Tels sont les caprices du sort. Sa première faveur
me vint d'une inconvenance ; une action d'éclat ne m'aurait pas été plus utile. Je n'ai certes pas à me plaindre de la fortune ; mais depuis, que de fatigues et de
dangers j'ai affrontés sans obtenir autant d'elle!

Bientôt nous fûmes envoyés de Paris à Compiègne, puis à Dijon, lieu de rassemblement de la seconde armée de réserve. Napoléon nous y passa en revue en allant franchir le Saint-Bernard. De Dijon nous fûmes à Carrouge, près de Genève; la victoire de Marengo nous ayant arrêtés, nous y cantonnâmes. J'y revis Mᵐᵉ de Staël dans un bal, où, par souvenir de mon père, elle voulut danser avec moi et tout aussitôt entreprendre une conversation politique qu'elle eut bientôt abandonnée; après quoi, se rappelant mes premiers écrits, elle me demanda ce que j'avais fait de ma plume. Mais alors, tout entier au métier que j'avais choisi, je lui montrai celle de mon schako, en lui répondant étourdiment que je l'avais placée là, et que j'ignorais s'il me reviendrait jamais l'envie de la rendre à son premier emploi.

J'aurais même pu ajouter que, en ce moment, tout ce que je redoutais le plus, c'était d'être forcé de reprendre en main cette plume et de redevenir homme de lettres; pendant notre séjour dans ce cantonnement, les nouvelles de l'armistice de Varsdorf et du coup de foudre de Marengo étaient venus irriter et décourager notre impatience : il semblait que la guerre allait, sans nous, être terminée.

III.

MES PREMIÈRES ARMES.

Depuis le 6 mai, jour où le Premier Consul nous avait passés en revue à Dijon et classés dans la seconde armée de réserve, j'ai dit que nous nous étions avancés jusqu'à Genève. Là, sans cesse assaillis par les récits de faits glorieux qui venaient de s'accomplir en Italie, nous enviions le sort du moindre soldat qui pouvait se vanter d'y avoir pris part. Chacun d'eux nous paraissait un héros! Qu'étions-nous en comparaison? Quand donc pourrions-nous aussi raconter nos exploits, nous citer à notre tour? Ces lauriers nous empêchaient de dormir. Après tant de guerres, tant de victoires, nous nous figurions que la carrière était toute parcourue, que nous étions arrivés trop tard, qu'il n'y aurait plus que des restes à recueillir, s'il en restait!

Nous étions cantonnés, près de Genève, à Carrouge, où, pour quelque partie de plaisir, nous avions eu le tort impardonnable d'atteler à un char-à-bancs des chevaux de troupes. Le soir venu, nous rentrions par une rue étroite dans notre cantonnement, quand, sur notre passage, nous rencontrâmes tout à coup notre colonel ! Rétrograder était impossible ; s'arrêter ou passer respectueusement, la faute eût été reconnue et la punition exemplaire. Nous hésitions, le péril s'approchait, quand l'un de nous, devenu depuis général, s'écria : « Laissez-moi faire. Il faut l'éblouir ; c'est moi « qui m'en charge ! » Et sur-le-champ, saisissant les guides et le fouet, il lança les chevaux au triple galop droit sur notre chef, et si impétueusement qu'il ne lui laissa que le temps pour ne pas être écrasé, de se jeter contre la muraille : « Au diable les étourdis ! » s'écria notre colonel ; mais chevaux et officiers, nous étions déjà hors de sa portée, avant qu'il eût le loisir de nous reconnaître.

Une aventure plus sérieuse, et d'un autre genre, sera peut-être encore utile à rappeler : celle-ci montrera le danger des liaisons imprudentes. Nous traversions la Suisse ; j'avais dans mon peloton un sous-officier, fils d'une veuve qui depuis a épousé l'un des plus grands seigneurs de l'ancienne France. Ce maréchal des logis était un de ces hommes d'un esprit plein de ressources, mais sans moralité. Il avait toujours à son arc une corde prête, sans assez craindre le triste emploi que, en toute justice, il méritait qu'on en fît contre lui-même ; ce qui, sans moi, lui serait arrivé, comme on va le voir. Il était descendu, de vice en vice, jusqu'au crime. Je le savais perdu de réputation ; mais, séduit par les charmes de son esprit et persuadé qu'il était revenu de ses erreurs, je m'étais beaucoup trop rapproché de lui. Arrivés à Coire nous étions cantonnés aux environs, lorsqu'une lettre du colonel me prévint que, dans le village que j'occupais, un complot de vol avec effraction et assassinat contre un bijoutier venait d'être concerté; que ce sous-officier en était l'auteur, et que la gendarmerie allait arriver pour le saisir.

A cette nouvelle, soit crainte que l'honneur de ma compagnie ne fût entaché par un jugement criminel, soit commisération pour ce misérable, je résolus de l'avertir, afin qu'il allât se faire pendre ailleurs et autrement que sous l'uniforme que je portais. Je me rends donc aussitôt à son logement : c'était à un premier étage, dans une grande salle meublée de deux bancs et d'une table étroite et longue. La scène, un moment très critique, qui s'y passa, m'en a laissé un vif souvenir. Il y était seul. D'abord, et sans préambule, je lui annonce le sort qui le menace, le prévenant qu'il n'a qu'un moment pour fuir, s'il veut l'éviter. Mais lui, soupçonnant une embûche, franchit d'un saut la table qu'il met entre lui et moi, et, saisissant ses pistolets, il les arme, me les dirige au visage, et s'écrie : « Que « je viens sans doute pour l'effrayer ! pour lui arra- « cher un aveu ! pour l'arrêter ! Mais que, si je fais le « moindre mouvement, il va me tuer sur place ! » Il faut que le sourire de pitié qu'il vit sur ma bouche, et que le son de ma voix, quand je lui répétai impatiemment qu'il perdait le seul instant de salut qui lui restait, aient été bien persuasifs, car, tout à coup transformé, il jeta ses armes, revint à moi, me prit les mains qu'il

pressa contre son cœur, en me jurant une éternelle reconnaissance ; puis, tout à la fois ramassant quelques
effets, il disparut si complétement que, depuis, nul de
nous n'en entendit parler, et, pas plus que nous, les
gendarmes qu'en rentrant je trouvai chez moi : ils ne
l'avaient manqué que de cinq minutes. Dieu veuille que
le péril qu'il venait de courir l'ait réformé, sans quoi
j'aurais sur ma conscience tous les crimes que, grâce
à moi, depuis ce jour, il a pu commettre !

Je fus, moi-même alors, dénoncé et réprimandé à
propos d'un complot fort différent, né du désordre et
de l'agitation de ces temps révolutionnaires. J'ai dit
quelle avait été, après mon engagement volontaire,
l'espèce d'utopie royaliste par laquelle ma conscience,
bourrelée de ce changement de drapeau avait accom-
modé la contradiction de mes rancunes aristocratiques
avec les instincts de mon humeur belliqueuse. Persévérant dans cette pensée je m'étais bientôt associé, dans
mon régiment, à quelques camarades, Vendéens pour
la plupart, et animés d'un esprit semblable au mien.
Nous avions imaginé une sorte de conjuration dont le
but était de royaliser l'armée ! Quant aux moyens, le
moins ridicule consista dans le projet de faire offrir au
Premier Consul, par le plus entreprenant d'entre nous,
la levée d'un corps volontaire de six mille Vendéens,
où d'avance nous nous étions tous assigné des grades.
C'était de Lausanne que nous avions fait partir pour
Paris notre complice Piré, aujourd'hui lieutenant général. Ce jeune Breton, ne doutant de rien, était fier

de son esprit éblouissant, de la plus séduisante tournure et figure, et d'avoir échappé au massacre de Quiberon ! Il s'était, dans cette aventure, chargé du principal rôle. Ce qui est singulier, c'est qu'il fut d'abord bien accueilli par Bonaparte ; et que, sans des témérités d'un autre genre, telle que celle de prétendre à la main de mademoiselle Hortense de Beauharnais, il eût peut-être réussi !

Mais il s'était chargé, avec ce message, de tout ce que nous avions d'argent. Nous lui avions si bien fait sa bourse, qu'il ne restait presque plus rien dans la nôtre; en sorte que, huit jours après, quand il nous fallut dîner à Lucerne, nous mangeâmes notre dernier sou dans le plus mauvais cabaret de cette ville. Le lendemain, ne recevant, selon l'usage d'alors, ni solde ni distributions, nous repartîmes affamés, et, d'heure en heure jusqu'au soir, de plus en plus inquiets sur la manière dont cette longue journée sans pain finirait. Mais il y a des phases dans la vie où la fortune nous protège. Arrivés enfin, après avoir pris nos billets de logement, nous allions, malgré notre embarras extrême, nous disperser, lorsque, un appel nous ayant réunis en cercle près du colonel, on nous annonça que, sur l'instruction reçue à l'instant du quartier général, désormais hommes et chevaux seraient nourris chez l'habitant ! Nous y courûmes ; et cette fois, si les pauvres Helvétiens ne nous trouvèrent pas difficiles sur la qualité des mets, ils durent être surpris, quant à la quantité de notre exigence, et de l'empressement que nous mîmes tous à faire exécuter ce bienheureux ordre.

Nous venions ainsi de traverser la Suisse à petites et grandes journées : c'était certes un heureux commencement de voyages. Mais l'inconvénient des esprits d'une nature trop ardente est de se figurer, d'avance, tous les objets encore plus grands et plus beaux qu'ils ne peuvent être ; en sorte que, quelque admirable que soit la nature réelle, on la trouve, même dans ses plus remarquables phénomènes, au-dessous des enchantements promis par une imagination trop chaude et trop vive. Cette disposition est fâcheuse ; elle nuit au charme des voyages. J'y avais échappé cependant, quand, du sommet du Jura, j'avais aperçu tout à coup la masse imposante des Alpes, et ce Mont-Blanc dominateur dont on a tant de fois décrit les merveilles ! Depuis, et partout ailleurs, je ne me rappelle que le dôme de Saint-Pierre de Rome, les travaux d'art de Cherbourg et l'incendie de Moscou, qui m'aient étonné !

Quoique sous l'enchantement d'une autre influence, lorsque, avant d'arriver à Coire, nous passâmes pour la première fois le Rhin non loin de sa naissance, le peu de largeur de son cours à cette hauteur, la suspension d'armes qui durait encore, et l'éloignement de l'ennemi, ne suffirent pas pour modérer mon fol enthousiasme. A l'aspect de ce fleuve guerrier si fameux, je me sentis transporté d'un orgueil martial ; je le traversai fièrement, la tête haute, la main sur mon sabre, et, parvenu sur l'autre rive, je me crus un tout autre homme ; je me figurai avoir dès lors fait un grand pas dans notre carrière héroïque !

Un peu plus loin nous nous trouvâmes aux limites marquées par l'armistice ; et j'allai placer mes vedettes jusqu'au pied du glacier nommé le Splugen. Ici, en remontant jusqu'aux sources du Rhin, d'autres sensations me saisirent. Au-delà de Tusis et d'une gorge profonde on rencontre un lit de torrent assez large et sans profondeur, dont les eaux transparentes, s'étalant sur un fond d'ardoise, semblent noires comme celles du Styx. Après quoi l'on entre dans la *Via-Mala*, espèce de porte ou d'entrée d'enfer, reste gigantesque du chaos, où l'on suit, pendant environ deux lieues, un sentier suspendu sur un abîme. Ce sentier était entaillé, tantôt dans l'un, tantôt dans l'autre des deux flancs d'un roc immense séparé en deux : fente étroite, énorme, au fond de laquelle le Rhin, resserré, se précipite avec un effroyable bruissement. Souvent la corniche cesse par l'escarpement ou par quelque saillie du rocher. On passe alors d'un flanc à l'autre sur des ponts étroits formés de quelques troncs de sapins jetés en travers sur l'abîme : ponts alors vermoulus, entr'ouverts, tremblant sous les pas des chevaux, et qu'ébranlaient les ressauts du torrent qui mugit en se brisant sur son lit de rocs. La course en est si impétueuse, les bonds si violents, que, malgré la profondeur du gouffre, les flots s'élèvent et remontent en brouillard humide jusqu'au voyageur qu'assourdit le fracas de ces cataractes, trop profondes et trop resserrées pour être visibles !

C'est par cette fente si longue qu'on atteint le village de Splugen. J'arrivai tard à ce pauvre hameau ; j'aurais dû m'y arrêter par devoir et curiosité, et ne pas manquer cette occasion de monter sur le faîte des Alpes. Je ne sais quel dégoût me saisit : la misère des habitants, l'âpreté de cette nature en désordre, l'aspect isolé de ces régions perdues dans les nuages ; plusieurs journées de fatigue et d'oppression au milieu de ces masses bouleversées, le ciel même qu'un orage menaçant assombrissait, tout cela me rebuta. J'eus tort, comme voyageur, et surtout comme officier d'avant-garde, dont le but doit être de tout voir, de tout reconnaître soigneusement, d'envisager sous divers rapports toutes les voies d'aller et retour, et de rapporter sur les lieux qu'il parcourt, toutes les notions possible.

Je ne m'arrêtai donc à Splugen que le temps nécessaire pour placer mon poste ; après quoi, suivi d'une ordonnance, en dépit de l'orage, de la pluie et de l'obscurité qui commençaient, je fis demi-tour et rentrai dans la *Via-Mala* malgré les instances des habitants qui m'avertirent inutilement de mon imprudence. Je ne la reconnus que trop bien au bout d'un quart d'heure de marche, quand le vent, le bruit de l'orage et les mugissements du torrent m'assourdirent ; quand à la pluie glacée qui tombait du ciel qu'on n'apercevait plus entre, ces deux rocs, aux nuages abaissés qu'il fallait traverser et au brouillard épais qui s'élevait du fond du précipice, une nuit noire ajouta son obscurité, et qu'il fallut mettre pied à terre, afin de savoir où nous marchions et pour ne pas tomber dans le gouffre. Nous nous arrêtâmes consternés. Retourner à Splugen eût été le parti le plus sage, nous hésitâmes ; mais l'amour-propre et le goût des émotions fortes m'entraînèrent à ne point rétrograder.

Dès lors, marcher à tâtons la guide au bras, une main sur le rocher, et de l'autre main sondant à chaque pas le sol, devint notre seule ressource. Mais où l'anxiété, devenait inexprimable, c'était quand, le sentier manquant devant nous, il fallait deviner ces ponts jetés d'un roc à l'autre, en éviter les crevasses, et passer ainsi au-dessus du gouffre. Nous nous arrêtions, nous appelant à chaque minute, croyant, à tous moments, au travers du fracas du torrent ou de la tempête, avoir entendu l'un de nous rouler dans l'abîme ! Souvent nos mains et nos pieds en rencontrèrent le vide. Alors, nous rejetant en arrière contre le roc, nous restions saisis, n'osant plus faire un mouvement, immobiles sur cette corniche, et presque décidés à y attendre que le jour revînt nous montrer l'issue d'un danger affronté sans raison, sans utilité, et où notre fin tragique eût été entachée de blâme et de ridicule.

Bientôt pourtant, reprenant courage, nous serrant contre le rocher, et abandonnant nos chevaux à eux-mêmes, nous renouvelâmes en divers sens nos tentatives ; le plus heureux appelait l'autre, et ainsi peu à peu nous avançâmes. Enfin, après quatre mortelles heures d'angoisses, l'orage calmé, le ciel moins sombre, l'air plus libre et le bruissement des cataractes s'éloignant, nous nous sentîmes sur un sol plus ouvert. La *Via-Mala* était dépassée ; nos chevaux nous avaient suivis ; et bientôt une faible et bienheureuse lumière nous fit apercevoir un pauvre chalet où nous nous réfugiâmes.

Le lendemain nous revîmes Coire, d'où bientôt, Moreau ayant avec Macdonald troqué notre régiment contre un bataillon plus utile dans ces montagnes, nous nous acheminâmes par Feldkirch en Souabe. Là, ayant rejoint l'armée du Rhin, nous fûmes passés en revue par notre célèbre et nouveau général en chef.

IV.

HOHENLINDEN.

Cependant l'armistice s'étant prolongé, Macdonald, général en chef de l'armée des Grisons, et le général Dumas, son chef d'état-major, en avaient profité pour venir conférer avec Moreau jusque dans Augsbourg. Ma bonne fortune voulut que, le jour même de cette réunion, mon régiment passât dans cette ville. Le général Dumas m'y retint, me présenta aux deux généraux en chef, et me fit inviter par Moreau au dîner qu'il donna à Macdonald : repas splendide de cinquante couverts, aux sons d'une musique martiale, repas de vainqueurs, servi par les vaincus, aux frais de l'ennemi, dans un palais notre conquête, et pour convives les plus célèbres généraux du temps, alors tout brillants d'ardeur et de jeunesse, tout resplendissants d'or et de gloire! Je n'avais jamais rien vu de pareil ; j'en fus ébloui ; je commençai à comprendre que, aux illustres souvenirs de notre ancienne aristocratie, d'autres célébrités, d'autres souvenirs désormais ineffaçables succédaient; qu'on allait dater

d'une autre ère fortement empreinte, et qu'il y avait
déjà là les bases profondes d'une société nouvelle.

J'ai su, depuis, que cette réunion n'avait point été
étrangère à la politique : l'un de ses principaux motifs
avait été la jalousie qu'inspirait à ces généraux le pouvoir de plus en plus grandissant du Premier Consul.
L'inquiétude de Napoléon en fut éveillée ; on lui rapporta même que, au milieu de ce repas, ce mécontentement avait percé dans une raillerie mordante contre l'une
de ses sœurs : on ne manqua pas d'ajouter que ce propos, échappé à l'un des deux généraux en chef, n'avait
été que trop bien accueilli et hautement répété et com-
menté par son collègue.

Il y avait dans cet esprit d'opposition, en outre d'une
rivalité ambitieuse, un fond de républicanisme sincère :
reflet déjà bien pâli, empreinte déjà presque effacée, il est
vrai, des mœurs naguère si fières et si patriotiques de
cette armée. On y pouvait distinguer encore quelques-
uns de ces *Spartiates du Rhin*, comme on les appelait
alors ; volontaires des premières années de la République,
martyrs de la liberté et de l'indépendance nationale, à
laquelle ils s'étaient sacrifiés avec un dévouement pur de
toute ambition personnelle, et de fortune, et d'avancement, et même de gloire. On les avait cent fois vus,
après avoir surmonté tous les périls, refuser les grades
les plus élevés, se les rejeter de l'un à l'autre, et, fiers de
leur rigide probité républicaine, marcher nus, affamés,
souffrant de toutes les privations les plus cruelles, et,
vainqueurs enfin, demeurer pauvres au milieu de tous

les biens qu'offre la victoire : guerre héroïque, toute ci-
toyenne, et bien loin alors d'être un métier; où ces
hommes d'élite, soldats, officiers, généraux, guerriers par
patriotisme et non par état, n'avaient songé, en se prodiguant tout entiers pour assurer le salut public, qu'à rentrer ensuite pauvres et simples citoyens dans leurs foyers!

Mais depuis 1796 et 1797, dans cette même armée du
Rhin, lorsqu'à cette exaltation antique de tant de vertus
défensives du pays l'esprit de conquête succéda, tout
s'était modifié par la continuité de la guerre, par la séduction des renommées et la contagion des fortunes ac-
quises. Déjà même, en 1800, époque où j'y arrivais, il
restait peu de ces hommes primitifs si exclusivement
patriotes et si purs de tout intérêt privé : on les recon-
naissait à la simplicité de leurs vêtements et de leur manière d'être et de vivre, à l'indépendante et austère gravité de leur attitude, comme aussi à un certain air de
surprise hautaine, amère et dédaigneuse à la vue d'un
luxe naissant et de toutes ces passions ambitieuses qui
se substituaient au dévouement si naïf et si désintéressé
des premiers élans républicains.

Le luxe de ce dîner auquel je venais d'assister et de
la plupart des uniformes contrastait avec ces souvenirs
austères; pourtant, dans l'ensemble même de cette armée, on en retrouvait quelques traces dans sa discipline
probe, sévère plus qu'ailleurs contre le pillage, dans les
manières simples et populaires, dans la camaraderie et
le ton d'égalité des militaires entre eux, et avec leur
général en chef.

Je plus à Macdonald sans y penser, sans m'en douter. Cette impression eût été passagère sans le général Dumas qui la fit valoir, comme on le verra tout à l'heure. Un mois environ plus tard, l'armistice ayant été rompu, nous quittâmes nos cantonnements pour nous rassembler sous les ordres de d'Hautpoul. Ce général était célèbre par mille actions du plus grand éclat, au milieu desquelles on citait une courte et sublime harangue. Prêt à lancer sa division sur l'ennemi il passe au galop devant elle : « Carabiniers, s'écrie-t-il, braves carabiniers, « percez ! Cuirassiers, enfoncez ! Hussards, hachez ! » Et, donnant à la fois l'ordre et l'exemple, il fut obéi dans l'instant même.

Mais il fallait que, en lui, l'intrépidité fût plus constante que l'éloquence, car avec nous son inspiration fut moins heureuse. « Hussards, dit-il cette fois, nous allons « marcher à l'ennemi ! En avant donc ! et qu'aucun de « vous ne recule, sans quoi... » La colère, à cette supposition, lui ayant fait perdre le fil de son discours, pour se donner le temps de le retrouver, il enfila une longue suite de jurons si ronflants et si sonores, que, nous voyant tous rire, il nous tourna brusquement le dos, ajoutant cette belle conclusion : « sans quoi,... sans « quoi, il ne serait pas aux noces ! »

Peu de jours après nous arrivâmes aux avant-postes au travers d'une longue file de blessés des premiers combats, préludes de la bataille de Hohenlinden.

Quant à moi, ma campagne devait s'arrêter à Hohenlinden. Nous venions d'arriver sur ce champ couvert de

neige près de devenir à jamais célèbre, quand je reçus,
avec l'avis que Macdonald m'avait choisi pour aide de
camp, l'ordre de le rejoindre en Valteline. Quitter ainsi
mon régiment et l'armée la veille d'une grande bataille,
cela me fut impossible : j'obtins un sursis dont une vivacité de mon colonel faillit me faire repentir.

Nous avions alors pour chef M. de Labarbée, âgé d'environ cinquante ans ou moins peut-être, car, à l'âge que
j'avais, celui d'un homme mûr paraît toujours plus
avancé qu'il ne l'est réellement. C'était cet ancien capitaine de la Rochefoucauld-Dragons, connu par son esprit, par sa taille élevée, sa figure martiale, et sa force
herculéenne, par une adresse sans exemple dans tous les
exercices du corps, enfin par une témérité en tout et partout la plus audacieuse et la plus heureuse.

On savait que, avant la Révolution et la guerre, il
avait affronté seul la colère de tout un corps d'officiers
et s'était tiré brillamment de cette querelle : querelle de
garnison, dans un café dont ce corps d'officiers s'était
emparé, en y établissant pour règle, que tout officier d'un
autre corps, qui y entrerait, y serait à leur compte défrayé de tout. M. de Labarbée, choqué de cette prétention, avait refusé de s'y soumettre ; or, comme on n'o-
sait recevoir l'argent qu'il offrait, il s'était mis à tout
briser ; puis, se faisant apporter un seau de limonade, il
y avait faire boire son cheval, disant : « Que, puisque
c'étaient messieurs les officiers du régiment du Roi qui
payaient, il n'y avait rien à ménager. » Cela fait, il avait
fort tranquillement attendu le résultat de ce coup de

tête, qu'il avait soutenu par plusieurs duels heureusement terminés. Alors vint la Révolution, puis l'émigration
et la guerre qui le portèrent rapidement au grade de
colonel. Il en était là, lorsqu'un jour, se trouvant en
présence de la cavalerie autrichienne, on l'avait vu ordon-
ner à la ligne qu'il commandait, l'immobilité, et s'élançant, fondre seul, le sabre à la main, sur la ligne opposée, la traverser, se retourner, et, se refaisant jour au
travers des rangs ennemis, reparaître couvert de leur sang
aux yeux des siens, puis reprendre tranquillement sa place
à leur tête !

On peut facilement croire qu'un guerrier d'un pareil
caractère et de cette vigueur se soumettait difficilement
à la discipline et surtout aux règles de l'administration
militaire. Aussi, quand, à notre départ de Dijon, un commissaire des guerres, passant la revue de notre faible
corps, eut désapprouvé l'emploi d'une voiture que le colonel s'était fait donner pour les bagages, nous le vîmes,
pour toute réponse, saisir cet administrateur par la ceinture, l'élever en l'air, le retourner comme une plume, et,
lui plongeant la tête dans ce caisson, lui dire : « Qu'il en
« devait maintenant apprécier l'utilité ; » puis, le repla-
çant sur ses pieds, « lui souhaiter, partout et pour l'ave-
« nir, une inspection aussi prompte et aussi facile. »

Une autre fois à Lausanne, dans un revue encore,
quand notre général d'alors, ex-moine défroqué qu'il méprisait, passa devant lui, au lieu de le saluer du sabre il
l'en provoqua, en le lui faisant tourner autour de la
figure de la façon la plus menaçante.

Voilà quel était mon colonel! Au milieu de notre jeunesse, notre âge imberbe lui rappelait la maturité du sien. Cette fâcheuse comparaison lui était souvent importune : je m'en aperçus la veille de la bataille de Hohenlinden, quand nous rencontrâmes l'ennemi, et qu'enfin nous en entendîmes siffler les balles. J'étais le plus jeune, et, fier à la tête de mon peloton, je m'enorgueillissais de ces premiers bruits de guerre, quand lui m'avisant : « Ah! « ah! M. de Ségur, me dit-il, les entendez-vous, ces bal- « les? elles disent qu'entre vous et moi il n'y a plus ici « de différence, et qu'aujourd'hui nous sommes tous du « même âge! »

Moreau avait fait passer de droite à gauche, en toute hâte, notre division, celle de d'Hautpoul, par une marche forcée de nuit, la plus froide et la plus pénible. Nous flanquions donc la gauche du centre de l'armée. De ce côté la grande journée du lendemain fut, quant à notre division, de peu d'importance. Il n'en a pas été de même pour moi. En effet, lorsqu'avant la fin du jour nos bivouacs furent établis, et que notre colonel, mieux logé, eut vraisemblablement aussi mieux dîné que nous, il vint à cheval nous visiter. Or, me trouvant à pied sur son passage, que sans m'en apercevoir je gênais, il m'écarta sans façon, d'un coup de sa botte. Je me récriai, mais il continua son chemin, sans regarder, sans s'arrêter, et sans daigner me faire la moindre excuse !

Pour moi, resté immobile sur le coup d'une agression si inattendue, mon imagination s'échauffa. Je passai toute la nuit tantôt dans des transports de fureur, et tan-

2.

tôt, ne sachant que faire, inondé de larmes. Enfin, au
point du jour, apercevant mon colonel seul et se promenant à pied dans la plaine, je courus à lui, je lui donnai
ma démission, lui faisant comprendre qu'aussitôt après,
redevenu son égal, j'userais du droit de lui demander
raison de l'insulte qu'il m'avait faite. M. de Labarbée
ou ne se souvenait de rien ou ne m'avait pas, en m'écar-
tant, reconnu la veille. Tout surpris d'abord il me toisa
d'un coup d'œil de dédain si expressif, si plein de cette
exclamation du Cid : « Mais t'attaquer à moi, qui t'a
rendu si vain ? » qu'en vérité Daguerre, en saisissant ce
regard avec sa méthode nouvelle, aurait pu, je crois,
tracer ce vers, mot pour mot, sur toute ma frêle personne. Toutefois il se contenta de me répondre que, en
présence de l'ennemi, je ne pouvais donner ma démission sans me perdre d'honneur. Je répliquai que je me
tenais déjà pour déshonoré par sa violence, et que, après
avoir satisfait au plus pressé, je pourrais toujours me
réengager comme simple soldat, sous un autre chef !

Celui-ci était trop homme d'esprit et de cœur pour
abuser de sa position : il ne poussa pas plus loin cette
épreuve ; il appela plusieurs officiers, leur expliqua noblement son inadvertance, le tort qu'il avait eu ; et, les
prenant hautement à témoin de l'aveu qu'il en faisait, il
accompagna cette généreuse et complète réparation des
paroles les plus honorables. Je retrouvai tout à coup en
lui l'officier de l'ancien régime ; car personne n'était de
meilleure et plus aimable compagnie que lui quand il
le voulait ; il n'était autre que par boutades.

Le reste du jour fut à la bataille. Elle se décida au centre. Pour nous, quelques manœuvres et tirailleries, suivies de bivouacs sur la glace, telle fut notre faible part à une victoire aussi grande; après quoi, ayant été prendre les ordres de Moreau et déjeuner avec lui à Nymphenbourg, je retournai à grandes journées, seul, sans argent, mais défrayé de tout par le pays, joindre le général Macdonald en Valteline.

Dans ce trajet je revis la Souabe, Coire, la Via-Mala, et ce Splugen que j'avais si négligemment reconnu; ou plutôt, je le passai sans presque le voir cette fois encore. C'était apparemment dans ma destinée, soit à tort, soit autrement, de perdre l'occasion de contempler cette borne gigantesque placée entre le nord et le midi de l'Europe! Malade depuis plusieurs jours, je ne l'entrevis que d'un œil éteint; j'étais si mourant que j'entendis mes compagnons de voyage, après m'avoir attaché sur une mule, se dire entre eux, que le passage du glacier allait m'achever, et aviser à ce qu'ils auraient à faire de mes restes, de l'autre côté de la montagne. Mais il arriva tout le contraire : l'air du glacier me ranima; cette crise me fut favorable. Parvenu à l'autre bord du lac de Chiavenna, on me hissa sur un cheval de fourgon, dont le trot horriblement dur, qui me tuerait aujourd'hui, acheva de me rétablir. Tel est le privilège de la jeunesse. J'arrivai donc entièrement convalescent au quartier général de Macdonald.

V.

CAMPAGNE DES GRISONS.

Macdonald était alors préoccupé de soins pressants. Sa rude tâche, qu'il accomplit au milieu de ses glaciers, fut de vaincre l'âpreté de la saison, celle des lieux et la résistance de l'ennemi. Son armée comptait à peine quatorze mille hommes. Il avait à franchir le triple sommet qui le séparait des vals de l'Adda, de l'Oglio et des affluents de l'Adige ; d'où, tombant sur Trente, il devait s'emparer du haut cours de ce fleuve et de celui de la Brenta elle-même.

L'armistice allait finir, quand, de la vallée des Grisons, Macdonald jeta d'abord, par-dessus le Splugen encore pratiquable, trois mille sept cents hommes sous d'Hilliers, en Valteline. Lui-même au contraire, se plaçant à Rinecks, attira de ce côté opposé l'attention de l'ennemi, tant par sa présence que par de grands travaux de retranchements. Il les étendit de Constance jusque vers Feldkirch : leur objet était de couvrir, à tout hasard, sa retraite en Suisse.

En même temps il poussa des corps d'observation vers

les sources de l'Adda et de l'Albula, à Bormio, Avos et Lens, et à tous les débouchés de l'Engadine.

Son flanc gauche ainsi couvert, il se retourna subitement vers sa droite avec ce qui lui restait de forces disponibles; et, remontant le Rhin jusqu'à sa source, il traversa rapidement Coire, Tusis, s'engagea dans la Via-Mala, voie malheureuse, et parvint au pied du Splugen. C'était attaquer l'hiver au cœur, la famine dans son domaine, et toutes les horreurs du chaos des Alpes, à leur sommet et dans leur saison les plus redoutables !

De Tusis à Chiavenna il y a quatorze lieues. Dans ce court trajet il fallut livrer à cette âpre nature l'un des plus périlleux assauts de cette guerre. Toutes les précautions possibles avaient été prises. Les traîneaux suffirent aux pièces démontées; mais les mulets de charge manquèrent aux munitions : on fut donc réduit à surcharger, de cinq jours de vivres et de dix paquets de cartouches, chaque soldat, qu'embarrassaient déjà bien assez sa giberne garnie et le poids de son sac et de ses armes.

Ce corps d'attaque fut partagé en quatre colonnes. La première, après Tusis et pendant plusieurs lieues, défila entre deux rocs si hauts et si resserrés que nos soldats voyaient à peine le ciel ; leurs pieds n'eurent là pour appui qu'un sentier de glace, corniche obscure, étroite et glissante, taillée dans le rocher, au bord d'un gouffre, entrecoupée, à plusieurs reprises, de mauvais ponts de bois sur lesquels on passait de l'un à l'autre flanc de ces deux masses ; un abîme de trois cents pieds était sous leurs pas, et sur leurs têtes la double montagne. Les torrents qui s'en précipitaient, des glaces pendantes sous mille formes, en girandoles, en longues larmes, et des avalanches que rompaient tantôt de rares sapins et tantôt d'insuffisants blindages, tels furent, dans cette Via-Mala et jusqu'au Splugen, les premiers et les moindres obstacles. Cette colonne parvint au Splugen le 26 novembre : ici l'on avait en face le glacier à surmonter ; le 27 on commença. Dans la bonne saison trois heures suffisent pour atteindre l'hospice, mais alors on ignorait s'il ne faudrait pas la journée entière. Pendant la première heure, la rive gauche du torrent qu'on remontait servit de guide et la fatigue fut supportable ; mais, quand la tête du val fut atteinte, une rampe, roide de soixante degrés et d'une heure et demie de longueur, épuisa les forces. Pourtant le sommet fut gagné, la montagne vaincue, et l'on se trouva au partage des eaux du nord et du midi de l'Europe ! Le froid pressait ; l'haleine reprise, on chemina entre deux glaciers dans l'intervalle de quatre cents mètres qui les sépare : les montagnards jalonnaient le sentier que les travailleurs déblayaient ; soixante dragons du 10°, le général la Boissière en tête, en foulaient la neige.

On espérait gagner, avant la nuit, l'hospice où commence la plus haute plaine, quand, tout à coup et de l'est, le vent s'éleva. Aussitôt des nuées épaisses de neige et de glace pulvérisée les enveloppèrent. Ils persévéraient cependant, lorsqu'une énorme avalanche, d'environ cent pieds de diamètre, se détacha de l'un des sommets avec le fracas et la rapidité de la foudre ! Elle emporta la tête de la colonne. Trente dragons, et leurs chevaux qu'ils tenaient en main, disparurent : ils furent entraînés dans le torrent, fracassés contre les rochers, et ensevelis sous les neiges. Leur général marchait en avant d'eux, cela le préserva ; il demeura presque seul ; et affaibli, à demi gelé, il fut porté par les montagnards jusqu'à l'hospice. Quant à sa colonne, entièrement séparée de lui, elle s'arrêta : une montagne de neige avait remplacé le sentier, et, ne pouvant ni avancer ni demeurer, on rétrograda jusqu'au Splugen.

Le lendemain 28, le reste de la compagnie de dragons si cruellement mutilée et Cavaignac, colonel de ce régiment, s'offrirent les premiers pour recommencer. Mais la tempête continuait ; cet ouragan dura jusqu'au premier décembre, et les guides déclarèrent que pour quinze jours le glacier était devenu impraticable. Cependant Macdonald, encore à Coire, envoyait presser la marche ; les vivres s'épuisaient ; il fallait, pour éviter la famine et l'encombrement passer au plus vite.

Le 1er décembre enfin, une belle gelée s'étant établie, le général Dumas, chef de l'état-major de l'armée, en profita. Il vainquit la résistance des montagnards et le glacier. Le détail des dispositions qu'il prit est remarquable. Sous ses ordres les meilleurs guides, et quatre des plus forts bœufs du pays marchant de front, ouvrirent les neiges qu'à leur suite quarante paysans déblayèrent. Après ceux-là une compagnie de sapeurs achevait l'œuvre, que consolidaient deux cents fantassins marchant serrés sur six hommes de front. Puis venait la cavalerie, puis l'artillerie, et enfin les bêtes de somme et leur escorte.

Le silence avait été recommandé : il fut observé comme à la manœuvre. On avança dans cette tranchée profonde, mais si lentement qu'il était presque nuit lorsqu'on parvint à l'hospice. Il y eut des hommes gelés. Quelques soldats et chevaux débordèrent le sentier ; ceux-là furent engloutis dans les frimas qui cachaient le précipice. On eut ensuite à traverser une mer de neige d'un grand quart de lieue de longueur, où le moindre vent en pouvait soulever les flots capables d'ensevelir la colonne entière. Après quoi vinrent la descente du Cardinel, autre danger, sentier tournant sur lui-même et se précipitant en zigzag, en spirale et à pic, dans un abîme de six cents pieds de profondeur ; puis la petite plaine d'Isola, et Campo-Dolcino où la nuit arrêta.

Dans la descente la tête tourna à plusieurs hommes, le pied manqua à des mulets ; ils roulèrent brisés de roc en roc, leurs cris retentirent quelques instants et ils disparurent.

Pendant les deux journées suivantes le même temps favorisa la marche de la seconde et de la troisième colonne. Le 5 décembre ce fut le tour de Macdonald et du quatrième et dernier passage. Le mauvais génie de ces hauts lieux y avait repris son empire. Un déluge de neige venait de combler la tranchée que le général Dumas y avait ouverte. De nombreux jalons en marquaient la trace ; l'ouragan les recouvrit ou les arracha ; et plus que jamais les montagnards se refusèrent à affronter cette tempête. Mais Macdonald s'irrita, et s'obstinant il se mit en marche. Plusieurs fois ses guides, ses grenadiers même, se rebutant, rétrogradèrent ; lui persista : il prit la tête, il marcha la sonde à la main, faisant ouvrir après lui ces masses de neige ; et guide et soldats, en dépit de l'ouragan qui redoublait, il força tout à le suivre !

Il réussit, mais sa colonne fut, à plusieurs reprises et sur divers points entrecoupée et séparée de lui par des flots de neige. La 104ᵉ demi-brigade tout entière dispersée mit deux jours à se réunir ; beaucoup de traîneaux et leurs charges furent abandonnés ; enfin, dans cette dernière journée, bien des soldats restèrent mutilés par le froid : cent dix hommes et plus de cent mulets et chevaux périrent.

Le 6 décembre les deux tiers de l'armée des Grisons avaient passé du versant des eaux allemandes aux sources des eaux italiennes. Ils remplissaient la Valteline.

Mais il fallait encore de glacier en glacier traverser de la vallée de l'Adda dans celle de l'Adige. Le rude Apriga, moins haut mais plus tortueux, plus âpre, plus abrupt encore que le Splugen, fut surmonté. On y laissa moins d'hommes, mais plus de chevaux et surtout de bêtes de somme : roidies par leurs charges elles ne purent se reployer sur elles-mêmes dans les replis aigus du sentier qui, montant et descendant à pic, serpentait en brusques zigzags entre les rocs ; il en roula beaucoup dans les précipices.

Le val Camonica atteint, l'avant-garde essaya le Tonnal. Mais cinq mille Autrichiens, retranchés dans la glace, en défendaient le passage ; et deux fois, en dépit d'assauts intrépides les plus obstinés, nos généraux, Vaux et Vandamme, reculèrent après avoir rougi le glacier d'un sang versé inutilement. De son côté Macdonald tenta vainement d'en tourner la gauche et d'arriver sur la Sarca, par-dessus l'un des contreforts du Tonnal : ici la nature seule, sans autre ennemi, résista ; aucun passage ne fut trouvé praticable.

Dès lors, renforcé de deux mille Italiens, le général en chef descend l'Oglio jusqu'à Visogne. La nouvelle du passage du Mincio par notre armée d'Italie venait d'irriter son impatience. En nous l'annonçant il demande à ses soldats, devenus montagnards, s'ils se laisseront dépasser par leurs compagnons d'armes victorieux dans la plaine. Et sans se tromper, jugeant de notre ardeur par la sienne, il nous entraîne droit sur le San-Tyéno. Cette montagne est inabordable à l'artillerie, à la cavalerie elle-même ; elles la tournèrent par le lac d'Iseo. Quant à nous, ce glacier, même après celui du Splugen, nous étonna. Il est si haut, si roide, si hérissé des plus rudes aspérités, que, même pour l'infanterie, il y fallut ouvrir un passage dans d'énormes blocs de glace, et les tailler en escaliers, à coup de hache. Nous fûmes forcés de nous servir autant de nos mains que de nos pieds, et de nous prendre à la queue de nos chevaux pour atteindre le faîte. Enfin, de crête en crête, de ravins en ravins, franchissant, jour et nuit sans s'arrêter et au pas de course, vingt-cinq lieues de boues et de glaces, ennemis, postes retranchés, nous traversons tout ; et, le huit janvier 1801, surmontant le sommet de Michelsberg, nous

nous précipitons sur l'Adige, en forçant le passage, et arrachons aux Autrichiens la ville de Trente !

Là, sans reprendre haleine, d'une main Macdouald saisit, à Levico, les sources de la Brenta ; de l'autre il pousse, vers la Pietra, les vaincus descendant l'Adige. Ce fut ici surtout que nous vîmes le front audacieux et même un peu hautain de Macdonald, et son regard si franc et si fier, que tempérait souvent une gaieté railleuse, s'animer d'un bonheur bien vif, lorsque, dans cette dernière direction, aux coups de feu de son avant-garde d'autres coups lointains, qu'apportait un vent du sud, semblèrent répondre : ces coups ne pouvaient être que ceux de l'armée de Brune !

L'ennemi, que nous suivions, en quelque nombre qu'il fût, était donc enveloppé, dans l'étroite et profonde vallée de l'Adige, entre Macdonald qui la descendait et l'aile gauche de l'armée d'Italie qui la remontait. Ainsi tant de fatigues, tant de combats contre la nature, mais obscurs, mais sans gloire guerrière, allaient être couronnés par l'un des plus brillants coups d'éclat de cette guerre ! En effet, ces coups de canon étaient ceux du lieutenant général Moncey, commandant l'aile gauche de Brune. Quant aux ennemis pris entre deux, c'était Laudon, c'étaient ces mêmes vingt mille Autrichiens, que les efforts de front de l'aile gauche de Macdonald sur le haut Inn et le haut Adige, et que sa manœuvre si rapide par sa droite, venaient de forcer d'abandonner le Tyrol. Ils couraient se réfugier près de leur armée d'Italie, et ils se trouvaient cernés et attaqués en tête et en queue, au moment où ils avaient espéré l'atteindre.

Mais Moncey, homme de cœur, avait l'esprit trop accessible à une foule de préoccupations : sa responsabilité lui donnait la fièvre. Cette disposition s'était sans doute accrue sous l'odieux gouvernement de la Terreur, qui imposait la victoire à ses généraux, sous peine du dernier supplice. Laudon abusa de ce caractère. Se sentant pris comme dans un piège, il eut recours à la ruse : il fit annoncer à Moncey la nouvelle d'un faux armistice. Moncey hésita. D'une part, la position de l'ennemi retranché dans la Piétra lui sembla formidable ; d'autre part et malheureusement ce même vent du sud, qui nous avait apporté ses coups, l'avait empêché d'entendre les nôtres ; en sorte que, ne nous sachant pas derrière Laudon, il ne comprit pas la détresse de ce général et ne se défia pas assez de son mensonge. La pensée du sang qui allait couler le troubla. Tout ce qu'il désirait conquérir, la Piétra, Trente même, on le lui cédait. L'infortuné général s'arrête ; la suspension d'armes qu'on lui demandait, il la signe ; et le trop heureux Laudon, au moment d'être forcé à mettre bas les armes, profitant de ce répit, s'échappe du val de l'Adige dans celui de la Brenta, en défilant par un sentier presque impraticable.

La Piétra ainsi abandonnée et l'ennemi disparu, les avant-postes de l'armée d'Italie, étonnés, rencontrent les nôtres. Moncey consterné aperçoit Macdonald, et tout à la fois qu'il vient d'être victime d'une ruse de guerre ; que sa crédulité a fait manquer l'un des plus importants résultats de cette campagne ; qu'il va devenir la fable de trois armées : confus, humilié, sa faute l'écrase. En proie au même caractère qui la lui avait fait commettre, il faillit se tuer de désespoir. Macdonald perdait à cette mystification tout le fruit de son habile et rude manœuvre; il oublia tout pour le consoler! Quant à Brune, qui se vantait encore d'être terroriste, il fut moins généreux : furieux, il remplaça Moncey par Davout dans le commandement de son aile gauche; mais Davout se refusa noblement à profiter de cette infortune; forcé d'obéir, s'il vint à la Piétra, ce fut pour se mettre sous les ordres de son ancien et malheureux compagnon d'armes!

VI.

JE ME RALLIE A LA RÉVOLUTION.

Macdonald, soit clairvoyance, soit effet d'un caractère haut et parfois ombrageux, reprochait à Brune de n'avoir pas secondé à temps sa pénible marche ; puis, de n'avoir songé qu'à lui en ravir le but en le prévenant dans Trente par son aile gauche. Il s'irritait surtout de ce qu'il ne l'avait considéré que comme l'un de ses lieutenants, lorsqu'il l'avait enveloppé dans son armistice.

Ce mécontentement s'étendait jusque sur le Premier Consul. Pourquoi, le trompant comme l'ennemi, ne lui avait-il donné que quatorze mille hommes, quand il lui en avait promis trente mille ? Pourquoi lui avait-il réservé la part de dangers la moins brillante, la plus pénible, et, dans ces combats contre la nature, l'avoir soumis en quelque sorte aux ordres de Brune ? Et quelle humiliation, s'il n'eût prévenu de quelques heures, dans Trente, l'aile gauche de ce général ! Sa faible armée harassée n'eût donc alors conquis pour tout résultat que des glaciers, d'où sortant sans gloire elle eût été contrainte à recevoir des mains de Brune ce prix de tant de

fatigues, ce riche cantonnement, remporté par une dernière marche d'une rapidité presque fabuleuse.

Avec de pareilles dispositions dans notre chef on peut
juger de l'esprit frondeur et hostile qui s'empara de
notre quartier général. Peu de jours avaient suffi pour
reposer notre jeune armée, quand l'armistice, symptôme
menaçant de la paix, vint irriter notre impatience. Elle
éclata dans mille propos, dont, en ces temps de révolutions, on ne mesurait pas l'imprudence. « Que ferions-
nous de cette paix qui ne profiterait qu'au Dictateur ?
Chaque armée n'aurait donc combattu que pour lui seul !
De quel droit ses guides, ses gardes, ses armées d'Égypte
et de Marengo, avec leur renommée rivale étrangère à la
nôtre, l'élevaient-ils de plus en plus, sur leurs pavois, en
tête et au-dessus de tout ? Souffrirait-on que les vainqueurs de Naples, de Zurich et de Hohenlinden, que
Macdonald, Masséna et Moreau lui-même, que tous nos
généraux en chef enfin, devinssent les sujets et les mar-
che-pieds de Bonaparte ? »

Ces sentiments, que tous n'avouaient pas ouvertement,
fermentaient dans tous les cœurs, qu'enflammaient la
plus jalouse des passions, l'amour de la gloire, et l'envieuse égalité, et la fierté de nos généraux, à laquelle
chacun de nous s'unissait et que révoltait une soumission
forcée à un autre général en chef, naguère leur compagnon d'armes et leur égal !

Chaque jour ces passions, dangereuses au pouvoir
naissant du Premier Consul, aspiraient avidement le
souffle des partis, que les lettres et la mauvaise presse

nous apportaient de la capitale. Une autre passion plus violente en fut alors soulevée; elle s'ajouta à toutes les autres, et, dans l'armée plus qu'ailleurs, excita un mécontentement universel. Là surtout, la guerre de la Révolution avait été une guerre de castes et de classes. Cette armée plébéienne venait d'y conquérir sa gloire et ses grades contre l'aristocratie française et toutes les aristocraties étrangères, dont ces grades avaient été, de tout temps, le patrimoine. Généraux, officiers, presque tous dataient de 1792. Les souvenirs de leurs humiliations sous la monarchie étaient tout vivants encore. Quelque forts et fiers qu'ils fussent de leur illustration si glorieusement acquise, elle était récente : il n'y avait pas un an que les triomphes de la coalition l'avaient contestée et mise en péril. Ils savaient que, aux yeux des Noblesses de toute l'Europe, ils n'étaient considérés que comme une armée de parvenus qui n'avaient d'autre droit que la victoire.

C'était là le point d'irritation le plus chatouilleux. Aujourd'hui, que le temps a tout confirmé, que la fusion s'est accomplie, et que cette lutte, s'abaissant, se dénaturant, s'est transformée en celle du pauvre contre le riche, ou même de ceux qui n'ont rien contre ceux qui ont quelque chose, il reste pourtant encore assez de cette inquiétude jalouse, pour qu'on puisse comprendre quelle en devait être alors la violence.

Au milieu de ce foyer tout brûlant d'amour-propre et d'intérêt, d'orgueil et d'honneur, les nouvelles de Paris apportèrent les propositions du Prétendant, la rentrée

des émigrés, l'accueil qu'ils recevaient de madame Bonaparte. On se récria. L'irritation devint si vive à notre
quartier général, que, dans nos conversations, pour avoir
fait un appel à la générosité nationale en faveur des
moins offensifs de ces émigrés, on m'avertit que je deve-
nais suspect, et que j'allais rendre insupportable ma présence au milieu de mes camarades.

Tel était le soulèvement de tous les esprits. On en
avait déjà pu distinguer le germe, quand nous avions
appris l'attentat du 3 nivôse suivi de la déportation des
terroristes. Cet attentat n'avait pas été accueilli avec
l'indignation qu'il méritait; on l'avait même tourné en
ridicule, tant l'esprit de parti est passionné. La fierté
indépendante et jalouse des chefs s'excita de ces dispositions; elle espéra. On sait quels fruits amers elle pro-
duisit : elle fut fatale à Moreau quatre ans plus tard;
elle borna la carrière de ses meilleurs lieutenants, et
suspendit, pendant huit ans, celle de notre général.

Au reste tout ceci fut moins sérieux à Trente qu'au
quartier général de l'armée d'Allemagne, grâce à la
joyeuse vie qu'on y menait, à la composition de l'armée,
comme aussi aux mœurs douces et élégantes, aux nobles
sentiments et à la constante gaieté du caractère heureux
de Macdonald.

Ce fut alors surtout que je compris la Révolution.
J'en voyais pour la première fois à découvert les plus
fortes, les plus vivaces et les plus profondes racines. Les
passions dont j'étais environné blessaient mes premières
affections : elles me repoussaient en moi-même, où j'ai-

3.

mais d'ailleurs à me renfermer ; elles rendaient ma position difficile. Cette situation me fut profitable. Au
milieu de cette armée plébéienne, si fière d'elle-même à
si juste titre, je mesurai la double folie d'une obstination
royaliste et surtout aristocratique : la première, sous
nos drapeaux républicains, me sembla une trahison ;
quant à la seconde, entouré de tant de guerriers, tous
plus anciens, plus expérimentés, plus instruits que moi,
je sentis combien ces prétentions exclusives de naissance
seraient non-seulement dangereuses, mais injustes et
ridicules. Dès lors j'acceptai la Révolution comme un
fait accompli, fondé en droit, et auquel le bon sens,
l'équité, l'intérêt du pays et même celui de l'ancienne
Noblesse, ordonnaient qu'on se rattachât.

Cette conviction acquise, cette route tracée, ce rôle
choisi, j'y fus fidèle ; je voulus y être utile, et contribuer
à y entraîner avec moi l'ancienne France, c'est-à-dire le
plus grand nombre de nobles qu'il se pourrait, afin de
hâter la fusion et de rendre désormais impossible tout
retour aux proscriptions conventionnelles et directo-
riales. Cette idée s'empara fortement de moi. Depuis, et
sans cesse, elle inspira mes conversations, mes actions et
jusqu'à mes moindres paroles.

Ce fut surtout alors que, pour m'encourager dans une
voie, où les rôles avaient tant changé, je comptai et ré-
capitulai continuellement les noms des colonels et de
généraux de l'ancienne noblesse alors en pied dans
l'armée, en dépit des proscriptions, et qui devaient m'y
servir de points d'appui. C'étaient les Caulaincourt,

d'Hautpoul, Grouchy, Pully, Rochambeau, d'Hilliers, Macdonald, etc., etc.; je n'en oubliais qu'un seul, celui qui venait de m'y appeler, et qui bientôt devait être notre protecteur le plus puissant, c'était le Premier Consul! Mais, par une inconséquence, par un entraînement naturels à mon âge, subissant aveuglément l'influence de l'atmosphère qui m'entourait, je ne voyais en lui qu'un usurpateur passager, l'ennemi de mon général, celui de Moreau, et qui devait incessamment succomber sous le poids de la haine universelle.

A cela près, la pensée qui me dominait paraîtra peut-être bien tenace et bien profonde pour la jeune tête d'un sous-lieutenant de vingt ans. Mais qu'on se le rappelle, je me sentais isolé et presque suspect; j'étais pauvre, pensif et passionné; susceptible avec les autres et avec moi-même; les observant, m'observant sans cesse; les jugeant d'après moi, et me croyant encore plus observé que je ne l'étais.

Ma vie à Trente fut économe, prudente et studieuse. Ce caractère qui prenait tout au sérieux, ces fortes impressions, et les précautions qu'elles me dictèrent, sans me brouiller avec mes camarades, m'en tinrent à part. Dans cet isolement occupé, que l'un d'eux me rappelait encore hier, ils ne virent qu'un goût prononcé, qu'une passion bizarre et prématurée pour le travail, dont ils me plaignirent; ils les respectèrent, en sorte que, au milieu des mille plaisirs et des folies du désœuvrement où l'armistice livrait une jeunesse ardente, joyeuse et peut-être un peu trop joueuse, le jour mon seul délassement fut l'étude, et le soir mon seul jeu, celui des échecs avec un vieux Polonais de la première force, un colonel Dimbowski, qui mit toute sa patience à me rendre capable de lui tenir tête. Pour mes études, elles reçurent une heureuse direction, soit qu'elle m'eût été donnée par le général Dumas, par quelques lettres de mon père, ou par la honte de mon ignorance sur l'esprit, le but, le théâtre, et les divers événements de notre campagne.

Nous étions alors tous établis dans le vaste et gothique palais de l'Évêque de Trente. J'obtins de Macdonald sa correspondance qu'il me confia, et ses instructions à ses généraux; je les emportai à mon troisième étage. Là, ressaisi de ma première passion, celle du travail, mais l'appliquant à un sujet plus positif et plus utile, je commençai sérieusement ma double carrière de militaire et d'historien. Je fis l'extrait de tous ces matériaux; je me pénétrai de leur esprit, que m'aidaient à comprendre et mes questions à nos chefs, et une étude approfondie de la carte. Cela fait, et notre départ s'approchant, j'empaquetai soigneusement mon trésor et le conservai précieusement; je ne me doutais pourtant pas alors que je devais bientôt faire usage de ce travail à Copenhague; qu'ensuite il verrait le jour à Paris, et qu'il contribuerait à me faire appeler à l'état-major intérieur et particulier de Bonaparte.

Bien loin alors de songer à m'attacher à ce grand homme, je ne le désirais même pas. Et pourtant déjà ses actes eussent dû me montrer en lui ce protecteur, ce réconciliateur, dont la main puissante et réparatrice pou-

vait, seule, rapprocher et fondre ensemble les anciens
et les nouveaux éléments de la société française. Mais
à l'âge que j'avais, comment, sans lumières et sans
guides, ne point s'égarer? Quel est le sous-lieutenant de
vingt ans qui sait lire ou qui même lit les publications
quotidiennes? Et pourtant, à cet âge, comme on commence à écrire une œuvre littéraire avant d'en avoir fait
le plan, de même on se fait une opinion, on prend un
parti dans la politique du jour, sur ouï-dire, et sans en
calculer les conséquences. A l'armée, cette étude était
moins facile qu'ailleurs. Or, quand, après la paix de Lunéville, laissé en arrière comme le plus jeune, je fus
chargé de conduire à Lyon la garde et les bagages du
quartier général de Macdonald, au travers de la haute
Italie, je ne savais pas un mot de ce qui venait de se
passer en France.

VII.

J'ACCOMPAGNE MACDONALD DANS SON AMBASSADE EN DANEMARK.

Les généraux en chef qui venaient de rentrer en France, lors de la paix, avaient dû descendre des hauteurs du commandement et ils ne pouvaient s'accoutumer à cette espèce de déchéance : ils supportaient impatiemment la suprématie rapidement ascendante d'un seul d'entre eux, naguère leur émule et leur égal. Ils critiquaient, ils blâmaient tout à haute voix, le Concordat principalement. Cet esprit de révolte commençait à s'étendre jusque dans la garde consulaire que commandait Lannes. L'orgueil mécontent de ces généraux s'enflait; il s'appuyait de la clientèle de guerriers nombreux, dont la gloire, presque toute septentrionale, se sentait étrangère à la gloire méridionale, sans doute préférée, des guerriers vainqueurs sous Bonaparte. De là aussi deux camps rivaux, deux armées presque ennemies, et, à la suite des dangers d'une guerre extérieure enfin domptés, la nécessité de prévenir les dangers intérieurs de cette rivalité jalouse, et d'une guerre sourde et intestine.

Ce fut dans ce but que, avec Moreau surtout, honneurs rendus, éloges prodigués, alliances de famille même, dit-on, tous les moyens conciliants et généreux furent employés ; mais l'on a déjà vu la résistance de ce général. Avec les autres, tels que Bernadotte, Saint-Cyr, Brune, Augereau et Macdonald, Napoléon se servit de moyens plus efficaces. Des missions de diverses natures les disséminèrent, les unes guerrières, les autres à la fois guerrières et diplomatiques. On envoya Bernadotte commander l'armée de l'Ouest, et Saint-Cyr, en Espagne, la division française lancée contre le Portugal. Lannes et Brune partirent, l'un pour l'ambassade de Lisbonne, l'autre pour celle de Constantinople. Quant à Macdonald, que sa parole libre et railleuse, que son caractère indépendant et fier, et que son intelligence avec Moreau rendaient gênant, dès avant sa rentrée en France dans les premiers mois de 1801, il fut destiné au Danemark.

Le Danemark tenait la clef de la Baltique. Placé aux avant-postes de la neutralité armée des rois du Nord menacée par la flotte anglaise, et déterminé à se défendre, il nous demandait un général. La mission de Macdonald à cette Cour lointaine lui fut donc représentée comme bien moins diplomatique que militaire. Macdonald irait porter, à cette extrémité de l'Europe, la gloire des armes françaises. Ses aides de camp, son état-major et ses officiers d'artillerie et du génie l'y accompagneraient. Macdonald n'accepta cette mission que sous la condition d'en être rappelé dès qu'elle cesserait d'être guerrière. En conséquence, partant aussitôt de Trente pour Paris, par Vé-

rone, Milan et Turin, il me laissa l'ordre, comme au plus
jeune de ses aides de camp, de ramener en France son
quartier général et deux compagnies d'infanterie et de
cavalerie qui l'escorteraient. Le sort ainsi me favorisa :
dès ma première année de service j'avais fait connaissance avec nos généraux les plus renommés : j'avais vu,
à grandes et petites journées, le sud-est de la France, la
Suisse, l'Allemagne méridionale et toutes les Alpes ; j'allais
voir le nord de l'Italie ; j'avais assisté à une grande bataille, à la guerre de plaines, à celle de montagnes ; enfin,
je ne revenais à Paris que pour en repartir, et pour voir
encore, sous un double aspect, l'est de la France et l'Europe septentrionale.

En arrivant à Milan, je rendis visite au général Moncey qui y commandait en chef. Je lui trouvai tout l'extérieur de sa position. C'était un homme du plus grand air :
taille élevée, figure noble, formes graves et majestueuses.
Mais ces dehors renfermaient, avec un noble cœur, un
esprit inquiet, s'embarrassant d'une foule de considérations ; trop dépendant des autres par trop d'estime de
leurs louanges ou de leurs critiques ; supposant trop de
mérite à celui qu'il avait en face ; en sorte que, s'ajoutant aux difficultés, il se combattait lui-même aussi dans
son adversaire.

Je m'étonne encore aujourd'hui de la longévité de ce
maréchal ; tant ce caractère inquiet et sa conscience trop
irritable, qu'agitait au delà de toute expression la moindre
responsabilité, ont dû fatiguer son existence. Un souffle,
un rien, tout lui donnait la fièvre ! Il en était malade, en

ce moment, malgré l'estime générale et la faveur du Premier Consul; et c'était non-seulement du souvenir de son malencontreux armistice de la Piétra, mais même, et malgré le traité de Lunéville, des embarras d'un commandement devenu pourtant tout pacifique. Un quart d'heure de conversation me découvrit tout entière cette cruelle disposition de son esprit, qui ne lui a jamais laissé un instant de quiétude. Je le quittai confondu : il y a de cela quarante et un ans, et je ne comprends pas que, habituellement en proie à tant de pénibles émotions, il puisse exister encore !

Dans la seconde quinzaine de mai, un an après mon premier départ, je rentrais à Paris je me retrouvais dans ma famille. Le retour de la belle saison, coïncidant avec le mien, avait éloigné de Paris, mon ancienne société. Ce fut pour moi une difficulté de moins. L'épreuve d'ailleurs eût été courte, car en arrivant je reçus l'ordre d'être prêt à repartir. Je sus que Macdonald, à son retour de Trente, passant par Nevers, y avait appris l'assassinat de Paul Ier, le désastre de la flotte danoise brûlée par Nelson dans la rade de la Copenhague, et la soumission forcée qui en avait été la conséquence; qu'alors, jugeant sa mission sans objet, il s'en était cru dégagé; mais que Napoléon avait persévéré, qu'il avait prétexté la possibilité de relever de ce double échec la neutralité armée des rois du Nord; et que, pour le décider à se rendre en Danemark, il l'avait flatté, après un court séjour dans ce poste obscur, de l'ambassade de Pétersbourg. Déjà même Macdonald faisait à grands frais les préparatifs nécessaires à une destination aussi importante. En même temps le Premier Consul, qui ne négligeait aucun détail, s'était rappelé la brillante renommée que mon père avait laissée à la Cour de la grande Catherine : il avait voulu que je fusse attaché diplomatiquement à cette ambassade. Le 1er juin je reçus ma nomination ; et bientôt après, comme aspirant et aide de camp je partis avec Macdonald.

On ne pouvait montrer, pour la première fois, au nord de l'Europe, un plus illustre et plus digne représentant de la gloire pure des armées de la République. Ce voyage fut pour Macdonald un triomphe continuel dont nous prîmes plus que notre part. Partout la foule se pressait sur nos pas ; partout Macdonald se montra généreux jusqu'à la prodigalité, surtout pour les Français malheureux qu'il rencontra. Nous vîmes Leipsick, Dresde, et Pilnitz, célèbre point de départ de la guerre de la Révolution. Nous fûmes présentés à l'Électeur, excellent prince, mais d'un caractère méthodique et si soumis à l'étiquette, qu'elle le suivait même, disait-on, dans l'intérieur de son palais, jusque dans les bras de l'Électrice ! Nous en plaisantions alors : dans notre légèreté native et révolutionnaire, notre défaut de méthode riait de ce que ces peuples en avaient de trop ; aujourd'hui plusieurs de nous pensent peut-être que nous eussions tous gagné à être moins dissemblables, regrettant pour nous une bonne part de ces mœurs sages, constantes, régulières, dont la différence des caractères nationaux ne nous permet guère l'imitation.

Berlin ensuite nous arrêta plusieurs jours. J'y recueil-

lis, des Princes, des Princesses de cette Cour, et plus explicitement d'un grand nombre de leurs entours, des
témoignages de l'estime profonde que tous conservaient
à mon père, à son histoire du feu Roi de Prusse, quelque véridique qu'elle fût, et de leurs regrets de ce que
ce Prince eût suivi des conseils opposés à ceux que mon
père lui avait apportés dans sa dernière mission diplomatique. On se souvient que cette mission avait précédé
la guerre de 1792, qu'elle n'avait pu empêcher.

Quant au mauvais succès de leur première campagne,
l'un des anciens aides de camp de ce monarque défunt
s'efforça de l'excuser. Selon lui les ordres donnés au duc
de Brunswick n'avaient pas été suivis. Frédéric-Guillaume II avait voulu que, à Valmy, on ne s'en tînt pas
à une simple canonnade. Son avis avait été d'attaquer,
de livrer franchement bataille. Mais le duc de Brunswick, se souvenant trop que le roi avait été son élève,
n'avait point eu égard à ses instructions. Cet officier
m'avoua aussi que, trompé par nos émigrés, on ne s'était
attendu qu'à une simple marche militaire, pendant laquelle toutes nos populations, et notre armée elle-même,
accourraient se joindre aux drapeaux prussiens! Il expliquait ainsi, et la fatale proclamation du duc, et le désappointement de ce général, et le découragement qui en
avait été le résultat.

Notre séjour en Danemark fut pourtant de six mois
entiers. Mais à chaque dépêche Macdonald renouvela
la demande de son rappel, et à la dernière il l'exigea si
impérieusement, qu'il fallut bien y condescendre.

Quant à moi, ce séjour me fut profitable; il eut même sur mon avenir une influence heureuse, inattendue et décisive. Si j'en parle avec complaisance, il faut m'excuser. Ces détails contre-balanceront la réputation un peu futile que m'ont valu sans doute quelques chansons fort étourdiment ébauchées sur les marges des archives de notre légation, et qui ne déposent point en faveur de l'attention suivie que je devais apporter à cette étude. A vingt ans quelques distractions de société, au milieu de travaux sérieux, n'ont peut-être pas besoin d'excuse ; mon amour-propre cependant, et le bon exemple qu'il faut toujours laisser après soi, m'entraînent à dire qu'on aurait tort de me juger sur cette apparence ; qu'en réalité l'emploi de mon temps fut honorable ; et que, si le résultat en a été pour moi plus profitable que je n'eusse dû m'y attendre, du moins fut-il quelque peu mérité.

Pendant le jour, chez Macdonald, et partout ailleurs, à table, en société, je recherchai les personnages les plus remarquables, les écoutant, les attaquant même de questions autant que me le permettait mon jeune âge : je m'efforçais ainsi de rassembler le plus de notions possible sur le pays, les choses et les hommes au milieu desquels je me trouvais. Puis le soir, avant de me mettre à mon précis, je grossissais, j'enrichissais avec joie, mon cahier de notes de tout le butin que je venais de recueillir.

Je fis plus : mon trésor une fois commencé, je devins avide; je redoublai d'efforts pour l'augmenter. J'osai porter mon ignorance jusque chez les savants les plus distingués. Des professeurs, un Français entre autres, et le célèbre Nybourg lui-même, m'accueillirent avec indulgence. Pâle, faible, malade à force de travail, ce savant avait déjà la vue affaiblie; la moindre lumière l'éblouissait. C'était donc quand la nuit suspendait ses travaux que j'allais rechercher son entretien. J'entrais, à tâtons, jusques au fond de sa retraite, où j'avais peine à le découvrir à la lueur pâle d'un seul flambeau, au milieu d'in-folios et de manuscrits poudreux dont il était environné : sa chambre en était comble. Nos entretiens quelquefois l'en distrayaient; nous gagnions tous deux à ce rapprochement, moi de la science, lui du repos : c'était ce qui nous manquait à l'un et à l'autre.

Jusque-là les nouvelles de nos succès et de nos revers avaient eu, sur ce peuple froid et lointain, une influence remarquable. Le gouvernement danois avait cru devoir s'y montrer flexible. Réussissions-nous, l'habile Bernstorf rendait quelque peu la main au peuple, détendant le frein; la coalition reprenait-elle le dessus, il le resserrait doucement.

Pourtant, dans ce pays, le goût pour notre révolution avait été si vif, il avait produit un tel aveuglement, que, pendant toute la Terreur, Robespierre, aux yeux non-seulement de la bourgeoisie danoise, mais de plusieurs grands, et de la duchesse d'Augustembourg elle-même, avait passé pour un grand homme! On avait lu ses discours avec enthousiasme: on avait maudit ses victimes comme des traîtres justement punis; on avait plaint sa

chute ! Quelque grossière que fût cette erreur, ce peuple
avait été longtemps à en revenir.

Je retrouve aussi dans mes notes, qu'à ces remarques,
et à beaucoup d'autres devenues surannées, s'ajoutaient
quelques anecdotes, moins sérieuses, sur l'état mental du
roi régnant ou plutôt qui ne régnait pas plus sur son
royaume que sur lui-même. On disait qu'il n'avait pas
perdu tout l'esprit, dont une fâcheuse habitude de son
adolescence lui avait ôté le gouvernail. Sa folie était
quelquefois plaisante: On racontait que, un jour entre
autres, adossé à une chaise, et se trouvant au milieu de
sa famille, après l'avoir contemplée silencieusement, il
s'était écrié tout à coup : « En vérité, il faut convenir que
« nous formons une réunion charmante. Ma fille a les
« jambes contournées; mon fils ressemble exactement à
« un albinos ; mon frère est bossu ; ma belle-sœur re-
« garde en même temps à droite et à gauche ; et moi je
« suis fou ! » Puis, étendant ses observations aux souverains alors régnants : « Au reste ma grande famille,
« continua-t-il, n'est guère plus saine : mon cousin
« Georges d'Angleterre est le plus insensé de son royaume;
« mon frère Paul de Russie ne l'est pas mal, à ce qu'il
« me semble; mon collègue de Naples en tient aussi, ou
« ne vaut pas mieux; mon petit cousin de Suède promet
« plus encore ; et, pour en revenir à moi, je suis le plus
« fou de toute la bande ! » Alors, voyant l'un de ses
courtisans joindre les mains et lever les yeux au Ciel :
« Eh bien ! que lui veux-tu….? laisse-le en repos, car tu
« ne le tromperas pas, celui-là ! » ajouta-t-il.

La médisance s'était exercée sur la femme de son frère, prince, comme on vient de le voir, d'une taille plus qu'exiguë, et sur un courtisan d'une stature herculéenne. Celui-ci se sentit un soir frapper fortement sur l'épaule; il se retourne. « Ah! pardon, s'écria le roi, éclatant de « rire; c'est que je vous avais pris, ma foi, pour mon « propre frère! »

Une autre médisance accusait le prince royal de trop sacrifier à l'état militaire, en n'apportant à cette manie dispendieuse que les vues rétrécies d'un caporal. Il est vrai que, dans ses revues fréquentes dont nous fûmes témoins, on voyait ce prince, fort bon d'ailleurs, s'irriter, gourmander, battre même ses grenadiers, et, prenant rang lui-même, sa canne à l'épaule, marquer le pas, et se donner ainsi en spectacle de la façon la plus bizarre. Un jour donc qu'il présentait à l'approbation de son père un plan de réforme financier dont il lui expliquait l'économie, le roi, sans répondre, se leva et se prit à marcher gravement, la canne à l'épaule en disant : *Droite, gauche! droite, gauche!* puis, s'arrêtant devant son fils : « C'est cela qui coûte beaucoup trop, monsieur, répliqua- « t-il! » Toutefois, comme le prince insistait, le roi céda; mais, trouvant son fils aussi peu sensé que lui, *Christian et Compagnie* fut sa signature.

Le 11 octobre, arriva Duroc, colonel aide de camp de Bonaparte. Sa mission avait eu pour but Berlin, Pétersbourg surtout, puis Stockholm et Copenhague. Aussitôt l'ardeur de grossir mon cahier d'observations me porta à rechercher son entretien, sans autre calcul. La jeunesse d'alors, accoutumée à tout risquer pour la gloire, élevée au bruit des grandes renommées nouvelles et de tant d'illustres dévouements royalistes ou républicains, n'était point intéressée. Moi, comme elle, et de plus nourri des mœurs de ma famille, je n'étais ambitieux surtout que de considération. Dans cette circonstance je ne songeai qu'à obtenir l'estime de ce personnage. Mais d'abord son attitude réservée et observatrice ne m'encouragea pas ; et puis j'étais, j'avais l'air si jeune alors, au milieu de personnes toutes plus âgées, que j'attirai peu son attention. Mais il arriva heureusement, dès le second jour, que, au milieu d'un petit cercle, Duroc nous ayant adressé quelques questions sur la flotte et l'armée danoise, je me trouvai seul en état de lui répondre. Aussitôt, soit curiosité, soit surprise, il redoubla, me prit à part, et, la conversation engagée, je ne manquai pas, comme on le pense bien, cette occasion d'étaler mes nouvelles connaissances. Le résultat fut que, à son tour, Duroc me rechercha ; et que, flatté de cette préférence, je lui offris, et il accepta, un relevé des renseignements les plus utiles que je m'étais procurés, et qui pouvaient rendre sa mission plus fructueuse.

Le 15 octobre, jour de son départ, à quelque émotion dans ses adieux, aux épanchements de l'officier qui l'accompagnait et qui me pressait de venir promptement le rejoindre à Paris, pour entrer dans le régiment des Guides où lui-même était capitaine, je vis bien que je m'étais acquis l'estime et l'amitié de l'illustre voyageur. Pourtant je l'oubliai bientôt, n'ayant attaché à cet incident qu'un désir général de plaire ; mais j'avais fait plus que je ne pensais : cette entrevue allait avoir sur ma destinée l'influence la plus puissante. Duroc venait d'emporter de notre rencontre un souvenir plein d'intérêt et d'affection, sentiment qu'il s'empressa, dès son arrivée, de transmettre au Premier Consul, et qui ne devait plus s'effacer. Tant il importe de donner de nous, dès notre début, une favorable impression ; succès qu'un esprit studieux obtient facilement par la surprise qu'inspire le contraste, dans l'âge léger des plaisirs, d'un travail solide et sérieux, et grâce à l'indulgence à laquelle on est naturellement disposé pour un si jeune âge.

Quant à moi, n'ayant pas regardé si haut et si loin, aussitôt après ce départ je retournai à ma vie habituelle et observatrice, sans me douter que j'en avais déjà obtenu tout le prix qu'il m'était possible de recueillir.

La nouvelle d'une perte cruelle et inattendue vint bientôt, d'ailleurs, absorber toutes mes pensées dans une douleur profonde : ce fut la mort de mon grand-père le maréchal de Ségur, qu'un accès de goutte nous enleva le 8 octobre 1801.

Cependant, aux yeux de Macdonald, de plus en plus dégoûté de sa nouvelle carrière, sa mission ne semblait plus avoir d'objet que son éloignement de la capitale ; et réellement elle n'en avait point d'autre. Aussi, le 5 décembre 1801, irrité des défaites par lesquelles Talleyrand répondait à ses demandes de rappel, il lui avait écrit une lettre rude et menaçante qui le brouilla bien inutilement, car le ministre, par une dépêche datée de la veille, 4 décembre, venait enfin de lui envoyer ses lettres de récréance. Il les reçut le 19 décembre, en profita sur-le-champ; et, quittant Copenhague le 23, il nous ramena dans le premier mois de 1802 à Paris, où Duroc nous avait précédés seulement de quelques semaines.

VIII.

Au milieu d'un premier mouvement de triste satisfaction de ce second retour chez les miens, après une perte cruelle, six mois d'absence, et un si rude voyage dans une aussi mauvaise saison, je m'aperçus que, entre mon père, Macdonald et le Premier Consul, il y avait un parti pris de ne plus me regarder comme militaire. Je vis que mes lettres, que mes observations sur le pays d'où je revenais, que surtout les rapports bienveillants de Duroc, mon brevet d'aspirant et le renom de mon père dans la diplomatie, me faisaient considérer comme désormais attaché à cette carrière. Elle était contraire à mes goûts, au mouvement des esprits d'alors, aux impressions que venait de me donner l'exemple de Macdonald, et à l'attrait que, dès mon enfance, j'avais éprouvé pour l'éclat des armes.

En conséquence, très décidé entre mes deux brevets d'aspirant et de sous-lieutenant, lorsque Macdonald nous réunit pour se présenter, avec nous, au Premier Consul,

je le suppliai de ne me désigner que dans ma qualité
d'aide de camp à Bonaparte. Mais il n'en tint compte ;
et, quand vint mon tour, ce fut comme aspirant qu'il me
présenta.

C'était aux Tuileries, dans la salle qu'on nomme aujourd'hui *Salon du trône*. A mon nom, et à ce mot d'aspirant, Bonaparte s'arrêta. Il me regarda fixement ; sa
figure, sombre ce jour-là, devint bienveillante, et il répondit : « Oui, je sais qu'il a d'heureuses « dispositions ».
Mais moi, quoique je le visse d'aussi près pour la première
fois, trop peu ébloui de l'aspect d'un aussi grand homme
en raison des sentiments hostiles de nos quartiers généraux, et d'ailleurs bien résolu à ne pas me laisser engager plus avant, je pris la parole et, osant le contredire :
« Citoyen Consul, répliquai-je, si j'ai des dispositions, ce
« n'est pour la diplomatie, c'est pour l'état militaire. »
Cette hardiesse le surprit, elle lui déplut : tout entier alors
à la paix et aux négociations, elles contrariait ses vues
sur moi ; sa physionomie redevint sévère ; et, d'une voix
rude et brève, il me répliqua, en me tournant brusquement le dos : « Eh bien ! vous attendrez la guerre. »

On ne trouvera pas singulier que je sois sorti de cette
audience assez peu satisfait de l'aménité du Premier Consul. Mais ce n'était pas tout encore. Nous descendions le
grand et double escalier qui n'existe plus, celui que les
Suisses avaient défendu le 10 août, quand Macdonald, qui
ne manquait guère une occasion de plaisanter, s'arrêtant
et se retournant, me complimenta, « sur le succès de
« mon début près du général Bonaparte, et sur le rapide

« avancement que me promettait un accueil aussi favorable. » Je lui répondis qu'il en était cause, m'ayant
présenté malgré moi comme aspirant ; qu'au reste je me
consolais de cette disgrâce, puisque je restais attaché à
sa personne. « Mais point du tout, reprit-il, je ne puis
« vous conserver ; les règlements ne m'accordent que
« trois aides de camp, et vous êtes le quatrième. » Alors
pourtant, reprenant son sérieux en me voyant stupéfait
de ce dernier coup inattendu, il ajouta : « Tranquillisez-
« vous ; en attendant mieux je vous mettrai près de
« Beurnonville. » C'était son ami ; je me laissai faire,
mais à contre-cœur, ne voyant là qu'une manière détour-
née de me rattacher à la carrière diplomatique, que Beurnonville préférait alors pour lui-même à celle des armes.
Dans cette fausse position j'employai mes loisirs aux
études de mon métier, et à la correction de mon précis
de la campagne des Grisons, qu'on me pressait de faire
imprimer. D'autre part, me retrouvant au milieu de mon
ancienne société, j'essayai de la cultiver en même temps
que ma société nouvelle ; mais elles ne s'étaient nullement
rapprochées : c'étaient toujours deux camps ennemis et
plus que jamais antipathiques.

Malgré les avances de madame Bonaparte, la politique
conciliatrice et généreuse du Premier Consul et notre
exemple, l'ancienne aristocratie, toujours arrêtée dans le
passé, derrière un retranchement de haine et de dédain,
ne vivait que de souvenirs et se nourissait de vains es-
poirs. Fond et formes, tout était obstacle, tout se heur-
tait entre le monde créé par la Révolution et la société de

4.

l'ancien monde. Celle-ci était accoutumée à mettre au-
dessus de tout les délicatesses du savoir-vivre la politesse
exquise des formes convenues, enfin cette urbanité, ces
grâces, ce charme indéfinissable, nuances à la fois si fines
et si exclusives, du code de l'empire des femmes d'autrefois. A ces mœurs si délicates de l'ancien régime, les manières informes et les mœurs rudes des hommes nouveaux
étaient hétérogènes et intolérables. Cela seul, sans le dé-
placement de rang, de pouvoir et de fortunes, eût rendu
tout mélange impraticable. Aussi ne doit-on pas s'étonner que cette société ancienne se plût à envelopper le
Premier Consul et les hommes d'élite dont il s'environnait dans son aversion pour les révolutionnaires qu'il
avait domptés. L'armée même y était comprise. Ses immortels faits d'armes n'étaient, à ses yeux, que des accidents passagers, des triomphes de force brutale ; une
espèce de gloire sauvage, fausse, illégitime ; et les grades,
acquis par cette gloire, une usurpation sur des droits
anciens et imprescriptibles.

Tels étaient les sentiments, bien naturels au reste, des
débris de ce monde si cruellement décimé, et sans clientèle, mais toujours animé de cet esprit de caste, le plus
opiniâtre de tous les esprits de parti, par ses liens intimes de société et de famille, par ses habitudes héréditaires de domination et de point d'honneur, par son orgueil et ses prétentions exclusives devenues comme une
seconde nature composée de tous les intérêts, de toutes
les passions qui agissent le plus fortement sur le cœur de
l'homme.

Ceci n'est point une critique de l'aristocratie ; ce serait plutôt son éloge ; pourvu qu'elle ne soit pas exclusive, qu'elle convienne aux temps et qu'elle soit possible. Quel autre corps en effet, si vieilli, si cruellement vaincu et dispersé, eût pu se montrer aussi compacte, aussi constant dans de mêmes sentiments, et opposer à une aussi grande infortune une résistance aussi inflexible ?

Quant à moi, convaincu que cette résistance était aussi injuste qu'intempestive, m'en étant séparé et cherchant ailleurs un point d'appui, je choisis fort mal. Soit irritation des repoussements de cette même société et de l'accueil du Premier Consul, soit entraînement de camaraderie militaire, et influence de l'hostilité républicaine, contre Bonaparte, de Macdonald et de Moreau sous lesquels j'avais fait mes premières armes, je devins presque révolutionnaire. Les conseils de mon père, sa nomination au Corps Législatif le 31 janvier 1802, le brevet de lieutenant que je reçus le 5 avril, rien de tout cela ne put d'abord me regagner.

Paris alors était plein des états-majors des armées, impatients de leur inaction et irrités de ce qu'ils appelaient la dictature et les usurpations du Premier Consul. Ils taxaient de contre-révolutionnaires ses mesures en faveur des émigrés, et pour le rétablissement du culte catholique. J'entendis leurs clameurs sans en désapprouver assez le mauvais esprit ; je fus témoin, dans Notre-Dame, de leur indignation, le 11 avril, lors du *Te Deum* pour le Concordat signé huit mois plus tôt. Je ne blâmai point assez, ce jour-là, cette réponse de Delmas à Bona-

parte : « Oui, belle capucinade, en effet ! C'est dommage
« qu'il n'y ait manqué qu'un million d'hommes qui se
« sont fait tuer pour détruire ce que vous rétablissez ! »
Les impertinences brutales, que plusieurs autres généraux firent entendre aux Tuileries et aux oreilles mêmes
de Napoléon, me déplurent sans doute, mais sans assez
me révolter ; je conviens aussi que, dans la cathédrale,
mon attitude ne fut pas la moins irrévérente ; je me souviens même que, au retour du cortège, qui passa devant
le Palais-Royal près d'un groupe d'officiers où je me
trouvais, nos airs dédaigneux, en réponse aux saluts mul-
tipliés du Premier Consul, ne durent certes pas le satisfaire.

Dans ma position, et avec le but que je me proposais,
tout cela était absurde. Ce fut un propos grossier de Moreau qui commença à m'ouvrir les yeux sur la fausse direction que j'avais prise. J'avais été le voir un matin rue
d'Anjou-Saint-Honoré ; la conversation s'était établie devant moi, entre Grenier ou Lecourbe et lui, sur l'armée
française au temps de Louis XV ; j'écoutais comme des
oracles les jugements, fort peu remarquables cependant,
qu'il en portait, car sa parole, comme ses manières, était
commune ; lorsque, oubliant ou ignorant ma parenté, il
qualifia dans des termes sales et méprisants tous les généraux, sans exception, de l'ancien régime. Cette insultante
trivialité me fit monter le sang à la figure. Blessé dans
mon grand-père si brave, si mutilé, et dont je portais le
deuil, je me retirai aussitôt, d'autant plus irrité qu'il m'a-
vait été impossible de répondre à cette brutalité injurieuse.

Depuis je n'ai revu ce général qu'au Temple, à l'un des interrogatoires qu'on lui faisait subir, où la curiosité m'avait attiré, et où, toujours irrité contre lui, mais par égard pour son malheur, j'évitai de m'en laisser apercevoir.

Je n'avais rien à craindre de pareil de Beurnonville et de Macdonald ; pourtant, rentré chez mon père, on me fit comparer cette grossièreté hostile à la grandeur d'âme de Napoléon, profitant de la fête du 14 juillet 1801 pour recueillir et inaugurer aux invalides les restes épars de Turenne ! On me fit remarquer ses efforts pour relever, pour rallier à son pouvoir tous les proscrits victimes des gouvernements révolutionnaires ; on me rappela, encore plus à propos, que, pendant mon séjour en Danemark, ayant appris dans quel dénûment vivait mon grand-père, dont il avait jadis reçu ses premiers brevets, il avait, par une pension, adouci les derniers moments de son infortune ; puis la noble réception faite à ce vieux guerrier, quand il alla aux Tuileries remercier le Premier Consul. Bonaparte avait été au-devant de lui ! Dans leur court entretien il s'était montré déférant ; et, le reconduisant jusque sur l'escalier, il avait voulu que sa garde prît les armes, que les tambours battissent aux champs, qu'enfin elle lui rendît tous les honneurs militaires dus au rang, alors aboli, de maréchal !

Ce contraste entre une malveillance trivialement injurieuse et ces égards généreux, ces témoignages de considération pour mon grand-père, comme pour nos gloires aristocratiques, toucha profondément mon cœur ulcéré.

Mes yeux s'ouvrirent. Ils virent en Bonaparte le véritable point d'appui que j'avais cherché, et qui s'offrait au
salut et à la réhabilitation possible des restes de la société ancienne. Néanmoins, fatigué de mon inutilité, et
me croyant disgracié de Napoléon par mon obstination
antidiplomatique, je venais de demander un emploi de
mon nouveau grade dans le 19mo de Dragons commandé
par Caulaincourt, quand j'appris que, dans ce régiment,
une dénonciation de complot, à propos du Concordat, avait
irrité contre lui le Premier Consul. Le fait était faux, il
fut cru vrai, et conséquemment un escadron de ce corps,
composé des plus mécontents, allait être envoyé à Saint-
Domingue.

Au même moment je reçus un billet de Duroc, daté du
4 prairial an 10 (24 mai 1802) : il m'invitait à me rendre à midi à Malmaison ; le Premier Consul désirait me
parler ; je serais introduit par l'aide de camp de service ;
Duroc s'excusait, sur son absence forcée, de ne pouvoir
se charger de me présenter lui-même.

Certes il n'y avait rien dans un tel billet qui dût m'a-
larmer ; mais les imaginations jeunes et vives sont su-
jettes aux préoccupations exclusives, et ne brillent pas
alors par le bon sens. La mienne se figura, tout chétif
que j'étais, que la coïncidence de ma demande d'entrée
dans le 19me avec l'esprit séditieux que venait de montrer ce régiment, m'avait attiré la colère de Bonaparte.
J'arrivai donc à Malmaison convaincu que j'allais recevoir, après une forte réprimande, la menace ou l'ordre
de mon départ pour Saint-Domingue. On peut juger de

ma surprise lorsque, au contraire, accueilli paternellement, je vis les traits de ce conquérant, qui m'avaient paru si rudes aux Tuileries, empreints de la plus attrayante bienveillance ; quand j'entendis sa voix, naguère si dure, me dire avec un accent doux comme une caresse : « Que, sa-
« tisfait des rapports qu'il avait reçus de moi, il me char-
« geait d'une mission près du roi d'Espagne ; que j'aurais
« à remettre ostensiblement, de sa part, une lettre au
« roi, et une autre au prince de la Paix, mais celle-ci se-
« crètement, à l'insu du général Saint-Cyr, notre ambas-
« sadeur, ces deux personnages étant mal ensemble ;
« qu'au reste le citoyen Talleyrand me donnerait des ins
« tructions. » Alors, se promenant avec moi quelques secondes de plus dans ce long cabinet éclairé sur le jardin
et sur la cour du château, et qui en occupait toute la largeur, il ajouta plusieurs mots obligeants sur la confiance
qu'il me témoignait, et me congédia de ce même air plein
d'aménité avec lequel il venait de m'accueillir.

En arrivant à Malmaison j'étais hérissé, et ne songeant qu'à me défendre ; en sortant j'étais ravi, charmé,
enthousiasmé ! Le lendemain ce fut un nouvel étonnement quand M. de Talleyrand m'eût remis, avec mes instructions, mes dépêches et mon passe-port, dix mille
francs ! à moi, qui ne m'étais jamais vu possesseur que
d'un mois de solde, toujours dépensé d'avance, malgré
l'économie que ma position m'imposait.

Il y avait loin de Madrid à Copenhague où j'étais na-
guères. C'était, pourtant, mon séjour dans l'une de ces
capitales qui me conduisait à l'autre. Quels que fussent

leur distance et le contraste des climats, tout cela me parut moindre que la différence entre les mœurs des deux
peuples et leurs caractères. Du reste mon voyage ne manqua ni d'incidents, ni d'accidents que je n'eus point le
droit de reprocher tous à la fortune. Nous étions alors
convaincus qu'on ne pouvait obtenir l'estime du Premier
Consul qu'à deux conditions : le succès et la promptitude.
Argent et santé, je n'épargnai donc rien pour faire, à la
fois, bien et vite. Mais j'étais d'un âge et d'un caractère
où l'un, plus que l'autre était facile. Aussi, quant à la
célérité, si je n'eus rien à me reprocher, on va voir, pour
le succès de cette mission, que ce fut au hasard seul que
j'en dus la réussite.

Je trouvai Madrid presque désert : la Cour était à
Aranjuez sur le Tage. Je m'y rendis aussitôt et me présentai chez le général Saint-Cyr, notre ambassadeur. Ce
général avait tous les dehors convenables à sa renommée
militaire déjà fort grande : une haute et mâle stature,
une physionomie noble et grave, et des manières d'une
simplicité calme et imposante. Il me reçut avec une dignité froide. Dès le lendemain il me présenta au roi et
à la reine. Leur accueil fut, du côté de la reine, gracieux,
empressé même, et de la part du roi, celui que je devais
attendre de la bonhomie d'un roi chasseur, réfléchie et
mesurée quoique incisive; prince d'ailleurs chaste, pieux,
probe et bienveillant, mais sans instruction aucune, et entièrement gouverné par sa femme et par Godoï son favori, personnage si odieux à toute l'Espagne que, dès lors,
lui et la reine recherchaient un point d'appui contre

cette haine dans la puissante amitié du Premier Consul.

Godoï n'était point à cette audience, et peut-être parce que Saint-Cyr s'y trouvait présent. On ne m'avait pas averti que ce général, d'une vertu austère, d'une droiture inflexible et du plus exemplaire désintéressement, excepté de gloire guerrière, détestait ce favori. Au reste la partie secrète de mes instructions le disait assez ; et, Napoléon, plus politique que son ambassadeur, ne dédaignait pas, comme lui, de se servir de cet inévitable intermédiaire pour rattacher l'Espagne au sort de la France.

Quant à moi, pressé le jour suivant d'aller remettre à ce Prince de la Paix la lettre mystérieuse de Napoléon, je sortis de bonne heure de mon hôtel garni, le premier que, depuis mon entrée en Espagne, je n'eusse pas trouvé réellement intolérable. Mais, par une insigne étourderie, en voulant accomplir discrètement cette partie secrète de ma mission, je choisis l'heure, le lieu et le vêtement qui pouvaient rendre ma démarche plus ostensible. Un frac, la nuit, et le moment où le prince eût été seul, eussent été des précautions convenables ; et, tout au contraire, ce fut au grand jour, en uniforme, et à une audience publique, que je me présentai chez ce favori !

Ce fut seulement à mon arrivée dans une longue galerie, au milieu d'une multitude de solliciteurs, que je m'aperçus de la bévue que j'avais commise. Il n'était plus temps d'en revenir. Le prince était absent. Pendant une mortelle demi-heure d'attente je restai là comme pris au piège, me maudissant, me dissimulant, m'efforçant de me rendre invisible ; n'osant regarder personne en face, tremblant que, parmi tant d'inconnus, quelque Français ne m'abordât, croyant enfin tous les regards fixés sur la sotte figure que je faisais et sur mon malencontreux uniforme. Pourtant, ce que j'avais si mal commencé, je l'achevai mieux, c'est-à-dire plus heureusement que je ne le méritais. Je m'enhardis, me glissai dans la foule jusqu'à la porte de la chambre où devait entrer le Prince, et, avisant là un valet de chambre, je me décidai à m'annoncer à son oreille, en sorte que, dès que Godoï arriva, je fus introduit seul auprès de lui. Je me souviens que la pièce où il me reçut était toute nue et remplie du singulier étalage d'une foule innombrable de chaussures.

C'était un personnage d'une pleine et belle figure, quoique insignifiante, d'une taille élevée pour ce pays et vigoureuse, mais déjà un peu chargée d'embonpoint. Je lui trouvai, dans ses manières, peu de dignité : il me reçut comme on accueille l'envoyé d'un protecteur. Dans les empressements qu'il me prodigua il m'invita à dîner pour ce jour-là même ; mais, revenu de mon imprudence, qui déjà me torturait intérieurement, je lui fis remarquer qu'une telle invitation décélerait notre entrevue, et qu'il conviendrait mieux au secret à garder sur elle que j'eusse l'air de lui être entièrement inconnu. Il comprit cette nécessité, reçut mon excuse ; et comme il n'existait pas d'autre issue à la chambre où nous étions, que celle par laquelle j'étais entré, il me fallut, en me retirant, reparaître une seconde fois dans la longue salle d'audience, d'où je m'esquivai en me plongeant promptement dans la foule où je fus bientôt perdu ; après quoi, gagnant peu à peu la porte et prenant un détour pour rentrer chez moi, j'y courus me débarrasser de cet uniforme et de ce casque dénonciateurs dont je m'étais décoré si intempestivement.

Dès lors, et pendant huit jours que j'attendis à Aranjuez la réponse à mes dépêches, préoccupé, bourrelé de mon étourderie, Machiavel, lui-même, eût, je crois, imaginé moins de moyens, moins de subterfuges, moins de paroles insidieuses, que je n'en employai pour m'assurer si notre ambassadeur avait quelques soupçons de cette visite si mal combinée ; et pour la lui rendre invraisemblable, je lui fis, ou j'adressai à d'autres devant lui, mille questions sur la figure du prince, comme si je ne l'avais jamais vu ; je feignis de ne le connaître que par les yeux du général, et de partager toute l'aversion que ce favori lui inspirait. Dans l'anxiété continuelle que j'éprouvais, craignant à tout instant de retrouver notre ambassadeur instruit de ma maudite entrevue, je ne le quittais que pour revenir aussitôt me rassurer sur son ignorance.

Cela faillit au contraire lui tout découvrir. Il arriva qu'un jour, dans une de nos promenades à pied, nous rencontrâmes dans sa voiture cet objet de toutes mes craintes. La haine en était à ce point, entre le favori et le général, qu'ils en étaient venus à ne plus même se saluer ; et voilà que, sortant la tête et la main de la portière, le prince m'adressa le salut le plus amical ! Sur quoi Saint-Cyr, de s'étonner, de se récrier, de me demander ce que cela signifiait ; et moi, de paraître plus surpris encore, de supposer, d'affirmer que ce salut ne pouvait s'adresser qu'à lui, me gardant bien de rendre au prince sa politesse, et la maudissant intérieurement.

Le lendemain, après tant d'efforts hypocrites, qu'on se figure ma consternation lorsque Saint-Cyr, m'accueillant d'un air composé, m'interpella sur une partie de mes instructions, dont je lui avais, disait-il, fait un mystère. A ces mots, croyant ma mission manquée, mon astuce dévoilée, il me sembla que, dans toutes mes veines, mon sang se décomposait. Pourtant, malgré cette anxiété extrême, je me contins, j'affectai l'étonnement le plus naïf, et le priai de s'expliquer comme s'il m'était impossible de le comprendre. Bien m'en prit, car en effet nous ne nous comprenions ni l'un ni l'autre. Je m'en aperçus lorsqu'il m'avoua qu'il me soupçonnait d'être d'accord avec Lucien Bonaparte, et d'avoir été chargé de communications secrètes avec le secrétaire de ce frère du Premier Consul, dont j'ignorais même la présence à Aranjuez. Oh ! comme alors, soulagé d'un poids immense, charmé de voir l'ambassadeur prendre ainsi le change, et fort de pouvoir enfin être vrai, je niai cette fausse imputation avec une effusion si persuasive, que Saint-Cyr me rendit toute sa confiance.

Ce fut ainsi que je réparai l'étourderie que j'avais commise. Je réussis, mais ce fut à mes dépens. Dans cette préoccupation trop exclusive, m'étant trop livré à cet ambassadeur mécontent, pour le mieux tromper, il m'entraîna à négliger, comme lui, toutes les formes : il me fit repartir sans prendre congé non-seulement du prince, mais du roi lui-même, et conséquemment sans recevoir le riche présent qui, selon l'usage, m'était destiné. J'y renonçai sans regret ; mais ce qui fut pire, c'est qu'ainsi je manquais l'occasion d'étudier cette Cour, de me mettre en rapport avec le favori, de donner plus d'importance à mon voyage, et enfin de laisser à Aranjuez une meilleure idée de mon savoir-vivre. C'était avoir sacrifié plus qu'il ne fallait à l'une de mes instructions ; mais les têtes vives ont ce grand inconvénient que, une fois frappées, elles ne voient plus qu'un côté de leur affaire.

Au reste, et sans m'en douter, je m'étais donné trop de soins. Mon bonheur d'alors eût suffi, sans tant de précautions outrées, dont mon amour-propre et ma conscience souffrent encore. Il y a, dit-on, pour les gens ivres, un dieu qui les préserve ; il en est de même, je crois, pour la jeunesse qui est une ivresse d'un autre genre. La bonne fortune de la mienne avait voulu que, chez le Prince de la Paix, à cette audience si nombreuse, je n'eusse été remarqué par aucun des agents de notre ambassade ; et cela parce que l'uniforme, dont je m'étais si mal à propos revêtu, était par bonheur celui de Dragon, et qu'il ressemblait justement à celui des régiments de la même arme de l'armée d'Espagne : j'avais donc sans doute été pris, avec ma figure ovale et mon teint et mes cheveux bruns, pour un officier espagnol.

Dans mon retour plus rapide encore que mon arrivée, entre autres observations, je remarquai l'ascendant du nom de Bonaparte dans cette contrée étrangère. Il était

tel, que, en le prononçant seulement, tout obstacle flé-
chissait, toutes les barrières tombaient, même celles des
douanes espagnoles !

Au fond, et quant au résultat, ma mission avait été
bien remplie : elle satisfit le Premier Consul. Il me
questionna peu ; ce fut un nouveau bonheur, car je ne
m'étais pas assez préparé, par des notes courtes et subs-
tantielles, à donner à mes réponses le plus d'importance
et d'utilité possible. C'est en pareil cas, pourtant, ce
qu'on ne doit jamais négliger, par conscience d'abord,
pour le plus grand bien de la mission avant tout, et pour
son bien propre ensuite.

Quoi qu'il en fût, la seconde fois que je revis Napoléon, à l'une de ces audiences publiques des Tuileries
qui suivaient ses revues fréquentes : « Vous avez ra-
« pidement et bien accompli votre mission, me dit-il
« avec bonté ; reposez-vous et soyez tranquille ; je vous
« ferai faire le tour de l'Europe ! »

Il ne me fit pas longtemps attendre, en effet, une
nouvelle marque de sa bienveillance. Mais, pendant ce
court intervalle, je faillis la refroidir par la publication
du Précis de la campagne des Grisons, mon ouvrage de
Copenhague. Ce précis, exact dans les détails, mais d'un
style défectueux, était un éloge ardent de Macdonald ;
Brune n'y avait point été épargné. Politiquement j'eusse
mieux fait de m'abstenir ; mais il y aurait eu, dans ce
calcul, en vue de mon protecteur nouveau, et aux dépens
de mon premier patron, de l'ingratitude : l'ouvrage
parut. Je sus qu'on en avait fait un rapport malveillant

au Premier Consul. « De quoi se mêlent ces jeunes en-
« thousiastes, s'écria-t-il avec humeur, devant Rœderer,
« cela n'est bon qu'à ranimer des querelles de géné-
« raux! » Heureusement Rœderer, lié avec mon père,
prit ma défense ; il fit si bien l'éloge de l'ouvrage et de
l'auteur, qu'il me rétablit, comme on va le voir, bien plus
haut que je ne méritais, dans l'esprit de Bonaparte.

IX.

JE SUIS NOMMÉ OFFICIER D'ORDONNANCE
DU PREMIER CONSUL.

Napoléon, après avoir refusé avec dédain le château de
Saint-Cloud, comme don public et propriété privée,
avait dépensé six millions pour le restaurer comme propriété nationale. Il venait d'en faire sa résidence. Nous
avions peine encore à nous accoutumer à ces prises suc-
cessives de possession des demeures royales. Le nom
sonore de République, sous la dictature du génie, convenait à nos imaginations. C'était d'ailleurs un fait accompli, cimenté par la victoire, par la paix et par le
bonheur public ; mais un usurpateur roi nous déplaisait.
C'était fierté et esprit d'indépendance dans le plus grand
nombre ; quant à moi, ces sentiments se compliquaient
de mes souvenirs que ces apparences, ou ces préliminaires d'usurpation, blessaient trop directement. J'avais
renoncé à ces souvenirs, mais pour me rallier à la nation ; et il me répugnait de paraître abandonner la cause
de tous, pour prendre le parti d'un seul.

J'étais ainsi, lorsque, le 27 octobre 1802, trois mois

après mon retour d'Espagne, je reçus, de Duroc encore, et dans un court billet, l'ordre de me rendre à ce château de Saint-Cloud, le lendemain, à midi précis. Je ne sais plus comment j'appris que c'était pour être attaché à l'état-major particulier du Premier Consul; mais je me souviens bien que mon premier mouvement intérieur fut d'hésiter à obéir. Quoi qu'il en soit de cette jactance, à la fois royaliste et républicaine, le fait est que, mon père aidant, je me trouvai le lendemain, à l'heure dite, à Saint-Cloud, dans la galerie de Mars, où Duroc me présenta à Bonaparte. Ce fut là que deux mots, beaucoup trop flatteurs, de la bouche de ce grand homme, en me confondant d'étonnement, m'attachèrent décidément, et entièrement, à sa personne. « Citoyen Ségur, » me dit-il à haute voix au milieu d'une foule de sénateurs, de tribuns, de législateurs et de généraux, « je vous ai placé « dans mon état-major intérieur; votre devoir sera de « commander la garde montante qui veille près de moi. « Vous voyez la confiance que je mets en vous, vous y ré-« pondrez; votre mérite et vos talents vous promettent « un avancement rapide! »

Enchanté, autant que surpris, d'une réception aussi flatteuse, dans mon trouble je répondis par quelques mots de reconnaissance et de dévouement que Napoléon reçut avec l'un de ces sourires dont la grâce était indéfinissable; puis, continuant à traverser cette réunion nombreuse de personnages, tous plus ou moins considérables, il se rendit à la tribune de la chapelle où il entendit la messe. Cependant, ivre de joie, d'amour-propre

5.

comblé, dépassé même, et me sentant à peine marcher à
terre, je parcourus ces salles brillantes, j'en pris posses-
ssion ; je retournai, je m'arrêtai à la place que d'ici je
crois voir encore, où je venais d'entendre des paroles
pour moi si honorables ; je m'y recueillis, je me les répétai cent fois ! Il me semblait qu'elles m'associaient,
qu'elles m'identifiaient à la gloire du conquérant de l'I-
talie, de l'Égypte et de la France ! Je ne sais le temps
qu'il faisait réellement dans ce jour d'automne ; mais ce
jour-là m'est resté dans la mémoire, comme le plus beau,
le plus brillant jour de l'année, que j'eusse vu luire encore ! Toutefois j'étais interdit : la nécessité de justifier
l'opinion, au moins fort prématurée, d'un aussi grand
homme, m'inquiétait ! Aussi, quand je fus revenu à Paris
dans la modeste demeure de mon père, ce ne fut qu'en
rougissant et à demi-voix que j'achevai mon récit,
redisant cette louange qui devait paraitre si invraisemblable. C'était alors moi seul que je considérais comme
un usurpateur, tant je me sentais au-dessous d'un pareil
éloge.

L'exercice de mon nouvel emploi n'était pas bien
difficile : il consistait à faire défiler, dans la cour des
Tuileries, la garde montante, à lui donner les mots
d'ordre et de ralliement, et à commander et surveiller,
tous les trois jours, pendant vingt-quatre heures, le service de tous les postes. Pourtant mon premier contact avec
ces hommes d'élite ne me parut pas si simple. La Garde
d'alors, de la taille la plus élevée, la plus vigoureuse, et
dans toute la force de l'âge, frappait, à la fois, et de

l'admiration qu'inspire la renommée de guerriers irrésistibles, et de la vénération qu'imposent des vétérans, fiers de dix ans de travaux et de victoires! En face de tels hommes, qu'était-ce que vingt-deux ans, quelques missions et deux campagnes? Ce ne fut donc pas, je l'avoue, sans un pénible effort contre une juste pudeur, que moi, si nouveau, je comparus devant leurs rangs, et que je réussis à prendre cet air d'assurance et ce ton d'autorité qu'exige le commandement militaire.

Ce premier moment passé, quant au reste, n'ayant qu'un devoir aisé à remplir, qu'à bien vivre avec les officiers et à tenir leur table de service, on comprendra qu'il me fut facile d'acquérir leur confiance et leur amitié. La différence d'origine et d'éducation ne me fut point un obstacle; et ici je dirai même que, malgré la guerre de classes qui existait encore dans toute sa première chaleur, j'ai toujours éprouvé que, avec quelques précautions, partout un nom illustré, loin d'être un embarras, devenait un avantage. Comme tout avantage, celui-ci avait ses inconvénients sans doute, au-devant desquels il fallait aller. En vérité, s'il est convenable et prudent de se faire pardonner, par ses égaux, des avantages acquis par son propre mérite, il l'est bien plus d'aller au-devant de la jalousie qu'inspire une distinction transmise et que l'on ne doit qu'au hasard de la naissance. Le premier moyen, et le plus naturel, était de ne s'en point targuer, et de paraître même n'y songer pas. Mais comme ceux à qui l'on avait affaire y songeaient pour vous sans cesse, si on joignait à cela

une simplicité bienveillante et affectueuse, et la conviction interne, et apparente, que le mérite personnel
doit avoir, avant tout et partout, la préséance, il ne
restait plus qu'une difficulté à vaincre, celle qu'impose,
en tous les temps, un nom transmis plus ou moins illustre, et l'obligation de prouver que, sans vouloir
sottement s'en enorgueillir, on en est digne, qu'on le
porte bien, et qu'on mérite les regards et les égards
qu'il vous attire.

Pénétré de ces sentiments innés en moi, car je les
tenais de mon père, je me fis bientôt des amis de tous
ceux qui m'entouraient. Quant à la modification de
mes opinions, et à leur conformité avec ma situation
nouvelle, telle que le devoir l'imposait, cette transformation s'opéra naturellement. Chacun sait combien un
tableau quelconque change d'aspect, selon le point de
vue auquel on se place, et quelle variété d'impressions
et de jugements il inspire alors. Cette influence, lorsqu'il s'agit de politique, est bien autrement puissante.
Or ce n'était plus d'un coin pauvre, obscur, et au
travers d'une atmosphère de mécontentements et d'envie, que j'envisageais la situation publique et le grand
homme qui la dominait; c'était placé près du centre
même d'attraction de cet astre puissant qui entraînait
à sa suite, dans une irrésistible traînée de lumière
ébouissante, et la France et l'Europe entière! J'en éprou-
vai bientôt tout l'ascendant.

Combien, d'ailleurs, ma position était devenue pros-
père! Vie enivrante, toute de transport, au milieu de

trophées, sous les yeux d'un héros objet d'une admiration continuelle, dans l'auréole même de sa gloire dont tous mes pas désormais seraient éclairés ! Réalités, illusions, tout concourait. Jamais Paris n'eut d'époque aussi éclatante ! Quel temps heureux et glorieux ! Cette année entière a laissé dans sa mémoire l'empreinte du spectacle du plus beau des jours de fête, de la plus brillante des utopies se réalisant, et d'une grande société rendue à tous les biens par le Génie de toutes les gloires !

Dans son intérieur le Premier Consul semblait avoir donné le signal de tant de plaisirs ingénieux, et de l'expansion d'une allégresse presque universelle. Deux partis divisaient cet intérieur; mais, maintenus par la fermeté du chef, ils restaient dans l'ombre. C'étaient d'un côté les Beauharnais ; de l'autre, la propre famille de Napoléon. Le 27 juillet 1802, le mariage de Louis Bonaparte avec Hortense de Beauharnais semblait avoir terminé ce différend. Ainsi la paix paraissait avoir pénétré partout à la fois : paix intérieure qui ne fut guère plus durable que les autres paix de cette époque. Mais, dans les premiers moments, cette union et plusieurs autres mariages dans les jeunes entours de Napoléon, ajoutaient l'influence de ces diverses lunes de miel à notre disposition joyeuse. Les charmes et l'esprit, si connus, des sœurs du Premier Consul, les grâces de Mme Bonaparte et de sa fille, la beauté remarquable des jeunes femmes qui venaient de compléter cette réunion séduisante, enfin, et par-dessus tout, la présence d'un héros, tout alors donnait à cette Cour nouvelle, sans étiquette encore, sans autre gêne que les traditions de l'ancienne bonne compagnie, un éclat, un attrait indéfinissables.

Quant aux plaisirs, c'étaient le matin, à Malmaison, des jeux de châteaux, auxquels prenait part Napoléon, et le soir, d'autres jeux et des conversations étincelantes d'esprit, d'originalité et de profondeur. J'en retrouve, encore aujourd'hui, la trace dans des notes écrites aussitôt. La Révolution, la Philosophie, l'Orient surtout, étaient les sujets les plus habituels de ces entretiens du Premier Consul. Que de fois, dans ces veillées, les plus jeunes femmes même oublièrent l'heure, croyant voir ce qu'il racontait, et comme enchaînées à ces admirables récits, que colorait vivement une verve inépuisable d'ingénieux rapprochements, d'images neuves, hardies, les plus inattendues et les plus piquantes !

Un soir, entre autres, qu'à Saint-Cloud il nous décrivait le désert, l'Égypte, et la défaite des Mamelouks, me voyant comme suspendu à ses paroles, il s'arrêta; et prenant, sur la table de jeu qu'il venait de quitter, un jeton d'argent, médaille qui représentait le combat « des Pyramides, il me dit : Vous n'étiez point encore là, jeune homme ? » Hélas ! non, lui répondis-je. « Eh bien ! reprit-il, gardez ceci, et conservez-en le souvenir ! » On peut juger si je fus fidèle à cette recommandation, et si mes enfants, après moi, en retrouveront la preuve.

Telle était son aménité habituelle ; et, à ce propos, je me souviens que, dans son salon, lorsque nos éclats de rire, devenant trop vifs, troublaient le travail auquel il se livrait dans le cabinet voisin, il entr'ouvrait la porte, et se plaignait avec bonhomie de ces interruptions, se contentant de nous recommander doucement une joie un peu moins bruyante.

Les autres plaisirs de son intérieur étaient des spectacles de société, où ses enfants adoptifs avaient, comme nous, des rôles. Lui même venait quelquefois encourager nos répétitions que dirigeaient les acteurs célèbres, Michaud, Molé et Fleury. Les représentations se passaient à Malmaison, devant une société choisie. Elles étaient suivies de concerts, où dominait le chant italien, et souvent aussi de petits bals, sans foule, sans confusion, composés de trois à quatre contredanses simultanées, et largement espacées. Il y dansait lui-même gaiement au milieu de nous, en demandant les airs, déjà vieillis, qui lui rappelaient son adolescence. Ainsi se terminaient, vers minuit, ces soirées charmantes.

C'est de là que sont nés ces bruits absurdes de leçons de danse, ou d'attitudes, que le Premier Consul prenait, disait-on, de divers acteurs. Sa participation personnelle à ces derniers plaisirs ne durait, au contraire, que quelques moments, après lesquels il retournait aux affaires ou à des conversations sérieuses.

Les jeux du matin, ceux de Malmaison, cessèrent les premiers; le peu de mesure qu'y apporta un artiste distingué en hâta la fin. Les autres plaisirs, toujours convenables, continuèrent pendant l'automne de 1802 et l'hiver suivant. Le voyage du Premier Consul à

Rouen, sur le champ de bataille d'Ivry, et jusqu'au Havre, qu'il appelait dès lors le port de Paris, les interrompit à peine. Mais depuis, et de plus en plus, la multiplicité des affaires, leur teinte plus sérieuse par l'attitude hostile que reprenait déjà l'Angleterre, rendirent intempestifs ces joyeux délassements. Vinrent ensuite l'élévation graduelle du Premier Consul et l'accroissement de son entourage, ce qui imposa plus d'étiquette, accrut les distances, et diminua les charmes de l'intimité de cet intérieur.

Un autre incident changea en réserve l'abandon de nos amusements. Ici j'anticipe sur 1803, pour n'avoir point à revenir sur ces détails. Les apprêts d'une guerre menaçante avaient alors attiré le Premier Consul sur les bords de l'Océan, et en Belgique. Pendant son absence notre jeune société, celle qui formait son intérieur, s'était livrée fort innocemment, mais sans assez de circonspection peut-être, aux plaisirs de la capitale. C'étaient des dîners, des parties de campagne et de spectacles ; c'étaient même, il est vrai, plusieurs courses assez étourdies dans les bals et les lieux publics, où d'aussi jeunes femmes, si haut placées, auraient pu être reconnues et compromises. On ne pouvait voir là, en toute vérité, que de légères imprudences de pensionnaires, naguère échappées des mains de Mme Campan ; mais leurs maris étaient absents ; des rapports malveillants les alarmèrent. Quelque exagérés et faux qu'ils fussent, le caractère trop ombrageux de Louis Bonaparte en fut troublé. Ainsi commença sa jalousie longtemps njuste. Je ne sais si le Premier Consul fut importuné de plaintes à ce sujet, mais le fait est que, aussitôt après son retour, dispersés tous à la fois, par diverses missions, nous fûmes subitement transformés de gens de plaisirs en hommes utiles.

Peu avant la rupture de la paix d'Amiens le Premier Consul avait invoqué l'intervention d'Alexandre et de Frédéric : c'était le général Duroc et moi qu'il avait envoyés en Prusse, en même temps que Colbert à Pétersbourg. Nous rejoignîmes Colbert vers..., sur la grande route, pendant la nuit ; et là, notre rencontre fut marquée par une aventure assez comique pour que je cède à l'envie de la raconter.

Ce colonel et l'officier qui l'accompagnait venaient d'être abandonnés sur le grand chemin par leur postillon. Celui-ci, selon l'usage allemand, avait dételé devant une auberge pour rafraîchir. Au bout d'un quart d'heure d'attente l'officier de Colbert, irrité, s'était élancé de la voiture, et, quelques minutes après, Colbert lui-même. Tous les deux, à la suite ainsi l'un de l'autre, se précipitèrent dans l'auberge, au milieu de l'obscurité, où tous deux, bouillants de colère, se rencontrèrent dans un corridor noir, jurant en si bon allemand qu'ils se prirent, mutuellement pour le postillon retardataire. En foi de quoi, leurs cannes d'une main, et se saisissant mutuellement au collet, ils se gourmèrent avec une fureur croissante jusqu'au moment où, l'hôte et le véritable postillon accourant à ce vacarme une chandelle en main, nos deux amis, fort endommagés l'un par l'autre, se reconnurent enfin, et s'aperçurent, mais un peu tard, de leur méprise.

Je revis Berlin pour la seconde fois. Nous n'y demeurâmes que trois jours. Duroc, explicite avec le roi, réussit ; mais, selon ses instructions sans doute, dans la visite d'un quart d'heure que nous fîmes à celui des ministres qu'on savait nous être contraire, il fut d'une froideur si roide et si muette, que, m'imaginant le gêner, après avoir hasardé quelques mots, je me levai, et j'allai, comme par curiosité, regarder à une fenêtre. Néanmoins le même silence, devenu dès lors bien plus significatif, persévérant, je me rapprochai ; après quoi les deux personnages se séparèrent sans mot dire, comme ils avaient commencé.

L'un des souvenirs qui me restent de ce court voyage, est l'admiration que m'inspira la belle et spirituelle reine de Prusse, dans une audience où, grâce aux souvenirs laissés par mon père, j'eus l'honneur d'être admis seul en sa présence. Il me semble voir encore cette princesse à demi couchée sur un riche sopha ; un trépied d'or était près d'elle ; un voile de pourpre oriental recouvrait légèment et laissait apercevoir sa taille élégante et gracieuse. Il y avait dans le son de sa voix une douceur si harmonieuse, dans ses paroles une séduction si aimable et si touchante, dans son attitude tant de charme et de majesté, que, interdit pendant quelques instants, je me crus en présence de l'une de ces apparitions dont les récits fabuleux des temps antiques nous ont retracé l'image enchanteresse ! Pouvais-je alors prévoir que, trois ans plus tard, cette même reine, en habit de guerre, fuirait devant nos escadrons ; et que moi-même, à la fin de la bataille d'Iéna, en pénétrant, dans une dernière charge, au milieu de Weymar, je serais près de m'emparer d'elle!

Depuis, en 1840, et dans un dernier voyage à Berlin, comme envoyé du Roi des Français, conduit par M. de Humboldt au mausolée consacré, dans le parc de Potsdam, à la mémoire de cette princesse, je l'ai reconnue dans le marbre admirable qui la représente couchée encore, mais sur sa couche mortuaire, d'où mes yeux, longuement fixés sur son image n'ont pu se détacher sans être mouillés de larmes!

X.

EXÉCUTION DU DUC D'ENGHIEN.

Pendant que l'Angleterre, effrayée, s'épuise en préparatifs de défense, que Pitt ressaisit le ministère, que
échappé de son exil, Pichegru lui offre sa trahison, et,
Dumouriez nos anciens plans de descente ; en France,
toutes nos forces les plus vives achèvent de s'assembler,
comme d'elles-mêmes, sur le littoral. La main qui meut
tous ces ressorts de guerre le fait avec une facilité si
puissante, que, tout à la fois comme en pleine paix,
on la voit continuer l'œuvre admirable de la régéné-
ration administrative et judiciaire de la France ! Le 15
janvier 1804 Napoléon commence la cinquième année
de son Consulat en présentant aux Chambres le Code
Civil ; puis il fixe à cinquante millions la dette publique :
il fonde ainsi le système de crédit ; et par l'institution
des droits réunis il soulage la propriété foncière, qu'il
dégrève encore malgré la guerre !

Ajoutons ici que, s'étendant sur mille détails, dans
les musées, dans toutes les bibliothèques civiles et militaires, l'impulsion de cette même main se reconnaît aux

soins actifs et intelligents qui y rétablissent l'ordre, y rassemblent de toutes parts les chefs-d'œuvre des arts, des sciences et des lettres, et y recueillent les manuscrits précieux ; en même temps cent ingénieurs, explorant le territoire français et allié, portent à un nouveau degré de perfection nos connaissances topographiques : cette prodigieuse simultanéité d'œuvres si diverses exalte de plus en plus l'enthousiasme de la France.

Mais ce que chacun de nous, témoins plus intimes de la vie privée de Bonaparte, doit à sa mémoire, sans contester son ambition, qui dès lors tendait évidemment au pouvoir suprême, c'est d'attester la grandeur de sa pensée tournée tout entière et sans cesse au bien public ; sa bienfaisance pour les infortunes privées ; sa douceur, son économie, sa simplicité dans ses habitudes intérieures ; la constance de son attachement pour ceux qui l'entouraient ; enfin le calme de son esprit au milieu de mille trahisons et des dangers secrets dont ses pas étaient environnés. Car alors chaque instant lui révélait une perfidie nouvelle et lui décelait un nouveau piège dressé contre sa vie. Plus il dévouait son génie au bonheur de la France et plus elle s'en montrait reconnaissante, plus l'acharnement de ses ennemis redoublait d'inventions atroces !

A cette époque, c'était à Saint-Cloud et pendant l'automne de 1803, je me trouvais chargé presque exclusivement de la garde de sa personne. Parmi les officiers qui me secondaient, ceux de la gendarmerie d'élite me confiaient fréquemment les motifs de leurs inquiétudes. Tantôt c'était le projet éventé d'une embuscade sur la route de Malmaison, d'où l'on devait s'élancer dans la voiture du Premier Consul; tantôt celui d'une mine creusée sous une partie du chemin de Saint-Cloud et sur son passage, dans un lieu choisi où un embarras l'arrête-rait. Une autre fois, et sur un bloc de marbre placé près de la porte-croisée du cabinet de Napoléon, celle qui ou-vrait sur la terrasse de l'Orangerie, nos rondes de nuit surprenaient un assassin debout et collé contre la statue que portait ce piédestal.

Un jour entre autres, l'un de ces officiers, plus inquiet que de coutume, me demanda si je n'avais pas vu, par la croisée du salon de Mars, mon poste habituel, un homme d'une large et forte carrure, les yeux couverts de noirs sourcils, la figure sinistre, et dont la forte tête était engoncée dans les épaules. Ce signalement était celui de Georges Cadoudal. On assurait, disait-il, que ce chef de conjurés était venu reconnaître, lui-même, ce côté d'un accès facile et de plain-pied de l'appartement du Premier Consul. Je me souvins en effet d'avoir vu rôder de ce côté une figure à peu près semblable. Mais alors le complot de Cadoudal était plutôt une supposition qu'une certitude. On ignorait encore que, le 22 août 1803, un bâtiment de la marine royale anglaise avait jeté sur nos côtes ce général de chouans avec une partie de ses complices; que, en décembre 1803 et en janvier 1804, MM. de Rivière et de Polignac, Pichegru, et d'autres conjurés, avaient suivi les pas de Georges; et que déjà tous, au nombre d'environ quarante, étaient réunis et cachés dans la capitale.

En effet l'Angleterre étonnée s'était, pour la première fois, alarmée pour elle-même ! Son gouvernement, dans son anxiété croissante, après l'avoir armée tout entière, s'était abandonné à tous les moyens de salut qu'on lui offrait, même au plus coupable, à un assassinat ! Préméditation, soudoiement, commencement d'exécution, rien ne manqua à l'odieux d'un projet aussi criminel : le voici tel qu'il se déroula successivement, sous nos propres yeux, dans sa plus triste nudité.

Pendant que, avec double solde anglaise, nos émigrés allaient recevoir, le 14 janvier 1804, du Cabinet de Londres et du Prince de Condé, l'ordre secret de se rassembler sur les bords du Rhin, où, par un malheureux hasard, le duc d'Enghien se trouvait alors, d'autres émigrés français, la plupart partis de Londres, ou venus de la Bretagne, au nombre d'environ cent conjurés, devaient s'être glissés jusque dans Paris. La mission de ceux-ci, payée d'un million anglais qu'on saisit sur Georges Cadoudal, l'âme du complot, était de se déguiser sous des uniformes de notre Garde, de se poster sur la route de Saint-Cloud ou de Malmaison, d'attaquer, au milieu de son escorte d'environ douze hommes, le Premier Consul, et de le tuer dans ce guet-apens !

Cet assassinat de grand chemin avait été décoré du nom de combat ! Grossier subterfuge si aveuglément accepté par le Comte d'Artois, qu'il envoya ses aides de camp faire ainsi leurs premières armes, et même son second fils le Duc de Berry ! Celui-ci, qu'excuse sa jeunesse, n'échappa au crime et à ses conséquences, dans cette même ville où il devait, un jour, périr par un attentat aussi odieux, que parce que, au moment de débarquer à son tour au pied de la même falaise qu'avaient escaladée ses complices, un signal le prévint que le complot était éventé.

Quant au résultat, on s'était abusé jusqu'à compter sur l'armée française ! Erreur d'émigrés, fondée sur l'attitude, et les propos de plus en plus hostiles, de Moreau et de son parti contre le Premier Consul. On avait espéré gagner ce général à l'attentat, l'embaucher même dans la cause du Prétendant au moyen de Pichegu. Ce conjuré, ancien ami de Moreau, avait été appelé, de Londres dans Paris, par Georges Cadoudal. En cela Georges et le Comtes d'Artois furent trompés par un rapport de Lajolois, officier réformé, leur entremetteur : rapport d'espion, c'est-à-dire exagéré. On sait que Moreau n'accepta tacitement de ce complot que sa confidence, n'osant plus, laissant faire à d'autres, attendant d'être débarrassé du Premier Consul, que vaguement il eut, quelques moments, la folle prétention de remplacer comme Chef de la République !

Cependant, du côté de Napoléon, malgré l'arrestation de quelques chouans dont les allures semblaient suspectes, on ignorait la présence d'un si grand péril. On savait seulement que Drake, ministre anglais en Bavière, dont un agent secret de Bonaparte avait surpris la confiance, excitait nos mécontents à profiter d'un crime qu'il semblait prévoir ; et l'on cherchait vainement à comprendre pourquoi, dans toute l'Europe, la mort prochaine du Premier Consul et la restauration de l'ancienne dynastie étaient annoncées. L'automne de 1803 s'était écoulé ainsi. Vers la fin même de janvier 1804, dans Paris où nous étions revenus avec l'hiver, rien encore n'était changé dans les occupations habituelles du Premier Consul.

Février venait de commencer. Duroc, gouverneur du Palais, était absent; Caulaincourt le remplaçait. J'étais de service, quand, vers une heure après minuit, plongé dans un sommeil profond sur mon lit de camp, je me sentis fortement secoué; et, me redressant promptement, j'aperçus près de moi ce général : « Debout ! me dit-il ; il « faut sur-le-champ changer les mots d'ordre, celui de « ralliement, et monter le service comme en présence de « l'ennemi ! Vous me comprenez ; il n'y a pas un instant « à perdre ! » J'obéis, et aussitôt j'organisai les rondes et patrouilles dans le château, dans le jardin, et aux alentours; je les multipliai dans une telle proportion, que par chaque minute chaque factionnaire fut forcé de reconnaître trois fois au moins. Ce service ainsi réglé continua plusieurs semaines, jusqu'à ce que la crise eût atteint son terme.

Voici quelle avait été la cause de cette alerte. On a vu que jusque-là le Premier Consul, vaguement inquiet, avait pressenti un complot, et que déjà plusieurs hommes, justement suspects, étaient arrêtés. Mais on ignorait encore que parmi eux se trouvaient cinq des conjurés ! Dans la nuit du 26 janvier, Napoléon, réveillé vers deux heures du matin, selon sa coutume, avait demandé les divers rapports de ses ministres. Un trait de lumière de son étoile fixa ses yeux sur l'interrogatoire de ces cinq prisonniers auxquels on avait attaché peu d'importance. Aussitôt, frappé d'une inspiration soudaine, il avait ordonné le jugement.

Il semble que, ici cependant, sa fortune ait hésité. En effet, les deux premiers avaient été acquittés, et c'étaient les plus coupables. Deux autres, condamnés seulement comme espions, s'étaient laissé exécuter sans trahir leur cause. Le cinquième enfin, nommé Querelle, condamné aussi, allait emporter son secret dans l'autre monde, quand il demanda grâce au prix de révélations, que reçut Murat d'abord, et qui parurent invraisemblables. Il faut ici se rappeler que Fouché, devenu sénateur, n'était plus ministre; que son ministère supprimé avait été réuni à celui de la justice; et que la police mal dirigée demeurait frappée d'aveuglement au milieu de ce péril.

Querelle n'avait pu dénoncer que le premier débarquement, celui de Georges, il y avait six mois, à la falaise de Biville, sur laquelle il s'était élevé, comme les contrebandiers, au moyen d'une corde, dans une fente de rochers; puis, se cachant de gîte en gîte, il avait pénétré jusque dans Paris. Mais, la trace étant dépistée, Napoléon s'en était saisi; il avait excité Réal, alors chef de la police; il s'était aidé des avis de Fouché, de l'activité de Savary, colonel des gendarmes de sa Garde, et bientôt deux autres débarquements avaient été reconnus. Quant aux noms des conjurés, ils étaient ignorés encore, excepté celui de Georges; on savait seulement leur

nombre, et que leur but était d'assassiner le Premier
Consul! Telle avait été la cause de cette alarme nocturne
dans le château des Tuileries, et des précautions subites
qu'on m'avait fait prendre.

Ce fut alors que, sur la ligne d'étapes des complices de
de Georges, Danouville fut saisi, et que, conduit au
Temple, il s'y pendit de désespoir. Ce suicide confirmait
la gravité du complot sans donner d'autres lumières,
lorsqu'enfin, le 12 février, Bouvet de l'Ozier, autre conjuré que l'on venait d'arrêter, voulut s'étrangler comme
Danouville. Mais Bouvet, secouru à temps, fut rendu à
la vie et à sa détresse, dont les premiers cris involontai-
res nommèrent Pichegru; après quoi, se décidant, il accusa formellement l'ambition complice, mais irrésolue et
républicaine, de Moreau, d'avoir trahi, à son profit, la
cause royale!

Dès lors on sut que, après l'envoi de Lajolois en Angleterre et son retour avec Pichegru, une première entrevue de Georges, de Pichegru et de Moreau avait eu
lieu, le 26 janvier, sur le boulevard de la Madeleine;
puis une seconde chez Moreau lui-même, avec Pichegru,
et une troisième enfin, à Chaillot, chez Georges Cadoudal. Une exclamation de Pichegru suffit pour indiquer
quelle fut, dans cette conjuration, la triste part de Moreau. « Ce b....-là, s'était-il écrié en le quittant, a aussi
« de l'ambition; il veut régner, lui qui ne serait pas en
« état de gouverner la France vingt-quatre heures! »

Un second cri de désappointement, recueilli de même,
dévoila aussi ce qui avait empêché la conspiration d'écla-

ter à temps. Ce jour-là Georges découragé, ne voyant plus de résultat favorable à la cause des Bourbons dans le meurtre du Premier Consul, avait ajouté : « Usurpa- « teur pour usurpateur, j'aime encore mieux Bonaparte « que ce Moreau ! Celui-ci n'a ni cœur, ni tête ! » Toutefois il est certain que, alors même, Georges, ne se croyant pas découvert, persista dans le projet de se défaire du Premier Consul.

A la première nouvelle d'une complicité si inattendue, une exclamation d'étonnement s'échappa de la bouche de Napoléon. « Moreau ! s'écria-t-il, quoi ! Moreau, dans « une conjuration semblable ! Lui, le seul qui eût des « chances contre moi, se perdre aussi maladroitement ! « J'ai une étoile ! » Pourtant, dans les journées du 13 et 14 février, ne se laissant pas entraîner, il se refusa à son arrestation. « Non, répondit-il ; c'est un personnage « trop considérable ; j'ai un trop grand intérêt à sa « culpabilité ; l'opinion publique s'attacherait à cette « conjecture ; il faut d'autres preuves, et d'abord celle « de la présence ici de Pichegru ! »

On ne tarda pas à la lui apporter. Pichegru avait un frère à Paris. C'était un ex-moine, lequel, mandé subitement et interrogé, avoua dans son trouble qu'il venait de voir ce général. Aussitôt, dans la nuit du 14 au 15, un Conseil fut réuni, et l'on envoya saisir Moreau à sa campagne. Il fut arrêté le 15, vers huit heures du matin, sur le pont de Charenton comme il revenait de Grosbois. On le conduisit au Temple.

Ici, et malgré les horreurs révolutionnaires dont les

premiers pas de Napoléon avaient été environnés ; malgré ses rapports avec l'immoral gouvernement du Directoire ; malgré les nécessités machiavéliques que le gouvernement de deux pays conquis, l'un corrompu, l'autre barbare, et que celui de la France, depuis quatre ans, avait imposées à ce conquérant ; enfin, en dépit des irritations d'un pouvoir contesté et du dégoût qu'inspire si souvent l'espèce humaine mise à nu devant nos yeux, on retrouve encore avec joie dans un premier mouvement de ce grand homme, les premières, les pures et nobles émotions de sa jeunesse, celles du vainqueur généreux de Mantoue et de Wurmser, celles de son jeune héroïsme à la fois antique et chevaleresque.

Jusque-là, de la part de Moreau tout avait été pour lui repoussements et hostilités. Maintes fois ce général avait répondu par le dédain à ses avances. Dans ses manières il affectait de ne point reconnaître l'autorité du Premier Consul ; dans ses paroles il traitait Bonaparte d'usurpateur ; et voilà que, déjà soupçonné une fois, quoiqu'à tort sans doute, de complicité avec Pichegru, on le retrouvait une seconde fois en flagrant délit d'association avec ce traître ! Celle-ci parut si révoltante que, dans le Conseil, on proposa une commission militaire et des mesures promptes et rigoureuses. Napoléon les repoussa, soit justice ou politique, et cela ne mérite aucun éloge ; mais il fit plus : ému d'une chute si grande, et oubliant tant de griefs, il tendit une main généreuse à son adversaire ; il s'efforça de le retirer de cet abîme ; il lui fit proposer par Regnier, avant tout

6.

interrogatoire, de venir s'expliquer avec lui seul, promettant que tout se terminerait entre eux, dans un entretien secret.

Mais Régnier était peu propre à cette mission officieuse. Il l'accomplit froidement, fut reçu de même, et y substitua sur-le-champ un interrogatoire officiel. De son côté Moreau, soit froideur d'âme, soit médiocrité d'esprit, comprit mal sa position, le degré de sa culpabilité, et l'inutilité de ses désaveux. On lui avait caché les dépositions de ses complices ; il se renferma dans une hautaine dénégation, et Napoléon se décida enfin à l'abandonner à la justice.

Ce jour-là, selon mon service, j'accompagnais le Premier Consul de son cabinet à son Conseil d'État, où, sur le rapport de Régnier, il venait de se résoudre à ne plus garder de ménagements. A sa sortie de ce Conseil son agitation était extrême. Je me souviens que, en retraversant la salle des Gardes, il se tourna vers moi, et que, d'une voix haute et singulièrement animée que les grenadiers durent entendre, il s'écria : « Moreau ! Moreau est du complot ! En voici la preuve ! » Et il me montrait, et agitait en l'air en même temps, des papiers dont sa main était remplie !

Dès ce moment tout devint public : Moreau, Georges, Pichegru, et leurs complices, furent accusés d'attentat à la vie de Napoléon et de haute trahison contre la France. Le cri d'indignation, les protestations de dévouement des Corps de l'État et des chefs des différentes armes furent unanimes ; mais une partie de l'armée, et surtout des états-majors attachés à la gloire de Moreau, s'obstina à croire plutôt à la haine jalouse du Premier Consul qu'à la complicité du vainqueur de Hohenlinden. Cette opinion eut de l'écho dans les Chambres et dans le peuple.

Moreau arrêté, accusé, livré à la justice et défendu par l'incrédulité publique, il devenait plus que jamais indispensable, pour prouver l'accusation, de s'emparer de ses principaux complices; et cependant ni Pichegru, ni Georges, ni Rivière et les Polignac, n'étaient saisis! Ainsi compromis avec la Révolution elle-même, par la Contre-Révolution, Napoléon s'irrita, et se décida à n'épargner aucun moyen pour faire éclater la vérité aux yeux de toute la France. C'est alors que le jury fut suspendu; le recel des conjurés, déclaré crime de haute trahison, et leur dénonciation imposée sous peine de six ans de fers. C'est alors encore que, tout à la fois, la garnison, la Garde entière furent mises sur le pied de guerre; que tous les signalements leur furent donnés; que les barrières de terre et d'eau, rigoureusement closes, furent confiées à leur vigilante surveillance, et que Paris, complètement cerné jour et nuit de postes, de bivouacs et de vedettes fixes et mobiles, fut livré intérieurement à toutes les plus ardentes investigations de la police.

Toutefois, pendant douze jours encore, tout cela fut inutile. Pichegru traqué, souvent dépisté, trouva chaque nuit, et jusque dans la pitié de Barbé-Marbois, qu'approuva plus tard la générosité du Premier Consul, des asiles courts mais secrets. Ce fut le 28 février seulement que, enfin trahi, et surpris endormi, dans une maison de la rue Chabannais, par six gendarmes d'élite, il fut saisi. La lutte fut vive ; une pression violente, sur la partie la plus sensible du corps de ce conjuré, la termina en lui faisant perdre connaissance.

Quant à Georges Cadoudal, dépisté aussi, fuyant dans un cabriolet, le 9 mars, vers sept heures du soir, poursuivi et atteint dans le carrefour de Bussy, il tua deux hommes avant de se rendre au peuple qui se jeta sur lui. Il ne dénonça personne, mais il compromit autant ses associés en déclarant franchement qu'il était venu dans Paris pour attaquer et tuer le Premier Consul.

La scène devenait de plus en plus tragique. Les conjurés, les asssassins et autres, au nombre d'environ quarante, avaient été arrêtés munis de passe-ports, armés de poignards, et chargés de l'or de l'Angleterre. L'un d'eux encore venait de se rendre justice par le suicide. Les principaux conjurés, pressés d'échapper à l'odieux aveu d'une tentative d'assassinat par celui d'un essai de contre-révolution, déclaraient tous qu'ils avaient attendu, pour la faire éclater, la présence d'un prince du sang de Bourbon dans Paris même. Savary et ses gendarmes d'élite avaient en vain guetté le débarquement de celui-ci sur la falaise de Biville. D'autre part des espions à double face livraient au Premier Consul les correspondances des résidents anglais les plus rapprochés de la la France. Tous excitaient non seulement à une révolution, mais au meurtre de Bonaparte ! Il était avéré que Drake à Munich, Smith à Stuttgard, et Taylor à Hesse-

Cassel, payaient, du même or anglais donnés aux conjurés envoyés de Londre en France, les émigrés armés qu'ils appelaient sur notre frontière. Enfin, malgré les avis de son père, et les supplications de ses officiers les plus dévoués, le duc d'Enghien s'obstinait à rester dans Ettenheim. De ce quartier général, à deux heures de marche de la France, il leur répondait par écrit : « Que « là où il y avait du danger, là était le poste d'honneur « pour un Bourbon ! Que, en ce moment, où l'ordre « du Conseil Privé de Sa Majesté Britannique enjoi- « gnait aux émigrés retraités de se rendre sur les bords « du Rhin, il ne saurait, quoi qu'il pût arriver, s'éloigner « de ces dignes et loyaux défenseurs de la monarchie « française. »

Comment supposer, quand depuis vingt-cinq jours le complot était devenu public, que ce prince l'ignorât? Dès lors ne devait-il pas comprendre tout ce qu'avait de significatif sa présence aux portes de la France, avec d'autres émigrés soldés, armés et réunis par l'ordre de l'Angleterre, et à quels soupçons de complicité il s'exposait !

Cependant chaque jour dévoilait de plus en plus à Napoléon l'acharnement de ses adversaires. Il s'indignait de se voir mis ainsi par eux, comme hors de la loi des nations, hors de la civilisation européenne, et que les moyens les plus atroces et les plus perfides semblassent permis à leur haine contre ses jours. Son irritation croissait ; l'arrestation des aides de camp des Bourbons, associés à Georges, et les aveux de celui-ci la portèrent à son comble !

En ce moment son espoir déçu de se saisir, en Normandie, du chef de l'attentat, s'était retourné vers le Rhin. Ce fut alors qu'un rapport de gendarmerie lui confirma la présence du duc d'Enghien dans Ettenheim, et celle d'un général Thumery. Ce nom prononcé à l'allemande (Thoumeriez) aggrava tout. Il fit croire que le prince était accompagné de Dumouriez. On ajoutait que le jeune duc avait pénétré plusieurs fois en France ; selon les uns, dans Strasbourg seulement ; selon d'autres, jusque dans Paris !

Sur ce rapport le Premier Consul s'exaspéra ! « Eh « quoi ! s'écria-t-il, en voyant entrer Réal, vous ne me « dites pas que le duc d'Enghien est à quatre lieues de « ma frontière ! Suis-je donc un chien qu'on puisse as- « sommer dans la rue ! Mes meurtriers sont-ils des êtres « sacrés ! Pourquoi ne m'avertissez-vous pas qu'ils se « rassemblent dans Ettenheim ? On m'attaque au corps ! « Il est temps enfin que je rende guerre pour guerre ! « Il faut que la tête du plus coupable m'en fasse jus- « tice ! »

Déjà, depuis quelques jours, d'autres paroles semblables avaient échappé à son indignation ; sa résolution était prise. Cambacérès entendit cette dernière exclamation qu'il prit pour un premier mouvement de colère ; il essaya de la calmer, mais une réponse foudroyante l'arrêta ; et aussitôt, à l'issue d'un Conseil Privé, composé du Grand Juge, de Fouché, de Talleyrand, et des deux Consuls, où quelques objections de ceux-ci ne furent point écoutées, Caulaincourt et Ordener furent expédiés, l'un pour Strasbourg, l'autre pour enlever le Prince dans ce qu'on appela mal à propos son quartier général d'Ettenheim.

Le 16 mars, à minuit et demi, Fririon, Ordener, trente dragons du 26ᵐᵉ et vingt-cinq gendarmes, passèrent le Rhin à Rheinau, à peu près en face d'Ettenheim. Les gendarmes étaient commandés par le chef d'escadron Charlot, le même qui, deux mois après, et presque sur le lieu de cette scène, m'a raconté les détails suivants.

Ils avaient laissé en réserve sur la rive gauche trois escadrons de dragons du 26ᵐᵉ. Dans leur marche prompte et silencieuse ils traversèrent, sans être aperçus, trois villages endormis. Le jour allait paraître quand ils arrivèrent à la porte d'Ettenheim. Ordener et ses dragons y prirent poste. Charlot entra dans la ville avec ses gendarmes. Pfersdorf, l'un de ses maréchaux des logis, qui la veille était venu reconnaître les lieux, lui servait de guide. Ils marchèrent droit à la maison qu'occupait le prince ; et sans hésiter, tout étant convenu d'avance, le commandant et vingt gendarmes se prolongèrent dans la rue sous les fenêtres, tandis que quatre autres gendarmes, escaladant le mur du jardin, allèrent se placer dans la cour sur la face opposée de cet hôtel. Le prince l'occupait avec deux aides de camp et onze domestiques. Il y possédait deux millions trois à quatre cent mille francs dans une cassette ; ses armes toutes chargées étaient prêtes : il avait soixante coups à tirer.

Cette maison était à peine entourée, que, au bruit des

bottes des gendarmes sur le pavé et au cliquetis de leurs armes, une fenêtre s'ouvrit; un regard rapide fut jeté, et l'aide de camp Grunstein, se précipitant chez le duc d'Enghien, lui cria : « Vous êtes cerné! » Sur quoi le prince, se jetant en bas de son lit, saisit un fusil à deux coups, et de sa croisée, voyant passer le commandant français, le coucha en joue : il allait le tuer. Vingt fenêtres, d'où pouvait partir un feu pareil, s'ouvraient à la fois sur la rue; et de là il n'y avait qu'un pas à faire pour s'échapper, et pour fuir vers la montagne; mais, en ce moment décisif, Charlot élevant la tête et la voix, cria : « Messieurs, je suis en force ici; point de résis-« tance, elle est inutile! » Pourtant le coup allait partir et donner le signal d'une lutte dont toutes les chances, selon le commandant lui-même, eussent été contraires aux assaillants, lorsqu'un fatal génie poussant Grunstein lui fit mettre la main sur l'arme du Prince. Il la détourna, lui disant : « Qu'il voyait là trop de monde, « et qu'en effet toute résistance serait vaine! » Par une même fatalité, le duc, se laissant désarmer, s'abandonna à ce funeste conseil.

Dès lors, la porte ayant été ouverte, on s'empara des lieux, des gens et des armes. Cependant Charlot, parvenu devant le duc, lui avait demandé son nom. « Vous devez le savoir, » lui répondit-il. Sur une seconde interpellation il ajouta : « N'avez-vous donc pas mon « signalement? » Le bailli venait d'accourir; le commandant lui renouvela la même question; et ce magistrat, après un premier refus, finit par nommer le prince

En ce moment quelques cris d'alarme se firent entendre. Les instructions attachaient tant d'importance à la prise de Dumouriez, que, à ce bruit, Charlot guidé par Pfersdorf, quittant son illustre et malheureux prisonnier, courut à la maison qu'on disait occupée par ce général. Le premier personnage qu'il rencontra fut le grand veneur de Bade. Il s'en débarrassa en répondant à ses exclamations par une défaite. Mais l'alarme croissait ; un habitant se précipitait vers l'église ; il criait : *Au feu !* Il allait sonner le tocsin, quand le commandant, l'apercevant, l'atteignit et, le frappant de son sabre, le détourna de son entreprise. A quelques pas plus loin d'autres habitants, émus d'indignation à la vue des Français en armes chez leur souverain, se rassemblaient ; il les calma. « On n'en voulait, leur dit-il, qu'aux émi- « grés. Le gouvernement français était d'accord avec « leur prince ; ils allaient en recevoir l'avis ; leur devoir « était de rester tranquilles. » On le laissa faire. Mais, au lieu de Dumouriez, il ne saisit que le général marquis de Thumery, dont le nom mal prononcé avait été cause de la méprise.

Revenu près du duc, il interrogea Grunstein ; et le prince, s'oubliant pour le défendre, dit au commandant : « Sans lui j'allais vous tuer ; vous lui devez la vie ! » Puis, par regret sans doute de s'être rendu, il tombait dans un silencieux accablement, lorsque voyant saisir ses papiers, il plaça ses deux mains dessus en s'écriant : « Ne soyez point étonné, Monsieur ; vous allez voir la « correspondance d'un Bourbon, d'un prince du sang

« de Henri IV ! » Et comme les lettres de la princesse de Rohan n'étaient pas épargnées, il ajouta : « J'espère « que vous mettrez toute la discrétion possible pour ce « qui ne regarde pas le gouvernement. » Enfin, lorsqu'il eut subi toutes ses douleurs, et que les gendarmes vinrent rendre compte de l'inutilité de leurs recherches ultérieures, s'apercevant avec surprise que Dumouriez en était l'objet, il reprit : « Je vous donne ma parole « d'honneur qu'il n'est point ici. Il se peut que Du- « mouriez soit arrêté avec des instructions de Sa Majesté « pour moi, mais je ne l'ai point vu et j'ignore où il « peut être. »

Il fallut alors que l'infortuné Prince se laissât entraîner prisonnier, au milieu de nos soldats, avec les généraux Thumery et Grunstein, le lieutenant Schmide, deux abbés, un secrétaire et trois domestiques. Il traversa ainsi à pied Ettenheim jusqu'à la porte de ce bourg, où reçu par Ordener, il fut placé sur un chariot de paysan précipitamment attelé. On se mit aussitôt en marche pour regagner le bord du Rhin. Un bivouac de cavalerie y était établi; en l'apercevant le prince s'écria : « Il paraît qu'on attachait une grande impor- « tance à mon enlèvement ! Au reste, vous avez le « droit du plus fort, on vous donnera raison. »

En traversant le fleuve il répondit à Ordener : « Pour- « quoi serais-je rentré en France ? Pour y être colonel? « Je ne pouvais avoir d'existence que chez les Autri- « chiens. » Puis, au commandant Charlot : « Il faut « que cette expédition se soit faite bien secrètement.

« Je suis étonné de n'avoir pas été prévenu, car j'é-
« tais aimé à Ettenheim. Vous ne m'y auriez pas trouvé
« ce soir. Hier la princesse de R... m'avait supplié de
« m'éloigner, mais j'ai ajourné mon départ, croyant
« que vous n'auriez pas le temps d'arriver cette nuit. Je
« suis sûr qu'elle viendra, qu'elle voudra me suivre ;
« elle m'est très-attachée ; traitez-la bien. »

Charlot ajoutait que deux bataillons et une batterie
étaient en position devant Offenbourg, sur la rive droite
du Rhin ; que Caulaincourt les commandait ; que sa
mission était d'enlever une baronne de Reich et d'autres émigrés, et qu'il ignorait vraisemblablement le reste.
De son côté Caulaincourt a souvent protesté, depuis,
de cette ignorance, d'ailleurs très conforme au secret
absolu que, dans de semblables occasions, observait toujours le Premier Consul. Nous gardions entre nous la
même réserve. Nous partions subitement du sein de
notre famille, sans qu'elle pût se douter de notre destination. Cela était si bien établi, qu'il ne venait même
à l'esprit de personne de nous adresser là-dessus la moindre question.

A New-Brisach d'autres troupes étaient sous les armes. Dès qu'on fut débarqué sur la rive gauche, le prince
fut placé dans une voiture, conduit à Strasbourg, et
renfermé dans la citadelle.

Il y resta deux jours sous la garde du chef d'escadron
Charlot, et sans être entièrement séparé de ses compagnons d'infortune. Cet officier m'a affirmé que, dans
toute cette correspondance saisie si inopinément, aucun

mot, nulle trace de connivence du prince avec le complot de Paris, ne furent trouvés. Le commandant n'y vit
que la preuve évidente d'un rassemblement d'émigrés
sur la rive droite du Rhin, et de nombreuses intelligences
pratiquées sur la rive gauche.

De cette prison, où il venait d'entrer, le malheureux
Prince entendait couler les flots du fleuve. Ce fleuve
seul le séparait des honneurs dus à son rang, de sa
liberté, de sa sécurité, d'une femme jeune et belle qu'il
chérissait, et à laquelle il avait secrètement, dit-on, uni
son sort, malgré sa famille. Tant de biens perdus, qu'il
sentait encore si près de lui, l'entraînèrent à tenter un
autre effort pour les recouvrer. Se voyant enfin seul
avec le commandant : « Hé quoi! lui dit-il, en arrêtant
« ainsi l'un de vos anciens Princes, n'éprouvez-vous
« donc aucune peine? — Non, monsieur, lui répondit
« l'officier de gendarmerie, j'obéis à l'autorité légitime.
« — Pourtant, reprit le prince, le Rhin est là; il dé-
« pendrait de vous de me mettre sur l'autre rive, et
« dès lors votre fortune serait faite. » Mais le commandant lui répliqua brusquement qu'il n'entendait pas de
cette oreille, et lui signifia de passer dans l'autre chambre. Le prince, alors se résignant, ajouta : « Vais-je
« donc être en prison pour le reste de mes jours! J'es-
« time Bonaparte, je le regarde comme un grand'homme;
« mais il n'est point Bourbon, il n'a pas le droit de ré-
« gner sur la France; il devait rendre la couronne à ma
« famille. »

Le lendemain il sembla qu'un noir pressentiment

lui eût fait entrevoir la cruelle destinée qui l'attendait. « J'aurais dû tuer votre mari, dit-il à la femme « du commandant, j'en avais le droit ! Je défendais « ma liberté ; je me repentirai peut-être de ne l'avoir « point fait ! » Sur l'exclamation de cette femme, il reprit : « C'eût été votre faute ; pourquoi ne m'a- « voir point prévenu par un billet ? — Et comment, « répondit-elle, l'aurais-je pu, puisque j'ignorais tout ! »

Le duc d'Enghien ne s'était point trompé : Mme de Rohan vint tout en pleurs supplier qu'on lui permît de le voir, et d'aller à Paris, sans doute pour se jeter aux pieds du Premier Consul ; mais le commandant la renvoya au préfet Schée, qui lui déclara qu'elle ne verrait pas le prince et qu'elle ne passerait point Saverne. Sur un reproche qu'il lui fit, elle répondit : « Oui, je sais « qu'on lui a pris beaucoup de papiers ! » Néanmoins, il le faut répéter, il n'y en avait pas un seul qui fût relatif à la conspiration de Georges.

Parmi ces papiers, l'attention du commandant avait été frappée par une lettre datée de 1792. Elle était de la mère du duc, princesse de Bourbon, dont l'esprit était bizarre, et qui aimait alors les principes constitutionnels ; cette lettre pressait le jeune duc de rentrer en France. « Pourquoi ne l'avoir point écouté, dit-il au « prince ? — Ce n'était point à elle, répondit-il, c'était « au roi seul que je devais obéir ! » Puis, irrité sans doute de ces interrogations, de sa position et de tant d'amers souvenirs, pour la première et seule fois il s'emporta ; il rappela le meurtre de Louis XVI, de la

reine, de Madame Élisabeth, et maudit la Révolution
Française. Ce moment-là seul excepté, le commandant
se plaisait à me répéter que, dans une infortune si ac-
cablante, pendant ces deux jours, ce prince avait été
d'une politesse sans hauteur et pleine de la dignité la
plus imposante ; que tout en lui forçait aux plus grands
égards, et maintenait à une distance respectueuse ; que,
dans les instants les plus pénibles, et jusqu'au dernier
moment, celui où il vint le réveiller pour lui annoncer
qu'il fallait partir de la citadelle, il s'était montré calme
et ferme ; même lorsque, au milieu des adieux et des
sanglots de ses trois officiers, il leur témoigna le regret
d'en être séparé : « Mes amis, leur dit-il, je suis fâ-
« ché de ne pouvoir plus rien faire pour votre fortune ! »

Tel fut, mot pour mot, le récit que me fit ce commandant sur cette première partie d'une aussi horrible
catastrophe. Il le termina par ces mots : « Je mis le
« prince dans la voiture du général Ordener, et il partit
« en poste pour Vincennes ! »

Il y arriva le 20 mars, à cinq heures du soir. A minuit il fut réveillé et interrogé par d'Hautencourt, capitaine adjudant-major de la gendarmerie d'élite. A deux
heures après minuit il comparut devant une commission
militaire. Le général Hulin la présidait. Le public se
composait d'un aide de camp de Murat, d'officiers et
de gendarmes. Le prince était sans défenseurs. Il dit
qu'il était depuis deux ans à Ettenheim, où les plaisirs
de la chasse l'avaient retenu. Il déclara franchement
qu'il était prêt à faire la guerre à la France, de concert

avec l'Angleterre ; mais il protesta « n'avoir jamais eu
« de relations avec Pichegru, et qu'il s'en louait, d'après
« les vils moyens dont on disait qu'il voulait se servir,
« si c'était vrai. » Il finit, comme dans son premier
interrogatoire, en demandant de vive voix, et par
écrit, à voir le Premier Consul : « Son nom, son rang,
« sa façon de penser, ajouta-t-il, et l'horreur de sa si-
« tuation, lui persuadant que Bonaparte ne se refuse-
« rait pas à sa demande. »

Mais l'aide de camp, colonel de la gendarmerie d'élite,
avait pris la veille au soir le commandement de Vincennes ; il empêcha qu'on transmît cette prière au Premier
Consul. Il avait surveillé et, pressé le jugement ; il en hâta
l'exécution. D'Hautencourt en fut chargé ; et l'infortuné
prince, aussitôt conduit dans les fossés du château, y
fut fusillé, puis enterré dans une fosse creusée d'avance !

Des témoins ajoutent, ce que je n'ai bien pu vérifier,
qu'il était alors environ cinq heures ; que le jugement
était à peine rédigé et signé, et que les juges délibéraient
encore s'ils enverraient au Premier Consul la lettre du
prince, lorsque Savary, revenant au milieu d'eux, les
glaça d'horreur en disant à Hulin : « De quoi vous occu-
« pez-vous là ? C'en est fait, il n'existe plus ! Il ne vous
« reste plus rien à faire ! »

Alors seulement les portes du château s'ouvrirent, et
l'aide de camp de Murat retourna près de son général. Il
le trouva, vers six heures du matin, couché encore. Il
lui rapporta les fermes et franches réponses du prince
malgré les efforts de ses juges pour lui en montrer le

danger, puis son jugement, son exécution immédiate en dépit de sa demande d'être admis auprès du Premier Consul. A ces derniers mots, m'a dit cet aide de camp lui-même, les sanglots de Murat, ceux de Caroline Bonaparte et ces exclamations : « Ah ! quelle horreur ! Cessez ! cessez ! vous nous faites trop de mal ! » l'interrompirent.

Dans cette nuit funeste je me trouvais de service aux Tuileries. Paris ignorait l'arrivée du Prince. Le bruit de son arrestation au delà du Rhin commençait seulement à se répandre. Elle était déjà connue des royalistes. Un mot d'une femme de ce parti, que je rencontrai dans la soirée du 20 mars, m'en avait donné un premier indice. Convaincu, par tant d'exemples précédents, de la magnanimité du Premier Consul, j'avais répliqué que, si le fait était vrai, c'était une occasion qu'il avait voulu se donner de répondre par un acte de générosité à d'odieuses tentatives contre ses jours. Puis, soit doute de la réalité de ce fait, soit autre préoccupation, j'étais retourné à mon poste, ne songeant plus à ce bruit, qui déjà devenait public. On l'ignorait au château des Tuileries, vide alors, et d'ailleurs où la plus grande réserve existait toujours.

Le lendemain matin, à neuf heures, en descendent chez le général Duroc pour rendre compte du service des vingt-quatre heures, je rencontrai sur le grand escalier l'adjudant-major de la gendarmerie d'élite. Il venait, selon l'usage, se réunir à moi pour joindre son rapport au mien. Étonné de la pâleur livide, de la décomposition de sa figure, et du désordre de ses vêtements, je lui en deman-

dai la cause ? « Ah !... me répondit-il en jurant, il n'y a
« là rien d'étonnant quand on vient de passer une nuit
« aussi affreuse ! — Quoi donc ? que vous est-il arrivé ?
« repris-je. » Et lui s'arrêtant me répliqua : « Il y a eu
« cette nuit un coup de foudre ! »

Cette exclamation m'émut sans toutefois m'éclairer ;
mais, arrivé dans le salon où le général Duroc n'était
point encore, j'y trouvai Hulin, fort rouge, l'air très
monté, allant et venant dans la plus vive agitation. Ce
colonel de la Garde était un personnage de très haute et
forte taille. L'adjudant-major aussitôt le rejoignit, et
j'entendis Hulin s'écrier à plusieurs reprises : « Il a bien
fait ! « il vaut mieux tuer le diable que le diable ne nous
tue ! » J'entrevis alors une catastrophe.

J'ignorais l'arrivée du prince à Vincennes ; je ne pouvais croire encore qu'il fût question de lui. Pourtant,
dans mon anxiété, m'approchant de Hulin, je risquai ces
mots : « On dit le duc d'Enghien arrêté ! — Oui ! « et
mort aussi ! » me répondit-il brusquement. Duroc alors
étant entré, nous l'entourâmes. Mon rapport fait, sur une
brève et presque muette interrogation d'Hautencourt répondit : « Il a été fusillé dans le fossé, à trois heures du
matin ! » Alors, sortant de sa poche un paquet, d'environ
trois pouces carré, déformé, comprimé et flétri comme s'il
eût été longtemps porté, l'adjudant-major ajouta : « Au
moment de mourir, il « a tiré de son sein ce papier, en
« me priant de le faire remettre à la princesse. Ce sont
des cheveux, du... ! » Ces derniers mots furent dits avec
une affectation d'insouciance qui acheva de me glacer

7.

d'horreur de la tête aux pieds. Je me sentis pâlir ; il me
semblait que la terre se dérobait sous moi ! Mon service
venait de finir, je me retirai sur-le-champ dans un trouble
inexprimable.

Je connaissais pourtant bien cet adjudant-major ; je
le savais brave, probe, et ordinairement plein d'humanité
et de douceur ; mais, soit entraînement hors de sa sphère,
dépendance de position, excitations de son colonel, quelle
transformation subite ! Voilà donc le danger des trop
grandes et graves circonstances pour des hommes que
rend trop subordonnés un commencement de fortune
toujours chèrement acheté ; sans société assez choisie
dont ils puissent craindre le jugement ; accoutumés par
état à obéir ; trop obscurs enfin pour compter avec l'histoire ! Et même encore, parmi les hommes élevés au milieu de ces garanties sociales, dont ceux-là étaient dé-
pourvus, combien l'histoire nous en montre pour qui,
dans de semblables circonstances, toutes ces garanties
ont été insuffisantes ! Joignez à ces considérations applicables aux juges comme à l'exécuteur du jugement, la
surprise, la hâte, l'habitude d'obéir, une apparence de
légalité et cette fatale erreur sur la complicité du prince
dans l'odieux complot de Georges ; erreur confirmée par
l'exclamation de Hulin, que je viens de rapporter.

Malheureux prince ! que son héroïsme guerrier et sa
jeunesse chevaleresque ne permettaient pas de soupçonner complice de l'assassinat médité contre Bonaparte ! Et
pourtant innocent de cet attentat, il venait d'en tomber
victime !

Arrivé, je ne sais comment, chez mon père, tant je marchais absorbé et consterné par un événement aussi tragique, je tombai au pied de son lit sur un siège en disant : « Le duc d'Enghien a été fusillé cette nuit ! Nous « voilà ramené aux horreurs de 93 ! La main qui nous en « retirait, nous y replonge ! Comment désormais y rester « associés ! » Mon père, d'abord atterré, resta muet ; il ne put me croire. Je lui fis le récit qu'on vient de lire ; et lui-même, alors révolté, ne tint pas plus de compte que moi de ce qui avait pu motiver cette vengeance. Il crut d'abord, comme moi, que, après ce premier pas sanglant, nul génie ne serait assez maître de lui-même pour s'arrêter dans une voie si funeste, et qu'il fallait, en effet, songer à s'en séparer.

C'était pourtant un trop grand parti à prendre pour s'y décider avant d'avoir connu tout ce qui avait pu déterminer à un acte aussi cruel. Mon père, alors conseiller d'État, pouvait mieux que tout autre s'en instruire. Pendant les trois jours suivants qu'il y employa, enfermé chez moi, maudissant cette nuit fatale, obsédé du spectacle horrible qu'elle offrait sans cesse devant mes yeux, je restai anéanti ! Jusque-là, fier avec tant de raison du grand homme que je servais, je m'en étais fait un héros complet ; je m'étais persuadé que nulle raison, ou de politique, ou de sûreté personnelle, ou de vengeance, ne l'emporterait sur la générosité de son caractère. Les détails qui suivent, soigneusement recueillis, montreront pourtant que je ne m'étais pas entièrement trompé, et que cette générosité, perdue dans un premier emportement, l'avait ressaisi, mais trop tard ; et que ce fut un hasard funeste qui en rendit le retour inutile bien fatalement.

Toutefois les premières nouvelles que mon père nous rapporta atténuèrent peu l'impression que la violence, trop préméditée, de ce cruel coup d'État, nous avait causée. Après les instructions données à Ordener, Napoléon s'était craint lui-même ; pendant toute la semaine suivante, retiré à Malmaison il y avait repoussé les intercessions de Joséphine ; et, bien qu'il eût su que rien, dans les papiers saisis, ne dénonçait la complicité du prince dans l'attentat, il n'en avait pas moins persévéré dans sa conviction et dans sa colère ! Le 20 mars, vainement Murat, commandant Paris, avait repoussé ses ordres, et refusé toute participation à cette vengeance ; toujours inflexible il avait tout pris sur lui ; il en avait dicté et signé lui-même tous les détails : les noms des juges militaires, l'ordre de juger sans désemparer, celui d'exécuter sur-le-champ le jugement quel qu'il pût être ! Enfin, pour surveiller l'accomplissement de ces instructions, il avait choisi le seul de ses aides de camp qu'il savait capable d'obéir, sans hésiter, à de tels ordres !

On ajoutait, il est vrai, que le soir même, se ravisant, il avait envoyé à Réal l'instruction d'aller interroger le malheux prince, ce qui, sans doute, l'eût sauvé ; mais que ce conseiller d'État, renfermé chez lui, n'avait reçu cet ordre qu'à cinq heures du matin, quand déjà le meurtre était consommé. Ce fait atténuant était non seulement vrai, mais vraisemblable. En effet, moi-même, peu avant cette fatale époque, j'avais porté le soir, de Saint-Cloud à Paris, des ordres pressants au général Berthier. Or je n'avais pu les remettre en main propre à ce ministre, qu'après huit lieues d'aller et retour nocturnes, et en l'arrachant enfin d'une retraite où il s'était rendu à peu près inaccessible. Réal, dans cette malheureuse soirée, s'était fait celer pareillement. Les journées, les nuits même alors, étaient si fatigantes à force de travail, que parfois, et pour respirer, l'on tentait d'en dérober ainsi quelques heures au Premier Consul.

Il était donc vrai que, au dernier moment, un heureux remords avait ébranlé l'âme de Napoléon ! Mais alors croyons pour l'honneur de celui qui fut chargé de ce message de salut, qu'il en avait ignoré toute l'importance ; sans quoi il eût obstinément accompli sa mission près de Réal, comme moi la mienne près de Berthier, où la célérité était sans doute moins indispensable.

Un autre fait démontre la vérité de celui-ci. Quand Savary était venu, vers sept heures du matin, à Malmaison, rendre son terrible compte, le Premier Consul, dès les premiers mots, l'interrompant, lui avait demandé : « S'il n'avait pas vu Réal ! » Sur sa réponse, qu'il venait de le rencontrer, à la barrière, allant à Vincennes, le Premier Consul était tombé dans une rêverie muette, sombre, et si agitée que, pendant un assez longtemps, ni son secrétaire, ni l'aide de camp n'avaient osé l'interrompre. La fatalité sans doute à ses yeux en avait décidé ! Il se résolvait à l'accepter ; et bientôt après, avec Caulaincourt, Fontanes et quelques autres, il y conformait ses paroles ou son silence.

Au reste voici sur ce sinistre événement la substance d'un autre récit. Il est du roi Joseph auquel, dix-huit mois après, j'ai, comme on le verra, servi d'aide de camp pour la conquête du Royaume de Naples. Ce récit renferme celui de Réal ; il est trop conforme à tout ce que j'ai entendu, su et vu moi-même, il est attesté par trop de témoins, dont j'ai connu la plupart, pour qu'on puisse en contester la vérité.

Le Premier Consul, la veille de ce coup fatal, par lui trop véritablement ordonné d'abord, était retombé dans l'indécision. Il hésitait entre de pressantes supplications et l'avis d'un ministre, seul soupçonné de leur avoir été contraire, quand Joseph, intervenant, le rappela à son système de modérateur, de centre d'attraction, « de clef de voûte » entre tous les partis ; puis, le faisant souvenir qu'il avait dû jadis aux encouragements du père de sa victime, son choix de l'artillerie et son refus de la marine où son destin eût avorté, il ne le quitta que bien assuré de l'avoir décidé à la clémence. De là, et dans la même soirée, le contre-ordre dont Réal fut réellement chargé, comme Réal en convient lui-même. Mais dans cette nuit cruelle, le malheur voulut que ce conseiller d'État, impatienté d'avoir été réveillé deux fois par des missives sans importance, s'étant fait celer, n'ouvrit la lettre du Premier Consul que plusieurs heures après sa réception, vers cinq heures du matin, au moment même où le meurtre s'exécutait ; en sorte, comme nous le sûmes tous, que, sa voiture s'étant croisée à la barrière de Vincennes avec celle de Savary, il revint consterné de l'irréparable résultat du fatal sommeil auquel il s'était livré. C'est pourquoi, d'une part, au cri de Joséphine éperdue : « Ah ! mon ami, qu'as-tu fait ? » cette réponse de Napoléon : « Les malheureux ont été trop vite ! » et, d'autre part, quand il fut seul avec Joseph, son emportement contre Réal, qu'il accusa injustement, en raison de ses antécédents révolutionnaires, d'avoir différé sciemment d'obéir à son contre-ordre. Après quoi, se raffermissant, il dit à son frère : « Qu'enfin il fallait se consoler de tout ! Que sans doute, « s'il eût été assassiné par les agents de la famille du « prince, ce prince se serait montré le premier en France, « les armes à la main, pour en profiter ! Que maintenant « il ne lui restait plus qu'à supporter la responsabilité de « l'événement ; que la rejeter sur d'autres, même avec « vérité, ressemblerait trop à une lâcheté pour qu'il vou- « lût jamais se laisser soupçonner de cette faiblesse ! »

Bientôt, et dans le premier Conseil d'État qui suivit cette catastrophe, mon père entendit le Premier Consul, après une rude sortie sur les propos qui couraient les rues, et sur les modernes violations du droit d'asile, dire : « Qu'il saurait faire respecter la France ! Qu'il ne res- « pectait l'opinion publique que lorsqu'elle ne s'égarait « pas ! Qu'il en méprisait les caprices ! Que, comme lui, « tous les hommes de gouvernement, loin d'en suivre les « écarts, devaient l'éclairer. Qu'il aurait fait juger et « exécuter publiquement le duc d'Enghien coupable de « connivence avec les agents de l'Angleterre, d'arme- « ment contre la France, d'intelligences avec nos dépar- « tements frontières pour y exciter la révolte, et enfin

« de complicité dans le complot tramé contre sa vie, s'il
« n'avait craint de donner aux partisans de ce prince
« une occasion de se perdre ; que ce n'était pas chez
« ceux-ci, mais dans d'obscurs repaires, qu'on avait saisi
« Rivière et les Polignac ; qu'au reste les royalistes étaient
« tranquilles ; qu'il ne leur en demandait pas plus ; qu'il
« laissait les regrets libres au fond des cœurs ; que ceux
« qui prétendaient craindre des proscriptions en masse
« n'y croyaient pas ; mais que, individuellement, il n'é-
« pargnerait aucun coupable. »

Tous les chefs d'accusation qu'il accumula contre sa
victime étaient vrais, hors le dernier, celui de complicité
avec Georges Cadoudal, seul fait qui aurait pu expliquer,
sans la justifier, une aussi cruelle vengeance. Bonaparte
put croire à cette complicité, qui n'existait pas. Le prince
connaissait sans doute le complot par la voix publique ;
mais ce complot dès lors était avorté, d'où il résulte que
la prolongation de son séjour à portée du Rhin ne pouvait plus désormais motiver le soupçon dont il fut victime.

Il restait donc évident que, irrité de cette longue suite
d'attentats contre sa vie, le Premier Consul avait voulu
y mettre un terme par un coup de foudre ! Son excuse,
s'il en peut exister pour un acte aussi barbare, était dans
sa conviction, par un fatal concours de circonstances,
qu'il obéissait à la nécessité politique, au droit de défense
personnelle, et qu'il ne frappait que sur un complice !
Erreur funeste, qui prouve, plus que jamais, qu'on ne
doit point se faire juge dans sa propre cause ; et qu'il

faut respecter les formes protectrices, pour ne point
s'exposer au malheur de s'être défendu contre une tentative de crime, par un autre crime !

Espérons pour lui que le remords, qui le décida à
envoyer Réal pour suspendre l'effet de sa première détermination, en aura atténué l'horreur devant Dieu, comme
aux yeux des hommes.

L'histoire ainsi doit en juger. Quant à nous, dans
notre ignorance d'alors, l'accusation de complicité contre
ce malheureux prince ne nous semblait que trop probable.
Quelque effroyable que fût le coup frappé à Vincennes,
envisagé ainsi, notre chef, tant provoqué, était-il le seul
ou le plus coupable? Toutefois ce fut un autre point de
vue qui nous détermina.

D'un côté nous sûmes que Caulaincourt était en butte
à l'animosité des royalistes. Étranger à l'arrestation, au
jugement, à l'exécution, absent même de Paris alors, ils
l'en accusaient, ils l'en rendaient responsable. Les déné-
gations des siens, son désespoir, son évanouissement chez
le Premier Consul à la nouvelle de ce meurtre, et la violente amertume de ses reproches, quand il revint à lui
par les soins mêmes de Bonaparte, ne leur suffisaient
pas. Ils exigeaient sa démission, ils la lui imposaient
comme un désaveu de sa participation à cet acte sanguinaire !

D'autre part mon père s'était aperçu que plusieurs
des ex-jacobins, ralliés, triomphaient ; qu'ils s'applaudis-
saient de ce premier pas rétrograde de Napoléon dans
leur voie féroce. Placés entre ces deux partis ennemis,

qu'allions-nous faire ? Fallait-il, pour satisfaire l'un, abandonner à l'autre le terrain si heureusement reconquis jusque-là sur les terroristes ! C'était en Bonaparte seul que nous avions espéré pour arracher la France, et nous, du gouffre révolutionnaire. Jusque-là cet espoir s'était magnifiquement réalisé. Quatre ans de bienfaits, et d'une administration admirablement généreuse et réparatrice, nous avaient attachés à sa fortune ; devions-nous donc, dès ce premier pas en sens contraire, quelque déplorable qu'il fût, tout abandonner ? Devions-nous, en donnant le signal de se retirer de lui, le livrer, le pousser même dans les mains du plus dangereux de ces partis, dont notre concours contribuait à combattre l'influence ?

Quant à un avenir de sang, pourquoi le supposer ? La peur seule pouvait y entraîner le Premier Consul ; et nous savions que, après l'explosion de la machine infernale et royaliste du 3 nivôse, interrompant l'un de ses conseillers à ces mots : « N'avez-vous pas peur, citoyen « Consul ?... » il avait répliqué : « Moi, peur ! Ah ! si « j'avais peur, la France serait bien malheureuse ! » Ainsi, ce crime politique pourrait rester isolé. Dès lors, quand notre sort, quand celui de toute la partie saine de la France dépendaient du Premier Consul, pourquoi nous décourager ? Pourquoi, lorsque son génie, pur jusque-là, venait de faillir, lorsqu'il nous avait momentanément échappé, ne pas s'efforcer plutôt de le ressaisir, de regagner le terrain perdu, de l'essayer du moins. S'il nous faisait défaut encore, nous verrions bien, et alors nous aviserions.

Telle fut, pendant plusieurs jours d'anxiété, de douleur et d'accablement, la marche exacte de nos pensées. Ce parti pris, je pressai aussitôt mon père d'aller rendre aux Caulaincourt et à nos amis leur courage, sans doute ébranlé comme le nôtre. Le dimanche suivant, 25 mars je crois, devait nous réunir aux Tuileries. Nous nous promîmes, sans dissimuler notre affliction réprobatrice, de régler, d'après la résolution convenue, nos paroles et notre attitude.

Ce jour-là l'affluence de toutes les autorités, dans le palais, fut considérable. Nous n'avions pu communiquer nos sentiments qu'à peu d'amis; et pourtant l'accord, sans s'être concerté, fut unanime. Caulaincourt, le maintien ferme et décidé, les lèvres serrées, le teint jauni, les traits contractés, semblait vieilli de dix ans; il était méconnaissable. Sa pâleur, quand je lui serrai la main, redoubla; mais son attitude resta de marbre.

A quelques pas de là, je rencontrai ce même d'Hautencourt dont les paroles à Duroc avaient si cruellement contrasté avec le bouleversement de sa figure. Aux questions que je lui adressai, il me répondit que les derniers mots du malheureux prince avaient été : « Il faut donc « mourir! et de la main des Français! » Puis, sur une dernière interpellation, que j'eus peine à achever : « Il est mort en héros ! » me répondit-il.

En ce moment Bonaparte reparut au milieu de nous. Il traversa la foule entr'ouverte et silencieuse pour se rendre à la chapelle. Il n'avait point changé de contenance. Pendant le sacrifice, quand la prière s'élevait aux

cieux, je l'examinai avec un redoublement d'attention.
Là, devant Dieu, en présence de sa victime, qu'il me
semblait voir réfugiée sanglante à ce tribunal suprême,
et tout empreinte des horreurs d'un brusque supplice, je
m'attendais, dans l'angoisse de mon cœur, à ce qu'un
remords, un regret du moins, se manifesterait sur les
traits de l'auteur d'un acte aussi cruel; mais, quel que
pût être son sentiment intérieur, rien en lui ne varia : il
resta calme; et, au travers des larmes qui me remplissaient
les yeux, sa figure me parut celle d'un juge sévère et impassible !

Je venais de le voir devant Dieu; je voulus le voir
devant les hommes. Je m'attachai donc à ses pas pendant
l'audience qui suivit. Son abord fut tantôt d'un calme
contraint, tantôt sombre, cependant plus accessible peut-
être que de coutume. Il parcourut, lentement et en tous
sens, ses grands appartements; plus lentement qu'à l'ordinaire : lui-même aussi semblait vouloir observer. Il
s'arrêta presqu'à chaque pas, se laissant entourer et
adressant à chacun quelques paroles. Elles rappelèrent,
ou indirectement ou directement, la nuit du 20 au 21 mars.
Évidemment il sondait l'opinion, attendant, provoquant
même des réponses qu'il espérait être satisfaisantes. Il
n'en obtint qu'une, faite dans une intention de flatterie,
mais si maladroite qu'il l'interrompit, et tourna le dos.
Elle lui reprochait, involontairement, d'avoir répondu à
une tentative de meurtre par le meurtre même. Les
autres groupes, successivement formés autour de lui,
l'écoutèrent avec une curiosité observatrice, une attitude

morne, parfois embarrassée, et dans un silence manifestement désapprobateur.

Pour lui, son maintien haut, sévère, et d'abord communicatif, devint de plus en plus sombre et réservé. On le voyait se renfermer en lui-même, s'efforçant de se convaincre que la nécessité politique l'absolvait; que, à l'exception des formes, au fond tout le reste était de son côté; ce qui était faux. Toutefois son but fut atteint, puisque, à dater de ce moment, les conspirations royales cessèrent.

Il se retira brusquement de cette audience, mécontent, mais inflexible; sans paraître, sans être alors plus ébranlé, par ce désaveu universel, qu'il ne le fut, sur ce même sujet, dans d'autres occasions que diront ces souvenirs, et à son heure dernière à Sainte-Hélène.

Et cependant les horreurs de ce drame terrible n'avaient pas atteint leur terme. Le 5 avril, de onze heures à minuit, Pichegru y joignit un quatrième suicide. C'était l'un des anciens professeurs de Napoléon au collège de Brienne. Le Premier Consul, soit émotion de ce souvenir, soit qu'alors il fût moins irrité contre ses ennemis nés dans la Révolution que contre ceux issus de l'ancien régime, lui avait fait promettre non seulement sa grâce sans conditions, mais, avec sa réhabilitation, le gouvernement de Cayenne. L'infortuné avait d'abord hésité; puis, soit fatigue ou désespoir d'une vie flétrie par la trahison, il s'était décidé à en finir. Un long et silencieux effort, sur son lit, au moyen d'un bâton qu'il tourna dans sa cravate de soie, et dont il se serra peu à peu la gorge, le délivra, cette nuit-là même, ou de la honte de vivre, ou de celle de mourir par un juste et dernier supplice. Le lendemain on le trouva étranglé ; un volume de Sénèque était ouvert près de lui : il l'avait marqué à la page où le suicide de Caton est décrit par ce philosophe.

Six semaines plus tard le sort, alors tout entier tourné vers Bonaparte, amenait pour la seconde fois dans cette même prison, un autre de ses ennemis acharnés, le capitaine anglais Wright, celui-là même qui avait débarqué sur nos côtes Pichegru et ses complices.

Enfin l'instruction de ce grand procès était terminée. Pendant quarante-quatre jours, Moreau avait persisté à protester de son innocence, lorsqu'enfin, confronté avec trois de ses complices, l'aveu de ses entrevues avec Georges et Pichegru lui fut arraché.

Quarante-six accusés comparurent, le 10 juin, devant la justice. Ils furent jugés suivant toutes les formes les plus protectrices, en face d'un public nombreux, et au milieu des manifestations ardentes, séditieuses même, d'une foule de militaires de tous grades, partisans fougueux de Moreau. Sa culpabilité était flagrante. Néanmoins les juges influencés hésitaient. Une autre influence, ou l'équité les décida, mais à demi. Moreau déclaré coupable, mais excusable, ne fut condamné qu'à deux ans d'emprisonnement ! Quatre autres coupables, soit justice ou pitié, furent assimilés à ce général. Vingt et un furent acquittés, et vingt condamnés à mort.

Nous étions, en ce moment, à Saint-Cloud. A la nouvelle de ce jugement, une explosion de fureur éclata parmi les généraux qui entouraient le Premier Consul. Ils s'écrièrent : Que c'était un déni de justice ! Un acte de révoltés ! On parla de mesures extraordinaires contre les condamnés, contre les juges, contre Paris même, qu'on déclarait indigne de son rang de capitale et d'être la résidence du Chef du Gouvernement ! Ils eussent voulu la condamnation à mort de Moreau, certains d'avance, il est vrai, que Napoléon lui aurait fait grâce, mais indignés que le tribunal lui en eût, en prévariquant, arraché l'honneur.

Quant à Napoléon, quel que pût être son mécontentement, il le contint. D'accord avec Moreau, il fit acheter ses propriétés : elles étaient considérables ; et il exigea de lui son exil en Amérique.

Sur les vingt condamnés à mort, il fit grâce à huit. Nous remarquâmes que, en accordant la vie d'Armand de Polignac aux prières de madame d'Andlau et de la femme de ce conjuré, il s'attendrit, et qu'à leurs larmes il mêla les siennes.

L'une des conséquences de ce complot fut, avec la prorogation des tribunaux spéciaux, le rétablissement de Fouché au ministère de la police. Napoléon s'en défiait : il l'entoura de surveillants ; il multiplia les contre-polices. L'une d'elles fut confiée à son aide de camp Lavalette, qu'il chargea du secret des lettres. C'était ainsi, et par les curés surtout, disait-il à mon père, qu'il était le mieux instruit : ajoutant, à l'égard de Fouché, que, s'il l'avait repris, c'était moins pour savoir tout que pour avoir l'air de tout savoir.

J'ai voulu conduire jusqu'à sa fin cet événement tragique. Mais déjà il venait d'en amener un autre de la plus haute importance. Depuis quatre mois, c'est-à-dire depuis le commencement de février 1804, et dès le premier éclat de cette conjuration, une multitude d'adresses avaient ouvertement demandé le rétablissement du trône et la fondation d'une dynastie nouvelle.

Le 27 mars, on entendit le Sénat entier, répondant à la communication des correspondances criminelles des agents anglais d'outre-Rhin, dire à Bonaparte : « Vous « nous avez tirés du chaos du passé; vous nous faites « bénir les bienfaits du présent; garantissez-nous de « l'avenir. Grand homme, achevez votre œuvre, rendez- « la immortelle comme votre gloire ! »

La réplique du Premier Consul, à cette ouverture officielle, fut mesurée : « Il y réfléchirait, » dit-il. En conséquence le Conseil d'État avait été consulté sur l'établissement d'un gouvernement héréditaire. Vingt sur vingt-sept conseillers l'avaient approuvé. Mais, comme on n'était pas tombé d'accord sur les garanties, mon père avait proposé que chacun écrivît à part un vote motivé. Le sien fut pour l'Empire avec une Constitution aussi rapprochée que possible de la Charte anglaise.

Le 18 mai 1804, le Second Consul vint apporter le projet de Sénatus-Consulte, créateur de l'Empire et du pouvoir à peu près absolu de Bonaparte : ce projet fut adopté sur-le-champ, et à l'unanimité moins deux votes nuls et trois voix contraires ! Celles-là ne furent pas moins bien traitées que les autres par l'Empereur. C'est un fait digne de remarque, que, lorsque les candidatures aux sénatoreries lui furent présentées, il s'indigna de n'y point voir les noms de ceux qui avaient voté contre l'Empire.

Époque unique dans notre histoire! On vivait alors exalté comme dans une atmosphère de miracles. Dans ce jour du 18 mai surtout, que d'enivrement, que d'éclat, que de puissance! A peine le Sénat avait-il voté l'Empire, que, se précipitant en tumulte sur les pas du Second Consul, il était venu tout entier, à Saint-Cloud, transporté d'enthousiasme! Ce fut là que, proclamé Empereur, Napoléon, après l'avoir congédié, se renfermant seul avec Cambacérès, avait aussitôt décidé la transformation, en Royaume, de la République Italienne; l'installation de l'Ordre d'Honneur; une négociation avec le Pape pour qu'il vînt le sacrer lui-même; et, en attendant son arrivée, la descente en Angleterre.

Cependant la France, consultée, répond par trois millions, cinq cent vingt-quatre mille, deux cent cinquante-quatre voix, qu'elle veut l'Empire et Napoléon pour Empereur! Dans la flotte, Truguet est le seul amiral qui s'y refuse; dans l'armée s'il y eut des dissentiments, ils furent secrets : quand l'avènement du Premier Consul à l'Empire fut proclamé devant ses rangs, des acclamations unanimes l'accueillirent. Un seul colonel d'infanterie, d'une forte et haute stature et d'une valeur célèbre, se retourna, et d'une voix audacieuse : « Silence dans le rang! » s'écria-t-il. C'était Mouton, depuis maréchal, comte de Lobau. La réponse de Napoléon à cette manifestation républicaine ne se fit pas attendre. Elle fut digne de l'un et de l'autre : peu de jours après, ce colonel reçut avec le brevet de général, celui d'aide de camp de l'Empereur.

On sait quel fut le principal motif allégué pour la création de l'Empire : on voulut décourager l'attentat à la vie et au pouvoir viager de Bonaparte par l'hérédité de ce pouvoir dans sa famille. Dès lors, pour restaurer la république ou l'ancienne monarchie, ce ne serait plus un homme seulement, ce serait une dynastie qu'il faudrait abattre ! Ainsi, et comme il arrive toujours aux conjurations avortées, de même que celle du 3 nivôse, en doublant le pouvoir de Napoléon, l'avait bientôt après fait Consul à vie, celle-ci le fit Empereur, même avant le jugement des conjurés, et malgré le meurtre de Vincennes !

XI.

CAMP DE BOULOGNE.

L'armée mieux organisée, vêtue, disciplinée et exercée
qu'on ne l'a vue depuis, avait été mise sur le pied le plus
formidable : cent cinquante mille hommes, cinquante-
huit vaisseaux de ligne français, douze vaisseaux bataves
et dix-huit cents transports armés, allaient être prêts
contre l'Angleterre ! Le 18 juillet Napoléon reparut soudainement à Boulogne-sur-Mer, au milieu de ses camps
et de sa flotille. En arrivant, ses premiers mots au maréchal Soult furent : « Combien vous faut-il de temps
« pour embarquer ? — Trois jours, Sire. — Je ne vous
« en donne qu'un ! répliqua l'Empereur. — C'est impos-
« sible, répondit le maréchal. — Impossible, Monsieur !
« s'écria l'Empereur, je ne connais point ce mot-là ! il
« n'est pas français, rayez-le de votre dictionnaire ! »
Et, en effet, il prescrivit sur-le-champ des mesures telles,
que l'embarquement devint possible en vingt-quatre
heures.

Mais le lendemain, soit habitude de vaincre les difficultés les plus grandes, soit souvenir d'avoir eu tant de

fois raison, même contre les plus habiles, trop de confiance l'emporta. Ainsi trompe le bonheur, et souvent même l'expérience. Ce jour-là, tout entier à sa flotille, il voulut, pour l'exercer, la mettre sous voiles, en vue de l'escadre anglaise, en dépit d'un ciel menaçant et malgré les conseils d'un contre-amiral. Celui-ci s'obstinant, lui s'irrita. Sa violence fut telle qu'il y eut un moment où le marin, la main sur la garde de son épée, crut devoir se mettre en défense contre un outrage. L'Empereur, incapable d'une voie de fait, le fit désarmer; et, passant outre, il voulut qu'on mît en mer.

Ce que le contre-amiral avait prévu arriva. Napoléon, il est vrai, demeura vainqueur des Anglais, dont il repoussa l'escadre et prit même un bâtiment; mais il fut vaincu par la tempête à laquelle il s'était refusé de croire. Lui-même eut peine à y échapper! Quatre de ses embarcations périrent. Alors, reconnaissant sa double faute, il les répara toutes deux : l'une par une nuit entière d'efforts qu'il passa, dans la tour de l'Heurt, à sauver ses marins de leur naufrage; l'autre en avouant son tort, au contre-amiral, en lui pardonnant le sien, et en lui faisant oublier sa violence.

Pendant les vingt-cinq jours qui suivirent il s'occupa de son immense plan de descente, dont nous verrons bientôt l'ensemble, et de ses camps devant lesquels il se présentait pour la première fois comme Empereur. Il vit les larges chaussées et les canaux d'écoulements exécutés par ses ordres, travaux qui assainissaient ces camps et les liaient entre eux, ainsi qu'avec les abords des contrées environnantes. L'esprit actif et ingénieux de ses soldats s'était plu à embellir les entours de leurs barraques du luxe de mille jardins ornés de fleurs, d'inscriptions à sa louange, d'obélisques et de pyramides la plupart surmontés du buste, couronné de lauriers, de leur Empereur. Lui, se mêlant familièrement à eux, entrant dans tous les détails de leur bien-être, et leur prodiguant avec discernement des mots heureux, des faveurs et un avancement mérités, les enivra d'enthousiasme.

Le 15 août, jour de sa fête, il y mit le comble. Cet anniversaire marqua l'une des plus grandes solennités de son règne, celle de la distribution à l'armée de l'Ordre d'Honneur. Le canon de Boulogne l'annonça ; celui d'Anvers et de Cherbourg, proclamant à la fois l'inauguration de ces deux ports nouveaux, y répondirent. L'entrée victorieuse à Boulogne, le soir même, d'un fort détachement d'élite de la flotille compléta cette journée, dont un monument rappelle la mémoire.

Le 26 août, jour de son départ, fut signalé par un nouveau succès de cette flottille. Aidé de Bruix, l'Empereur le remporta contre l'escadre ennemie, dont un bâtiment fut coulé bas, et qui fut menacée même d'abordage. Elle recula sous nos feux à demi-portée, et devant Napoléon, en vue, en tête, commandant lui-même et le plus exposé aux bordées anglaises. Cet essai victorieux termina ce voyage guerrier de l'Empereur. L'Angleterre, sur pied tout entière, en avait frémi d'effroi ! Épuisée d'efforts et d'argent, son appréhension était si vive, que tous, jusqu'à ses ministres, s'étaient enrôlés et armés ; et

8.

que, devant Londres même, ils avaient barré le passage de la Tamise. Pitt alors avait ressaisi l'espoir d'acheter une coalition nouvelle. Son étoile voulut que, en ce même moment, Latouche-Tréville mourût d'un mal rapporté naguère des Antilles. C'était le meilleur de nos amiraux. Il avait seul le secret de l'entreprise : il devait, avec la flotte de Toulon, tromper Nelson, venir débloquer nos ports de l'Océan, y rallier nos escadres et protéger la descente, qu'il fallut dès lors retarder, et dont le sort tomba désormais, par un malheureux choix du ministre Decrès, dans les mains incapables de Villeneuve.

Il semble toutefois que, alors, la pensée de l'Empereur hésitait entre plusieurs diversions. L'une d'elles, qu'il abandonna depuis pour tout concentrer dans le détroit était un embarquement en Irlande.

De Boulogne Napoléon se rendit à Aix-la-Chapelle, où Joséphine l'attendait. Ce fut là que quelques menaces forcèrent les deux Cobentzel, l'un ministre, l'autre ambassadeur de Vienne, de le faire enfin reconnaître Empereur par leur maître. Aix-la-Chapelle était la ville de Charlemagne. Il y rétablit les honneurs annuels qu'on rendait jadis à cette grande mémoire ; et, pour la première fois depuis mille ans, ces peuples transportés crurent voir, en Napoléon, renaître leur grand homme.

Ils se souviendront toujours, sans doute, de la multitude de bienfaits dont il combla ces contrées jusque-là si négligées, et de tous les biens dont alors il dota leurs villes, entr'autres les nouvelles communications de terre et d'eau qu'il ouvrit entre elles ; et plus loin, vers Coblentz, cette route tracée sur le bord du Rhin : la largeur en était de quarante-cinq pieds; elle fut arrachée à des rocs sur une longueur de dix lieues entières.

Ajoutons ici ses soins pour les pauvres; les refuges qu'il leur assura dans ce pays que la mendicité dévorait; et le souvenir touchant de cette paisible retraite donnée, dans une île du Rhin, aux infortunées religieuses dont les couvents avaient été supprimés.

Citons aussi, comme un exemple de cette sensibilité que d'aveugles ennemis ont méconnue en Napoléon, un trait de sa bienfaisante bonté dans une autre île de ce fleuve : il rappellera celui du Saint-Bernard, en 1800. Cette fois une pauvre veuve en fut l'objet. Le triste aspect de la misère de cette femme, et de sa douleur de l'enrôlement du seul fils qui lui restait, l'avait touché. Il avait provoqué sa confiance sans s'être laissé connaître. Ému de son malheur : « Consolez-vous, lui avait-il dit, « en se donnant un nom supposé; venez demain à « Mayence et demandez-moi; j'ai du crédit près des « ministres, je vous recommanderai. » Ainsi rassurée et encouragée la pauvre veuve avait osé se présenter le lendemain. Introduite sur-le-champ, et tout éblouie de l'appareil impérial, quand elle reconnut l'Empereur dans cet inconnu si charitable de la veille, son trouble d'abord fût extrême; mais quelle joie lui succéda lorsqu'elle l'entendit donner l'ordre : que sa maison détruite par la guerre fût rebâtie, qu'un petit troupeau et plusieurs arpents de terre y fussent ajoutés, et que son fils unique, soldat sous nos drapeaux, fût aussitôt rendu à son infortune !

Quelques jours après, le nom de Guttenberg reçut un premier hommage dans Mayence à la fois fortifiée et embellie. Je m'y trouvais. Bien plus soigneux qu'on ne pense de ceux de son intérieur, Napoléon, me sachant accablé à Paris d'un grand chagrin, m'avait paternellement appelé à Mayence pour m'en distraire. Ce fut là que, au milieu d'un nombreux concours des princes allemands, nous entendîmes, à un lever, le jeune duc héréditaire de Bade, interpellé par Napoléon sur ce qu'il avait fait la veille, lui répondre avec embarras : qu'il s'était promené de rue en rue ; et l'Empereur l'en gronder ainsi : « Vous avez eu tort. Ce qu'il fallait faire, c'était le tour « des fortifications, et les bien examiner. Que savez-vous ? « Peut-être devez-vous l'assiéger un jour. Qui m'eût dit, « à moi, lorsque simple officier d'artillerie je me prome-« nais dans Toulon, qu'un jour il serait dans ma destinée « de reprendre cette ville ? »

Pendant ce séjour l'Empereur, forcé de se séparer de l'Impératrice, m'en confia momentanément la garde. Elle me raconta que, à Aix-la-Chapelle, on lui avait fait voir un morceau de la Croix du Christ, que Charlemagne avait longtemps porté sur son sein comme un talisman. Elle ajoutait qu'un bras presque entier, reste de ce grand homme, lui avait été offert ; mais que, n'en acceptant qu'une esquille, qu'elle me montra, elle avait répondu : « Quelle ne voulait pas priver Aix-la-Chapelle d'un si « précieux souvenir, elle surtout à qui le bras d'un homme « aussi grand que Charlemagne servait d'appui ! »

Il n'avait pas tenu au génie du gouvernement anglais

d'alors, d'interrompre le cours de ce voyage par l'invention d'un nouveau forfait de son ministre à la Cour de Hesse. Deux assassins, soldés par ce diplomate, avaient été découverts, dans Mayence, par Bonaparte. Leur correspondance avait été saisie. Rumbolt, autre agent anglais enlevé de Hambourg avec les preuves d'un essai de crime semblable, fut conduit au Temple, puis relâché sur les plaintes de la Prusse. C'étaient là les derniers souffles de la grande conjuration de Pichegru et de Georges Cadoudal. La sévérité de la répression et la publicité donnée à ces machinations infernales y mirent un terme.

L'accumulation de tant de criminelles tentatives peut expliquer pourquoi le Pape, dans cette même année, accorda sa consécration au nouvel Empereur. Ces infamies n'excusaient pas le meurtre qu'elles provoquèrent; mais l'indignation qu'elles firent éprouver put entrer dans les motifs qui décidèrent le Saint-Père à cet acte solennel.

XII.

LE SACRE.

Dans cette grande solennité, ordre complet, sérénité du ciel, concours entier du Saint-Père, acclamations publiques au dehors de Notre-Dame comme au dedans, tout satisfit l'attente de Napoléon. Je puis en répondre, j'en fus témoin; je commandais même ce jour-là dans cette cathédrale; j'en avais pris possession militairement depuis la veille : le droit, l'usage, la sûreté de l'Empereur le voulaient ainsi. Les insignes impériaux se trouvèrent confiés à ma garde et, entr'autres, l'épée de Charlemagne. Je me souviens même que, pendant la nuit que nous passâmes sur pied dans cette église, l'un des officiers qui me secondaient, chargé de la garde de ce glaive, eut la folle idée de s'en servir en provoquant l'un de ses camarades, qui, lui ayant opposé son sabre, se consola d'avoir été vaincu, et même quelque peu blessé, par l'épée d'un aussi grand homme!

Le Pape avait attendu de l'Empereur qu'il communiât publiquement le jour du Sacre. Napoléon en avait délibéré. Mon père lui objecta la nécessité préalable d'une confession à laquelle il ne se prêterait peut-être pas, et d'une absolution qu'on pourrait lui refuser.

« La difficulté n'est point là, répliqua Napoléon ; le « Saint-Père sait distinguer les péchés de César de ceux « de l'homme. » Puis continuant : « Je sais, dit-il, que « je dois l'exemple du respect pour la religion et pour ses « ministres : aussi me voyez-vous bien traiter les prêtres, « aller régulièrement à la messe, et y assister avec une « attitude grave et recueillie. Mais on me connaît ; et, « pour moi comme pour les autres, si j'allais plus loin !... « Qu'en pensez-vous ? ne serait-ce pas donner à la fois « l'exemple de l'hypocrisie et commettre un sacrilège ? » La question ainsi posée était résolue d'avance ; mon père fut forcé d'en convenir, et le Pape en fit autant.

Ce souvenir de famille m'en rappelle un autre : c'est que, le soir du jour de cet entretien, je fus mis aux arrêts par l'Empereur. Voici pourquoi : l'indiscrète exigence, pour un surcroît de places de faveur dans Notre-Dame, d'un personnage trop connu politiquement, avait forcé à un refus. Ce personnage était venu s'en plaindre chez mon père, à lui-même, en des termes peu mesurés. J'étais présent ; et, quoique mieux accueilli qu'il ne méritait, je l'entendis, en se retirant, proférer des paroles menaçantes. Il faut savoir que cet ex-jacobin forcené passait pour avoir fait emprisonner et désigner pour l'échafaud le maréchal de Ségur, mon aïeul, que le 9 thermidor seul avait pu sauver de l'acharnement de ce misérable. A ce cruel souvenir, que l'impudence présente de ce montagnard, au milieu des miens, raviva, on peut juger de ma colère : elle était au moins excusable ; et, de la porte du salon jusqu'à la porte cochère, il en ressentit sur-le-champ de rudes effets. C'était assez ; mais, la vengeance dans le cœur, j'allai plus loin ; je voulus en finir à l'instant même, et, comme il prétextait la nuit, très noire en ce moment, je le forçai à un rendez-vous pour le lendemain.

Pendant ces voies de fait, mon père, que les approches du Sacre occupaient, était retourné chez l'Empereur, qui, voyant son air soucieux, lui en demanda la cause. L'ayant apprise, il se récria contre ce duel, m'envoya enfermer chez moi ; et, par son ordre, une heure après, l'ex-terroriste, tout meurtri qu'il avait été, revint terminer cet incident en apportant à mon père ses humbles excuses.

Mais revenons à un sujet moins personnel. On a contesté les égards, alors pleins d'affection et de respect, de Napoléon pour le Saint-Père. Ces critiques sont calomnieuses : je peux et je dois l'attester. Depuis l'arrivée de ce Pontife, digne sous tous les rapports de la vénération universelle, jusques à son retour en Italie, je fus chargé du soin de sa garde et de sa personne. Il occupa aux Tuileries, à côté de l'Empereur, l'aile de ce palais qui a vue sur le Pont-Royal et sur la Seine. On prodigua tout pour que ceux de sa suite, singulièrement choisis pour la plupart, fussent satisfaits, même dans leurs goûts assez bizarres. On eut sans relâche pour Sa Sainteté les mêmes soins, les mêmes respects que pour l'Empereur lui-même. Dans son appartement, distribution, ameublement, tout avait été disposé pour lui rappeler Rome autant qu'il était possible, et flatter ses habitudes.

Quant à Napoléon, nous remarquâmes, tous, sa gaieté constamment douce et reconnaissante, et sa déférence filiale et caressante envers son hôte. On sait, à propos des exigences spirituelles et temporelles de ce Pontife qu'il le satisfit, soit par quelques concessions, soit par des explications si convaincantes et si convenablement exprimées, qu'il était impossible de ne pas s'y rendre.

Dans les bénédictions que le Saint-Père distribua de sa fenêtre, et surtout à ses fréquentes audiences, dans la galerie du Louvre, au public toujours nombreux que sa présence attirait, une surveillance active contint, prévint, ou réprima l'indiscrétion et la légèreté françaises. Nous vîmes l'athée Lalande, lui-même, tomber aux pieds du Pontife, et baiser sa mule ! Dans tous les établissements publics que le Pape honora de sa présence, il fut reçu en Souverain. Personne n'osa lui faire distinguer la curiosité de la piété ; et bien souvent je vis ce véritablement saint successeur des Apôtres, dont la figure vénérable portait l'empreinte de la plus sereine aménité, si frugal, si simple, si austère pour lui seul, et d'une indulgence si aimable et si paternelle envers les autres, profondément attendri de la vive et pieuse impression qu'il produisait !

Après quatre mois de séjour à Paris, depuis le Sacre, il en repartit le 4 avril 1805. Je reçus l'ordre de le reconduire jusqu'à Voghère, dernière ville où s'étendait alors le pouvoir impérial. Dans ce voyage, le cardinal français de Bayanne charma nos repas par son esprit.

C'était à table, surtout, que ses collègues italiens se consolaient d'être encore en France. Lui, plus friand que gourmand, y montrait le dédain le plus plaisant pour tout ce qui n'était pas d'un goût exquis. « Laissez cela, mangez « de ceci, me disait-il; et, croyez-moi, en fait de frian- « dises rapportez-vous-en toujours au goût d'un vieux « prêtre. »

La conversation tournant à la guerre, ce cardinal parla d'une blessure effroyable miraculeusement et radicalement guérie. Un général présent profita de cette occasion pour citer une blessure, non moins grave, qu'il avait reçue en Égypte, mais dont il se ressentait encore : « Oh ! reprit le cardinal, c'est que vous avez eu affaire « à une balle turque, à une balle infidèle ; tandis que « celle dont je parle était chrétienne, apostolique, c'est « bien différent ; il ne lui manquait même que d'être « romaine ! »

Ce jour-là le marquis Sachetti se plut à nous présenter le confesseur du Saint-Père comme un saint qui avait obtenu un miracle de la sainte Vierge. Mais le Pape, en l'écoutant, souriait. Le cardinal de Bayanne nous le fit remarquer ; et nous nous permîmes de croire un peu plus à ce sourire qu'à la sincère et chaleureuse attestation du majordome.

Nous étions alors à Châlons, où le Saint-Père fut reçu au delà de notre espérance. Mâcon fut froide. Depuis le cruel siège de Lyon, en 1793, les montagnards, qui s'y réfugièrent alors, y avaient laissé leur méchant esprit. Récemment encore, lorsqu'on avait essayé d'y rétablir des barrières, le buste de l'Empereur, les commis, les barrières elles-mêmes, tout avait été jeté pêle-mêle dans la Saône.

Lyon au contraire, toute pieuse et impériale, nous reçut à bras et à cœurs ouverts. Le lendemain de son arrivée, lorsque, dans la cathédrale, le Saint-Père permit au peuple d'y venir baiser sa mule et recevoir sa bénédiction, l'affluence fut si considérable, l'empressement si excessif, que, les derniers venus poussant les premiers, il faillit être étouffé contre l'autel. Il y eut là un moment vraiment critique. Heureusement j'avais fait mettre à ma disposition un bataillon de Hanovriens, lesquels, en bons Allemands qu'ils étaient, tout à leur consigne, ne craignirent pas de répondre à mon appel. Il était temps. Il fallut une véritable charge pour dégager le Pape, d'abord attendri, puis très sérieusement alarmé de l'ardeur extrême de tant d'hommages. Ce refoulement, devenu indispensable, ne s'effectua pas sans bien des cris de détresse, immédiatement suivis d'évanouissements, d'accouchements même, dit-on : plusieurs femmes et quelques hommes furent emportés demi-morts hors de la foule. Je n'eus point à m'en repentir, car, en toute vérité, sans ce moyen extrême, le Saint-Père, dont le regard m'implora dans cet instant, ne serait pas sorti vivant de l'église.

Dirai-je, pour ne rien oublier, que je l'avais précédé, de quelques heures, dans cette cité célèbre. Le cardinal Fesch en était le premier pasteur. Excellent prêtre, à la générosité près, c'était lui dont la négociation plus rude qu'habile, mais secondée par les sollicitations de l'évêque Bernier et de Caprara, avait décidé le Pape à ce grand voyage. Le séjour de Sa Sainteté à Lyon en devait être le dernier épisode remarquable. Ce séjour exigeait quelques frais dispendieux. Soit malice, ou économie de l'Empereur qui calculait tout, il avait arrangé que le cardinal, son oncle, serait chargé de la dépense, et moi d'y déterminer Son Éminence. Mais, à cette proposition malsonnante, l'indignation du cardinal le saisissant à la gorge fut si grande, qu'il ne put me répondre que par des cris inarticulés. J'insistai, bien moins dans l'espoir de réussir que pour prolonger une scène que je n'envisageais plus que par son côté plaisant. Cependant, l'émotion du cardinal augmentant jusqu'à le rendre plus rouge que son chapeau, je me hâtai de me retirer et d'aller pourvoir d'une autre façon aux frais de la réception du Saint-Père.

Ce fut là, je crois, si ce n'est à Turin, que l'Empereur allant se faire couronner à Milan, et le Pape retournant à Rome, se rejoignirent pour la dernière fois, et qu'ils prirent congé l'un de l'autre. Les adieux de ces deux Puissances, les plus grandes, temporellement et spirituellement, qu'il y eût alors au monde, furent touchants. Satisfaits l'un de l'autre ils ne prévoyaient pas plus que nous, sans doute, combien, huit ans plus tard, leur seconde entrevue à Fontainebleau serait différente.

XIII.

PRÉPARATIFS CONTRE L'ANGLETERRE.

Napoléon après s'être fait couronner roi d'Italie était revenu en deux jours et demi de Turin à Saint-Cloud, il n'y semble occupé que de son administration intérieure : il veut prolonger quelques heures encore la sécurité de l'Angleterre; mais, ses derniers ordres donnés et le temps venu, il accourt à Boulogne, le 3 août. Là, comme en pleine mer, tout avait répondu à son attente. Verhuel, toujours victorieux, s'était rallié, d'Ostende à Ambleteuse, avec la flottille. Il avait eu deux caps à doubler en dépit des attaques de Sidney-Smith; dans ce difficile trajet, sans rien perdre de son côté, il lui avait détruit trois corvettes. D'autres manœuvres, depuis le Texel jusqu'à Brest, sont essayées, et Napoléon s'est assuré de l'embarquement, en quelques heures, de dix mille chevaux et de cent soixante mille hommes.

Jamais on ne vit dans une armée une ardeur aussi grande que dans la nôtre. Chefs comme soldats, tous étaient exaltés de l'espoir de vaincre et d'humilier les Anglais jusque dans Londres ! A notre arrivée à Boulogne, le 2 août, quand Rapp et moi nous annonçâmes pour le lendemain l'Empereur, et bientôt après, la descente au maréchal Soult, celui-ci, transporté de joie, se prit la tête à deux mains, et bondit tout au travers de sa chambre ! L'Empereur était plus impatient encore. Le jour suivant, en descendant de voiture, bien plus pressant que l'année précédente, ce n'est plus vingt-quatre heures, c'est quatre heures seulement qu'il accorde à l'embarquement des troupes ! Dès lors tout le matériel fut embarqué, et l'on se tint prêt au premier signal.

Pourtant, dans son anxiété sur l'arrivée de Villeneuve, il disait le surlendemain : « Ce n'est point une chose faite « que cette descente ! Après Campo-Formio j'avais de- « mandé au Directoire trente-six millions, trente-six « vaissaux et trente-six mille hommes, et l'Angleterre « était conquise ! Je ne m'y serais point arrêté ! Mais à « présent c'est autre chose, je ne puis plus m'aventurer « ainsi ; je suis devenu trop grand seigneur ! » Puis, son espoir se ranimant, il ajoutait : « L'heure de l'Angleterre « a sonné ! Nous avons à venger les défaites de Poitiers, « de Crécy et d'Azincourt ! Il y a cinq cents ans que les « Anglais commandaient jusque dans Paris ! Les An- « glais sont maîtres de l'univers ! On peut, en une nuit, « se mettre à leur place ! Ils ont conquis la France sous « un roi fou; nous conquerrons l'Angleterre sous un « roi en démence ! »

Ainsi Napoléon, selon son habitude, visait droit au cœur ! Tout devait être terminé en quinze jours. Le but pour la flottille était les plages de Kent et de Sussex, d'où l'armée devait s'élancer sur Londres, tandis que l'expédition du Texel, concourant au même but, aurait remonté la Tamise.

Et réellement tout semblait confirmer un si grand espoir. Sur nos rivages, dans nos ports, sur toutes nos rades, tout était prêt ; et, comme l'Empereur alors le dit lui-même : « La nature de son plan était si bonne, que, « en dépit d'obstacles de toute espèce, il lui restait les « chances les plus favorables. » Mais, ô regrets éternels ! cette occasion unique, inretrouvable, un si formidable ensemble, tant de dépenses, tant de soins et d'efforts, la conception la plus vaste et la mieux combinée du génie de notre Empereur, la fortune enfin de la France, tout va manquer par un seul homme !

Gouverner, dit-on, c'est choisir ; or le choix du ministre Decrès était mal tombé. Villeneuve, modeste et désintéressé, était timide et irrésolu. En lui la bravoure du soldat disparaissait sous le poids, insupportable pour lui, de la responsabilité du général. Plus écrasé qu'honoré du choix de l'Empereur, il avait voulu s'y dérober. Dans sa candeur il s'était écrié : « Que c'était trop ! qu'il ne « se sentait capable que du commandement d'une escadre, et non d'une flotte aussi considérable ! » Comme tous les esprits de cette trempe malheureuse, il n'envisageait jamais sa position que par son côté fâcheux, croyant toujours tous les partis qu'il n'avait pas pris, préférables à celui qu'il venait de prendre, et tout possible à l'ennemi. Decrès ne l'avait point écouté ; il l'avait mal jugé. Villeneuve était son ami d'enfance, et ce ministre s'était obstinément trompé en croyant à l'ardeur factice et passagère que de premiers encouragements lui avaient donnée. Ainsi, le sort de l'Angleterre, celui de la France, de nos marins et de l'Empereur, il les avait confiés à un chef qui manquait de confiance dans les autres, et en lui-même !

Napoléon avec son coup d'œil d'aigle, dès les premiers jours de juin et sur la première dépêche de cet amiral, avait entrevu l'erreur de son ministre : il s'était efforcé de l'en faire revenir. Ses instructions de Milan disaient : « J'estime que Villeneuve n'a point de caractère néces-
« saire ; qu'il n'a aucune habitude de la guerre ; que,
« aussitôt son retour devant Brest, il faut le remplacer
« par Gantheaume ! » Et il terminait en annonçant
« qu'il en allait sur-le-champ signer et envoyer l'or-
« dre ! »

Je ne sais si Gantheaume eût eu plus de caractère, mais enfin cet ordre ne put être exécuté, et notre sort resta dans les mains de Villeneuve.

Cet amiral, tant qu'il n'a fallu qu'éviter Nelson, a été fidèle à l'esprit de ses instructions. Cependant, malgré la plus heureuse navigation, fatigué par ses terreurs continuelles, et par quelques jours d'un temps contraire, ayant reparu le 22 juillet avec vingt vaisseaux à la hauteur du cap Finistère, il y rencontre, à midi, Calder et quinze vaisseaux anglais, et perd deux heures en incertitudes. Enfin le combat s'engage. Calder se présentait bien serré, et Villeneuve trop étendu. Il en résulta que, une brume épaisse ayant couvert les deux flottes et rendu les signaux inutiles, deux vaisseaux espagnols, dégréés après une lutte aveugle et violente, ne furent point secourus. Ils eussent pu l'être pourtant, une éclaircie ayant montré leur danger; mais notre amiral s'y refusa, et ils furent pris, ayant été poussés par le vent au milieu de la flotte anglaise.

Toutefois le lendemain, Calder, plus maltraité que nous, se retirait; Villeneuve restait maître de ses mouvements; il hésita encore, manqua l'occasion, voulut trop tard la ressaisir, et laissa fuir enfin son adversaire, pour aller à Vigo, puis à la Corogne, rafraîchir, alléger sa flotte et la rallier à celle du Ferrol.

Je tiens de Lauriston, depuis maréchal et pair de France, alors aide de camp de Napoléon, et embarqué sur la flotte de Villeneuve, que, le lendemain de ce combat, le contre-amiral Magon, au premier signal, donné par cet amiral, de lâcher prise sur la flotte anglaise, fut saisi d'un tel transport d'indignation, qu'il écuma, trépigna, se mit à courir furieux sur son vaisseau, et que, voyant passer en retraite celui de son amiral, il l'apostropha, lui lança, dans sa rage inexprimable, tout ce qu'il trouva sous sa main, sa lunette, sa perruque même qui tombèrent à la mer, car Villeneuve passait trop loin de lui pour qu'il pût l'atteindre, ni même en être entendu.

Pour moi, qui, dans quelques missions précédentes, avais eu quelques rapports avec Magon, je suis convaincu, comme Lauriston, que, s'il eût été à la place de Ville-

9.

neuve, l'Empereur eût été obéi, la descente peut-être alors effectuée, et la face du monde changée! Mais, où règnent des intérêts secondaires, de tels caractères portent trop d'ombrage : on les use dans des rangs subalternes. Celui-ci eût convenu à Napoléon, il devait déplaire à son ministre.

Le malheureux Villeneuve demeura trois semaines à Vigo et à la Corogne. Il y fut retenu par le ravitaillement de sa flotte, par ses avaries, et bien plus encore par son extrême abattement d'un revers fort contestable. Les reproches qu'il entendait, ceux qu'il se faisait, car il était à lui-même son ennemi le plus cruel, le jetèrent dans le découragement le plus déplorable. Il ressortit enfin de ce mouillage vers le 12 août. Il avait trente-quatre vaisseaux, y compris ceux de Lallemand ; maître de la mer, il était libre d'obéir aux ordres formels de l'Empereur, à ceux de son ministre, à l'instruction réitérée de venir, avec trente-quatre voiles contre dix-huit seulement de Cornwalis, débloquer à tout prix, à Brest, vingt et un vaisseaux; et, fort de cinquante-cinq voiles, de s'emparer de la Manche où notre armée était embarquée, où Napoléon l'attendait, et où il eût assuré notre descente. Mais le spectre de Nelson l'obsédait! Sa peur osa désobéir! Après une hésitation de quatre jours sur une mer ouverte, cette peur, non de soldat, car Villeneuve était brave de sa personne, mais de général qu'offusquait sa responsabilité, ne prit conseil que d'un faible coup de vent qui, par malheur, ce jour-là souffla du nord-est. S'il eût soufflé du sud, m'a dit un autre témoin (1), il s'y fût livré peut-être, et il n'eût pas manqué à l'attente de l'Empereur, de notre armée, et à la fortune de l'Empire !

Dans cette fatale irrésolution de Villeneuve, ce faible incident, un souffle enfin décida de tout ! Voilà donc à quoi tint le sort du monde ! à un souffle, pas même à une tempête ! Il plut au Destin de renverser, de ce souffle, l'œuvre entière de Napoléon, et le plus grand espoir que jamais ait eu la France ! Tant les plus grands hommes, leurs plus vastes conceptions et les empires les plus puissants sont légers dans les balances de la Fortune !

Le 21 août, au moment même où ce malheureux Villeneuve était plus que jamais attendu et espéré devant Brest et dans la Manche, cet amiral nous tournait le dos : il entrait dans Cadix ; il s'y laissait bloquer par six voiles ennemies, rendant inutiles ainsi : lui, sa flotte, notre flottille, l'Empereur lui-même, toute l'expédition enfin qui l'attendait vainement à Brest, à Boulogne et au Texel !

L'Angleterre ainsi fut sauvée ! Et qu'on ne dise plus que la diversion préparée par Pitt sur le continent eût pu y retenir notre Empereur. Ce danger prévu venait d'être prévenu. Déjà nos forces se réunissaient au delà du Rhin, sur ce fleuve, et en Italie : elles contenaient l'Autriche. Duroc venait d'être aussitôt dépêché à

_____

(1) Reille, aujourd'hui maréchal de France après avoir été aide de camp de l'Empereur.

Frédéric pour lui livrer le Hanovre, au prix d'une alliance offensive, qu'il semblait, une seconde fois, prêt à accepter. D'ailleurs le traité de Londres avec la Russie ne datait que du 11 avril ; l'Allemagne répugnait à une guerre dont elle devait être le théâtre ; la Bavière nous était dévouée ; Vienne, en dépit de ses préparatifs menaçants, hésitait ; son accession formelle à une troisième coalition n'avait pu être obtenue que le 11 août ; elle n'osait l'avouer. Le 3 septembre elle ne se montrait encore, ouvertement, que médiatrice ; à cette heure-là, et depuis quinze jours, le sort de Londres eût pu être décidé ! Dès lors cette capitale, le trésor, le nerf de toutes les coalitions, se trouvant saisie, et probablement Pitt ayant été forcé de capituler, Napoléon eût impérieusement dicté à l'Autriche les conditions qui eussent convenu à sa politique !

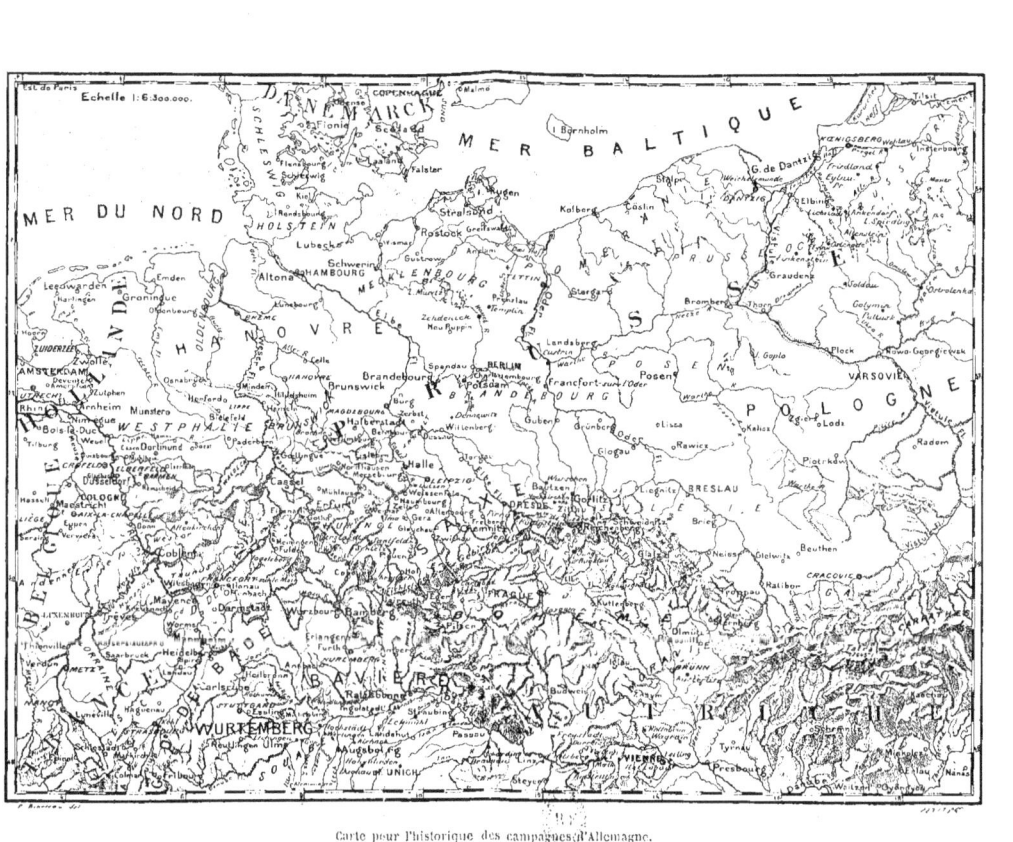

Carte pour l'historique des campagnes d'Allemagne.

XIV.

LE PLAN DE LA CAMPAGNE D'AUSTERLITZ.

Cependant, lorsque, à la Corogne et dans Cadix, Villeneuve trahissait un si grand espoir, à Boulogne tout venait d'achever de s'organiser. Des revues, des manœuvres, des embarquements et débarquements, mille regards avides, pleins d'anxiété, incessamment jetés sur la mer, mille conjectures jour et nuit adressées à son ministre, avaient occupé Napoléon au milieu de l'extrême agitation de son attente. Tous les ressorts de son imagination tendus ainsi, dans son impatience il avait, le 12 août, fait attaquer victorieusement, par Lacrosse et soixante et quinze bâtiments de la flottille, la croisière anglaise. Ce jour-là, la moitié du canal de la Manche nous appartint pendant quelques heures; l'Angleterre se crut près d'être envahie; elle s'en émut, et Calder fut mis en jugement. Mais, à la nouvelle de l'inconcevable stagnation de Villeneuve et bientôt de sa fuite vers Cadix, elle triomphe! Le cri de joie qu'elle poussa fut entendu de Napoléon! Car nos espions et la presse anglaise l'instruisaient plus rapidement encore que ses courriers et les télégraphes.

Son mécontentement avait commencé le 7 août, à la nouvelle du combat du cap Finistère, et son désappointement les jours suivants, quand il sut Villeneuve entré au Ferrol, et qu'il l'y crut bloqué. Dans cette première désobéissance, et quoiqu'elle fût encore réparable, l'Empereur, sachant mieux que personne le prix du temps, vit que son amiral n'en connaissait pas l'importance ; qu'il n'avait pas compris la grandeur de sa mission ; qu'enfin, dans ce vaste drame jusque-là si bien conduit, à l'instant même du dénoûment, Villeneuve, au-dessous de son rôle, allait manquer à son attente !

Ce fut le 13 août, au quartier impérial du Pont de Briques, et vers quatre heures du matin, que vint à l'Empereur cette nouvelle. Daru fut appelé ; il entre, envisage son chef et s'étonne ! Son air, m'a-t-il dit, était farouche ; son chapeau enfoncé jusque sur ses yeux, son regard foudroyant. Dès qu'il aperçoit Daru il court à lui, et l'apostrophant : « Savez-vous où est ce j... f.... « de Villeneuve ? il est au Ferrol ! Comprenez-vous ? « au Ferrol ! Ah ! vous ne comprenez pas ? il a été « battu ! il est allé se cacher dans le Ferrol ! C'en est « fait, il y sera bloqué ! Quelle marine ! Quel amiral ! « Que de sacrifices inutiles ! »

Alors, son agitation redoublant, pendant près d'une heure il parcourut sa chambre à grands pas, en exhalant sa juste fureur dans un torrent de reproches amers et de douloureuses paroles. Puis, tout à coup s'arrêtant,

et désignant un bureau chargé de papiers : « Mettez-
« vous là, dit-il à Daru; écrivez! » Et aussitôt, sans
transition, sans méditation apparente, et de son accent
serré, bref et impérieux, il lui dicte, sans hésiter, le
plan de la campagne d'Ulm jusqu'à Vienne! L'armée
des côtes, en ligne face à l'Océan, sur plus de deux
cents lieues de front, allait au premier signal faire volte-
face, se rompre, et marcher au Danube en plusieurs
colonnes! Ordre des marches, leur durée; lieux de con-
vergence ou de réunion des colonnes; surprises, attaques de vive force; mouvements divers et fautes de
l'ennemi; tout, dans cette dictée si subite, était prévu!
Deux mois, trois cents lieues, et plus de deux cent mille
ennemis, séparaient la pensée du résultat; et cependant,
temps, distances, obstacles divers, tout fut franchi, tout
cet avenir, éclairé par le génie de notre Empereur! Sa
prévision, aussi sûre que sa mémoire, voyait déjà, de
Boulogne, les principaux événements de cette guerre
projetée, leurs dates, leurs résultats décisifs; et il les
dicta à Daru avec autant d'assurance que, un mois
après leur accomplissement, il en eût pu retracer les
souvenirs. Les champs de bataille, les victoires, jusques
aux jours mêmes où nous devions entrer dans Munich
et dans Vienne, tout alors fut annoncé, fut écrit comme
il arriva; et cela, deux mois d'avance, à cette même
heure du 13 août, et de ce quartier général des côtes!

Daru, quelque accoutumé qu'il fût aux inspirations de
son chef, demeura confondu; et il fut bien plus surpris
encore, lorsque ensuite il vit ces oracles se réaliser, à

jours fixes, jusqu'à notre entrée à Munich! S'il y eut quelques légères différences de temps et non de résultats, entre Munich et Vienne, elles furent à notre avantage. Souvent et longtemps après, ce ministre, toujours pénétré du même étonnement, m'a répété qu'il n'avait pas moins admiré la décision nette et prompte de Napoléon à abandonner, sans hésitation, tant d'apprêts immenses, que la justesse de ses prévisions, quand il le vit se retourner, avec un changement si complet de combinaisons, contre d'autres adversaires.

Toutefois cette dictée à Daru resta secrète. L'Empereur avait été ressaisi d'un nouvel espoir. Ses vives et dernières instructions, des 11, 13, 14 et 22 août, en sont la preuve. Elles disaient : « Qu'il serait trop dés- « honorant qu'une échauffourée de trois heures fît « manquer d'aussi grands projets! qu'il y fallait per- « sister fortement. Gravina n'est que génie et décision ; « pourquoi Villeneuve n'a-t-il pas son caractère ? Quand « les Anglais, partout menacés, sont partout épuisés « et dispersés, Villeneuve, à la tête de tant de braves « marins, laissera-t-il tout périr d'inaction et de décou- « ragement ? Dix-huit vaisseaux se laisseront-ils donc « bloquer par quatorze voiles ! »

Le 22 août il écrivait encore vainement à Villeneuve et à Gantheaume : « Partez! venez dans la Manche, et « l'Angleterre est à nous! et six siècles d'insultes et de « honte seront vengés ! » Les jours suivants, en dépit des nouvelles de plus en plus alarmantes de l'Autriche, de la fuite de Villeneuve et du découragement de Decrès, il n'avait pas lâché prise encore sur l'Angleterre. Mais enfin, dans les derniers jours d'août, trop certain de l'irréparable défection de son amiral, on le vit, à table, briser le verre qu'il tenait en sa main, et s'écrier : « Eh « bien! puisqu'il faut y renoncer, nous entendrons la « messe de minuit à Vienne ! »

Alors, tout ayant été secrètement ordonné, depuis le 23, pour ce retournement complet et subit vers le Danube, et, le 26, pour une nouvelle levée de soixante mille hommes, il jeta un dernier regard de regret et de douleur sur l'Angleterre ; et, se livrant à son indignation, il dicta sept chefs d'accusation sous lesquels devait succomber le coupable Villeneuve. Puis, dominant tout, jusqu'à lui-même, il reprit son calme ; et, dans une note écrite sans amertume, il déposa la grandeur du projet qu'il était contraint d'abandonner. Il en résuma le plan, comme pour en conserver ou transmettre la conception, en justifier la possibilité, et prouver combien il avait été près de réussir. Il indiqua comment, et avec quelles modifications on pourrait un jour le reprendre, et ce que, en attendant, on devait faire de la flottille.

Dans d'autres instructions ultérieures il voulut que, à Cadix, Rossilly remplaçât Villeneuve ; et que, fort de quarante voiles, il allât régner sur la Méditerranée. On verra plus tard le désastre qui résulta de l'exécution de cet ordre par Villeneuve lui-même. En effet, de là ce funeste combat de Trafalgar, où Nelson périt, mais aussi notre marine ! Nous n'eûmes plus de flotte ; il nous resta seulement quelques escadres. Alors commençait

l'heureuse croisière de Lallemand abandonné dans les
mers du Ferrol par Villeneuve, ce qui ajouta au désespoir de celui-ci, en rendant Lallemand célèbre.

Quant à l'emploi des autres escadres, l'une d'elles
fut désignée pour les mers d'Amérique. Il semblerait
ici qu'un vague instinct d'avenir eût particulièrement,
et pour la seconde fois, fixé la pensée de Napoléon sur
Sainte-Hélène ! Il en ordonna la conquête, et réitéra plusieurs fois cet ordre. Il attachait alors à la prise de ce
rocher une importance devenue malheureusement, depuis, trop remarquable !

Enfin, le 1er septembre, Napoléon quitta Boulogne.
Six jours après, la contre-marche de la Grande Armée
impériale commença. Les côtes redevinrent désertes ;
elles furent abandonnées à notre marine. Voilà comment
échoua la plus habilement, la plus laborieusement préparée, la plus grande et la plus importante des conceptions de notre Empereur !

XV.

LA GRANDE ARMÉE ENTRE EN ALLEMAGNE.

Pour accélérer la marche des corps de son armée, l'Empereur imagina de les faire transporter en poste. « Partez, dit-il au maire de Lille, qu'il avait fait appeler ; re-
« cevez, fêtez mes divisions à leur passage, et organisez
« des chariots pour doubler leurs marches. Comptez sur
« vingt-cinq mille hommes ; qu'ils passent en poste :
« vous donnerez ainsi le mouvement, et un premier, un
« grand et utile exemple ! » Puis, sur la répugnance que
lui montrait ce magistrat à accueillir favorablement le
général V... dont il rappelait le jacobinisme : « Qu'osez-
« vous dire là ? s'écria-t-il, ne voyez-vous pas que tous
« également nous servons ici la France ? Sachez, Mon-
« sieur, qu'entre le 17 et le 18 brumaire j'ai élevé un
« mur d'airain que nul regard ne doit percer, et contre
« lequel doivent se briser tous les souvenirs ! »

Au jour marqué, à l'heure fixe, tous les maréchaux
étant arrivés à leur destination, et, comme les autres,
Bernadotte, le seul qui, par quelques observations, se fût
soulagé du chagrin que lui coûtait toujours l'obéissance,

je reçus l'ordre, le 23 septembre, de me rendre au Luxembourg et d'y prendre, avec un détachement de la Garde impériale, le commandement de ce Palais du Sénat, pour y recevoir Napoléon qui y vint aussitôt déclarer la guerre. Mon père et Regnauld de Saint-Jean d'Angely, conseillers d'État, y portèrent les projets de sénatus-consultes pour les nouvelles levées de quatre-vingt mille hommes et de la garde nationale. Napoléon termina par ces mots : « Français, votre Empereur fera son « devoir, mes soldats feront le leur, vous ferez le vôtre ! » Après quoi il retourna à Saint-Cloud, tandis que je partais pour Strasbourg, où je ne le précédai que de vingt-quatre heures.

Il y arriva avec l'Impératrice, le 26 septembre. Pendant qu'il s'y faisait rendre compte de la position de l'ennemi ; qu'il y enflammait les siens par une proclamation éloquente ; qu'il rassemblait, et faisait charger de munitions vingt mille chariots alsaciens, et poussait en avant, dès le premier jour, tous ses corps d'armée, il rassura l'Allemagne par une note contre toute supposition d'empiètement de la France au delà du Rhin, et acheva d'entraîner dans sa cause la plupart des Princes régnant sur la rive droite de ce fleuve.

Placés entre deux feux, ceux-ci n'étaient pas tous décidés encore. L'électeur de Bavière, retiré à Wurtzbourg avec son armée, et pressé en sens contraires, d'un côté par Bernadotte, de l'autre par un ministre autrichien, hésitait à se déclarer offensivement. « Que m'apportez-vous enfin ? » s'écria Napoléon, du plus loin qu'il aperçut

l'officier qu'il venait de lui envoyer : « Est-il pour nous
« ou contre nous ? — Pour nous, répondit Lagrange ! —
C'est mieux ! » repartit l'Empereur, qui n'en avait guère
pu douter.

Quant à l'électeur de Wurtemberg, dont il nous
fallait traverser les États, le général Mouton, depuis
comte de Lobau, lui fut envoyé. En même temps Ney
marcha sur la capitale de cet Électorat. Il venait même
d'en forcer les portes, quand l'aide de camp de Napoléon
descendit chez notre ministre. « Votre mission sera
« difficile, lui dit celui-ci; l'électeur jette les hauts
« cris; il est, ce qui est rare, à la fois irascible et ferme;
« il fera du bruit ! — Pas plus qu'une pièce de canon !
« répliqua l'aide de camp, et j'y suis fait. » Puis aussitôt
il se fit présenter au prince, qui, prévenu, le reçut au
milieu de son Conseil.

Le ministre avait prédit juste : la scène en effet fut
violente. Dès les premiers mots l'électeur interrompit,
et tout rouge de colère : « Que me voulez-vous ? s'écria-
« t-il, vos troupes envahissent mes États ! elles violent
« ma neutralité ! c'est une trahison ! Que vient faire ici
« votre Bonaparte ? Un prince d'hier, un souverain
« parvenu me faire violence ! à moi, prince ancien et
« de race de princes ! Mais je suis maître chez moi !
« Je le lui prouverai; je repousserai ce brigandage ! »

Cependant l'aide de camp, resté debout, contenait,
dans une impassible immobilité, sa physionomie martiale
et sa haute et forte stature. Il laissa se briser ce torrent
d'invectives contre son flegme imperturbable. Quand le

vieux prince, haletant de colère et de son extrême obé-
sité, eut épuisé toute sa verve, et qu'il fut forcé de
s'arrêter pour reprendre haleine, le général répondit froidement : « Qu'il n'était point venu pour écouter des
« personnalités, ni pour y répondre, mais pour traiter ;
« que, au reste, ces paroles irréfléchies lui étaient indiffé-
« rentes et qu'elles seraient inutiles, parce qu'il ne les
« reporterait pas à son Empereur ; qu'il valait donc
« mieux écouter ses propositions, d'autant plus pressan-
« tes que le maréchal Ney, avec trente mille hommes,
« était aux portes de sa capitale ! » L'électeur était tout
bouillant encore ; mais le contraste de cette fermeté
calme avec son emportement sans mesure, le saisit d'é-
tonnement. Il se sentit dominé ; il comprit que dans de
tels hommes il y avait autant de race que dans la sienne !
Dès lors, changeant de ton, il discuta ; puis, dans un
aparté, il laissa échapper : « Que telles et telles posses-
sions voisines gênaient les siennes ; qu'avec elles et l'é-
« rection de son électorat en royaume, tout pourrait
« encore s'arranger ! »

Quand l'aide de camp, de qui je tiens ce récit, rendit
compte de ce dénoûment à Napoléon, celui-ci se prit à
rire et lui répondit : « Eh bien ! je ne demande pas
« mieux ; qu'il soit donc roi, si c'est là ce qu'il désire ! »

Déjà, le 25 septembre, tous nos corps d'armée, face au
levant bordaient le Rhin depuis Strasbourg jusqu'à
Mayence. Celui de Bernadotte allait arriver à Wurtzbourg, où l'attendait l'armée bavaroise. Pas un conscrit
n'avait manqué : on brûlait d'impatience ; le signal était

donné! Les marches, en avant, de chaque chef étaient réglées; les jours, les heures calculés selon là diversité des armes, des distances, les difficultés du terrain et ses accidents. Ces instructions, d'un détail infini, avaient été tracées d'une main si ferme et si sûre, que toutes ces masses d'hommes, d'armes, de chevaux et de voitures d'artillerie, de vivres et de bagages, étaient prêtes à se mouvoir, et allaient atteindre simultanément le but indiqué, avec la plus incroyable rapidité et le plus admirable ensemble.

Le 26 septembre chaque corps d'armée allait traverser le Rhin; et, par une conversion à droite, l'aile gauche en avant par Wurtzbourg, l'armée entière, exécutant le plus vaste changement de front connu, devait, dès le 6 octobre, se trouver tout à coup en ligne, face au midi, depuis Ulm jusqu'à Ingolstadt, sur le Danube, et aussitôt le fleuve impérial être franchi à Ingolstadt, à Neubourg et à Donawerth, puis à Gaulhbourg. Dès lors la Souabe et la Bavière, Munich et Augsbourg, seraient à la fois reconquises, et Mack et l'archiduc Ferdinand séparés des Russes et de l'Autriche, forcés de se faire tuer sur place ou de se rendre!

Ce plan est le récit prophétique de la campagne! Il suffira dans l'avenir, quand, les siècles s'accumulant, l'histoire, pour qu'on ait le temps de la lire, sera forcée d'abréger tous les détails. C'était la même manœuvre que celle de Marengo, mais de plus près, et bien moins audacieuse; certaine, au lieu d'être téméraire; sans Alpes à traverser ou à repasser; avec une armée triple de celle de Mack, au lieu d'une armée plus faible de moitié que celle de Mélas, et contre un bien autre général.

Toutefois, le 26 septembre, jour de l'arrivée de Napoléon, un résultat aussi grand et aussi entier dépendait encore de l'aveuglement et de l'inaction de l'armée autrichienne, dans sa position aventurée si peu offensive et défensive, le front sur la Forêt-Noire, ses avant-gardes poussées dans les défilés de ces montagnes, et ne regardant que devant elle. Il s'agissait donc d'y augmenter, d'y retenir son attention, et de la détourner du grand mouvement prêt à contourner sa droite. C'est pourquoi, le 25 septembre, veille de l'arrivée de l'Empereur et de ce mouvement général, Murat, avec sa cavalerie et les grenadiers de Lannes, passa le Rhin à Strasbourg. Là, au contraire du reste de l'armée, ils tournèrent à droite, remontèrent la rive droite du fleuve vers Fribourg, remplissant de bruit cette vallée, et montrant des têtes de colonnes menaçantes à tous les débouchés des Montagnes-Noires.

Mais le lendemain, tandis que Mack, se croyant attaqué de front, y rassemblait tous ses moyens de défense, la Grande Armée, franchissant à la fois le Rhin de Strasbourg jusqu'à Mayence, s'élançait pour l'envelopper ; et et Napoléon, au pivot de cette manœuvre, achevant ses négociations à Strasbourg, où il trompait l'ennemi par son séjour, y attendait, jusqu'au 1er octobre, que le mouvement de son aile marchante se fût accompli.

Ce jour-là, sur les rapports de Murat, il jugea ses prévisions réalisées, Mack abusé par sa première ruse de

guerre, et le succès indubitable. En voici la preuve : je
venais de recevoir l'ordre de le précéder d'abord à Ettlin-
gen, puis à Ludwisbourg, chez l'électeur de Wurtemberg, lorsque prenant congé de l'Impératrice : « Partez,
« emportez mes vœux, me dit-elle ; et soyez aussi heu-
« reux que vont l'être l'armée et la France ! » Alors,
sur mon étonnement d'une assertion aussi positive :
« N'en doutez pas, ajouta-t-elle ; l'Empereur vient de
« m'annoncer que, dans huit jours, l'armée ennemie
« entière serait faite prisonnière infailliblement ! » C'é-
tait le 1er octobre ; le 8, en effet, Mack était complète-
ment· tourné ; et, quelques jours plus tard, je devais
moi-même, dans Ulm, le décider à cette capitulation que
m'avait annoncée l'Impératrice !

L'électeur de Wurtemberg radouci, comme on l'a vu,
reçut magnifiquement l'Empereur à Ludwisbourg. Napoléon acheva de l'entraîner dans sa cause. L'électrice
elle-même, quoique princesse de sang anglais, fut entièrement gagnée par les soins qu'il prit de ses intérêts
privés, et par les formes aimables, souvenir de sa première jeunesse, qu'il employa pour la séduire. Il réussit ;
elle en convint même : « Son sourire est si prévenant
et si enchanteur ! » écrivit-elle à sa mère la reine d'Angleterre, pour s'excuser.

Napoléon sentait que Mack ne pouvait plus l'attendre de front dans les Montagnes-Noires ; Murat avait
donc été rappelé de leurs débouchés sur le Rhin ; en
même temps Ney fut, à son tour, poussé de Stuttgard
sur Ulm, autour de laquelle il prit position, sa gauche

au Danube. Il couvrait ainsi et cachait la marche rapide des autres corps sur Donawerth, Neubourg et Ingolstadt; trompant une seconde fois, et retenant sur l'Iller, l'infortuné général ennemi, dont la faible vue ne put percer ce rideau, et qui attendit Napoléon, dans Ulm, de pied ferme, tandis que, de Ludwisbourg, l'Empereur le dépassant, marchait, dès le 5 octobre, par Gmund et Nordlingen sur Donawerth.

Les soupçons de Mack, s'il en eut, furent bien vagues ; car, tel que les esprits faibles, ne prenant qu'un demi-parti, il se contenta de faire observer au-dessous de lui, le Danube et le pont de cette ville, par Kienmayer et dix mille hommes.

Tout à coup il apprend que, le 6 octobre, cette division est culbutée ; puis successivement : que, le 7, le Danube est à la fois franchi, non seulement à Donawerth, mais à Neubourg ! mais à Ingolstadt ! que derrière lui la Souabe, la Bavière même sont envahies, et le Lech saisi ! que, le lendemain 8 octobre, douze bataillons de grenadiers, qu'il venait d'appeler du Tyrol à son secours, rencontrés par Murat à Vertingen, sont pris, ou tués, ou dispersés ; et qu'Augsbourg doit être tombée en notre pouvoir ! Le 9 un autre coup l'accable, celui porté contre les trois ponts situés entre Ulm et Donawerth ; bien plus, Ney vient de forcer le Danube, derrière lui, par un quatrième passage ! Le bandeau subitement ainsi déchiré, Mack tombe foudroyé de ses échasses. Il reconnaît que, sans appréciation des lieux, sans prévoyance du côté par lequel nos forces étaient accourues, et de ce qu'il avait le plus à craindre, notre nombre et le caractère de son adversaire, il vient de laisser deux cent mille hommes passer incognito près de lui; et qu'il ne s'en est aperçu que lorsqu'il en est environné, lorsqu'ils sont maîtres de sa retraite, lorsqu'ils se sont interposés entre lui et l'armée russe qu'il attendait; lorsqu'enfin ils le séparent de l'Autriche qu'il devait défendre, et qu'ils l'ont acculé dans Ulm et contre ces Montagnes Noires et ce Rhin, où son fol orgueil avait bravé Napoléon et osé menacer la France!

On a supposé qu'alors ce général, prenant un parti désespéré, fit face en arrière contre nous, d'Ulm à Méningen; mais les faits, qui seuls ont parlé de son côté, et nos impressions du moment disent plutôt qu'il n'en prit aucun; que, stupéfait, le malheureux feld-maréchal demeura, d'abord, du 6 au 11 octobre, cinq jours entiers, anéanti sous le triple poids de sa conscience, du sort qui l'attendait, et de la réprobation universelle! En effet, jusqu'au 11 octobre, on le retrouve à Ulm dans la même stagnation où notre passage du Danube l'a trouvé, le 6. Le corps qu'il nous avait opposé à Donawerth sous Kienmayer, plus heureux, fuit de lui-même vers l'Autriche; celui qu'il avait appelé du Tyrol a été détruit à Vertingen; celui qu'il a laissé à Meningen n'a point reçu l'ordre ou de le rejoindre, ou de fuir vers les montagnes; il se retranche isolé dans cette ville! D'autre part son avant-garde, qui tenait tête à Ney sur la rive gauche du Danube, mutilée de quatre mille hommes à Guntzbourg, le 9 octobre, a été rejetée sur Ulm, où Mack se trouve acculé, mais avec soixante mille hommes. On se souvient que, en 1800, Aray, ainsi tourné et coupé par Moreau sur les deux rives du Danube, a contourné par Nordlingen notre aile droite, et que, s'échappant sans coup férir, il s'est replacé entre notre armée et l'Autriche; aujourd'hui, pourquoi ne pas l'imiter? Mack a près de lui le prince Ferdinand; il en est responsable; laissera-t-il prendre dans Ulm, avec lui et son armée, un archiduc?

XVI.

ULM.

Mack, avec soixante mille hommes, traversant Ulm, y laissant un poste, et se jetant sur la rive gauche où la Grande Armée n'était plus, pouvait s'écouler par cette rive en rompant les ponts qu'il laissait sur la droite de son passage. Dans cette retraite il eût ramassé ou détruit, nos traîneurs, nos grands parcs, nos bagages, et peut-être serait-il rentré glorieusement en Bohême, où il eût rejoint les Russes !

Mais un parti aussi vif et aussi entier n'allait point à l'esprit faible et troublé d'un tel général : et au lieu de prendre un parti il perd quatre jours entiers.

Dans la nuit du 14 au 15, les chefs autrichiens se sont réunis dans un conseil, où, les avis s'entre-choquant, Mack n'a pu se faire écouter qu'à l'aide d'un pouvoir jusque-là tenu en réserve, et signé de son Empereur. Mais ce général, qui n'a su ni fuir ni se défendre, continue à vivre au jour le jour, au gré de son ennemi et des circonstances. Cependant Verneck et douze mille

10.

hommes séparés de lui se trouvaient sur la route de Nordlingen ; c'est alors seulement que l'archiduc, s'échappant
d'Ulm nuitamment avec quelques mille chevaux, court
le rejoindre. Mack espère qu'ils pourront s'évader ainsi
jusqu'en Bohême. Pour lui, avec le reste de ses soldats,
dont il ne sait même pas le nombre, demeuré sans vivres et sans retraite, dans Ulm et sur les hauteurs re-
tranchées qui la dominent, on l'entend s'écrier : qu'il va
s'y défendre, y détourner l'attention de la fuite de
l'archiduc ; que les Russes avant huit jours seront accourus, et que, à son tour pris entre deux feux, Napoléon sera forcé de fuir ou de se rendre ! Tels sont les
discours de Mack ; car dans sa détresse, les paroles, à
défaut d'actions, ne lui manquent pas encore.

Mais, dès le lendemain 15, attaqué sur les deux rives
du fleuve, il est précipité, des hauteurs qui environnent
Ulm, dans cette ville, où, menacé d'être brûlé le 16, il
reçoit dans la nuit un parlementaire, et convient de se
rendre le 25, s'il n'a point été débloqué par l'armée
russe. Vainement, et à trois reprises, ce parlementaire
d'abord, puis Berthier, puis enfin l'Empereur lui-même,
dans une entrevue avec Lichtenstein, n'accordent que six
jours à Mack ; ce général s'obstine, il en veut huit. A ces
deux jours de plus, qui ne changent rien à sa position,
son imagination fiévreuse attache le salut de sa responsabilité, de son honneur, déjà perdu, et le salut même
de l'Autriche ! Enfin, le 17 au soir, il obtient cette vaine
concession. Sa capitulation est signée, elle doit être con-
sommée le 25, et, jusqu'au surlendemain 19, le malheu-

reux, paraissant consolé, triomphe de ce retard obtenu, comme d'une victoire.

Mais le 19 octobre au matin, trente-six heures après, invité à se rendre au quartier impérial, il y apprend : que, le 16, à une journée d'Ulm, l'archiduc a déjà été atteint par Murat, avec perte de trois mille hommes ; que, un peu plus loin, le 17, avant Neresheim, entamé une seconde fois, ce prince a abandonné son corps d'armée et qu'il fuit avec quelques escadrons ver la Bohême ; que, les 18 et 19 octobre, vers Nordlingen, à deux fortes journées d'Ulm seulement, Verneck et le reste de ses vingt mille hommes, sortis d'Ulm depuis huit jours, avec six cents voitures et canons dont ils ont été surchargés, ont mis bas les armes ; que, d'autre part, Bernadotte, Davout et les Bavarois, soixante mille hommes enfin occupent la Bavière, où les Russes ne se montrent pas encore ! Alors, anéanti sous le poids de tant de malheurs, l'infortuné perd, avec tout espoir, le peu de présence d'esprit qui lui reste. Sa détresse est si grande qu'on le voit près de s'évanouir. Éperdu, il abandonne tout, jusqu'au dernier service qu'il peut rendre à son pays, en retenant notre armée devant Ulm jusqu'au 25. Dominé par l'ascendant de Napoléon, non seulement il renonce à cette concession de deux jours tant disputée, mais il se soumet à livrer, dès le lendemain 20 octobre, Ulm, ses armes, ses chevaux, trente-trois mille hommes qui lui restent, et le temps, dont son ennemi sait si bien profiter : hâtant par là, de cinq journées, et sa perte et celle de l'Autriche.

Maintenant que, dans le résumé qui précède, on a vu
l'ensemble de ce grand événement, plus libre d'en raconter les particularités, et passant de l'histoire aux mémoires, je vais, d'après mes notes de chaque soir, reproduire en détail le récit de ces quatorzes journées de manœuvres, de combats et d'une capitulation à jamais
célèbre. Sans cela, et pour nous surtout, je n'aurais fait
connaître que les dehors des choses et trop peu les hommes.

J'ai dit que, le 6 octobre, l'Empereur, dépassant et
tournant Mack, avait couché à Nordlingen. Déjà même,
dans cette soirée, il avait poussé jusqu'à Donawerth, impatient de voir le Danube pour la première fois, et d'assurer, de hâter le succès de sa manœuvre. Le 7 octobre,
vers une heure après midi, revenu au bord du Danube,
il y excitait les travailleurs à en réparer le pont rompu.
La pluie, qui ne cessa plus guère pendant ce mois, et qui
rendit si pénible la première partie de cette campagne,
commençait en ce moment. Enveloppés dans nos manteaux, nous étions autour de Napoléon, Mortier, Duroc,
Caulaincourt, Rapp et moi, recevant et exécutant ses ordres. Il les multipliait. Tantôt il m'envoyait vers Rain
pousser en avant le maréchal Soult, et tantôt presser,
au delà de l'embouchure du Leck, le passage de Vandamme. Quant à lui, je le retrouvais toujours devant
ce pont brûlé de Donawerth. Dans sa hâte de le voir rétabli sur les deux rives, il m'ordonna trop tôt de franchir ce fleuve. C'était un premier danger à affronter, et
des plus vifs. En effet une pièce de bois longue, étroite et

mal assurée, venait d'être jetée d'une pile à l'autre. Cependant, regardé par Bonaparte, je partis d'un élan si prompt, que, en dépit de la mobilité de cette poutre qui se dérobait sous mes pas, et du manteau qui gênait mes mouvements, et de la tempête, j'arrivai sans vaciller jusqu'au milieu de la seconde arche. Mais là les oscillations de ce mince et tremblant appui m'arrêtant, me firent chanceler. Je perdais l'équilibre; je voyais au-dessous de moi les solives à demi brûlées, précipitées la veille dans le fleuve, s'entre-choquer contre les fondations avec un fracas qui menaçait de me broyer et de me noyer entre elles. Ne pouvant plus ni avancer ni reculer, suspendu et déjà penché sur cet abîme, je me sentais perdu, quand un cri de Napoléon : « Ah, mon Dieu, il va se tuer ! » me soutint ; ce cri qui partait du cœur ranima le mien ; je fis un effort de plus, et, me redressant, j'atteignis enfin la rive droite.

Le lendemain, 8 octobre, un autre ordre que je reçus revient d'autant plus à mon souvenir, que, dix ans plus tard, une hésitation semblable à celle dont je fus témoin perdit à Waterloo les restes de la Grande Armée, et Napoléon lui-même ! Ce jour-là l'Empereur, encore à Donawerth, m'avait envoyé vers Augsbourg porter à la division Saint-Hilaire l'ordre de s'emparer promptement de cette ville. Je le rejoignis non loin du but, à hauteur de Markl, village qui bordait la route. Saint-Hilaire venait de faire halte au bruit du canon grondant à sa droite, incertain s'il ne devait pas tourner de ce côté ; mais, sur l'ordre que j'apportais, il reprenait sa marche, lorsqu'un

officier de Murat, accourant de Vertingen, vint, au nom
de ce prince, engagé dans le combat dont nous entendions les coups, le sommer de venir à son secours.

Saint-Hilaire, homme de cœur et d'esprit, prit son
parti sur-le-champ : « Vous l'entendez, me dit ce général,
« il faut aller au plus pressé ; le canon commande ; et,
« quel que soit l'ordre contraire, le cas étant imprévu,
« il est de principe que je réponde à cet appel ! » En
même temps il fit tête de colonne à droite, sur Vertingen.

Or, comme il arrive toujours en cas pareil, il n'avait
pas fait cent pas dans cette direction, que, tourmenté de
la responsabilité qu'il assumait sur lui, il me demanda ce
que j'en pensais. Franchement je n'en savais rien ; mais,
à tout hasard, croyant devoir le ramener à l'objet de ma
mission, j'insistai sur l'importance que l'Empereur y attachait. L'anxiété du général en redoubla, il s'arrêta, et
s'écria que j'avais raison ; puis, retournant sa colonne, il
reprit la route d'Augsbourg. Ce fut alors le tour de l'envoyé de Murat : cet officier désespéré lui représenta si
énergiquement le danger du prince, que Saint-Hilaire
ému n'y put résister, et reprit une seconde fois le chemin
de Vertingen.

Toutefois, en marchant ainsi, il m'interpellait : « Vous
« êtes attaché à l'Empereur, me disait-il, vous devez
« connaître ses motifs. — Il ne me les a pas confiés, lui
« répondis-je, mais il est évident que nous tournons l'ar-
« mée autrichienne, et que, Augsbourg étant sur la li-
« gne d'opérations ou de retraite, il est de la plus pres-
« sante importance de s'en saisir. Pour le prince Murat,

« il peut être également soutenu de Donawerth que j'ai
« laissée pleine de troupes. »

Cette réflexion le frappant, dans sa perplexité il fit
halte encore ; et, changeant de décision, il remit sa colonne sur le chemin de la capitale de la Souabe.

Mais alors ce maudit vent d'ouest, qui nous amenait
le déluge, apportant plus distinctement le bruit de la canonnade, lui rendit son premier scrupule. Il suspendit de
nouveau sa marche. « Mon Dieu, me dit-il, quelle situa-
« tion ! le canon se rapproche ; m'en éloigner ! L'Empe-
« reur n'ignorait pas ce combat quand vous êtes parti de
« Donawerth ! » Je fus obligé d'en convenir. « C'est son
« beau-frère, reprit-il, et je l'abandonnerais quand il
« m'appelle, quand il est écrasé peut-être ! Ah ! cela est
« impossible. » Et, pour la troisième fois ce brave général, se détournant avec sa colonne, se lança à travers
champs, abandonnant Augsbourg pour Vertingen.

Je marchais avec lui, incertain moi-même et renonçant
à le persuader, lorsque son chef d'état-major me fit remarquer que la nuit venait, qu'évidemment nous arrive-
rions après coup et lorsque le combat serait décidé depuis longtemps. Là-dessus, reprenant mon avantage,
j'insistai une dernière fois ; je représentai au général
que, s'il persistait dans cette direction, après avoir manqué à l'appel du prince, puisqu'il ne lui restait plus le
temps d'y répondre, il manquerait à l'ordre de l'Empereur, qu'il pouvait encore exécuter. Ce nouveau point de
vue parut si décisif à Saint-Hilaire, que, changeant une
quatrième fois, après avoir ainsi erré depuis deux heures

d'une direction à l'autre, il reprit celle d'Augsbourg. Cette fois enfin, persuadé qu'il continuerait et croyant ma mission remplie, je retournai en rendre compte.

J'eus tort à mon tour : porteur d'un ordre de cette importance, et l'exécution en devant être immédiate, j'eusse dû y assister. Ma mission achevée ainsi plus complètement, mon retour eût été plus intéressant, plus utile, et Napoléon plus satisfait. Cependant, quand je le revis, il ne songea pas à m'en faire l'observation. Je le retrouvai à Donawerth debout encore, et habillé comme je l'avais laissé la veille. Il était deux heures après minuit. Par égard pour Saint-Hilaire, j'abrégeai les détails de sa longue incertitude. J'indiquai seulement l'heure et le lieu où j'étais parvenu à déterminer ce général. « C'est d'au- « tant mieux, me dit l'Empereur, que l'ennemi a été bien « battu à Vertingen ! » Puis, me conduisant à une con- sole, il ajouta : « Voyons, où avez-vous laissé Saint-Hi- « laire ? Montrez-moi cela sur cette carte. » Ce que je pus faire sans hésiter, ayant bien consulté la mienne, et quant aux distances m'en étant enquis sur place, d'où je con- clus l'heure à laquelle Augsbourg avait dû être occupée. « Fort bien, reprit Napoléon, et maintenant allons nous « reposer. » Ce qu'il ne fit guère, comme l'attestent ses dépêches à ses maréchaux datées de cette nuit, et mes souvenirs, car, trois heures après l'avoir quitté, et le jour du 9 octobre commençant à peine, rappelé près de lui, je le retrouvai à cheval, passant sur la rive droite du Da- nube.

Pendant les premiers pas de cette marche, Duroc me

dit : « Racontez-moi donc ce qui est arrivé hier avec
« Saint-Hilaire. » Je le satisfis. « Ainsi, reprit-il, vous
« avez cru, et vous avez dit à l'Empereur, qu'Augsbourg
« avait dû être occupée hier au soir par ce général ? —
« Oui, sans doute, lui répondis-je. — Eh bien ! continua
« Duroc, il est arrivé tout le contraire. Figurez-vous que,
« aussitôt après votre départ, une dernière hésitation l'a
« fait retourner sur Vertingen, mais pour tout de bon.
« Il était plus de minuit lorsqu'il est arrivé sur ce champ
« de bataille, où vous jugez bien qu'il n'a trouvé ni amis,
« ni ennemis ; d'où il résulte que, en voulant être partout,
« il n'a été nulle part, ni où il a cru devoir être, ni où
« l'on voulait qu'il fût. Son indécision l'a fait tomber
« dans les deux inconvénients qu'il s'efforçait d'éviter ;
« elle l'a annulé, et il s'est rendu partout inutile ! »

Je demeurai consterné de cette faute, devenue sans
aucune excuse. Quant à sa première hésitation, dans une
telle alternative, dire à quoi Saint-Hilaire eût dû sur-le-
champ se décider, cela n'est pas si facile. Désormais pourtant, et après le fatal exemple de Waterloo, quel Français, en pareil cas, balancerait à répéter les premières
paroles que m'avait adressées ce général : « Il faut aller au
« plus pressé ! le canon commande ! Et quel que soit
« l'ordre contraire, le cas étant imprévu, il est de prin-
« cipe de répondre à cet appel ! »

Ce jour-là, 9 octobre, l'Empereur poussa d'abord jusqu'à Vertingen, pour examiner, selon son habitude, le
lieu du combat, juger des coups, passer en revue les vainqueurs, les récompenser, et fertiliser ainsi, au milieu de

l'orgueil du succès, le champ de cette première victoire. Ses paroles, celles à la division Klein surtout, les exaltèrent. Ce ne fut pas seulement en masse, ce fut en détail qu'il excita. Entre autres exemples, un sous-officier de dragons, cassé l'avant-veille par son colonel, lui avait sauvé la vie le lendemain, en risquant la sienne. Napoléon l'interpella. « J'avais eu tort avant-hier, répondit « le soldat, hier je n'ai fait que mon devoir. » Et l'Empereur le décora, aux acclamations de ses camarades !

Un chef d'escadron avait été cité ; il fut aussitôt admis dans la garde impériale.

Exelmans, déjà remarqué par un coup d'œil prompt, par une décision intrépide, et qui osait exécuter sur-le-champ ce qu'il conseillait, avait le premier arrêté la marche de flanc de l'ennemi par une charge à fond sur la tête de sa colonne ; puis, faisant mettre pied à terre à ses dragons, il avait enlevé, avec cette infanterie improvisée, le village de Vertingen. « Je sais qu'on ne peut être plus « brave que vous, lui dit l'Empereur ; je vous nomme « officier de la Légion d'honneur ! » C'était pour cet officier une double promotion : on peut juger de l'émulation qu'elle dut produire.

Le 10, l'Empereur continua jusqu'à Burgau, d'où il alla reconnaître l'ennemi jusqu'à Pfaffenhoffen. Il venait d'écrire à Joséphine : « Que les Russes étaient en « core au delà de l'Inn ; qu'il tenait bloquée, sur l'Iller, « l'armée autrichienne ; que l'ennemi déjà battu avait « perdu la tête ; que tout annonçait la campagne la plus « courte et la plus brillante, mais toujours dans l'eau,

« par un temps affreux qui le forçait de changer de vê-
« tements deux fois par jour ! »

A la fin de cette journée, son quartier fut établi à Augsbourg, où il n'arriva qu'à dix heures du soir et resta deux
jours. On a vu, dans le résumé précédent, ce qui l'y retint ; pourtant ici, notre point de vue étant surtout Napoléon et nous, il exige d'autres détails.

En ce moment, et depuis le passage du Danube, la
Grande Armée, partagée en deux, faisait à la fois face à
l'Autriche et à la France : à l'Autriche, par soixante
mille hommes maîtres de la Bavière, sous Davout et Bernadotte ; à Mack et à la France, par cent quarante mille
hommes répandus en Souabe, depuis Albeck jusqu'à Langs-
berg, et dont il s'agissait maintenant de rallier la plus
grande part sur le point d'attaque. Napoléon, arrivé le
10 octobre dans Augsbourg, s'y trouve placé entre ces
deux masses. Il y demeure jusqu'au 13 octobre, l'œil à la
fois, d'une part sur l'Autriche, où il compte les pas des
Russes ; d'autre part sur le Tyrol et l'armée de l'archiduc
Jean, dont les corps, détachés au secours de Mack, vien-
nent se faire battre en détail ; enfin et surtout sur Mack
lui-même, qu'il vient d'entamer les deux jours précédents,
à Vertingen, à Guntzbourg, et qu'il fait resserrer sur Ulm
et sur l'Iller.

Quelque peu d'estime qu'il fasse de ce feld-maréchal,
par le passé jugeant le présent, il ne peut se persuader
que, à Ulm, Mack, qu'il croit fort encore d'environ quatre-vingt mille hommes, ne suivra pas l'exemple de
Mélas à Marengo ; et que, dans sa position désespérée, il

ne cherchera pas sa fin ou son salut dans une bataille!

Cependant deux autres partis restent à prendre à ce général : celui de se jeter dans les Alpes par la haute Souabe, ou celui de se retirer sur la Bohême par la rive gauche du Danube. Le premier de ces partis, Napoléon le rend impossible, en poussant Soult de Landsberg et d'Augsbourg sur Memingen et Biberach. Pour le second, soit que les rapports de Murat eussent trompé l'Empereur ou qu'il eût trop compté sur Dupont secondé par d'Hilliers qui lui manqua, tous deux occupant encore vers Albeck la rive gauche du Danube, il néglige cette rive, convaincu que Mack l'attend sur l'Iller, où se trouvent ses magasins. C'est donc là qu'il a ordonné à Murat de tout attirer autour de lui : Lannes, Ney lui-même, Marmont, Soult ensuite, cent mille hommes enfin! De là le passage sanglant de Ney, le 9 octobre, sur la rive droite par les ponts au dessous d'Ulm, suivi de l'abandon trop complet de la rive gauche du Danube.

Napoléon avait trompé Mack par l'exécution si rapide de la première et grande manœuvre, et maintenant lui-même, à son tour, est trompé par l'inconcevable et stagnante irrésolution de son adversaire. Et d'abord, le 9, le 10 surtout, il a été tellement convaincu d'un grand effort de ce feld-maréchal, ou sur Augsbourg, ou vers le Tyrol, et surtout du ralliement de son armée sur l'Iller, que, supposant Ulm à peu près abandonnée, il a ordonné à Ney, puis à Dupont même tout seul, de s'en saisir! Enfin, à compter du 10 au soir, il croit si exclusivement à une bataille sur l'Iller, qu'il en annonce le jour et le lieu à

ses maréchaux. « Mack, écrit-il en Bavière à Davout et
« à Bernadotte, succombera le 14 sur l'Iller ; et, le 18 oc-
« tobre, tout étant terminé de ce côté, ils verront arriver
« l'Empereur à leur aide, avec quarante mille hommes. »

Mais, dans la nuit du 12 au 13, tout change. Une lettre
de Lannes, pleine de cet instinct de la guerre, si puissant
en ce maréchal, montre à Napoléon Murat l'abusant par
ses rapports, ne regardant que devant lui, attirant tout
à lui, et, en dépit de Ney, ayant fait liver à l'ennemi, et
Dupont et la rive gauche du Danube. D'autre part la
nouvelle du combat d'Albeck, où Dupont, un contre quatre, et abandonné par d'Hilliers, a été enveloppé ; où, quoique vainqueur sur le champ de bataille, il a perdu derrière lui son matériel et s'est vu forcé de se retirer, vient
d'arriver au quartier impérial. Cette lettre de Lannes,
cette nouvelle de Dupont à laquelle Napoléon était si
loin de s'attendre, transportent enfin son attention sur la
rive gauche : il commence à douter d'une bataille sur
l'Iller ; il ne peut plus regarder comme insensée la crainte
d'une retraite de Mack par Nordlingen sur la Bohême :
il vient de lui en donner la possibilité. Dès lors une vive
anxiété s'empare de l'esprit de Bonaparte. Son grand parc,
ses renforts, sa ligne d'arrivée ou d'opérations enfin, sont
sans garanties suffisantes sur la rive gauche du Danube.
Mack, dans Ulm, est sur les deux rives : il peut il semble
même vouloir, pour s'évader, profiter de cet avantage.
Il faut donc à l'instant, et s'il en est temps encore, d'une
part se réemparer impétueusement de la rive gauche ; d'autre part reconnaître à fond l'ennemi sur la rive droite

jusque dans Ulm, pour s'assurer à la fois de ses intentions sur les deux rives et l'y contenir !

Aussitôt partent, le 13 octobre, cent instructions dont
la plus importante fut l'ordre, au maréchal Ney, de repasser à tout prix, dès ce jour même, le Danube à Elchingen, ce qu'il ne put exécuter que le lendemain.
Inquiet, impatient, Napoléon déjà m'avait envoyé la
veille au soir à Murat, lui porter des ordres, lui demander
des nouvelles ; à quoi ce prince, enfin détrompé, m'avait
répondu que l'armée ennemie n'était plus devant lui, et
qu'elle avait passé sur l'autre rive. Mon instruction portait de revenir dans la nuit à Guntzbourg, où l'Empereur
arriva le 13, avec le jour. Là, prévenu par moi qu'un
parti ennemi avait été aperçu sur son passage, dans son
étonnement il m'envoya reconnaître, en amont du fleuve,
le pont de Leiphem qu'il croyait gardé. C'était admettre
la supposition fort possible, que déjà l'ennemi avait pu
s'avancer d'Ulm jusque-là, en descendant le fleuve, par
sa rive gauche, pour nous échapper.

Je ne retrouvai l'Empereur, dans l'après-midi, qu'à
Pfaffenhoffen, chez Murat. Sur mon rapport, que Leiphem
était rempli de nos troupes, mais qu'elles ne songeaient
nullement à garder le pont, haussant les épaules, il dit à
son beau-frère : « C'est donc partout de même ! Vous
« voyez comment nos ordres sont exécutés ! » Je ne sais
si ce reproche, ainsi généralisé, s'adressait à Ney ou à
Murat ; mais évidemment l'Empereur s'apercevait que,
pendant son séjour à Augsbourg, tout avait langui ; que
l'ennemi avait été négligé, mal reconnu ; que désormais

il fallait que lui-même fût présent partout, et qu'il ne devait s'en rapporter qu'à son coup d'œil.

Aussi envoyait-il, en ce moment, ordre sur ordre à Lannes et à Marmont de resserrer Ulm; il y appelait Soult de Memingen; la nuit et les rapports arrivés, il reprochait à Ney, qui n'avait que trop obéi, l'isolement de Dupont sur l'autre rive; il le grondait d'avoir faiblement attaqué, dans la soirée, le pont d'Elchingen, et de s'être fait repousser. « Il trouvait à propos, lui écrivait-il, « d'attirer l'ennemi dans des combats partiels, qui ne « pouvaient que nous être avantageux, mais en se gar-« dant bien de risquer, par de petits revers, de relever le « cœur de l'ennemi, et de rendre ainsi le moral à une « armée qui n'en avait plus ! »

Il en faut aussi convenir, de Guntzbourg à Pfaffenhoffen, l'armée lui avait offert l'aspect du plus grand désordre. Les chemins, entièrement défoncés, étaient semés de nos chariots alsaciens embourbés, de leurs conducteurs désespérés, et de chevaux abattus, expirant de faim et de fatigue. A droite et à gauche, nos soldats couraient, à la débandade, au travers des champs, les uns cherchant des vivres, les autres chassant, avec leurs cartouches, dans ces plaines giboyeuses. A leurs coups de feu redoublés, au sifflement de leurs balles, on se serait cru aux avant-postes, et l'on y courait le même danger.

Il n'y avait rien à faire à cette licence : le soldat, sans distribution, ne vivait que de maraude, dont il nourrissait son officier. L'Empereur passait sans paraître faire attention à ces désordres, suites inévitables de mouvements si divers et si rapides pour atteindre le plus glorieux des résultats. Au reste ces grandes armées, telles que les colosses, ne sont bonnes à voir que de loin, d'où bien des détails défectueux sont inaperçus, comme aussi ce monde lui-même, dont l'ensemble impose l'admiration, mais où tant de détails semblent sacrifiés à cet admirable ensemble !

Pour moi, je l'avouerai, j'eusse pu rendre ma reconnaissance du pont de Leiphem plus utile à l'Empereur : j'aurais dû lui dire quels en étaient les abords, la configuration des deux rives, et surtout que la droite commandait la gauche. Je négligeai d'insister sur ce point de vue, quelle qu'en fût pourtant l'importance.

Le regret que j'en conçus, aussitôt après, fut d'abord tout d'amour-propre ; mais il devint plus sérieux les jours suivants. En effet, si j'eusse attiré l'attention de l'Empereur sur la facilité de ce passage libre alors, tandis qu'au contraire, à deux heures de là, celui d'Elchingen, fortement occupé, était de l'abord le plus dangereux, vraisemblablement il l'eût préféré, ou du moins il eût, par une double attaque, partagé les forces de l'ennemi et sa résistance. Le lendemain la brillante mais bien sanglante affaire d'Elchingen, où Ney, prenant le taureau par les cornes, pouvait être repoussé, en eût été plus sûre et moins coûteuse. Voilà comment les moindres détails ont de l'importance, et pourquoi, dans ces moments critiques, il n'y a guère de fautes insignifiantes.

Ma seule excuse était dans l'excès de ma fatigue.

Pourtant, quelqu'excédé que je fusse par trente-six heures de marche consécutive sur mes chevaux d'abord, puis sur d'autres d'ordonnance ou de paysans, l'Empereur, tout préoccupé de ce qui se passait sur l'autre rive, m'envoya encore, à plusieurs lieues de là, porter l'ordre à sa grosse cavalerie de s'éclairer sur le Danube. C'était en ce moment que le maréchal Ney, trop pressé par ses instructions, faisait vainement attaquer les abords du pont d'Elchingen par une trop faible avant-garde. Chemin faisant, le bruit du canon m'attirait vers ce combat, où je me serais trouvé sans mission et dans le rôle nul et inconvenant de spectateur. Une rencontre bizarre m'arrêta. La nuit commençait ; je marchais à travers champs, quand soudainement un factionnaire, abrité par un buisson, m'opposant sa baïonnette, me cria : *Qui vive!* mais en si bon allemand, que, dans l'obscurité le prenant pour un ennemi, je crus d'abord ne pouvoir me tirer d'affaire qu'en me débarrassant de lui, avant qu'il eût pu appeler son poste. Je lui répondis donc, dans la même langue, en tirant mon sabre. J'allais m'en servir lorsque, surpris de sa confiance : « De « quel pays es-tu donc ? lui demandai-je en allemand. — « De Strasbourg, » me répliqua-t-il. Alors, revenu de ma méprise, fort soulagé, j'en conviens, et corrigé, par cette aventure, de ma curiosité belliqueuse et intempestive, je ne songeai plus qu'à exécuter l'ordre de Napoléon ; après quoi j'allai me coucher à Guntzbourg, où le quartier impérial était resté, mais sans l'Empereur, qui passa cette nuit à Pfaffenhoffen.

Le lendemain 14 octobre, au point du jour, ne se fiant

11.

plus à personne, il alla d'abord, jusqu'au château d'Hildenhausen, engager lui-même le combat qui de ce côté devait rejeter l'ennemi dans Ulm. Aussitôt après, redescendant au galop cette rive, il atteignit le passage d'Elchingen. Je l'y retrouvai à l'instant où le 69me régiment, culbutant l'ennemi sur le pont, s'en était saisi, et lorsque, soutenu au delà par le 76me d'infanterie et les 18me, 10me et 3me de dragons, de chasseurs et de hussards, Ney s'emparait, en trois assauts, de la haute et formidable position sur laquelle est située l'abbaye, désormais célèbre, d'Elchingen.

Pendant que ce maréchal continuait à chasser devant lui Laudon, qui fuyait avec perte de six mille hommes, jusqu'au pied du Michel's Berg, véritable rempart d'Ulm, Napoléon s'était avancé au travers des renforts, de toutes armes, qui se précipitaient sur le pont, et des morts et blessés qui l'encombraient. Il se faisait jour avec peine sur cet étroit passage, couvert de sang et de débris, lorsque, voyant nos blessés interrompre leurs plaintes pour le saluer de leur cri accoutumé, il s'arrêta. Parmi eux se trouvait un artilleur ; un boulet lui avait emporté la cuisse ; il le distingua, s'approcha, et, détachant son étoile d'honneur, il la lui mit dans la main, en lui disant : « Prends-la, elle t'appartient, ainsi que l'hôtel des Inva- « lides ; et console-toi, tu y pourras vivre heureux en- « core ! — Non, non, répondit le brave soldat, la saignée « a été trop forte ! Mais c'est égal, Vive l'Empereur ! »

De l'autre côté du pont, un ancien grenadier de l'armée d'Égypte gisait sur le dos, la face exposée à la pluie

qui tombait à flots. Dans son exaltation du combat, il
criait encore : *En avant!* à ses camarades. L'Empereur,
en passant, le reconnut ; et, se dépouillant de son manteau,
il le jeta sur lui : « Tâche de me le rapporter, lui dit-il ;
« et en échange je te donnerai la décoration et la pension
« que tu mérites. »

Alors, tout au combat, et du sommet de la hauteur
escarpée d'Elchingen, voyant la victoire décidée et la rive
gauche enfin ressaisie, il envoie le général Mouton jusqu'à
Albeck, où la position aventurée de Dupont l'inquiétait ;
puis, repassant le pont, il remonte rapidement la rive
droite jusque par delà Hildehausen, voulant s'assurer du
succès de cette autre attaque, engagée par lui au point
du jour. Décidé à ne plus en croire que ses propres yeux,
il s'approcha, et se tint longtemps sur un tertre si près
de l'ennemi, que nous fûmes obligés de nous mettre en
tirailleurs, et de faire le coup de pistolet contre les dragons autrichiens, pour les écarter de sa personne. Il ne
se retira satisfait que peu d'instants avant la nuit, qu'il
retourna passer à Ober-Falheim, sur la rive droite encore,
près d'Elchingen, chez un curé, où Thiard lui fit son lit,
et l'un de ses aides de camp, une omelette ; mais où, tout
étant pillé, tout lui manqua, vêtements secs et le reste,
jusqu'à son vin de Chambertin, dont il remarqua gaiement « qu'il n'avait jamais était privé, même au milieu
« des sables de l'Égypte ! »

Le 15 octobre, à trois heures du matin selon son habitude, et parce qu'à cette heure les rapports de la veille
étaient arrivés, il dicta ses ordres pour que, dans cette

journée, Mack fût complétement rejeté et cerné sur les deux rives, dans les murs d'Ulm. Il soupçonnait déjà l'évasion de quelque troupe ennemie par Nordlingen, mais il ne craignait encore un coup de main sur ses derrières, vers Donawerth. Il prit ses précautions en conséquence.

Le jour venu, il alla s'établir dans l'abbaye d'Elchingen. Il y régla l'ordre d'attaque du mont Saint-Michel, dominateur d'Ulm, clef de cette ville. Midi fut l'heure indiquée pour ce coup de grâce, que Ney, soutenu à gauche par Lannes, et en réserves par la Garde et notre grosse cavalerie, devait porter.

Vers onze heures, dans son impatience, Napoléon, remontant à cheval, s'avança sur la route d'Ulm. Il dépassa même les avant-postes de Ney, et poussa jusques au pied du mont Saint-Michel. Vingt-cinq chasseurs à cheval de sa Garde et quelques-uns de nous le suivaient seuls. Il s'irritait des lenteurs que, derrière lui, le passage du défilé du pont d'Elchingen apportait inévitablement à l'arrivée de ses colonnes. Il avait hâte d'en finir. Enfin, quelques balles ennemies arrivant déjà, et ne pouvant faire sans imprudence un pas de plus, il s'arrêta, et m'appelant : « Prenez mes chasseurs, me dit-il ; passez « devant, et ramenez-moi des prisonniers ! » Ainsi commença le combat d'Ulm. Ce fut l'Empereur en personne, et par son peloton d'escorte, qui l'engagea !

L'ennemi l'avait aperçu ; il occupait le sommet de la colline ; un peloton de hulans barrait la route. Le mien, mal commandé par son lieutenant, manqua sa charge ; il s'arrêta, et faillit me laisser prendre ainsi qu'un brigadier qui seul m'avait suivi, et qui fut blessé d'un coup de lance à côté de moi. Revenu, aussi mécontent qu'on peut le croire, j'apostrophai les chasseurs, leur officier surtout, et les dispersai en tirailleurs. Le feu dès lors commença.

Ce qui me rappelle cette circonstance, d'ailleurs bien peu remarquable, c'est une singulière rencontre qu'à mon insu je venais de faire, et la disgrâce passagère qu'acheva de s'attirer, ce jour-là, le corps entier des chasseurs de notre garde. Avant mon départ de Paris pour l'armée, une dame parente du jeune prince de Windischgraetz, supposant qu'il pourrait être pris par nous, me l'avait recommandé. Or, tout au contraire, c'était justement ce jeune officier fort brillant qui, à la tête de ce peloton de hulans, venait de faillir me prendre ! Quant aux chasseurs à cheval de la garde, je ne sais comment un esprit de faux orgueil s'était emparé de ce corps d'élite. Devenus trop fiers, non seulement ils dédaignaient le service des avant-postes, mais, le soir de cette affaire, revenus à Elchingen, ils manquèrent d'égards pour la livrée impériale, la laissant dehors, et s'emparant, bon gré, mal gré, pour leurs chevaux, des meilleures places. La répression ne se fit point attendre : Napoléon, irrité, les envoya sur-le-champ à son beau-frère, où, deux jours après, joint sans distinction à sa cavalerie, ce corps entier répara la faute de quelques-uns, en contribuant à faire mettre bas les armes à vingt mille hommes !

Cependant le feu que je venais d'engager s'était

bientôt étendu sur toute la ligne que Ney commandait.
De son côté l'Empereur, que nous avions cru couvrir,
fatigué de ces tirailleries et de la pluie qui redoublait,
était allé se mettre à couvert à Hasslach, en attendant
sa garde et le corps du maréchal Lannes. Je le retrouvai dans une ferme de ce hameau, sommeillant assis à
côté d'un poêle, dont un jeune tambour, sommeillant
de même, occupait l'autre côté. Étonné de ce spectacle, j'appris que, à l'arrivée de Napoléon, on avait
voulu renvoyer cet enfant ailleurs ; mais que le tambour
« avait résisté, disant « qu'il y avait place pour tout
« le monde; qu'il avait froid, qu'il était blessé, qu'il
« était bien là, et qu'il y restait. » Ce que Napoléon
entendant, il s'était pris à rire, ordonnant « qu'on le
laissât sur sa chaise, puisqu'il y tenait si fort. »
En sorte que l'empereur et le tambour dormaient assis
en face l'un de l'autre, entourés d'un cercle de généraux
et de grands dignitaires debout, attendant des ordres.

Pourtant le bruit du canon se rapprochait ; et Napoléon, de dix minutes en dix minutes, se réveillait,
envoyant presser l'arrivée du maréchal Lannes, quand
celui-ci, entrant précipitamment, s'écria : « Sire, que
« faites-vous donc là ? Vous dormez, et Ney, tout seul,
« lutte contre toute l'armée autrichienne ! — Et pour-
« quoi s'est-il engagé ? répondit l'Empereur, je lui avais
« dit d'attendre ; mais il est toujours le même, il faut
« qu'il tombe sur l'ennemi dès qu'il l'aperçoit ! — Bon,
« bon, reprit Lannes, mais une de ses brigades est re-
« poussée ; j'ai mes grenadiers là, il y faut marcher,

« il n'y a pas de temps à perdre! » Et il entraîna Napoléon qui, s'échauffant à son tour, poussa si avant, que Lannes, ne pouvant l'arrêter par ses représentations, saisit brusquement la bride de son cheval et le força de se placer dans une position moins dangereuse.

Ney s'était en effet refusé à suspendre son attaque; sa gauche venait d'être ébranlée par une sortie de dix mille hommes, et nonobstant il avait chargé Dumas de dire à l'Empereur « qu'il pourvoirait à tout! qu'il en « répondait; qu'il n'avait pas besoin du maréchal « Lannes, et qu'on ne se partageait pas la gloire! »

Le danger fut court. En peu d'instants Bertrand et trois bataillons emportèrent les retranchements du Michel's Berg; Suchet, d'autre part, lancé par Lannes, eut bientôt couronné le Frauenberg. Alors, maître des faubourgs, l'Empereur, du sommet de la première de ces collines, vit à ses pieds, et à demi-portée de ses obus, Ulm complètement cernée, encombrée d'ennemis entassés, sans vivres, sans fourrage, et sans possibilité de se mouvoir dans ses murailles.

Dès lors, sûr que sa proie ne pouvait plus lui échapper, il fit rectifier ses lignes, lier et affermir ses positions, menacer la ville de quelques obus, et, la nuit venue, il alla se reposer à Elchingen, où je le rejoignis trop tard, manquant à mon service, celui d'établir son quartier général et d'en assurer la garde. Le fait est que, au moment le plus vif de la journée, entraîné par la curiosité et par l'ambition d'être l'un des premiers à entrer dans Ulm, je m'étais séparé de Napoléon pour suivre l'attaque du 17me léger sur la porte dite de Stuttgard. C'était à l'instant même où le colonel Vedel, entrant pêle-mêle avec l'ennemi, perdait la moitié de son 1er bataillon dans Ulm, et y était pris avec le reste. Échappé de cette échauffourée, j'avais été chercher fortune ailleurs, et si imprudemment, que j'allais tomber à bout portant dans une embuscade, quand, derrière moi, sur la pente du Michel's Berg, le maréchal Ney, m'avait sauvé de cette disgrâce.

Le lendemain matin je fus rudement tancé par Rapp et Caulaincourt à ce sujet. Ils me demandèrent si je me croyais à l'armée pour mon seul et propre compte, et pour mon plaisir! Ajoutant que, officier d'état-major de l'Empereur, ma place était de rester près de lui, à portée de tous ses ordres; qu'en les attendant, si j'aimais à observer, c'était de là qu'il fallait le faire. Cette leçon méritée me fut d'autant plus utile, que, en me ramenant à mes devoirs d'état-major, elle me fit réfléchir sur tous les moyens à employer pour les remplir avec le plus de succès possible.

C'était dans les premières heures du 16 octobre, et sur la paille de mon gîte d'Elchingen, que je me livrais à cet examen de conscience, bien différent, sans doute, de ceux du moine auquel je succédais dans cette cellule. Je n'en sortis, jugeant la campagne finie pour nous, que pour laisser l'Empereur monter à cheval, et pour réparer mon inadvertance de la veille en prenant possession de cette abbaye. La reconnaissance en fut pénible et bien douloureuse; toutes les horreurs de la guerre y étaient rassemblées ! Et d'abord, l'ambulance en occupait une partie : les cris des blessés, qu'on amputait et qu'il me fallut aller encourager, m'en avertirent. Mais un autre spectacle plus affreux m'attendait.

Je parcourais tous les détails de cette édifice gothique d'une immense étendue, visitant les postes et rectifiant les consignes, lorsque, passant près d'un caveau obscur, je crus en entendre sortir de sourds gémissements, mêlés à des chants bruyants et à des éclats de rire. Je m'arrêtai pour interroger un factionnaire qui me répondit que, en effet, les mêmes accents de douleur, interrompus par ces éclats de joie, l'avaient étonné. Nous écoutâmes ; et, n'entendant plus que le bruit des verres, j'allais passer, quand un nouveau cri faible et plaintif vint jusqu'à nous.

Dans mon émotion, après avoir vainement sondé tous les alentours, je pénétrai dans une salle basse, où le bruit de l'orgie retentissait. C'étaient des courriers et des valets attablés, qui se réjouissaient aux dépens des vins qu'ils venaient de découvrir. Je leur imposai silence, leur demandant s'ils n'entendaient donc pas, fort près d'eux gémir et se plaindre. Ils me répliquèrent insoucieusement qu'ils avaient bien ouï quelque chose de pareil, mais que, n'en comprenant pas la cause, ils n'y avaient plus songé. « Cependant plusieurs de vous ont couché ici, leur « dis-je, et dans le silence de la nuit vous avez dû « mieux entendre ! » Leur réponse fut la même : « Ces « gémissements avaient troublé leur sommeil ; une odeur « infecte et cadavéreuse les avait importunés, mais

« ne les avait point empêchés de se rendormir ! » Alors, indigné : « Debout ! leur criai-je, et suivez-moi ! » « La recherche fut longue encore ; pourtant, derrière un amas de planches, et dans ce caveau même qu'ils habitaient, nous parvînmes à découvrir une porte massive qu'on semblait avoir dérobée soigneusement à tous les regards. Elle résista longtemps à nos efforts ; entr'ouverte enfin, une odeur fétide, qui s'exhala, me fit reculer ; mais j'en avais déjà vu assez pour surmonter cette répugnance.

Ce caveau peu vaste, et assez bien éclairé, m'avait montré, à la fois, toutes les tortures de la souffrance, toutes les expressions du malheur et de la douleur ! J'ai vu bien des scènes horribles, mais tous les détails de celle-ci sont restés gravés dans ma mémoire. Plusieurs corps de soldats autrichiens, morts de leurs blessures ou de faim, barraient au dedans la porte ; vraisemblablement, après l'avoir fermée sur eux, leurs efforts n'avaient pu la rouvrir. Là gisait un de leurs officiers respirant encore, mais à demi étouffé sous ces malheureux qui avaient expiré sur lui. Plus loin, d'autres corps, dont plusieurs avaient les bras rongés, étaient étendus çà et là, les uns avec l'expression de la rage, les autres dans l'attitude de la prière. Au milieu du caveau un second officier tout souillé de sang, en m'entendant entrer, s'était relevé sur ses genoux ; il étendit les bras vers nous ; mais, épuisé, il retomba sur les mains, puis sur le front, et de sa bouche qui écumait, il rendit, avec le râle de l'agonie, son dernier soupir ! Un troisième officier était accroupi sur une table, où sans doute il était monté pour atteindre le soupirail et appeler à son secours ; sa tête allait et venait ; ses mains vaguaient autour de lui, comme s'il eût voulu se prendre à quelque chose, se retenir à la lumière du jour, à ce monde, à la vie qui lui échappait !..... Mais c'est assez, c'en est trop peut-être, et le courage me manque pour achever. En un mot ces infortunés, morts ou mourant de faim, de soif surtout, et de leurs blessures, étaient là quatorze ou quinze, dont à peine trois purent être sauvés. Malheureusement je ne venais de les découvrir que le troisième jour de ce supplice : c'était l'avant-veille, et en voulant se dérober à l'emportement de notre victoire, qu'eux-mêmes se l'étaient infligé !

Pendant cette triste reconnaissance, l'Empereur, faussement renseigné sur l'évasion de l'archiduc, le croyait en fuite vers Biberach et les Alpes. Il comptait sur le maréchal Soult pour lui couper cette retraite. Revenu sur les positions du Michel's Berg, conquises la veille, il faisait canonner Ulm, amasser des fascines, et menaçait d'un assaut cette armée et cette ville, de toutes parts, cernées et dominées.

De son côté Mack, en butte à l'animadversion de ses généraux, leur annonçait l'arrivée de Russes près, disait-il, de les délivrer ; il leur défendait, sur l'honneur, de prononcer le mot de reddition. Mais il se contredisait en demandant, ce même jour 16 octobre, une suspension d'armes au maréchal Ney. Celui-ci, tout au contraire, plaçant dans ses bouches à feu son éloquence, n'avait répondu que par des coups de canon à cette avance.

L'Empereur était en ce moment retourné à Elchingen; la nuit du 16 au 17 octobre était commencée. A la nouvelle de ces pourparlers, auxquels il s'attendait, il fit écrire en France, et ailleurs, qu'il tenait l'armée autrichienne prisonnière; que dans une heure elle aurait capitulé; et, m'appelant, il me chargea, par une instruction verbale, courte et précise, d'aller négocier les conditions de la capitulation avec le feld-maréchal.

Je vais reproduire ici le récit de cet événement, tel que, suivant des notes prises sur place, je le fis, peu de temps après, pour le général Dumas. Ce général écrivait alors le précis de cette campagne; mon rapport y figure comme pièce justificative. Le peu de modifications qu'ici l'on remarquera dans ce document, le rend plus conforme à mes notes.

Quartier impérial d'Elchingen, 17 octobre.

Hier au soir, 24 vendémiaire (16 octobre), l'Empereur m'a fait appeler dans son cabinet. Il m'a ordonné de pénétrer dans Ulm, de décider Mack à se rendre dans cinq jours, et s'il en exigeait absolument six, de les lui accorder. Telles ont été mes instructions. La nuit était noire. Un ouragan furieux venait de s'élever : j'ai failli plusieurs fois être renversé par la tempête. Il pleuvait à flots; il fallait passer par des chemins de traverse, et éviter des bourbiers où l'homme, le cheval et la mission pouvaient finir avant terme. J'ai été presque jusqu'aux portes de la ville sans rencontrer nos avant-postes; il n'y en avait plus : factionnaires, vedettes, grandes gardes, tout s'était mis à couvert; les parcs d'artillerie même étaient abandonnés; point de feux, point d'étoiles. Il m'a fallu errer pendant trois heures, et inutilement, pour trouver un général. J'ai traversé plusieurs villages, et interrogé vainement ceux des nôtres qui en remplissaient les maisons.

J'ai enfin découvert un trompette d'artillerie, à moitié noyé dans la boue sous un caisson où il s'était réfugié. Il était roide de froid. Nous nous sommes approchés des remparts d'Ulm. On nous attendait sans doute, car, au premier appel, M. de la Tour, officier parlant bien français, s'est présenté pour me conduire au feld-maréchal. Il m'a bandé les yeux et m'a fait gravir par-dessus les fortifications. J'ai fait observer à mon conducteur que la nuit était si noire, qu'elle rendait le bandeau bien inutile; mais il m'a objecté l'usage. La course m'a semblé longue. J'en ai profité pour faire causer mon guide. Mon but a été de savoir quels chefs éminents renfermait la ville. Je me plaignis donc de ma fatigue, et je demandais si le quartier du maréchal Mack était loin de celui de l'archiduc. « Ils se touchent, » me répondit M. de la Tour. J'en conclus que nous tenions dans Ulm, avec le prince, tout le reste de l'armée autrichienne. La suite de la conversation me confirma dans cette conjecture, que le départ de l'Archiduc, en ce moment même, rendait erronée.

Nous sommes enfin arrivés dans une auberge, où demeurait le général en chef : il pouvait être alors trois heures après minuit. Ce général m'a paru grand, âgé, pâle. L'expression de sa figure annonçait une imagination vive. Ses traits étaient tourmentés par une anxiété qu'il cherchait à dissimuler.

Je me nommai ; et, après avoir échangé quelques compliments, entrant en matière, je lui dis que je venais, de la part de l'Empereur; le sommer de se rendre, et régler avec lui les conditions de la capitulation. Ces expressions lui parurent insupportables, et il ne convint pas d'abord de la nécessité de les entendre. J'insistai, en lui faisant remarquer que, après sa demande d'une suspension d'armes, m'ayant reçu, je devais supposer, ainsi que l'Empereur, qu'il avait apprécié sa position. Mais il m'a répondu vivement qu'elle allait bien changer : que l'armée russe s'approchait ; qu'elle allait le dégager ; qu'elle nous mettrait entre deux feux ; et que, peut-être, ce serait bientôt à nous à capituler ! Je lui répliquai : que, dans sa situation, il n'était pas surprenant qu'il ignorât ce qui se passait en Autriche, puisque nous l'en séparions entièrement ; que, en conséquence, je devais lui apprendre que les maréchaux Davout, Bernadotte et l'armée bavaroise occupaient Ingolstadt et Munich, et qu'ils avaient leurs avants-postes sur l'Inn, où l'on n'avait point encore entendu parler des Russes. — « Que je sois le plus grand j... f......, s'écria le maréchal « Mack tout en colère, si je ne sais pas, par des rapports « certains, que les Russes sont à Dachau ! Croit-on

« m'abuser ainsi ? Me traite-t-on comme un enfant ?
« Non, M. de Ségur. Si dans huit jours je ne suis pas
« secouru, je consens à rendre ma place, à ce que mes
« soldats soient prisonniers de guerre, et leurs officiers
« prisonniers sur parole. Alors on aura eu le temps de
« me secourir. J'aurai satisfait à mon devoir. Mais on
« me secourra, j'en suis certain. — J'ai l'honneur de
« vous répéter, monsieur le Maréchal, ai-je répliqué,
« que nous sommes maîtres non seulement de Dachau,
« mais de Munich et de la Bavière jusqu'à l'Inn. D'ail-
« leurs, en supposant vraie votre assertion, si les Russes
« sont à Dachau, cinq jours leur suffisent pour venir
« nous attaquer, et Sa Majesté vous les accorde. — Non,
« Monsieur, répartit le Maréchal, je demande huit jours.
« Je ne puis entendre aucune autre proposition. Il me
« faut huit jours; ils sont indispensables à ma respon-
« sabilité ! — Ainsi, repris-je, toute la difficulté con-
« siste dans cette différence de cinq à huit jours. J'avoue
« que je ne conçois pas l'importance que Votre Excel-
« lence y attache, quand Sa Majesté est devant vous à
« la tête de plus de cent mille hommes, et quand les
« corps des maréchaux Davout, Bernadotte et l'armée
« bavaroise suffisent pour retarder, de ces trois jours la
« marche des Russes, même en les supposant où ils sont
« bien loin d'être encore ! — Ils sont à Dachau ! répéta
« le maréchal. — Eh bien, soit ! Monsieur le Baron, me
« suis-je écrié, et même à Augsbourg ! Nous en sommes,
« alors, d'autant plus pressés de terminer avec vous !
« Ne nous forcez donc pas d'emporter Ulm d'assaut,

« car alors, au lieu de cinq jours d'attente, l'Empereur
« y serait dans quelques heures ! — Ah ! Monsieur, m'a
« répliqué le général en chef, ne pensez pas que quinze
« mille hommes se laissent forcer si facilement. Il vous en
« coûterait cher ! — Quelques centaines d'hommes, lui
« répondis-je; et à vous, votre armée et la destruction
« d'Ulm que l'Allemagne vous reprocherait; enfin tous
« les malheurs d'un assaut, que Sa Majesté veut prévenir
« par la proposition qu'elle m'a chargé de vous appor-
« ter. — Dites, s'écria le maréchal, qu'il vous en coû-
« terait dix mille hommes! la force d'Ulm est assez
« connue. — Elle consiste, ai-je repris, dans les hauteurs
« qui l'environnent, et nous les occupons ! — Allons
« donc, Monsieur, m'a-t-il répondu, il est impossible que
« vous ne connaissiez pas la force d'Ulm. — Sans doute,
« ai-je répliqué, et d'autant mieux que nous voyons de-
« dans. — Eh bien ! Monsieur, m'a dit alors ce malheu-
« reux général, vous y voyez des hommes prêts à se dé-
« fendre jusqu'à la dernière extrémité, si votre Empereur
« ne leur accorde pas huit jours! Je tiendrai longtemps
« ici. Il y a dans Ulm trois mille chevaux et, plutôt que
« de nous rendre, nous les mangerons avec autant de
« plaisir que vous le feriez à notre place. — Vos che-
« vaux! ai-je répondu; ah! Monsieur le Maréchal, la
« disette que vous devez éprouver est donc déjà bien
« grande, puisque vous songez à une aussi triste res-
« source ! »

Le maréchal se hâta de m'affirmer qu'il avait pour dix
jours de vivres, mais je n'en ai rien cru. Le jour com-

mençait à poindre ; nous n'avancions pas ; je pouvais accorder six jours, mais le baron en voulait si obstinément huit, que j'ai jugé cette concession d'un jour inutile : je ne l'ai point risquée. Je me suis donc levé en imaginant de lui dire que mes instructions m'ordonnaient d'être revenu avant le jour, et en cas de refus, de transmettre, en passant, au maréchal Ney, l'ordre de commencer l'attaque. Ici le général Mack s'est plaint de la violence du maréchal envers l'un de ses parlementaires qu'il n'avait point voulu écouter. J'en ai profité pour ajouter que, en effet, le caractère de ce maréchal était bouillant, impétueux, impossible à contenir ; qu'il commandait le corps le plus nombreux, le plus rapproché ; qu'il attendait impatiemment l'ordre de donner l'assaut, et que c'était à lui que je devais le transmettre en sortant d'Ulm.

Le vieux feld-maréchal ne s'est point laissé effrayer ; il a insisté sur les huit jours, et m'a pressé d'en porter la proposition à l'Empereur.

Ce malheureux général est prêt à signer la perte de l'Autriche et la sienne ; et pourtant, dans cette position désespérée, où tout en lui doit souffrir cruellement, il ne s'abandonne point encore : son esprit conserve ses facultés ; sa discussion est vive et tenace. Il défend la seule chose qui lui reste à défendre, le temps ; soit que réellement il croie l'armée russe à portée de le secourir, ou qu'il cherche à retarder la chute de l'Autriche, dont il est cause, et à lui donner quelques jours de plus pour s'y préparer. Lui perdu, il dispute encore pour elle. C'est un homme de conversation plus que d'action. Il s'égare dans de vaines conjectures. Il semble vouloir jouer au plus fin contre le plus fort. Il se peut aussi qu'il ait voulu détourner notre attention de la fuite des vingt mille hommes dont nous venons d'apprendre l'évasion par Nordlingen.

Ce matin, avant neuf heures, j'ai retrouvé l'Empereur à l'abbaye d'Elchingen. Je lui ai rendu compte de cette négociation dont les détails l'ont satisfait. Une vive joie a brillé dans ses regards quand je lui ai fait partager mon erreur sur la présence, dans Ulm, de l'archiduc. Après vingt minutes d'entretien, me voyant harassé de tant de jours et de nuits de combats et de fatigues, il m'a permis d'aller changer et me reposer. Mais à peine étais-je à demi déshabillé qu'il m'a fait rappeler en toute hâte. Impatient de deux minutes de retard, il a envoyé le maréchal Berthier en personne me chercher, dans la cellule où, épuisé de fatigues, je m'efforçais de me rajuster. Ce major m'a apporté en même temps les nouvelles propositions écrites à mi-marge, et l'ordre de retourner sur-le-champ les faire accepter par le feld-maréchal.

L'Empereur accordait huit jours, mais à dater du 15 octobre, premier jour du blocus ; ce qui les réduisait en effet aux six jours que j'avais pu et que je n'avais pas voulu concéder. Toutefois, en cas d'un refus obstiné, j'étais autorisé à laisser dater ces huit jours du 16 octobre, et l'Empereur gagnait encore un jour à cette concession. Il tient à entrer promptement dans Ulm, pour

augmenter la gloire de sa victoire par sa rapidité ; pour
se retourner et fondre sur Vienne, avant que cette
capitale se soit remise de sa stupeur ; pour ne point laisser à l'armée russe le temps de se mettre en mesure de la
défendre ; enfin parce que les vivres commencent à nous
manquer.

Le maréchal Berthier m'a prévenu qu'il se rapproche-
rait de la porte d'Ulm, et que, les conditions réglées, il
désirait que je l'y fisse entrer.

Je suis rentré dans Ulm vers midi. Cette fois j'ai
trouvé Mack à deux pas de la porte de la ville, au rez-
de-chaussée d'un étroit, sale et misérable cabaret. Je lui
ai remis l'ultimatum de l'Empereur. Il est aussitôt monté
au premier étage pour le discuter avec des généraux, parmi
lesquels se trouvaient MM. de Lichtenstein, Klénau et
Giulaï. Vingt minutes après il est redescendu seul pour
discuter encore avec moi sur la date du sursis qu'on lui
accordait. Il y a mis une opiniâtreté si tenace que, dé-
sespérant de la vaincre, j'ai cru devoir concéder le seul
jour que j'étais autorisé à lui abandonner. En ce moment
un malentendu, né sans doute de la différence des deux
calendriers dont nous nous servions, lui a persuadé qu'il
obtenait à dater du 25 vendémiaire (17 octobre), les huit
jours auxquels il tenait si fort. Alors, avec une émotion
de joie bien singulière : « M. de Ségur ! mon cher M. de
« Ségur ! s'est-il écrié, je comptais sur la générosité de
« l'Empereur ! je ne me suis pas trompé... Dites au ma-
« réchal Berthier que je le respecte... Dites à l'Empereur
« que je n'ai plus que de légères observations à faire.....

« Que je signerai tout ce que vous m'apportez..... Mais
« dites à Sa Majesté que le maréchal Ney m'a traité bien
« durement..... Que ce n'est point ainsi qu'on traite.....
« Répétez bien à l'Empereur que je comptais sur sa
« générosité!..... » Puis avec une effusion de joie toujours croissante, il ajouta : « M. de Ségur, je tiens à
« votre estime..... Je tiens beaucoup à l'opinion que
« vous aurez de moi. Je veux vous faire voir l'écrit que
« j'avais signé et combien j'étais décidé! » En parlant
ainsi, il a déployé une feuille de papier sur laquelle je
lus ces mots : « Huit jours ou la mort ! *Signé* Mack. »

Je suis resté confondu d'étonnement en voyant l'expression de bonheur qui brillait sur sa figure. J'étais
saisi, et comme consterné de cette puérile joie pour une
si vaine concession. Dans un naufrage aussi considérable,
à quelle misérable branche le malheureux général en
chef a-t-il donc cru pouvoir rattacher son honneur perdu,
celui de son armée, et le salut de l'Autriche ? Et il m'a
pris les mains, il me les a serrées ; il m'a permis de sortir
d'Ulm les yeux libres ; il m'a même laissé introduire le
maréchal Berthier dans cette place sans formalités : il
était heureux enfin !...

Il y a eu pourtant encore, avec le maréchal Berthier,
une discussion assez vive, toujours sur les dates. J'ai
expliqué le malentendu : on s'en est remis à l'Empereur.
Le maréchal Mack m'avait assuré, dans la nuit, qu'il lui
restait pour dix jours de vivres. Il en avait si peu,
comme au reste j'en avais fait faire l'observation à Sa
Majesté, qu'il a demandé, devant moi, la permission

d'en faire entrer dès ce jour-là même. Cette considération seule rendait l'Empereur maître de reprendre les
vingt-quatre heures qu'il abandonnerait. Il a donc cédé
quant à la date; et ce soir-là, 17 octobre, cette capitulation, qu'il m'avait chargé de négocier, approuvée par
lui, a été signée par les maréchaux Berthier et Mack.

Mack se voyant tourné et resserré sur Ulm, s'est imaginé que, en s'y jetant, il attirerait et retiendrait l'Empereur devant les remparts de cette ville, et favoriserait
ainsi la fuite que tenteraient ses autres corps, par différentes directions. Il pense s'être dévoué : c'est ce qui
soutient son courage. Lorsque j'ai négocié avec lui, il a
semblé croire notre armée entière immobile, et comme en
arrêt devant Ulm. Il en a fait sortir furtivement l'archiduc, qui a été rejoindre Verneck et Hohenzollern.
Une autre division restée à Memingen devait s'en évader.
Une autre encore, sous Jellachich, fuit vers les montagnes du Tyrol. Mais on espère que toutes seront faites
prisonnières.

On sait à présent (nuit du 17 au 18 octobre), par un
rapport du Prince Murat et la prise de trois à quatre
mille hommes, que le corps de vingt mille hommes, combattu vers Albeck par Dupont, le 14 octobre, a été ce
jour-là, et bien plus encore le 15, séparé d'Ulm et rejeté vers Heidenheim ; que l'archiduc Ferdinand, qu'on
croit sorti de sa personne avant-hier seulement 16, vers
une heure après minuit, la nuit même où j'y ai été envoyé, a rejoint ce corps détaché que vient d'entamer le
prince Murat, et qu'il fuit avec le reste par Nordlingen.

12.

Aujourd'hui 18 octobre, tranquille sur Ulm dont la capitulation est signée d'hier au soir, et dont la porte dite de Stuttgard vient de nous être livrée, toute l'attention de l'Empereur s'est retournée, avec l'activité la plus vive, du côté de l'archiduc. Il a envoyé ordres sur ordres aux dragons à pied, au maréchal Lannes, à Oudinot, à Nansouty, à la cavalerie même de sa Garde! Les uns doivent préserver nos parcs de réserve sans défense sur le passage de la fuite de l'archiduc; les autres, par diverses directions, sont lancés à l'appui de Murat pour atteindre le prince autrichien, et se saisir à tout prix de sa personne; d'autres encore doivent nettoyer notre ligne d'opérations, d'où l'Empereur attend les vivres qui nous manquent, et que le débordement du Danube nous empêche de tirer de la rive droite. Dans l'anxiété de son attente, il se prend à tout. Il vient donc de me charger de questionner, comme il suit, les courriers qui arrivent de Stuttgard par Nordlingen, et de lui écrire leurs réponses. « Qu'ont-ils appris? Qu'ont-ils vu? Quels ennemis ont-« ils eu à éviter? En quel nombre? Quels généraux? « Combien de canons? Dans quelle direction marchaient « leurs colonnes? »

Ce matin 19 octobre, l'Empereur, à la nouvelle envoyée par le prince Murat, de la prise entière, avec leurs canons et tous leurs bagages, des vingt mille hommes séparés d'Ulm, a fait inviter Mack à venir le voir à Elchingen. Ce malheureux général y est arrivé vers une heure. Là, toutes ses dernières illusions se sont évanouïes!

Sa Majesté, pour le persuader de ne plus le retenir inutilement devant Ulm, lui a fait envisager sa position dans toute son horreur, et celle de l'Autriche. Il lui a appris nos succès sur tous les points; que le corps de Verneck, toute son artillerie et dix généraux avaient capitulé; que sans doute l'archiduc lui-même était atteint, et qu'on n'entendait pas parler des Russes! Tant de coups ont anéanti l'infortuné général en chef; les forces lui ont manqué, nous l'avons vu pâlir, et prêt à tomber sans connaissance : il lui a fallu, pour se soutenir, s'appuyer contre la muraille. Alors, s'affaissant sous le poids de tant de malheurs, il est convenu de sa détresse : qu'il n'avait plus de vivres dans Ulm; que, au lieu de quinze mille hommes, il s'y trouvait vingt-quatre mille combattants et trois mille blessés; qu'au reste la confusion était telle, que, à chaque instant, on en découvrait davantage; qu'il voyait bien qu'il ne lui restait plus d'espoir, et qu'il consentait à rendre Ulm et son armée, dès le lendemain 20 octobre, à trois heures du soir !

Il a toutefois exigé une déclaration, signée du maréchal Berthier, sur la position des Russes, et que le maréchal Ney et son corps restassent devant Ulm jusqu'au 25. Cette dernière exigence est puérile, puisque, en tous cas, il faut bien laisser ici des forces pour garder et faire escorter jusqu'en France, l'armée prisonnière.

En sortant de chez l'Empereur il m'a aperçu, et s'est écrié : « Qu'il était cruel d'être déshonoré dans l'esprit « de tant de braves officiers ! Qu'il avait pourtant, dans « sa poche, son opinion écrite et signée par laquelle il

« se refusait à ce qu'on disséminât son armée, mais
« qu'il ne la commandait pas, que l'archiduc était là! »

Il se peut qu'on n'ait obéi à Mack qu'avec répugnance. Ce qui est sûr, c'est que, après ma dernière
conférence avec lui dans Ulm, et quand la capitulation
fut évidemment convenue, l'attitude de plusieurs des généraux autrichiens qui l'entouraient m'a scandalisé. Il
me fut facile de juger qu'une jalousie envieuse, satis-
faite de la ruine du chef qu'on leur avait imposé, l'emportait en eux sur toute convenance, et leur faisait oublier
en ce moment tout patriotisme. Plusieurs autres, il est
vrai, parmi lesquels MM. de Lichtenstein et Klénau,
laissaient éclater le dépit le plus amer.

Ce soir 19 octobre, on sait que les six mille hommes
de Jellachich, échappés au maréchal Soult au delà de
Biberach, fuient vers Feldkirch, comme, du côté opposé,
l'archiduc s'évade vers la Bohême avec quelques escadrons. Ainsi, après divers combats partiels commencés
à Donawerth le 6 octobre, en quatorze jours et sans bataille, cette armée d'environ quatre-vingt-huit mille
hommes, y compris les renforts envoyés par l'archiduc
Jean, et non compris dix-huit mille hommes échappés
avec Kienmayer, Jellachich et le Prince Ferdinand sur
trois directions, aura été ou décimée ou faite prisonnière!

Aujourd'hui 20 octobre, trente-trois mille Autrichiens,
dix-huit généraux, avec quarante drapeaux et soixante
canons attelés, se sont rendus prisonniers de guerre!
Cette armée captive a défilé devant l'Empereur, au pied
d'un rocher, entre les corps de Ney et de Marmont ran-

gés en bataille à droite et à gauche, leurs armes chargées. En passant, les prisonniers saisis d'admiration sus-
pendaient leur marche pour contempler leur vainqueur.
Beaucoup ont crié : *Vive l'Empereur !* Puis, avec une
émotion contraire, les uns avec dépit, d'autres avec empressement, sans attendre l'ordre, se sont désarmés. Les
fantassins ont jeté leurs fusils sur les deux revers de la
chaussée; les cavaliers ont mis pied à terre, ils ont abandonné leurs chevaux à nos cavaliers, et l'artillerie ses
canons, dont nos artilleurs se sont emparés. Les officiers, renvoyés chez eux sur parole, ont seuls conservé
leurs armes.

Dans nos rangs éclatait un enthousiasme difficilement
contenu à la vue de ce triomphe ! Pendant ce long défilé,
qui a ramené successivement dans Ulm cette masse de
prisonniers, l'Empereur a retenu près de lui les généraux
autrichiens. Ses manières et ses paroles avec eux ont été
douces, bienveillantes, caressantes même. Il a cherché à
les consoler de leur revers. Il leur a dit : « Que la guerre
« avait ses chances ; que souvent vainqueurs ils devaient
« se consoler d'être quelquefois vaincus ; que cette
« guerre, dans laquelle leur maître les avait engagés,
« était injuste, sans motifs ; que franchement il ignorait
« pourquoi il se battait ; qu'il ne savait ce qu'on voulait
« de lui ! »

Il y eut un moment où l'un de ces généraux, remarquant que l'uniforme de Napoléon était tout éclaboussé,
lui a parlé de ses fatigues dans une campagne aussi plu-
vieuse. « Votre maître, a-t-il répondu en souriant, a

« voulu me faire ressouvenir que j'étais un soldat; j'es-
« père qu'il conviendra que la pourpre impériale ne m'a
« point fait oublier mon premier métier ! »

D'autres paroles succédèrent. Il y en eut, dit-on, de
menaçantes pour l'Empereur d'Autriche. Mack est resté
présent à toute cette scène désastreuse. L'un de nous, curieux d'envisager une si grande infortune, s'adressa à ce
général, sans le connaître, pour qu'il le lui montrât ? Le
feld-maréchal a répondu : « Vous voyez devant vous le
« malheureux Mack ! »

Bien malheureux en effet ! L'infortuné ! quel triste
exemple, quelle chute lamentable, quelle célébrité cruellement différente de celle qu'il avait cherchée !

(*Fin du relevé de mes notes.*)

L'Empereur, revenu pour la sixième nuit et pour la
dernière fois à Elchingen après ce triomphe, s'empressa
d'en partager les trophées entre ses alliés et la France.
Paris reçut ceux de Vertingen : le Sénat, les drapeaux
conquis à Ulm; la France, soixante mille prisonniers,
« destinés, dit-il, à remplacer nos soldats dans les tra-
« vaux des champs. » Mais tous n'arrivèrent pas à cette
destination, un bon nombre s'étant échappé avant d'atteindre nos frontières. On s'en prit aux recruteurs prussiens, et surtout à l'incurie de nos soldats, que cette escorte ennuyait. On connaît d'ailleurs leur insouciante
négligence hors des combats, et leur douceur après la
victoire.

Dans la même nuit du 20 au 21 octobre, une proclamation de Napoléon à son armée, datée de cette abbaye

d'Elchingen à jamais célèbre, témoigna à nos soldats sa gratitude. Il leur montra leur gloire dans les résultats de la victoire qu'ils lui devaient. En quinze jours, la Souabe et la Bavière conquises, et avec elles tous les parcs, tous les magasins ennemis, deux cents canons, quatre-vingt-dix drapeaux, soixante et douze mille hommes tués ou pris ! Puis il vanta leur dévouement, il exalta leur intrépidité, s'applaudissant d'avoir épargné leur sang en ayant vaincu sans bataille, par des manœuvres ; il termina par ces mots : « Mes soldats sont mes enfants ! »

Aux paroles il joignit les faits. Des décrets redoublés leur prouvèrent l'effusion de sa reconnaissance. L'un de ces décrets les gratifia de toutes les contributions levées sur l'ennemi, et des produits de la vente des magasins tombés en notre pouvoir. Un autre, plus magnifique encore, détachant les quinze jours précédents du reste de l'année, déclara que, dans leurs états de service, ce mois d'octobre, à lui seul serait compté comme une campagne !

Au milieu de ces soins reconnaissants, et de ses travaux habituels, ce qui restait à faire n'avait point été négligé. Déjà notre armée d'Ulm, Ney excepté, marchait pour rejoindre celle de Bavière. Et comme, dans sa proclamation, en annonçant l'armée russe à ses soldats, il leur avait dit fièrement : « Que pour lui il n'y « avait point là de général avec lequel il pût trouver de « la gloire à acquérir, mais qu'eux allaient avoir à prou- « ver, une seconde fois, s'ils étaient la première ou la « seconde infanterie du monde ! » On vit bien qu'il n'avait tant remercié que pour exciter ; ou du moins, qu'il y avait eu autant de pensée d'avenir que de souvenir dans ce remarquable épanchement de sa gratitude.

Ainsi finit, devant Ulm et dans Elchingen, la première partie de la campagne.

XVII.

VIENNE.

Jusque-là nos adversaires avaient changé, et non la fortune. On ne tarda pourtant pas à s'apercevoir qu'on allait avoir affaire à d'autres hommes. C'étaient quarante mille Russes, sous Kutusow et ses lieutenants Bagration et Miloradowitch, noms que 1812 et nos malheurs ont rendus célèbres. Nation pleine d'elle-même, par isolement, ignorance et superstition ; d'une susceptibilité inquiète pour sa civilisation d'emprunt, superficielle encore ; mais fortement constituée d'orgueils de maîtres et de dévouements d'esclaves. Leurs chefs ont l'instinct de la guerre : ils y sont vifs, prompts et résolus ; et l'opiniâtre, l'aveugle ténacité du soldat n'y manque jamais au général.

Le 31, nos avant-gardes, sous Kellermann à droite, sous Murat et Davout au centre, et sous Lannes à gauche, emportées par l'ardeur de vaincre, atteignirent et entamèrent l'ennemi, ces maréchaux et ces généraux devançaient l'Empereur ; ils s'irritaient, ils s'indignaient de tout essai de résistance des vaincus, comme d'un acte d'insubordination ou de révolte ! Défilés abrupts, ponts rompus, chemins défoncés, affluents du Danube, fatigues de marches de dix à quinze lieues, rien n'arrêta. Dès le 5 novembre, dépassant toutes les prévisions de Napoléon, nos têtes de colonnes avaient arraché aux Austro-Russes six mille tués et prisonniers, et la Traun, et la Haute-Autriche d'Enns à Steyer, et l'Enns elle-même !

A Steyer, dernier terme de la gloire de Moreau, et dont le pont était brûlé, on avait vu les carabiniers de Davout passer l'Enns, un à un, sur une poutre et sous une grêle de balles et de mitraille. Ils s'étaient ralliés successivement, sur l'autre rive, sous les retranchements autrichiens ; puis s'élançant, ils en avaient débusqué l'ennemi en lui enlevant plus de prisonniers qu'ils n'étaient d'assaillants eux-mêmes ! La veille de cette action l'Empereur était arrivé de Lembach à Lintz. Il s'y arrêta cinq jours. Ce séjour fut fertile, pour lui, en agitations diverses. Et d'abord, à un quart de lieue de la porte de cette ville, un cruel incident, rare dans notre armée, où la fraternité d'armes et d'origine entre le soldat et l'officier et une intelligente émulation facilitent la discipline, l'avait frappé d'une horreur dont sa première parole fut l'expression manifeste. Il dépassait au galop, en la prolongeant sur son flanc gauche, une colonne d'artillerie légère, lorsque, à vingt pas en avant de lui, il vit un artilleur redresser d'un air menaçant la tête, que, au même instant et d'un furieux revers de sabre, son capitaine abattit presque entièrement : elle pencha sur l'épaule de ce malheureux, qui, répandant un torrent de sang, tomba à terre. A cet affreux spectacle Napoléon pâlit, s'élança

d'un bond de son cheval, et s'écria : « Ah ! qu'avez-vous
« fait là, capitaine ? — Mon devoir ! lui répliqua rude-
« ment l'officier ; et, jusqu'à ce que je sois tué par un de
« mes soldats, ajouta-t-il hautement en les regardant en
« face ; je tuerai ainsi ceux qui oseront manquer à leur
« capitaine ! » L'Empereur, frappé de cette énergie, demeura un instant muet ; mais bientôt dominant son émotion, il reprit d'une voix ferme : « S'il en est ainsi, vous
« avez bien fait ! vous êtes un brave officier ! vous com-
« prenez votre devoir ! Voilà comme je veux qu'on serve ! »
Puis, continuant sa marche, mais lentement et au milieu
d'un morne silence que ses paroles avaient imposé, il
entra soucieux et au pas dans Lintz.

Mais d'autres émotions et préoccupations l'attendaient
dans cette ville. Ce furent, d'un côté, les transports de
reconnaissance que l'électeur de Bavière accourut lui
témoigner ; ceux de l'admiration de la France que les dé-
putés du Sénat vinrent lui exprimer, puis l'offre insidieuse d'un armistice qu'apportèrent Giulaï et Lichtenstein ; enfin l'arrivée de Duroc, ne lui rapportant de Berlin
qu'une espérance : celle que Frédéric, pour se décider,
soit à rester neutre soit à se joindre à nos ennemis, at-
tendrait le sort des armes.

Pour l'armistice que l'Empereur d'Autriche, épouvanté
de notre approche, et déjà rebuté des exigences et de l'arrogance russes, envoyait lui demander, il répondit que la
paix était possible à des conditions qu'il allait dicter, ce
qu'il fit dans une lettre ; mais que pour une suspension
d'armes il n'en comprenait que l'inopportunité, puisqu'il

n'apercevait plus, nulle part devant lui, d'armée autrichienne avec laquelle lui, en tête de deux cent mille hommes, eût besoin de conclure cet armistice.

Ce fut là, du moins, ce que, autour de Napoléon, nous apprîmes de cette conférence. Pendant qu'elle avait lieu, l'aide de camp de Giulaï se plaignait à nous, avec une amertume extrême, des excès des Russes. En même temps M. de Thiard, l'un d'entre nous, avait été attiré dans un entretien secret par le prince de Lichtenstein. Là, soit que ce personnage en eût mission, soit que, de lui-même, il fût enclin à l'usage de sa Cour de venir, par des mariages, en aide à ses armes, ses insinuations furent telles, que, en le quittant, Thiard crut devoir aussitôt se faire annoncer à l'Empereur : « Lichtenstein venait, lui dit-
« il, de l'interpeller sur le bruit répandu, qu'une prin-
« cesse de Bavière était demandée pour le prince Eugène ;
« sur sa réponse le prince autrichien avait ajouté : Pour-
« quoi vous arrêteriez-vous sur ce chemin ? Vienne n'a-
« t-elle donc pas aussi des princesses prêtes ? Et la paix
« ne pourrait-elle pas être scellée par un autre mariage? »
A ces mots, et de premier mouvement : « Une princesse
« autrichienne ! s'écria Napoléon ; Oh ! non, jamais ! la
« France en serait révoltée ! cela lui rappellerait Marie-
« Antoinette ! » Alors surpris d'une communication aussi importante et ainsi faite, il demanda à Thiard d'où venait cet épanchement de Lichtenstein, et pourquoi celui-ci l'avait choisi pour une telle confidence

Thiard connaissait bien et l'Autriche et les Allemands dans les rangs desquels il avait servi ; il parlait leur langue et se savait utile à Napoléon. Il répondit donc sans embarras, sans ménagements même : « Que, ayant été du « corps de Condé, il avait souvent combattu sous les « yeux de Lichtenstein, et que, parlant les deux langues, « maintes fois il avait servi d'intermédiaire entre les « Autrichiens et le duc d'Enghien ! »

A ce nom, que peu d'autres eussent osé prononcer, quelles que fussent les préoccupations présentes de l'Empereur, l'entretien changea d'objet : il porta tout entier sur ce souvenir. Pendant près d'une heure Napoléon, paraissant avoir oublié le reste, interrogea Thiard sur le caractère, l'esprit, les talents guerriers de l'infortuné prince ; et ce fut avec un air d'intérêt curieux, calme et naturel, comme s'il n'eût parlé ni de sa victime, ni à celui qui avait servi longtemps d'aide de camp près d'elle, et qui en avait été l'ami. Les réponses de Thiard furent sincères, et l'éloge si complet que Napoléon s'écria : « Mais « c'était donc réellement un homme que ce Prince-là ! » Puis, avec le même calme bienveillant, il congédia son interlocuteur.

Au reste Thiard me dit, ce jour-là même, que c'était la seconde fois qu'il s'était entretenu avec l'Empereur sur ce triste sujet. Le premier entretien avait eu lieu au moment du meurtre. C'était même Thiard qui avait appris au Premier Consul sa méprise sur le nom de Dumouriez ; et il me dit que, alors comme à Lintz, il avait remarqué que l'attitude, les traits et le son de la voix de Napoléon avaient été également calmes et impassibles !

Étonnés d'une inflexibilité si singulière, surtout en

nous rappelant tant de preuves de bonté, de générosité, de sensibilité même, nous nous demandâmes si cette impassibilité s'appuyait sur une erreur de conscience ou sur un calcul politique. Était-ce l'effet d'un retour aux mœurs de son île natale? Croyait-il avoir eu le droit de se venger d'un crime par un autre crime? Ou plutôt, sous ce calme apparent, persévérait-il dans son but, celui de prévenir d'autres complots, considérant le cruel acte de Vincennes comme une juste punition des attentats précédents, et comme une utile menace contre des attentats à venir?

Ici je retrouve dans mes notes qu'un autre soin de Napoléon, pendant son séjour à Lintz, celui de rétablir l'ordre dans son armée, l'occupa sérieusement. Il était trop vrai que la rapidité des marches et des contre-marches de la campagne d'Ulm, et le défoncement des chemins par les pluies, en retenant chariots et caissons, avaient rendu les distributions régulières impossibles. C'est un fait certain que, si nos soldats n'eussent point arraché aux paysans leurs provisions et leurs bestiaux pour s'en nourrir, que, s'il leur eût fallu attendre leurs vivres de nos chariots qui traînaient au loin derrière leurs colonnes, le principal but de l'entreprise eût été manqué. La nécessité excusait alors; mais ce mal, commencé en Franconie, chez les Prussiens mêmes et en Souabe, avait continué en Bavière; il se renouvelait sur l'Inn, et cette maraude détruisait la discipline.

Vers Lembach l'Empereur put s'en apercevoir. Il y avait rejoint le corps du maréchal Soult. Là, devant les rangs, et à haute voix, il l'avait interpellé sur la régularité des distributions ; et, soit que le maréchal crût cette demande faite pour la forme seulement, ou que pour satisfaire il voulût paraître satisfait, jactance parfois utile devant les troupes, et d'ailleurs toujours agréable au chef, il avait répliqué que rien ne manquait à ses soldats ; mais sur-le-champ, et fort rudement, vingt voix s'étaient élevées des rangs pour le contredire.

Le lendemain cet avertissement se reproduisit, et d'une façon plus rude encore. Napoléon sortait à cheval de son quartier, lorsqu'il rencontra Macon, dont la vue lui plaisait depuis Marengo, et qu'il avait attaché à sa personne. Ce général commandait le quartier Impérial. Tout échauffé encore d'une scène de pillage qu'il n'avait pu empêcher, il venait de donner sa propre bourse au malheureux paysan victime de ce désordre. Macon était un ancien soldat de l'armée d'Italie. Son entrée à la Cour n'avait point altéré sa franchise républicaine. « Eh bien ! « Macon, s'écria gaiement l'Empereur en l'apercevant, « que me diras-tu aujourd'hui ? — Ma foi, Sire, répondit « celui-ci, je dirai que vous êtes suivi d'un ramas de « pillards qui déshonoreront votre armée, et vous-même, « si vous n'y mettez promptement bon ordre ! » Et Macon ne s'en tenait pas à ce début, quand Napoléon, détournant la tête et pressant le pas, coupa court à cette incartade.

Le reproche néanmoins n'était que trop mérité. Pourtant, fait trop publiquement, il avait déplu. Mais des rapports plus discrets, et entre autres celui d'un maître d'hôtel de Napoléon, l'ayant renouvelé, l'Empereur répondit d'abord : « Que cette sale file d'éclopés, de traî-

« neurs et pillards était un mal inévitable, un résultat
« nécessaire des marches forcées et subites, au moyen
« desquelles l'ennemi, partout prévenu et déconcerté, se
« trouvait à demi vaincu avant de combattre : qu'ainsi
« les jambes épargnaient les têtes ! »

On voyait bien aussi, sans qu'il l'avouât, que, s'il tolé-
rait momentanément ces désordres, c'est que cela conso-
lait le soldat de ses fatigues : il se servait ainsi de tous
les mobiles. Pourtant, lorsqu'enfin à Lintz on lui fit voir
que ce mal si contagieux, dégénérant en pillage infâme,
devenait intolérable, et que nos rangs s'éclaircissaient,
rentrant dans son caractère il y mit un terme. Un ordre
sévère fut publié le 7 novembre. On fit traquer, rallier
et pousser en avant ces malheureux. Dans Braunau seulement, forteresse qu'il fallait traverser, on en rassembla,
nous dit-on, plus de dix mille ! Puis, le mot ayant été
donné, ils subirent, en rentrant dans leurs compagnies,
l'affront d'une visite, où chacun d'eux, dépouillé de son
butin, fut livré aux joyeuses et rudes fustigations de leurs
camarades.

Cependant Murat ne s'était point arrêté ; il n'avait
rencontré d'obstacles sérieux que le 5 novembre à Ams-
tetten. Il y avait eu là une échauffourée : notre cavalerie,
inconsidérément lancée dans un bois, en avait été repoussée avec perte de trois cents tués ou prisonniers. A cette
nouveauté, Murat, ne reconnaissant plus les Autrichiens,
s'aperçut qu'il avait affaire à d'autres hommes. Oudinot
et ses grenadiers accoururent ; et dès lors commença la
lutte acharnée de l'honneur russe contre l'honneur fran-

çais, ou plutôt, quant aux soldats, le choc de la valeur intelligente et civilisée contre un courage alors encore brut et barbare.

Dans cette première rencontre, deux mille Russes restèrent tués ou pris; aucun ne se rendit : blessés, désarmés, renversés à terre, ils se défendaient, ils nous attaquaient même encore. Le combat fini, il fallut, pour en emmener quelques centaines, les piquer de nos baïonnettes, comme un troupeau mal apprivoisé, et les assommer de coups de crosse !

L'acharnement de cette résistance confirma Napoléon dans son espoir d'une bataille à Saint-Pœlten. Ce fut sur cette nouvelle, et quand il eut appris l'occupation de Mœlkt, qu'il partit de Lintz, le 9 novembre, pour cette énorme abbaye : magnifique résidence, comparable aux palais les plus somptueux, dont les caves, sans s'épuiser, abreuvèrent de vin toutes nos colonnes, et le quartier impérial remplaça celui de l'Empereur autrichien qu'on disait s'être retiré à Vienne.

En même temps, Napoléon apprenait que son espoir d'une action décisive à Saint-Pœlten, si bien préparée, était déçue ; que Kutusow venait de s'évader de la rive droite du Danube sur la rive gauche, par le pont de Krems qu'il avait rompu ; qu'ainsi la première armée russe lui échappait ; qu'elle allait se joindre à la seconde, reculer la guerre, l'attirer au loin, plus avant dans l'est, donner peut-être le temps au prince Charles de la rejoindre, et à Frédéric de rallier ses forces, de redoubler ses menaces et de les exécuter.

13.

A ce désappointement se joignit une grande anxiété : elle augmenta dans la soirée du 11 novembre, au bruit sourd et lointain d'une forte canonnade, que la nuit même n'interrompit pas. Dans quel danger imprévu devait se trouver Mortier ? car c'était lui sans doute qui, s'avançant seul avec une tête de colonne de cinq mille hommes, s'était inopinément heurté contre Kutusow et quarante mille hommes ! Comment ne pas croire perdus cette malheureuse division et ce maréchal ? Quel effet allait produire sur le découragement de l'Autriche et sur l'indécision de Frédéric le bruit de la défaite d'un corps français et de l'un de nos maréchaux, en ce moment peut-être ou tué, ou tombant vivant aux mains des Russes ?

Et il n'y avait que des vœux à faire, qu'à attendre ce qu'il plairait au sort de décider. Le large et profond Danube, libre encore à cette hauteur, nous séparait de ce maréchal ; ce fleuve venait même de livrer aux Russes l'un des généraux de Mortier, fuyant éperdu sur une barque ! Tout annonçait un désastre : l'Empereur n'en doutait plus. Dans son inquiétude, se rapprochant du bruit du combat, il s'était avancé de Mœlkt à Saint-Pœlten, où son premier espoir d'une victoire se trouvait remplacé par la crainte d'un revers. Ici, et au bruit des coups, son agitation redoubla. Officiers, aides de camp, tout ce qu'il avait sous la main, il l'envoyait aux nouvelles. Tout entier au péril de Mortier, il suspendit la marche de l'invasion : derrière lui à Mœlkt, celle de Bernadotte et de la flottille ; devant lui, celle de Murat, qu'il

gourmanda « de sa précipitation à s'être avancé, comme
« un enfant, jusques à la porte de Vienne » ! Il ordonne
même au maréchal Soult, qui suivait ce prince, de rétrograder. Enfin, le lendemain 12 novembre, vers deux
heures du soir, le retour de Thiard et de Lemarois
venait de calmer son anxiété, quand un aide de camp de
Mortier arriva.

La veille au matin, dit-il, le maréchal Mortier et le général Gazan avaient poussé l'ennemi depuis Diernstein
jusqu'en vue de Krems ; ils lui avaient enlevé quinze cents
hommes ; ils continuaient, lorsque, soudainement repoussés, ils s'aperçurent qu'ils se heurtaient contre toute l'armée
russe ! Il fallut alors reculer, un contre quatre, pendant
deux lieues ; ce qu'on fit en combatttant, en bon. ordre,
et avec l'espoir de trouver un abri dans Diernstein.
Mortier, vivement pressé, entrevoyait déjà les murs de
cette ville; il s'en réjouissait, quand tout à coup il voit
en déboucher contre lui une autre armée russe, et se
trouve entre deux feux ! En cet instant ses soldats s'é-
coulaient dans un défilé, que forment à droite les monts
de Bohême et à gauche le Danube. Ils y sont refoulés
les uns sur les autres; vingt mille Russes les poussent
en tête; quinze autres mille Russes les repoussent en
queue. Vainement le maréchal, sans s'étonner, leur fait
face des deux parts; il s'efforce, d'une main, de contenir
Kutusow et, de l'autre, de s'ouvrir un passage dans
Diernstein; mais les deux corps ennemis, qui s'aperçoi-
vent au travers de nous, criant de joie, se précipitent;
et, se rapprochant, ils resserrent, ils écrasent de plus

en plus, entre leur double masse, notre faible troupe.

Enfin, après quatre heures d'une résistance désespérée, notre cavalerie succombe, nos feux s'épuisent ; nos baïonnettes, à force de frapper, ploient et s'émoussent ; la nuit qui s'épaissit, au lieu de séparer les combattants, augmente la mêlée : elle devient horrible ; plusieurs fois Mortier lui-même, dont la taille haute dépassait toutes les autres et, dans cette obscurité, appelait les coups, a été forcé de repousser du pied et d'abattre de son sabre les plus acharnés ! Tout espoir enfin a semblé perdu ; on l'a entouré, on l'a pressé de profiter de la nuit et d'une barque pour s'échapper, le suppliant de dérober du moins à l'orgueil russe le trophée d'un maréchal français prisonnier ! Mais lui, tout au contraire, a répondu : « Qu'il « partagerait, quel qu'il dût être, le sort des braves qui « l'entouraient ; que Dupont et sa division devait s'ap- « procher ; qu'il fallait tenter un suprême effort ! » Aussitôt, ralliant, resserrant ses restes, des deux seuls canons qu'il a conservés, il en oppose un vers Krems à Kutusow ; l'autre, que Fabvier dirige, il le fait tourner vers Diernstein, le place en tête de colonne, et, tous les tambours étant brisés, c'est sur des bidons de fer qu'il fait battre la charge !

Au même instant Schmidt, colonel autrichien, qui guidait le corps russe maître de Diernstein, s'en élançait pour achever, d'un dernier coup, la destruction de notre colonne. Mais Fabvier l'avait entendu : caché dans l'ombre il le laisse approcher ; et soudainement, déchargeant sa pièce à bout portant sur la tête de cette attaque, il la renverse, il en tue le chef, et, dans cette trouée sanglante, Mortier et Gazan se précipitant achèvent de tout culbuter devant eux. Diernstein, de cet élan, a été repris. Les Russes de Schmidt sont retombés dans le val de la Krems, par où ils étaient venus furtivement ; ils fuyent, et Mortier ravi mais étonné de ce succès en doute encore !

Cependant, de l'autre côté de Diernstein, un bruit d'armes et de pas nombreux se faisait entendre ; et, le désespoir au cœur, on se préparait à un nouveau choc, lorsque, au cri de *Qui vive?* celui de *France!* répondit. C'était Dupont et sa division accourant au secours du maréchal ! Alors, des transports de joie et des cris de *Vive nos sauveurs!* ont enfin succédé à tant d'alarmes.

Ainsi Diernstein, prison renommée du roi anglais Richard Cœur de Lion, devenait, par des cœurs français aussi dignes de ce surnom mais plus heureux, doublement célèbre !

Le jour revenu, on s'était compté : sur cinq mille hommes, trois mille étaient perdus, mais par un hasard inexplicable, nos quinze cents prisonniers russes avaient été retrouvés dans Diernstein ; en sorte que la perte de l'ennemi, plus forte que la nôtre, était évaluée à quatre mille hommes.

On a vu que Murat venait d'être vivement réprimandé de l'emportement de son ardeur à courir à Vienne, et à entraîner après lui les corps des maréchaux Lannes et Soult. L'événement prouva cependant que, cette fois, il ne s'était pas trompé. Il se peut même que, dans ce but devenu bien plus pressant à atteindre, comme on va le

voir, les contre-ordres de l'Empereur à ces trois corps
lui aient fait perdre vingt-quatre heures dont les Russes
profitèrent.

En effet, son espoir d'écraser, sur la rive droite, le
premier corps russe en avant de Vienne, étant frustré, et
Vienne et cette rive lui étant abandonnées, dès qn'il sut
Mortier sauvé, un autre espoir le saisit : celui de devancer par la rive droite, en courant à Vienne, l'ennemi qui
lui échappait par la rive gauche ; d'y surprendre le passage du Danube, d'où, se précipitant en force sur cette
autre rive, il s'interposerait entre Kutusow et Buxwoden,
coupant à la première armée russe sa retraite sur la seconde, et la faisant prisonnière en Bohême, comme il
avait pris Mack en Souabe.

Il est vrai que, pour qu'un tel espoir se réalisât, il
fallait qu'il arrivât deux choses invraisemblables : d'abord,
que Vienne, assez forte pour nous arrêter quarante-huit
heures, sans danger pour elle, nous ouvrît ses portes ;
puis, qu'elle nous livrât intacts ses ponts sur le Danube.
Ce fut pourtant ce qui arriva. Soit découragement de
l'Empereur d'Autriche, soit haine d'alliés, qu'avouaient
hautement ses officiers contre les Russes, Vienne ne fit
aucune résistance ; quant à ses ponts, une ruse de
guerre nous les livra.

Pendant que Giulaï, revenu en parlementaire, était
attiré et retenu le 12 à Saint-Pœlten, Lannes, Murat et
Sébastiani en tête, eurent l'ordre, l'un d'entrer dans
Vienne, les autres de longer la rive du Danube, et de
s'emparer des ponts de cette ville. Le 13 novembre,

Vienne s'étant livrée sans coup férir, ils coururent à ce passage, en rompirent la barrière, et s'engagèrent aussitôt dans le défilé sinueux formé par les petits ponts. Ceux-ci étaient entrecoupés d'îles boisées qui dérobaient notre marche à la vue des artilleurs et du général autrichien, postés sur le grand et dernier pont du fleuve. Lannes et Murat avaient mis pied à terre, et, suivis de leurs grenadiers l'arme au bras, ils poussaient devant eux un peloton ennemi, agitant en l'air leurs mouchoirs, annonçant un armistice, et parlementant avec l'officier qui commandait.

Celui-ci, tout étonné, reculait ne sachant plus ce qu'il devait faire, et communiquait derrière lui son indécision. Ce fut ainsi que nos chefs atteignirent le grand pont et l'instant le plus critique. Ce dernier passage était tout chargé d'artifices, de matières inflammables, et d'une batterie prête à foudroyer notre colonne. Mais cet aspect, au lieu d'arrêter nos maréchaux, hâte leur marche ; et quand, démasqués par le peloton ennemi en retraite, ils voient l'officier d'artillerie autrichien, enfin décidé, saisir la mèche, ils s'élancent ! Dodde le premier, alors colonel de notre génie, arrache à cet officier sa lance à feu ; on se mêle ; et, toujours parlementant, pendant que nos grenadiers débarrassent le pont, et que Bertrand se fait conduire au prince d'Auersbourg, Lannes, Murat et Sébastiani gagnent l'autre rive dont ils s'emparent.

On en était maître avant que le pauvre prince, stupéfait de ce coup de main, y eût rien compris. Les deux maréchaux, satisfaits d'une conquête aussi importante qui devait décider du sort des Russes, ne poussèrent pas plus loin la mystification de ce général : ils le laissèrent fuir, disparaître dans la campagne, et porter sa confusion à son Empereur. Ce fut dans ce même jour 13 novembre, à Bruckersdorf et par Bertrand, que Napoléon apprit une si heureuse nouvelle. Transporté de joie il accourut aussitôt presque seul à Schœnbrunn. Je venais de l'y devancer avec un bataillon dont je disposais les postes, quand il me fit appeler. « Partez à l'instant pour Gratz, me dit-il, « et remettez à Marmont cette dépêche. Vous trouverez « Gudin à Neustadt ; vous lui direz de pousser ses postes « jusqu'au Spitalberg, mais pas au delà. Informez-vous « de toutes les ressources qu'on peut trouver à Neustadt, « et écrivez-moi de cette ville. L'ennemi doit être entre « Neukirch et Brugg sur votre passage ; traversez-le, et, « s'il vous prend, imaginez quelque subterfuge ; dites « que vous portez la nouvelle d'une armistice !... Enfin « tirez-vous de là ; surtout ne laissez pas prendre les « instructions que je vous confie ! » Et il m'en détaillait les moyens, quand je l'interrompis en lui disant que je passerais, et que, en tout cas, je lui répondais de ses dépêches.

C'était pourtant bien à tout hasard, j'en conviens, et pour paraître toujours prêt et dispos, que je répondais ainsi, car cette mission chanceuse et si lointaine me venait bien mal à propos. La fatigue m'avait tellement épuisé que, l'une des nuits précédentes, en traversant un cantonnement, j'étais tombé dans la rue sans connaissance. Qu'on imagine ma surprise lorsque, revenu à moi, je me trouvai assis au centre d'une grande table bien servie, bien éclairée, dans une salle chaude, et au milieu des officiers de grenadiers à cheval de notre Garde. Un hasard m'avait sauvé : ma bonne fortune avait voulu que, dans l'obscurité, l'un d'eux, se heurtant du pied contre moi, m'eût reconnu, et que, me retirant du milieu des canons et caissons près de m'écraser, il m'eût emporté dans ses bras à cette place d'honneur, où les soins qu'on me prodigua venaient de me ranimer.

Il n'y avait à cette défaillance rien de surprenant : depuis Munich, les jours, les nuits surtout, j'avais sans cesse marché, maudissant cent fois la nécessité où j'étais de passer, sans pouvoir m'y arrêter, devant les feux de nos fantassins couchés dans la neige, et dont j'enviais le bonheur qui me paraissait bien grand. J'allais ainsi, pressé par divers ordres et par l'heure, tant que mes chevaux pouvaient me porter ; puis continuant encore sur ceux de paysans que je rencontrais. Je me souviens, entr'autres aventures, que dans l'une de ces nuits si pénibles, m'efforçant d'atteindre Moelkt avant le jour, je rencontrai une rivière qu'il me fallut traverser à gué, et où je perdis guide et chevaux emportés par le courant. Plus heureux que ma pauvre monture qui s'en alla flottant vers le Danube, je parvins à gagner un atterrissement, d'où je continuai ma route à pied, satisfait encore d'arriver à cette abbaye à l'heure prescrite.

Quant à ma mission de Gratz, je l'exécutai jour et nuit encore, sans accident, mais avec un surcroît de fatigue, ayant le désappointement, à mon retour, de ne plus retrouver l'Empereur à Vienne. Je ne le rejoignis qu'à Brunn, où je lui appris que Marmont se vantait d'avoir, par sa présence en Styrie et aux défilés de la Carinthie, détourné sur la Hongrie la retraite de l'archiduc Charles.

Il était alors, et non sans raison, mécontent des événements arrivés depuis mon départ de Schœnbrunn. Dans la nuit du 13 au 14, celle où j'avais quitté cette résidence, lui-même, traversant Vienne à l'insu des habitants, en avait passé les ponts pour jouir de cette conquête, pour en témoigner à Lannes et à Murat sa satisfaction, et surtout pour en profiter ! Il avait hâte d'en finir avec les Russes, et d'autant plus que Giulaï venait à l'instant de lui apprendre l'accession de Frédéric à la coalition. Il avait donc aussitôt poussé Lannes, avec les divisions Suchet, Oudinot, la cavalerie de Murat et le corps du maréchal Soult, vers Znaïm, sur la route de Bohême, pour couper toute retraite à Kutusow qui venait de Krems.

Le combat de Diernstein contre Mortier, la présence de Bernadotte envoyé de Moelkt sur la rive gauche avec l'ordre de talonner Kutusow, et la difficulté des chemins, avaient dû ralentir le mouvement rétrograde de ce feldmaréchal. Aussi l'Empereur s'était-il attendu à ce que cette première armée de trente-six mille Russes, harcelée en queue par vingt mille hommes, et coupée en tête par cinquante mille, serait détruite ou prise. Ce résultat devait décider du sort de la campagne et de l'indécision de Frédéric ; il lui avait paru infaillible, et il venait de lui échapper ! Murat, que sa ruse de guerre avec les Autrichiens, sur le pont de Vienne, avait si bien servi, venait, au moment d'en recueillir les fruits, de se laisser prendre par les Russes à un semblable stratagème ; voici comment :

Kutusow, en précipitant sa retraite de Krems sur Brunn, avait, pour la couvrir contre Murat, jeté Bagration et sept mille Russes à sa droite dans Hollabrunn, sur la route de Bohême qu'il lui fallait traverser à Znaïm. Murat accourait sur cette même route en tête de cinquante mille hommes ; il n'avait qu'à attaquer, à pousser, à tout culbuter devant lui jusqu'à Znaïm, où il aurait devancé, détruit ou pris le maréchal russe. Mais il avait rencontré Bagration à Hollabrunn ; et, au lieu de lui passer sur le corps, il avait perdu le temps à l'écouter parlementer. Une feinte capitulation de ce général russe l'avait endormi vingt-quatre heures, pendant lesquelles Kutusow s'était écoulé derrière Hollabrunn et sur Brunn, en toute hâte !

C'était le 15 novembre, et sur la foi de Wintzigerode, aide de camp d'Alexandre, que cette absurde convention avait leurré le beau-frère de notre Empereur.

Mais ce qui n'est guère plus concevable, c'est que Napoléon, contre sa coutume, eût abandonné à son lieutenant ce grand coup de guerre, et que, le 14 novembre, s'en reposant sur lui, il fût retourné à Schœnbrunn ! S'était-il défié de Vienne ? Lui avait-il plu de se montrer ce jour-là à ses habitants, confondus de le voir rentrer dans leurs murs par la porte du Danube ! Avait-il eu hâte de proclamer hautement, comme il le fit, l'immensité des trophées que cette capitale ennemie venait de livrer à sa victoire ? ou bien plutôt, à en juger par ma mission près de Marmont et par la répartition des divisions de Davout poussées vers Neustadt, Presbourg et Brunn, sur les trois avenues de Vienne, avait-il craint quelque retour offensif, et jugé sa présence encore indispensable sur ce point central, pour s'en assurer la possession? Je ne sais, mais ce qui est sûr, c'est que, à la nouvelle de cette convention insidieuse, se repentant amèrement de sa confiance en Murat, il lui avait envoyé l'ordre de tout rompre à l'instant même et d'attaquer. Lui-même plein de colère était accouru ; mais il n'était arrivé le 17 qu'après le choc tardif et sanglant d'Hollabrunn, où, le 16 au soir, Bagration, sacrifiant les deux tiers des sept mille Russes qu'il commandait, avait encore arrêté, six heures durant, l'effort de vingt-cinq mille hommes!

Pendant la nuit obscure qui suivit, plusieurs ruses de guerre avaient favorisé la fuite des restes de cette division. Les uns, se voyant atteints, avaient crié en français qu'ils étaient des nôtres, et on les avaient laissés s'écouler ; d'autres, répétant les mêmes paroles, et nous laissant approcher, avaient, de leurs feux à bout portant, augmenté nos pertes. Oudinot, que Duroc remplaça à sa division de grenadiers, était tombé blessé avec la plupart des officiers qui l'entouraient. Le carnage avait été effroyable ; on avait vaincu, mais le lendemain, quand on arriva à Znaïm, Kutusow était passé! On n'avait pu, les jours suivants, que ramasser ses traîneurs, tellement harassés qu'ils étaient incapables de se défendre. Deux mille tombèrent aux mains de Sébastiani. Enfin cette retraite, dans laquelle Kutusow devait succomber tout entier, ne lui avait coûté que six mille hommes! Il venait de retrouver à Brünn son Empereur qui y était arrivé de Berlin ; il lui avait ramené trente mille hommes, que, au delà de Brünn, il allait joindre, près de Wischau, à la seconde armée russe de Buxwoden, aux restes de l'armée autrichienne, et bientôt peut-être à l'archiduc Charles.

Ainsi, après la campagne d'Ulm si complètement terminée, celle de Vienne restait indécise. Il fallait se rallier, se réapprovisionner, se préparer à toutes les chances d'une grande bataille à livrer au fond de la Moravie, au bout d'une longue ligne d'opérations, dont la Prusse menaçait tout le flanc gauche, de Strasbourg à Vienne. Tel était le danger de notre position, que venait d'accroître la faute d'Hollabrunn.

XVIII.

AUSTERLITZ.

De Znaïm l'Empereur continua vers Brünn, poursuivant Kutusow, et le faisant déborder à droite par Soult à Nikolsbourg. Le 20 novembre il poussa cette aile droite de Nikolsbourg à Austerlitz, et notre avant-garde, sous Murat, vers Wischau, route d'Olmutz. Ce jour-là lui-même arriva à Brunn. Surpris et charmé de l'inconcevable abandon de cette place forte tout armée et approvisionnée, il en fit sa base d'opérations contre l'armée russe.

Pendant que ce soin l'occupait, il apprend la jonction des forces ennemies dans Wischau, et que, à Posorsitz, leur cavalerie, après avoir refoulé la nôtre, a été repoussée par nos cuirassiers et par les grenadiers à cheval de notre Garde. Le 21 il se rend sur le terrain du combat, il en juge les coups, qu'il trouve moins brillants qu'on s'en était vanté; et apprenant qne l'ennemi s'est retiré sur ses renforts jusqu'à Olmutz, il revient à Brunn.

Dans ce retour de Wischau il s'arrêta sur la grande route, à environ deux lieues et demie de Brunn, près du Santon, monticule qui borde le chemin, espèce de cône tronqué assez abrupt. Il ordonna d'en creuser le pied du côté de l'ennemi, pour en augmenter l'escarpement. Alors, se détournant vers le sud, il entra dans une plaine haute, comprise entre deux ruisseaux encaissés, courant du nord au sud-ouest. La largeur de ce plateau est d'environ deux lieues; la longueur, de trois lieues; après quoi, tournant vers l'ouest, il s'abaisse et tombe dans un bassin marqué par deux lacs. L'Empereur parcourut lentement et silencieusement cette pleine découverte. Il s'arrêta à plusieurs reprises sur les points les plus élevés, vers Pratzen surtout. Il en examina avec attention tous les accidents. Plusieurs fois, pendant cette reconnaissance, il se retourna vers nous : « Messieurs, disait-il, examinez-bien ce terrain ! ce « sera un champ de bataille ! Vous aurez un rôle à y « jouer ! » Cette plaine devait être en effet, quelques jours après, le champ de bataille d'Austerlitz !

Les jours suivants, jusqu'au 27, il resta à Brunn. Son armée n'avait pas cessé, depuis trois mois, de marcher ou de combattre; il la laissa se rallier, réparer ses forces, ses armes, sa chaussure, et reprendre haleine. Elle était ainsi répartie : Marmont à Gratz; Mortier à Vienne; Davout, partie à Presbourg, observant la Hongrie qui se déclarait neutre, et partie vers Nikolsbourg, entre Brunn et Vienne; Lannes, Murat et Soult cantonnaient autour et en avant de l'Empereur, sur le terrain marqué par Brunn, Wischau et Austerlitz; Bernadotte enfin, en arrière et à portée de lui, occupait Iglau, observant la Bohême, où l'archiduc Ferdinand tenait tête à d'Hilliers et aux dragons à pied de ce général.

Il y avait six jours que nous étions arrivés à Brunn, et l'Empereur, ému de la nouvelle du désastre de Trafalgar, des dispositions de plus en plus hostiles de la Prusse, et fatigué déjà de sa propre inaction, s'inquiétait du système de temporisation que paraissait prendre l'armée russe. C'était bien, en effet, le plus menaçant de tous les partis qu'Alexandre pouvait opposer à sa fortune. Chaque jour accroissait le danger de notre position isolée et si lointaine. Napoléon, aventuré au fond de la Moravie, avec soixante-cinq mille combattants à portée de lui, pendant que cent cinquante mille Prussiens menaçaient tout le flanc gauche de sa retraite, voyait Alexandre et quatre-vingt-dix mille Russes et Allemands l'arrêter en face; l'archiduc Ferdinand et vingt mille Autrichiens s'avancer en Bohême sur ses derrières, et tout à la fois l'archiduc Charles et quarante mille autres Impériaux, déjà en Hongrie, accourir contre sa droite !

C'est pourquoi, le 26 novembre, impatient, après une nuit entière de travail, il écrit à l'empereur Alexandre et lui envoie Savary, son aide de camp, pour le complimenter, et sonder ses dispositions guerrières ou pacifiques. Pendant qu'il attend le retour de son aide de camp, deux envoyés autrichiens, et bientôt le ministre prussien Haugwitz, arrivent, les uns d'Olmutz et l'autre de Berlin, à son quartier impérial. Le 27 novembre il évitait de laisser celui-ci s'expliquer, et de répondre aux deux autres, lorsque tout à coup il apprend que son avant-garde, surprise à Wischau, vient d'y être culbutée ! En même temps un officier bavarois, engagé dans l'armée ennemie, désertant, vient nous avertir que c'est Kutusow et Alexandre lui-même qui nous attaquent! Cela parut d'abord si invraisemblable à Berthier, qu'il fit arrêter ce transfuge ; mais son rapport fut presqu'aussitôt confirmé par un avis du maréchal Soult assailli dans Austerlitz.

Dans la même soirée le retour de Savary ne laisse plus de doute sur cette nouvelle. Cet aide de camp vient annoncer que toute l'armée alliée, sans attendre quatorze mille Russes de renfort, marche sur nous. Pourtant la lettre qu'il rapporte semble moins hostile. Dès lors Napoléon n'espérant plus rien que d'Alexandre ou d'une victoire renvoie à Vienne et à Talleyrand les négociateurs autrichiens et prussiens ; il réexpédie Savary à l'empereur russe pour lui offrir une entrevue ; et lui-même, le 28 novembre, de grand matin, il s'avance jusqu'à Posorsitz dans l'espoir d'une réponse favorable.

Mais Alexandre, entouré et mal inspiré par une jeunesse présomptueuse, jugea l'entrevue inutile : il n'y envoya que son favori. De son côté Napoléon, de plus en plus impatient, s'était avancé au galop par delà nos dernières vedettes.

La rencontre de Dolgorouki et de notre Empereur eut lieu sur la grande route d'Olmutz, en avant de Posorsitz, et, à notre étonnement, à plus d'une portée de canon de nos avant-postes. Nous ne savions si l'Empereur s'aventurait ainsi par une impatience réelle ou par curiosité, ou plutôt pour augmenter par un feint empressement l'orgueil ennemi, pour en accroître la présomption, en affectant de ne vouloir laisser pénétrer dans nos rangs aucun regard russe.

Tous deux, en s'apercevant, mirent pied à terre. Pendant leur entretien, dont nous n'entendîmes pas toutes les paroles, l'attitude de l'Empereur fut d'abord calme et contenue ; celle de Dolgorouki, au contraire, était si jactante et si hautaine, qu'elle nous irritait quand elle ne nous frappait pas de pitié tant elle était déplacée et ridicule.

Au milieu de ce colloque, dont la durée fut à peine d'un quart d'heure, l'Empereur remarqua que les Cosaques de l'escorte russe gagnaient nos flancs ; Dolgorouki souriait et répondait d'eux ; mais, soit inquiétude réelle ou simulée, Napoléon n'en ordonna pas moins, à plusieurs de nous, de les contenir à distance respectueuse, ce qui fut fait aussitôt par Exelmans, le sabre nu pendant à la dragonne et le pistolet au poing.

Cependant, l'arrogance du favori d'Alexandre devenant intolérable, la voix de l'Empereur s'anima. Le jeune Russe ne mettait pas la paix à de moindres conditions que l'abandon de l'Italie, de la rive gauche du Rhin, et de la Belgique ! « Quoi ! Bruxelles aussi, répondit Na- « poléon ; mais nous sommes en Moravie, et vous seriez « sur les hauteurs de Montmartre, que vous n'obtiendriez « pas Bruxelles ! » Enfin il perdit patience. Dolgorouki venait de lui offrir de le laisser se retirer sain et sauf derrière le Danube, s'il promettait d'évacuer sur-le-champ Vienne et les États héréditaires. A cette insolence, Napoléon, ne pouvant plus se contenir, s'écria : « Retirez- « vous ! allez, Monsieur, allez dire à votre maître, que je « n'ai point l'habitude de me laisser insulter ainsi ; reti- « rez-vous à l'instant même ! »

Revenu à notre avant-garde, l'Empereur encore irrité remit pied à terre et s'entretint avec Savary. Pendant la double mission de cet aide de camp, les jeunes seigneurs russes l'avaient insulté de paroles arrogantes ; il en rendit compte, et Napoléon, fouettant la terre de sa cravache, geste qui dans ses vives préoccupations lui était habituel, s'écria : « L'Italie !..... Qu'eussent-ils donc fait de la « France si j'eusse été battu ? Mais, puisqu'ils le veulent, « je m'en lave les mains, et, s'il plaît à Dieu, dans qua- « rante-huit heures je leur donnerai une leçon sévère ! » Il prononça ces derniers mots près d'un carabinier du 17me régiment léger, et, s'apercevant que ce factionnaire l'écoutait : « Sais-tu, lui dit-il, que ces gens-là croient « qu'ils vont nous avaler ! » Sur quoi le grenadier ayant répliqué : « Oh que non ! qu'ils essayent, nous nous « mettrons en travers ! » l'Empereur se prit à rire, et son humeur se dissipa.

Alors, soit qu'il se trouvât trop en l'air, soit pour aug- menter la présomption de l'ennemi, il commença la re- traite que lui-même suivit à pied. On marcha avec une précipitation apparente qui dut enhardir les Russes. Chez nous-mêmes, un des vétérans de la République, s'y trom- pant, me dit : « Ceci commence mal ! Jeune homme, « il ne suffit pas de marcher toujours en avant ; vous « allez apprendre ce que c'est qu'une reculade, et peut- « être même une déroute ! » Cette liberté de jugement sur Napoléon m'étonna, elle commençait à devenir rare. La plupart de nous, convaincus de son infaillibilité, s'y abandonnaient ; nous exécutions l'ordre du jour sans regarder au delà, sans douter du lendemain, sûrs de vaincre en obéissant ! Soumission qui donne d'utiles instruments à un homme extraordinaire, mais qui trop souvent fait qu'il laisse après lui peu de chefs dignes de le remplacer.

Ce premier mouvement rétrograde fut court.

Les 29 et 30 novembre se passèrent en revues et reconnaissances. Jamais champ de bataille ne fut mieux exploré et mieux préparé. Le 29 ce qui parut l'occuper le plus fut la défense du Santon. Il se hâta de le faire retrancher, armer et approvisionner comme un fort. Plusieurs fois il m'y envoya ou répéter ses ordres, ou voir s'ils étaient exécutés ; et non content il y revint encore lui-même, et en gravit à pied l'escarpement. Il y plaça aussitôt le 17ᵐᵉ léger et le général Claparède, leur ordonnant d'y brûler leur dernière cartouche et de s'y faire tuer, s'il le fallait jusqu'au dernier.

Cependant déjà la marche des colonnes russes et des mouvements de cavalerie, au loin et au delà de notre aile droite, indiquaient à l'Empereur qu'elles tenteraient de cet autre côté de notre ligne, leur plus grand effort. Il les observait, et, s'en applaudissant, il les laissait faire, sûr qu'on ne tourne pas un ennemi redoutable et prêt, sans se trouver tourné soi-même, et que le résultat montrerait qui des deux aurait réellement coupé la retraite à l'autre !

Ce fut évidemment dans cette pensée que, le 30 novembre, s'étant arrêté sur le grand plateau de Pratzen qui s'étend vers Austerlitz, il prononça ces paroles que nous entendîmes et que l'événement du surlendemain rendit prophétiques : « Maître de cette belle position, nous dit-

« il, j'y pourrais arrêter les Russes ; mais alors je n'au-
« rais qu'une bataille ordinaire, tandis que, en la leur
« abandonant et retirant ma droite, s'ils osent descendre
« de ces hauteurs pour m'envelopper, ils seront perdus
« sans ressources ! »

En conséquence, déjà ce jour-là et le lendemain 1er décembre, retirée en arrière de ce plateau, notre ligne de
bataille oblique, la gauche en avant, avait sa droite refusée et comme dérobée, en arrière des lacs de Melnitz et
de Telnitz ou de Satschau. Notre extrême gauche au
contraire, se présentant forte, était avancée ; elle s'appuyait à ce monticule escarpé nommé le Santon.

Cette position oblique ne semblait que défensive, timide même, négligemment gardée au centre et surtout
à la droite ; elle paraissait exclusivement redoutable à
gauche, mais Bernadotte et nos réserves pouvaient, d'un
élan, prendre à revers toute attaque contre notre centre
et notre droite. L'armée ennemie au contraire, moins
forte devant notre gauche sur la route d'Olmutz, et que
le ravin de Blazowitz séparait du reste, s'était amoncelée,
au centre et à découvert, sur le plateau de Pratzen : elle
étendait sa gauche au loin, vers Aujerzd, pour la pousser
en avant contre notre droite refusée le long des lacs.

Les forces étaient inégales : quatre-vingt-dix mille
hommes contre soixante-cinq mille ! L'avantage du
nombre était aux alliés : il était de vingt-cinq mille
hommes. La disposition des lieux le compensait. Des
deux lignes opposées, l'une était en vue, et l'autre mas-
quée, premier avantage. Elles formaient comme deux arcs

14.

de cercle, dont le nôtre était le plus resserré, second avantage, qu'augmenta bientôt la manœuvre imprudente d'Alexandre.

Un rideau épais de Cosaques d'une part, et de notre côté une ligne claire de vedettes à portée de mousquet, couvraient les deux fronts. Pendant que, derrière leurs grandes gardes, les deux armées, à deux portées de canon l'une de l'autre, et leurs armes en faisceaux, mangeaient et se reposaient paisiblement autour de leurs feux comme par un accord tacite, et se préparaient pour le lendemain, Napoléon, suivi de quelques-uns de nous et de vingt chasseurs de sa garde, s'était avancé entre les deux lignes, et en parcourait, de droite à gauche, le développement. Il fit cette dernière reconnaissance générale lentement, au pas, et tellement près de l'ennemi, que, vers Pratzen, le capitaine de ses chasseurs d'escorte, Daumesnil, célèbre depuis par la défense de Vincennes, et moi, nous provoquâmes étourdiment, à portée de pistolet, la ligne ennemie, ce qui nous fit vivement réprimander, nous étant attiré quelques coups de feu dont les balles sifflèrent aux oreilles de l'Empereur.

Je me souviens même que, mal corrigés de cette imprudence et parvenus à l'extrême gauche au delà du Santon, tandis que Napoléon en examinait les approches, une contestation s'éleva entre nous, à propos de la distance qui nous séparait, sur ce point, de l'ennemi, et que ce même Daumesnil, fort adroit tireur, voulant m'en prouver la proximité, prit la carabine de l'un des siens, en posa le canon sur l'épaule de ce chasseur, et démonta d'un coup de feu l'officier russe que nous faisait distinguer le mieux l'éclatante blancheur de sa monture.

Vers trois heures, cette reconnaissance étant terminée, l'Empereur revint à son bivouac. Il était établi sur la droite et près de la grande route, en arrière à droite du Santon, en avant de Bellowitz, entre le ruisseau de ce village et celui de Ghirzikowitz. C'était, sur un tertre élevé d'où l'on découvrait la plaine, une vaste barraque ronde, hutte de bûcheron, le feu au milieu, éclairée par le faîte, et que ses grenadiers avaient construite. Sa voiture dételée était auprès ; il avait couché dedans les nuits précédentes. Il y avait aussi près de là, vers la grande route, une maison isolée de paysan, pauvre chaumière, où ses cantines s'étaient établies, et où nous dînions avec lui dans la seule chambre basse et sur la seule table longue entourée de bancs qui s'y trouvaient. La division de grenadiers de Duroc et d'Oudinot bivouaquait en avant, la garde autour et en arrière.

Il venait d'y arriver quand, vers quatre heures, sur un avis de notre avant-garde, reparaissant hors de son quartier, une longue-vue à la main, il dirigea ses regards sur le plateau de Pratzen qu'il avait en avant à droite. Un grand mouvement de flanc du centre de l'armée russe s'y dessinait. On apercevait, derrière sa première ligne, les colonnes ennemies se prolonger à leur gauche et à découvert vers Aujerzd et les deux lacs. A cette vue, tressaillant de joie et frappant des mains, il s'écria : « C'est un « mouvement honteux ! ils donnent dans le piège ! ils se « livrent ! Avant demain au soir cette armée sera à moi !

En effet il était évident que les Russes, dans leur orgueilleuse inexpérience, nous supposaient frappés de crainte et résignés à une timide défensive, s'imaginant qu'ils n'avaient rien à redouter en face, et ne songeant qu'à se jeter sur notre droite, entre Vienne et nous, pour nous tourner et pour couper toute retraite à notre infaillible déroute du lendemain ! Ils osaient donc, sous nos yeux, portant leurs principales forces de ce côté, dégarnir leur centre, et abandonner, à leur aile droite affaiblie, leur ligne d'opérations ou de retraite. On eût dit que déjà vainqueurs, et n'ayant plus d'autre crainte que de nous laisser échapper, ils ne songeaient qu'à nous achever, et nullement à la possibilité qu'ils eussent eux-mêmes à se défendre !

En ce moment l'Empereur, afin d'enfler leur présomption plus encore, ordonna à Murat de sortir des rangs avec quelque cavalerie, de montrer de l'inquiétude, de l'hésitation, et de se retirer aussitôt, comme effrayé. Cet ordre donné, il revint à son bivouac. Là, dans une proclamation qu'il dicta de sa voiture, et qu'il fit aussitôt répandre, après avoir montré l'armée russe à ses soldats leur prêtant le flanc et offrant à leur valeur une gloire assurée, il leur dit que lui-même dirigeait leurs bataillons, leur promettant de ne s'exposer que si la victoire hésitait et après elle de bons cantonnements et la paix. Alors, entrant avec nous dans la chaumière voisine, il se mit gaiement à table.

Murat et Caulincourt étaient assis près de lui, puis Junot, le général Mouton, Rapp, Lemarois, Lebrun, Macon, Thiard, Ywan et moi. Le repas fut long, contre l'habitude de l'Empereur qui ne restait guère plus de vingt minutes à table; l'attrait de la conversation l'y retint. Quant à moi, persuadé que le grand événement près de décider de sa fortune ferait les frais de cet entretien, j'écoutais attentivement; mais il arriva tout le contraire. L'Empereur, dès les premières paroles, interpellant Junot qui se piquait de quelque littérature, mit la conversation sur la poésie dramatique. Celui-ci lui ayant répondu par la citation de plusieurs tragédies nouvelles, Napoléon, comme s'il eût oublié l'armée russe, la guerre et la bataille du lendemain, se récria, entra tout entier dans cette matière et, s'y échauffant, déclara : « Que, à ses yeux, nul de ces auteurs n'avait compris le « nouveau principe qui devait servir de base à nos tra- « gédies modernes! Qu'il avait dit à l'auteur des Tem- « pliers, que sa tragédie était manquée! Qu'il savait « bien que ce poète ne lui pardonnerait pas; que, en cela, « l'amour-propre d'auteur était inexorable! Qu'il fallait « louer ces Messieurs pour en être loué! Que, dans cette « pièce, un seul caractère était suivi, celui d'un homme « qui voulait mourir! Mais que cela n'était pas dans la « nature, et ne valait rien; qu'il fallait vouloir vivre et « savoir mourir! »

« Voyez Corneille, s'écria-t-il, quelle force de concep- « tion! C'eût été un homme d'État! Mais les Templiers; « cette pièce manque de politique! Il eût fallu mettre « Philippe-Auguste dans la nécessité de les détruire; il « fallait, en intéressant le public à leur conservation,

« faire sentir fortement que leur existence était incom-
« patible avec celle de la monarchie ; qu'ils étaient de-
« venus dangereux par leur nombre, leurs richesses et
« leur puissance ; que la sûreté du Trône exigeait leur
« destruction !

« Aujourd'hui que le prestige de la religion païenne
« n'existe plus, il faut à notre scène tragique un autre
« mobile. C'est la politique qui doit être le grand ressort
« de la tragédie moderne ! C'est elle qui doit remplacer,
« sur notre théâtre, la fatalité antique ; cette fatalité qui
« rend Œdipe criminel sans qu'il soit coupable ; qui
« nous intéresse à Phèdre, en chargeant les Dieux d'une
« partie de ses crimes et de ses faiblesses. Il y a de ces
« deux principes dans Iphigénie ; c'est le chef-d'œuvre
« de l'art, le chef-d'œuvre de Racine, qu'on accuse bien
« à tort de manquer de force ! » Et il ajouta : « Que
« c'était une erreur de croire les sujets tragiques épuisés ;
« qu'il en existait une foule dans les nécessités de la po-
« litique ; qu'il fallait savoir sentir et toucher cette corde ;
« que dans ce principe, source abondante d'émotions
« fortes, germe fécond des situations les plus critiques,
« autre fatalité aussi impérieuse, aussi dominatrice que
« la fatalité des anciens, on en retrouverait les avanta-
« ges ; qu'il ne s'agissait que de placer ses personnages
« contradictoirement à d'autres passions ou à d'autres
« penchants, sous l'influence absolue de cette nécessité
« puissante ! Qu'ainsi tout ce qu'on appelait coup
« d'État, crime politique, deviendrait un sujet de tra-
« gédie, où, l'horreur étant tempérée par la nécessité,

« un intérêt nouveau et soutenu se développerait. »

Alors vinrent quelques exemples, mais non pas celui de ses souvenirsqui peut-être l'inspirait le plus en ce moment. L'un d'eux le reporta au temps de la campagne d'Égypte. A ce propos, passant à un sujet plus conforme à notre situation présente et aux habitudes de la plupart de ceux qui l'entouraient : « Oui, reprit-il, si je m'étais
« emparé d'Acre, je prenais le turban ; je faisais mettre
« de grandes culottes à mon armée ; je ne l'exposais plus
« qu'à la dernière extrémité ; j'en faisais mon bataillon
« sacré, mes immortels ! C'est par des Arabes, des Grecs,
« des Arméniens que j'eusse achevé la guerre contre les
« Turcs ! Au lieu d'une bataille en Moravie, je gagnais
« une bataille d'Issus, je me faisais Empereur d'Orient,
« et je revenais à Paris par Constantinople ! »

Il accompagna ces derniers mots d'un sourire, comme pour indiquer qu'il se laissait entraîner à nous rappeler l'un des jeunes rêves de son imagination conquérante, rêve qui, toutefois, se serait vraisemblablement réalisé, puisque, selon d'irrécusables témoignages de voyageurs alors présents dans le Liban, cent mille chrétiens l'avaient attendu de ce côté, l'appelant de tous leurs vœux, et prêts au signal de la prise d'Acre, à venir se joindre à ses armes !

En ce moment je hasardai, à demi-voix, cette observation : « Que s'il s'agissait de Constantinople, nous
« étions encore sur le chemin de cette capitale ! » Je ne sais si Junot m'entendit, ou si, la même pensée lui étant venue, il crut à propos de répéter les mêmes paroles

mais Napoléon lui répondit : « Non, je connais les Fran-
« çais, ils ne se croyent bien qu'où ils ne sont pas.
« Avec eux les longues expéditions ne sont point faciles.
« Et tenez ; rassemblez aujourd'hui les voix de l'armée ;
« vous les entendrez toutes invoquer la France ! Tels sont
« les Français ! c'est leur caractère. La France est trop
« belle ; ils n'aiment point à s'en éloigner autant, et à
« rester si longtemps séparés d'elle ! » A quoi Junot
ayant objecté les témoignages d'ardeur qu'on voyait éclater dans tous les rangs, le général Mouton, de sa voix
austère, l'interrompit rudement par ces mots : « Que ces
« acclamations prouvaient le contraire ; qu'il ne fallait
« pas s'y tromper ; que l'armée était fatiguée ; qu'elle en
« avait assez ; que, si l'on voulait l'entraîner plus loin,
« elle obéirait, mais à contre-cœur ; qu'enfin elle ne mon-
« trait tant d'ardeur la veille de la bataille, que dans
« l'espoir d'en finir le lendemain, et de s'en retourner
« chez elle ! »

L'Empereur, à qui ces paroles si loyales plaisaient peu
sans doute, leur donna pourtant raison ; mais il rompit
l'entretien, et se levant aussitôt : « En attendant, ajouta-
« t-il, allons nous battre ! »

Cependant le jour était arrivé à son déclin ; le mouvement à gauche de l'ennemi continuait, et Napoléon,
dont toutes les dispositions étaient prises, après avoir
renouvelé ses instructions, visita ses parcs, ses ambulances,
et s'assura, par ses yeux, que tous ses ordres étaient exécutés. Il revenait à son bivouac, lorsque, entendant à sa
droite une vive fusillade, il y envoya l'un de nous ; puis,

se jetant sur la paille de sa barraque, il s'y endormit profondément.

Il dormait encore, et depuis quelques heures la nuit du 1er au 2 décembre était close, quand l'aide de camp revint, le réveilla non sans peine, et lui apprit qu'une attaque chaude vers les lacs, sur l'un des derniers villages de notre droite, venait d'être repoussée. Cela confirmait ses prévisions; mais, voulant une dernière fois reconnaître lui-même, par les feux des bivouacs, les positions de l'ennemi, il remonta à cheval, et, suivi de peu d'entre nous, il s'aventura entre les deux lignes.

Il les prolongeait lorsque, en dépit de plusieurs avertissements, s'étant dirigé dans l'obscurité vers Pratzen, je crois, il donna inopinément dans un poste de Cosaques! Ceux-ci s'élancèrent si brusquement sur lui, qu'ils l'eussent pris ou tué, sans le dévouement de ses chasseurs d'escorte, et s'il ne fût revenu sur nos feux à toute bride. Ce retour fut si précipité que, forcé de repasser, sans choisir, le ruisseau marécageux qui couvrait notre front, plusieurs des hommes et des chevaux qui le suivaient y demeurèrent embourbés, entre autres Ywan, son chirurgien depuis 1796, et dont la charge consistait à ne se séparer jamais de sa personne.

Le ruisseau franchi, l'Empereur regagna à pied, et de feu en feu, son propre bivouac. Comme il en approchait, il se heurta dans l'obscurité contre un tronc d'arbre renversé, ce qu'un grenadier apercevant, il imagina de tordre sa paille, d'en faire un flambeau, d'y mettre le feu et, l'élevant au-dessus de sa tête, d'en éclairer les pas de son Empereur.

Au milieu de cette nuit, veille de l'anniversaire du couronnement, cette flamme, qui illumina et fit soudainement apparaître la figure de Napoléon, parut un signal aux soldats des bivouacs voisins; un cri partit : « C'est « l'anniversaire du couronnement, *Vive l'Empereur!* » Élan d'ardeur, que Napoléon voulut inutilement arrêter : « Silence, dit-il, et à demain; ne songez à présent « qu'à aiguiser vos baïonnettes ! »

Mais déjà la même pensée, le même cri, se propageant avec la rapidité de l'éclair, volait de feu en feu; et tous à l'envi, saisissant l'à-propos, ils détruisent leurs abris, ils lient leur paille au bout de toutes les perches qu'ils trouvent sous leur main, ils l'allument, et en un instant, sur une ligne de deux lieues, des milliers de gerbes de flammes s'élèvent, aux cris mille fois répétés de *Vive l'Empereur*!... Ainsi fut improvisée, aux yeux de l'ennemi étonné, la plus mémorable des illuminations, la plus touchante des fêtes dont jamais l'admiration et le dévouement d'une armée entière aient salué son général.

Les Russes, dit-on, s'imaginèrent que nous brûlions nos abris, ils crurent que nous allions nous retirer; leur présomption s'en augmenta ! Quant à Napoléon, d'abord contrarié, mais bientôt ému et attendri, il s'écria : « Que cette soirée était la plus belle de sa vie ! » Et de bivouac en bivouac, jusqu'à une grande distance du sien, il alla témoigner à ses soldats sa reconnaissance !

Pendant le reste de la nuit, malgré sa fatigue, soit

émotion, soit que le renouvellement de plusieurs avis sur la marche des Russes vers sa droite l'eût réveillé, il dormit peu.

Enfin, le jour du 2 décembre commençant à poindre; il nous fit appeler dans sa barraque. On nous y servit un court repas qu'avec nous il prit debout; après quoi, ceignant son épée : « Maintenant, Messieurs, nous dit-il, « allons commencer une grande journée! » Chacun alors courut à ses chevaux. Un instant après, nous vîmes, sur le sommet de ce tertre que nos soldats appelaient *Butte de l'Empereur*, accourir, des divers points de notre ligne, suivis chacun d'un aide de camp, tous les chefs de nos corps d'armée.

Napoléon avait voulu qu'ils vinssent ainsi, tous à la fois, recevoir ses derniers ordres. Ce furent : le maréchal prince Murat, le maréchal Lannes, le maréchal Bernadotte, le maréchal Soult, et le maréchal Davout. Dans cet instant solennel ces maréchaux formèrent, autour de l'Empereur, le plus formidable ensemble que l'imagination puisse concevoir! Spectacle merveilleux! Dans ce cercle redoutable, que de gloires réunies! Que de chefs de guerre, justement et diversement célèbres, entourant le plus grand homme de guerre des temps antiques et modernes! Il me semble les voir encore recevoir successivement son inspiration, et aussitôt, comme s'ils eussent emporté la foudre, s'élancer de toutes parts pour en aller briser les forces réunies de deux Empires! Ma vie aurait la durée de celle du monde, que jamais l'impression d'un tel spectacle ne s'effacerait de ma mémoire. Ainsi com-

mença l'une des plus célèbres journées de notre histoire!...
Que les temps ont rapidement changé! Mon Dieu! que,
alors, tout était grand, les hommes forts, les temps glorieux, et que nos destinées semblaient imposantes!.

Les premières paroles de l'Empereur à ses maréchaux
leur avaient expliqué son plan de bataille. Certain, par
les rapports de la nuit, que, dans la seule pensée de ne
point le laisser s'échapper, l'ennemi achevait à notre
portée son mouvement de flanc, et qu'il se jetait en masse
sur notre droite, il s'était écrié de nouveau : « Oui, c'est
« un mouvement honteux! Ils me croient donc bien
jeune; « ils s'en repentiront! » Et aussitôt il avait renouvelé à chacun ses ordres.

Davout, dont la tête de colonne harassée commençait
seulement à paraître, avait l'instruction d'arrêter en tête,
à notre extrême droite et au fond du défilé bordé par les
lacs, l'ennemi qui, depuis la veille, s'y engageait follement de plus en plus.

Soult, pour sa division de droite, reçut le même ordre; et, pour ses deux autres divisions déjà ployées en
colonnes d'attaque par delà le ruisseau, aux débouchés
des deux villages de notre centre, l'instruction d'être prêt
à s'élancer sur le plateau central de la bataille.

Bernadotte, arrivant obliquement de notre gauche, dut
assaillir à la fois, de ce côté, ce même plateau.

Cet effort simultané de quatre divisions sur le centre
des Austro-Russes, dégarni par leur mouvement en avant
et à leur gauche, l'Empereur lui-même, avec sa double
réserve des grenadiers réunis et de sa garde, le soutiendra!

En même temps, à notre aile gauche, Murat et sa cavalerie chargeront par les intervalles de l'infanterie de Lannes ; puis, en se retirant derrière elle, ils attireront, et feront expirer sous les feux de nos bataillons, les élans de la cavalerie ennemie, qui de ce côté semble puissante.

L'Empereur termina par ces mots : « Il faut que, dans « une demi-heure, la ligne entière soit tout en feu ! »

Ainsi, pendant que, à notre gauche et surtout à notre droite reculée au fond d'un vallon, où l'ennemi s'avance et s'enfonce, on résistera, une formidable attaque sur le plateau élevé du centre, où l'armée alliée, en se prolongeant vers sa gauche, nous présente un front affaibli, l'envahira. Les deux ailes ennemies se trouveront soudainement séparées par ce coup de guerre. Dès lors l'une attaquée en face et débordée par notre victoire sur le centre, devra céder ; tandis que l'autre, trop avancée, tournée, dominée par cette même victoire centrale, et cernée contre les lacs, dans ce coupe-gorge où elle s'est aventurée, y sera écrasée ou prise. Voilà la bataille, telle qu'elle fut conçue et exécutée !

L'Empereur après avoir donné ses instructions à ses maréchaux, dit à chacun d'eux : « Allez ! » Et chacun successivement, la tête haute, le regard animé, et en lui faisant le salut militaire, partit aussitôt. Quand il en fut à Bernadotte, l'accent de sa voix devint remarquablement plus sec et plus impérieux ; et comme, peu d'instants après, les deux divisions de ce maréchal se portaient au point d'attaque, lui-même les harangua. La proclamation de la

veille avait été lue à la flamme des bivouacs, il ajouta :
« Que, dans ce jour, il fallait confondre l'orgueil russe,
« et terminer la guerre par un coup de foudre ! »

En ce moment de sombres vapeurs que le soleil soule-
vait, et qui en interceptaient les premiers rayons semblèrent aux Russes favoriser leur mouvement de flanc, en
avant à gauche ; mais, tout au contraire, elles voilaient
notre attaque, prête à surprendre en flagrant délit cette
imprudente et folle manœuvre.

Déjà, sur notre ligne oblique, à notre droite en arrière
et refusée, leur attaque avait commencé, de Telnitz à So-
kolnitz, vers les bas-fonds des lacs, où tous, à l'envi l'un
de l'autre, descendaient et s'accumulaient, nous assaillant
du fort au faible. Il n'était pas huit heures, le silence et
l'obscurité régnaient encore sur le reste de la ligne, quand
soudainement, et d'abord sur les hauteurs, le soleil, dissi-
pant ce brouillard épais, nous montra le plateau de Pratzen, qui se dégarnissait de plus en plus par la marche de
flanc des colonnes ennemies. Quant à nous, restés dans
le ravin qui marque le pied de ce plateau, la fumée des
bivouacs et les vapeurs, plus lourdes sur ce point, résistant
encore, dérobaient aux yeux des Russes notre centre
ployé en colonnes et prêt à les attaquer.

A cet aspect, le maréchal Soult, que l'Empereur avait
gardé le dernier près de lui, voulut courir à ses divisions
et leur donner le signal ; mais Napoléon plus calme, laissant l'ennemi achever sa faute, le retint encore ; il lui
montra Pratzen : « Combien vous faut-il de temps, lui
« dit-il, pour couronner ce sommet ? — Dix minutes, ré-

« pondit le maréchal. — Partez donc, reprit l'Empereur ;
« mais vous attendrez encore un quart d'heure, et alors
« il sera temps ! »

Le moment venu, les divisions Vandamme et Saint-Hilaire, s'élançant hors du brouillard qui les enveloppait, apparurent soudainement. Il était huit heures. Le plateau, attaqué de front, et à revers de gauche à droite, fut escaladé au pas de course. Le premier coup de canon, sur ce point-là, fut russe. L'ennemi se trouva surpris ; les uns marchaient toujours vers leur gauche, les autres nous faisaient face sur trois lignes ; elles tinrent mal. On méprisa leurs premiers feux ; on les attaqua à l'arme blanche, et ces lignes tournèrent successivement le dos. Elles abandonnèrent leurs sacs déposés à terre devant elles, leur artillerie même, et s'enfuirent devant nos baïonnettes. A neuf heures, et de notre côté, la bataille, péniblement sur la défensive en arrière à droite, déjà victorieuse en avant au centre, et menaçante à notre gauche, était engagée sur tout notre front.

Vers onze heures tout avait réussi selon les prévisions de l'Empereur. Le centre russe était percé, ses deux ailes séparées ; mais il fallait conserver cet avantage et en profiter : il fallait se maintenir au centre contre les réserves russes, et à la fois surprendre en flanc et en arrière les masses de la gauche ennemie, pendant qu'elles se ruaient violemment contre notre droite qu'elles écrasaient ! Nous entendions leurs coups en arrière à droite de nous, du haut de cette position centrale que si rapidement nous venions de conquérir.

Vers midi j'y retrouvai l'Empereur. Je revenais, par son ordre, d'appeler sa garde à pied et de conduire sur une éminence, en arrière du ruisseau et de ce plateau, les grenadiers réunis de la réserve. Lui-même, avec la cavalerie de sa garde, venait de s'y avancer et d'y faire monter à sa gauche Bernadotte. Il se défiait de ce maréchal; il m'envoya lui renouveler ses ordres et en observer l'exécution.

Je le trouvai à pied à la tête de son infanterie. Agité, inquiet, il demandait à ses soldats un calme dont lui-même ne leur donnait peut-être pas assez l'exemple. Ce n'était point, il est vrai, sans motif. Il me montrait des masses formidables de cavalerie s'amoncelant en face de lui; il se plaignait, à trop haute voix, de n'avoir point un seul escadron à leur opposer; enfin il me pria si vivement d'aller supplier Napoléon d'envoyer de la cavalerie à son secours, que ne pouvant résister à ses instances je retournai les porter à l'Empereur. Napoléon me répondit avec impatience : « Hé! il sait bien que je n'en « ai point de disponible! » Il venait, en ce moment, de placer en avant de lui tout ce qu'il en avait sous la main. C'était, avec une batterie d'artillerie, toute la cavalerie de sa garde! En même temps, forcé de dégarnir à son tour ce plateau central, il jetait à droite les deux divisions de Soult et sur le flanc et sur les derrières de l'aile gauche des Austro-Russes, qu'il achevait ainsi de séparer de tout le reste.

Dans ce mouvement, un retour offensif de l'infanterie alliée, appuyée par la garde russe, faillit ébranler Van-

damme et Saint-Hilaire ; ils le repoussèrent à la baïonnette : ce fut le moment critique de la bataille !

Il était une heure. Napoléon, au sommet de ce plateau
dominateur, voyait devant lui la garde d'Alexandre s'a-
vançant en masse pour l'en chasser et le lui reprendre.
Au même instant il entendait en arrière, à droite de lui,
les feux redoublés de la gauche avancée des Russes. C'é-
taient près de trente mille hommes contre moins de dix
mille des nôtres qui s'efforçaient de leur tenir tête. On
eût dit qu'ils étaient près de se rendre maîtres, derrière
nous, des positions d'où nous venions de nous avancer le
matin même. De ce côté le combat, dans des bas fonds, lui
était caché. Le bruit en devenait si menaçant, que, détournant les yeux de l'attaque décisive qui se préparait
en face, et voyant derrière lui une masse noire de troupes
en mouvement, il s'écria : « Hé quoi ! sont-ce donc là
les Russes ? » Sur ma réponse, car j'étais seul près de lui
en ce moment, que ce devait être sa réserve, il m'ordonna
d'aller à toute bride m'en assurer.

C'était, en effet, la division des grenadiers réunis de
notre réserve. Duroc, apercevant les progrès de la gauche
russe contre notre droite, marchait du côté des lacs, au
secours de Soult et de Davout.

Il y avait à peine quelques minutes que mon retour
avait rassuré l'Empereur sur ses derrières, que, devant lui,
l'attaque de la garde à cheval d'Alexandre commença.
Elle fut si impétueuse que les deux bataillons de gauche
de Vandamme en furent écrasés ! L'un d'eux même, tout
sanglant, son aigle et la plupart de ses armes perdues, ne

15.

se releva que pour fuir au pas de course. Ce bataillon était du 4me régiment. Il passa presque sur nous et sur Napoléon ; nos efforts pour l'arrêter furent inutiles ; les malheureux étaient éperdus, ils n'écoutaient rien, ils ne répondirent à nos reproches d'abandonner le champ de bataille et leur Empereur, que par le cri de *Vive l'Empereur !* qu'ils poussaient machinalement en fuyant plus vite encore !

Napoléon sourit de pitié ; puis avec un geste de dédain ; il nous dit : « Laissez-les aller, » et, calme au milieu de cette échauffourée, il envoya Rapp à la cavalerie de sa garde.

Il était temps, mais un moment suffit pour tout changer. Bientôt Rapp reparut devant l'Empereur, lui annonçant l'entière défaite, par la garde française, de la garde russe ! Il revint seul, au galop, la tête haute, le regard en feu, le sabre et le front ensanglantés, tel enfin qu'un tableau célèbre le représente ; mais avec cette différence, qu'il n'y avait là, près de Napoléon, ni débris de combat, ni canons brisés, ni morts, ni ce nombreux état-major dont le peintre l'a entouré. Le sol, battu par le passage des combattants, était nu. Sur ce sommet, l'Empereur était à deux ou trois pas en avant de nous ; Berthier à côté de lui, et derrière lui Caulaincourt, Lebrun, Thiard et moi seulement. La garde à pied, l'escadron de service lui-même, étaient à une assez grande distance, en arrière à droite. Les autres officiers de l'Empereur, Duroc, Junot, Mouton, Macon, Lemarois, étaient dispersés, au loin, sur toute la ligne. Rapp, en arrivant, dit à haute

voix : « Sire, je me suis permis de prendre vos chasseurs ;
« nous avons renversé, écrasé la garde russe et pris son
« artillerie ! — C'est bien, je l'ai vu, répondit l'Empereur ;
« mais tu es blessé ! » Rapp reprit : « Ce n'est rien, Sire,
« ce n'est qu'une égratignure ! » Et il revint prendre sa
place au milieu de nous. Savary reparut alors, au pas,
nous montrant son sabre turc brisé dans la même charge,
disait-il, où Rapp venait de s'immortaliser ; mais Rapp,
qui le détestait, se trouvant en ce moment près de moi,
contesta ce fait, et, comme il était échauffé encore, il m'en
dit bien plus.

Cette victoire, c'était en effet Rapp, avec les mamelouks dont il était colonel et les chasseurs à cheval de
la garde, qui venait de la décider. La cavalerie et l'artillerie de la garde russe avaient été sabrées et culbu-
tées ; Ordener et ses grenadiers à cheval avaient achevé.
Un rang entier de jeunes et infortunés chevaliers-gardes
d'Alexandre, étendus par terre, frappés par devant,
couvrait la place où ce terrible choc avait eu lieu.
D'autres lignes de morts, de blessés, et de sacs de fantassins que les Russes ont l'habitude de déposer à leurs
pieds avant le combat, indiquaient les autres positions
où venait de succomber l'infanterie de la garde ennemie,
dont Bernadotte allait compléter la défaite. En ce moment Apraxin, jeune officier d'artillerie que nos chasseurs
avaient pris, fut amené devant l'Empereur ; il se dé-
battait, il pleurait, il se tordait les mains de désespoir,
s'écriant : « Qu'il avait perdu sa batterie ! Qu'il était
« déshonoré ! Qu'il voulait mourir ! » Napoléon en le

consolant lui dit : « Calmez-vous, jeune homme, et
« sachez qu'il n'y a jamais de honte à être vaincu par
« des Français ! »

On voyait au loin les restes des réserves russes nous
abandonnant le plateau central, et la gauche de leur
armée se retirer, à rangs pressés, vers Austerlitz. Ils
fuyaient sous les coups de canon de notre garde, dont
le commandant Doguereau (aujourd'hui Pair et général
de division) sillonnait leur longue déroute.

Ce fut peu d'instants après, et au milieu du bruit des
feux qui tonnaient encore à nos deux ailes, que l'Empereur dépêcha Lebrun à Paris pour y porter la nouvelle
de sa victoire. Ce choix, malgré le premier orgueil du
succès, plut autour de Napoléon. Il réparait à nos yeux
quelques paroles dures de la veille à propos d'une faute
financière commise par le ministre Barbé-Marbois,
beau-père de ce colonel.

L'Empereur est alors entièrement maître de ce centre
élevé et avancé de la bataille. Toute son attention se
retourne alors en arrière à sa droite, du côté des bas-
fonds des lacs. Vingt-sept mille Austro-Russes, aveuglément aventurés, y combattaient encore contre les
neuf mille hommes de notre droite, que depuis le matin
ils n'avaient pu forcer. Napoléon pousse sur les derrières
de cette masse abandonnée, les deux divisions de Soult
victorieuses au centre et à Aujerzd, nous aussi, ses
batteries de réserve, et jusqu'à l'escadron de service
près de sa personne.

Cette malheureuse aile, ainsi écrasée de trois côtés

sous les efforts simultanés de Davout, de Soult, de Duroc et de ses grenadiers, cernée, poussée, culbutée par nous et Vandamme contre les lacs, y cherche un refuge. Le plus grand nombre, avant de les atteindre, est forcé de mettre bas les armes; deux milliers seulement s'échappent par la chaussée qui sépare ces deux lacs. D'autres milliers, égarés par la terreur, se livrent à la glace qui en couvre la superficie. En un instant nous vîmes ce miroir, blanchi par les frimas, se noircir de la multitude éparse de fuyards aventurés sur ce dangereux appui, que brisaient sous leurs pas nos boulets impitoyables. A cet aspect l'Empereur, resté sur les hauteurs, s'écria : « C'est Aboukir ! »

Quant à nous qui chargions en ce moment, nous nous arrêtâmes saisis de pitié à la vue de ce terrible et nouveau spectacle. Quelques-uns de nous tendirent à ces naufragés une main secourable. Pour ma part ce fut un Cosaque qu'en passant je retirai de ces eaux glacées. Je ne me doutais guère, en cet instant, que, l'année suivante, après avoir assisté d'abord à la conquête de Naples et des Calabres, puis à celle de la Prusse, je devais, bien loin de ces lacs, le retrouver, et qu'alors, blessé et prisonnier moi-même au fond de la Pologne, j'y serais reconnu et à mon tour protégé par ce Tartare !

Il faut toutefois le dire à l'honneur de cette aile vaincue, et qui fut tuée ou prise presque tout entière, sa fin, dans le piège où elle était tombée, fut glorieuse. Environnée, chargée de toutes parts, elle se défendit par pelotons jusqu'à la dernière extrémité ! Cela est si vrai que, près de ces lacs, après cette scène désastreuse, lorsque nous nous retournâmes contre ceux qui sans espoir tenaient encore, ils nous attendirent de pied ferme jusque sur leurs pièces; ils les déchargèrent sur nous tellement à bout touchant, que j'eus la figure brûlée par le feu qui sortait de l'une d'elles.

Quelques centaines de fantassins continuaient de résister à notre escadron d'élite, quand Vandamme, m'apercevant : « Ségur, me cria-t-il, venez donc m'aider « à prendre ce parc d'artillerie embourbé que quelques « artilleurs ivres défendent seuls ! » Cette prise était si facile que nous deux suffîmes. Un de ses bataillons réduit à cent cinquante hommes arrivait en ce moment; sur mon exclamation à la vue d'un si petit nombre : « Ah, oui vraiment ! Mais on ne fait pas de bonne « omelette sans casser beaucoup d'œufs ! » me répondit-il. Sa division avait en effet soutenu le plus rude choc de la bataille.

Pendant que s'achevait, à notre droite, cette victoire, à notre gauche l'aile droite russe avait été vaincue de front, avec perte de six mille hommes, par Lannes et Murat; elle avait été poursuivie sur la route d'Olmutz, d'où, se détournant à droite, elle gagnait Austerlitz, perdant sa ligne d'opérations, et n'ayant plus d'autre refuge que vers Holitch et la Hongrie. Ces Russes défilèrent ainsi devant notre centre et Bernadotte. Mais ce maréchal, qui marchandait trop la gloire quand il n'en devait pas seul profiter, s'étant arrêté trop tôt, avait laissé passer leur défaite sans la troubler; il n'en avait pas même aperçu la singulière direction.

Vers quatre heures la bataille était finie; il n'y avait plus qu'à poursuivre et à ramasser les débris épars et en déroute. L'Empereur en donna l'ordre; il adressa plusieurs mots heureux aux officiers et aux soldats près desquels il se trouvait; puis, quittant les lacs, il revint de notre droite à notre gauche, jusque sur la route d'Olmutz. Dans ce trajet sur toute la ligne de bataille jonchée de blessés, comme il s'arrêtait à chacun d'eux, la nuit le surprit. Le brouillard du matin retombait alors en pluie glacée et augmentait l'obscurité. Il recommanda le silence, afin de pouvoir entendre les gémissements de nos malheureux soldats mutilés; lui-même allait les secourir, leur faisant donner, par Ywan et son mamelouk, l'eau-de-vie de sa cantine.

Enfin, vers dix heures du soir, arrivé ainsi, de blessé en blessé et presqu'à tâtons, sur la route d'Olmutz, au point où s'embranche celle d'Austerlitz, il y passa la nuit dans la pauvre maison de poste de Posorsitz. Il y soupa des vivres que lui apportèrent les soldats des bivouacs voisins, s'interrompant à tout moment, et envoyant ordre sur ordre pour faire ramasser nos blessés et les porter aux ambulances. Ce fut là que, retrouvant Rapp avec sa blessure au front, il lui dit : « C'est un quartier « de noblesse de plus, et je n'en connais pas de plus il- « lustre! »

Le lendemain matin 3 décembre, Murat, soit préoccupation du seul côté où il avait combattu la veille et qu'il ne regardât que devant lui, soit que des rapports l'eussent trompé, crut toute l'armée ennemie en fuite vers Olmutz. Sur cet avis l'armée française fut mise en mouvement dans cette fausse direction. Pourtant Napoléon, s'en défiant, en prit une autre, et, de sa personne, il se dirigea sur Austerlitz. Là toutes les réponses des habitants à ses pressantes interrogations lui apprirent que les deux Empereurs vaincus venaient d'y passer la nuit, et que, avant le point du jour, Russes comme Autrichiens s'en étaient échappés vers la Hongrie par la route d'Holitch. A cette nouvelle, qu'une prompte reconnaissance de Thiard confirma, il fallut à l'instant changer tous les ordres. Il en résulta que, pour une partie de l'armée, cette journée fut à peu près perdue en marches et en contre-marches.

L'irritation de l'Empereur en fut extrême. Mais le coup de massue de la veille avait terminé la guerre ! Il n'existait plus d'armée ennemie. A chaque instant, et de toutes parts, de nouveaux rapports venaient lui confirmer l'étendue de sa victoire. C'étaient quatre cents caissons d'artillerie, cent quatre-vingt-six canons, quarante-cinq drapeaux, dix mille morts, trente mille prisonniers, tous les bagages ! Il ne restait pas ensemble vingt-cinq mille combattants aux deux Empereurs ! Déjà celui d'Autriche, déclarant qu'il abandonnait la coalition, envoyait demander un armistice, une entrevue, la paix ; il se soumettait enfin à ce qu'il avait refusé en avant de Vienne.

Napoléon remit tout au lendemain ; et, sans s'arrêter, il fit pousser l'ennemi en face et le fit déborder par ses deux ailes. Il passa tout le reste de cette journée dans des émotions diverses, tantôt s'inquiétant et tantôt s'enorgueillissant. Le soir, sur un rapport que je lui fis de la position où j'avais laissé les chasseurs à cheval de sa garde au delà des lacs qu'ils avaient tournés, il s'écria : « Qu'ils devaient donc être tombés au milieu « de l'ennemi; que sans doute ils s'étaient fait écharper « ou prendre. » Mais, au contraire, ces hommes d'élite avaient attaqué et pris tout ce qu'ils avaient rencontré.

L'Empereur ne pouvait pas connaître, en ce moment, l'excès du découragement des Russes. Il ignorait qu'Alexandre, trompé par les réponses de quelques-uns de nos officiers prisonniers, croyait tout le corps d'armée de Davout devant Holitch, prêt à l'achever. Le fait est que ce maréchal, appelé peut-être trop tard de Vienne, ne se trouvait sur ce point qu'avec une division harassée et mutilée de moitié, devant tout ce qui restait aux deux Empereurs des débris de leur défaite. Napoléon connaissait la faiblesse de son aile droite; il sentait derrière lui l'archiduc Ferdinand à la tête de vingt mille hommes victorieux des Bavarois; il apprenait que l'archiduc Charles, avec son armée d'Italie, arrivait sur le Danube; et que, d'autre part, la coalition était maîtresse à la fois de Naples et du Hanovre. Ces considérations l'avaient décidé à finir la guerre.

Cette décision prise, le lendemain 4 décembre commença par une suspension d'armes. Vers dix heures nous étions à cheval autour de Napoléon, nous avançant au galop sur la route de Hongrie. Arrivé bientôt au delà d'Urchutz sur une hauteur, il s'y arrêta. Un vallon était à nos pieds, puis une chaussée sur des étangs, ceux de Saruschitz, dont un moulin marquait l'entrée. La garde impériale française, enseignes flottantes, panaches écarlates en tête, et parée comme dans ses jours de revue, couronnait, de notre côté, le bord élevé de ce vallon où la guerre allait finir. Les débris autrichiens bordaient au loin, en face de nous, le revers opposé. L'Empereur m'ordonna de descendre dans ce bas-fond, et, à cent cinquante pas de ces étangs et de la fabrique, de lui faire allumer un feu par les chasseurs de son escorte. Un arbre, abattu la veille par les Russes, marquait, à gauche et à dix pas du grand chemin, une place convenable. Ce fut là que j'établis ce bivouac célèbre, où l'entrevue des deux Empereurs allait avoir lieu.

Le feu s'allumait ; Napoléon venait de mettre pied à terre ; plusieurs de ses chasseurs lui faisaient à l'envi un tapis de paille ; d'autres fixaient une planche sur l'arbre abattu, pour que les deux Empereurs pussent s'y asseoir ; quand, souriant de tous ces soins, il me dit : « En voilà assez, cela suffira, tandis qu'il a fallu six « mois pour régler le cérémonial de l'entrevue de Fran- « çois Ier et de Charles-Quint ! »

En ce moment nous vîmes venir de Czeitch, et déboucher de la chaussée, une calèche seule et sans escorte. Deux escadrons l'avaient accompagnée, mais ils n'avaient pas dépassé les étangs qui marquaient la ligne d'armistice. Cette voiture s'arrêta sur la route devant le feu, et l'Empereur Napoléon vint jusqu'à la portière, rece-

voir avec un empressement affectueux l'Empereur d'Autriche, qu'il prit par la main et conduisit à son bivouac.
Quelque trouble agitait à peine l'extérieur peu animé
de cet Empereur. En descendant de voiture il ne s'a-
perçut pas d'un premier mouvement de Napoléon que
je crus prêt à l'embrasser, mais qui se contint, comme
s'il eût été soudainement glacé, dans un instant si solennel, par l'air froid et inexpressif de ce monarque.
Il me fut même impossible de saisir dans les yeux de
François II, un seul regard de curiosité qui eût été si
naturel dans une première entrevue avec un si grand
homme !

Ses premières paroles, cependant, furent convenables :
« Il espérait, dit-il, que notre Empereur apprécierait la
« démarche qu'il venait faire pour accélérer la paix gé-
« nérale. » Mais aussitôt, et avec un rire singulier et
forcé sans doute, il ajouta : « Eh bien ! vous voulez donc
« me dépouiller, m'enlever mes États ? » Sur quelques
mots de Napoléon, il répliqua : « Les Anglais ! ah, ce
« sont des marchands de chair humaine ! » Nous n'entendîmes pas le reste, étant demeurés sur la route, avec
les officiers autrichiens, à dix pas des deux monarques
et du prince de Lichtenstein seul admis à cette conférence. Mais il nous fut facile de voir que ce fut surtout
Lichtenstein qui soutint la discussion.

L'entrevue se passa debout, elle dura une heure.
Nous crûmes entendre alors François II s'écrier : « Al-
« lons, c'est donc une affaire arrangée ! Ce n'est que
« depuis ce matin que je suis libre ! J'ai dit à l'Empe-

« reur de Russie que je voulais vous voir ; il m'a répondu
qu'il m'en laissait maître. » D'autres éclats de rire de
ce prince nous surprirent encore; ils étaient entremêlés
de plaintes sur des pillages de Cosaques dans une ferme
qu'il affectionnait particulièrement. Peut-être entendî-
mes-nous mal ; mais nous éprouvâmes uu sentiment pénible à voir ce monarque, au milieu des désastres de son
empire, paraître si préoccupé d'un aussi minutieux
détail. Les dernières paroles de Napoléon furent : « Ainsi,
« Votre Majesté me promet de ne plus recommencer
la guerre ? » François II répondit : « Qu'il le jurait et
« tiendrait parole ! » Sur quoi les deux Empereurs s'embrassant, se séparèrent.

En remontant à cheval Napoléon nous dit : « Nous
« allons revoir Paris, la paix est faite ! » Toutefois, pendant son retour à Austerlitz, après avoir réexpédié Savary aux deux Empereurs, il parut soucieux et préoccupé de ce qu'il venait de voir. Quelques expressions
pleines d'amertume lui échappèrent ; il ajouta : « Qu'il
« était impossible de se fier à ces promesses ! Qu'on ve-
« nait de lui donner une leçon qu'il n'oublierait pas ;
« et que désormais il aurait toujours sous les armes qua-
« tre cent mille hommes ! »

J'ignore quelle était l'opinion que Napoléon venait de
concevoir de François II, mais, il faut le dire, ce prince
était estimé de ses sujets; ils accordaient des lumières à
son esprit, de la fermeté à son caractère, il en était aimé;
je dois même ajouter que ceux qui parmi nous l'avaient
connu, ne partagèrent pas l'opinion peu favorable que

cette entrevue, pour lui sans doute pénible et embarrassante, nous avait laissée.

Vers deux heures, Napoléon était revenu à Austerlitz. Ce fut alors que, remerciant Dieu et son armée, il ordonna que des actions de grâces fussent adressées au Ciel dans toutes les églises de son Empire. Il avait dicté la veille, d'un seul jet et de l'une de ses inspirations les plus éloquentes, cette proclamation célèbre dont les premiers mots furent : « Soldats, je suis content de vous ! » Pendant les jours suivants l'effusion de ce sentiment ne cessa de se répandre dans ses regards, dans ses paroles, dans ses bulletins et dans la munificence des décrets redoublés, par lesquels il se plut à consacrer sa reconnaissance pour le dévouement de tant de braves !

De son côté l'armée, fière de lui, d'elle-même et de sa victoire qu'elle appelait : *bataille de l'Anniversaire, bataille du Couronnement, bataille des Trois Empereurs,* l'entourait d'amour et d'enthousiasme ! La plupart des décrets datés de Brunn avaient été conçus à Austerlitz pendant les quatre jours qu'il y demeura. Par l'un, le prix de tous les magasins tombés en notre pouvoir et cent millions de contributions de guerre durent gratifier l'armée victorieuse. Un autre assura, par des pensions généreuses, le sort des veuves de ceux qui venaient de succomber. Un troisième ordonna que leurs orphelins fussent entretenus, élevés, mariés et placés aux frais de l'État. Napoléon voulut qu'ils eussent le droit de joindre à leurs noms de baptême celui de leur Empereur. Il avait dit bien plus, mais avec moins de mesure, quand le lendemain de la bataille il laissa jaillir de ses transports de joie ces paroles remarquables : « Soldats ! vous avez « conquis la paix ; vous allez revoir la France ! Donnez « mon nom à vos enfants, je vous le permets ; et si parmi « eux il s'en trouve un digne de nous, je lui lègue tous « mes biens et je le nomme mon successeur ! »

Le 5 décembre, lendemain de l'entrevue, Savary fut admis à Holitch, avant le jour, près d'Alexandre. Davout, alors renforcé, n'avait qu'un pas à faire pour achever ces vaincus dans leur désordre. Depuis la veille un billet du czar, lui annonçant l'armistice, l'avait arrêté. Savary promit à ce prince de suspendre l'attaque du maréchal ; il y mit pour condition le retour immédiat en Russie des restes de l'armée russe par journées d'étapes. Il en dicta l'itinéraire ! A quoi l'Empereur Alexandre souscrivit sans hésiter.

Le 6 décembre l'armistice, convenu l'avant-veille avec l'Autriche, fut signé par Napoléon à Austerlitz.

XIX.

SIÈGE DE GAËTE.

A peine la guerre fut-elle terminée en Allemagne que l'Empereur m'envoya en Italie, où l'on se battait pour conquérir le royaume de Naples. La grande affaire, en ce moment était les apprêts du siège de Gaëte ou Gayette, nom de la nourrice d'Énée, que le général Gardanne, d'ailleurs fort peu soucieux de l'histoire antique, prenant pour un surnom, prononçait *caillette* : c'était, disait-il, le sobriquet d'une nourrice d'autrefois, toute pareille à celles d'aujourd'hui; ce qui, selon lui, prouvait que tel avait été de tout temps leur défaut originel.

Il n'y a guère de voyageur qui ne qualifie Gaëte de clef de Naples, quoique l'on soit souvent entré dans cette capitale sans avoir pris cette forteresse. C'est une ville bâtie sur un roc élevé, à l'extrémité d'une presqu'île. La mer en environne le pourtour, à l'exception d'un seul côté resserré entre deux golfes. Isthme étroit, d'environ quatre cents toises, qui rattache la ville au continent, et n'offre à l'assaillant, pour cheminer de ce côté seul abordable, qu'un sol découvert sur un fond de roche. Le front bien plus développé de la ville le commande. La droite de cette ligne de défense baigne dans la mer. Partout ailleurs elle est escarpée et couverte de batteries à plusieurs étages : amphithéâtre redoutable, d'où plus de cent bouches à feu rasent, plongent, ou convergent sur l'isthme, et y interdisent les approches.

Le reste du royaume semblait soumis ; mais la conquête morale n'en pouvait être espérée, tant qu'on laisserait à l'ennemi ce foyer d'attaque et de révolte ; d'autant plus que partout, dans cette longue péninsule, presque toute en côtes et en vue des Anglais, on se trouvait comme aux avant-postes, jusque dans la capitale elle-même. Il fallait donc frapper ce dernier coup ; Masséna s'y obstinait. Pourtant, avant d'être prêt et de pouvoir en venir aux mains, on essaya de parlementer. Mais le premier oficier qu'on y envoya, reçu à coup de mitraille et à bout portant, fut tué sur place. D'un côté on allégua une méprise ; de l'autre, se souvenant mal à propos du succès que j'avais obtenu dans Ulm, on me choisit pour renouveler cette tentative. J'obéis, convaincu de son inutilité, et fort mécontent d'aller donner au prince de Hesse une occasion de plus de braver nos armes.

Cette fois lorsque, sortant du faubourg, j'apparus sur l'esplanade, la garnison, assez honteuse d'avoir fait feu de toutes ses batteries sur un seul homme, me laissa parvenir jusqu'à la poterne : on me l'ouvrit, et, dans une espèce de redan, je trouvai le prince au milieu d'un cercle d'officiers. Il n'avait voulu m'entendre qu'en plein air, et entouré de son Conseil. On fait mal ce que l'on fait à contre-cœur. Je me sentais porteur d'une proposition absurde, ridicule, pour nous, et offensante pour le gouverneur de l'une des plus fortes places de l'Europe, soutenue, ravitaillée par une escadre maîtresse de la mer, et dont le ferme courage était connu. C'était, s'il m'en souvient bien, un petit homme trapu, au nez aquilin, et dont la figure bourgeonnée annonçait qu'il était aussi intrépide à table que sur la brèche. Telle était son originalité que, se redoutant lui-même bien plus qu'il ne nous craignait, il avait imaginé de confier la clef de sa cave à l'Évêque de cette ville, en exigeant de ce prélat le serment de ne lui délivrer par jour qu'une bouteille. On l'avait aussi entendu, à plusieurs reprises, s'essouffler à nous crier, du haut de ses remparts, dans un porte-voix : « Gaëte n'est point Ulm, ni lui Hesse, le maréchal « Mack! » J'en étais bien sûr; aussi n'échangeâmes-nous que quelques paroles, de mon côté assez confuses, et du sien assez railleuses ; sur quoi, abrégeant le sot rôle dont j'étais chargé, je rompis brusquement, et je me retirai, emportant une mince opinion, non du caractère résolu, mais des grâces de notre adversaire, et lui laissant, très vraisemblablement, une aussi mince idée de mon éloquence.

Il avait eu deux torts : premièrement, d'avoir laissé debout un faubourg détaché de sa place à quelques cents toises, et dont les maisons, bien bâties, favorisèrent nos approches ; secondement, ses sorties furent trop rares : il en fit peu ; celle du 15 mai, où nous perdîmes un capitaine du génie et cent soldats, ne l'encouragea pas assez.

Ces engagements avaient été mêlés de pourparlers. Dans l'un d'eux, ce gouverneur, d'une humeur assez plaisante, dit à Gardanne, l'un des généraux du siège : « Qu'il croyait son habitation malsaine, et qu'il lui con-« seillait d'en changer. — Malsaine ! répondit Gardanne, « mais sa situation est admirable ! — C'est précisément, « repartit le prince, sa situation qui la rend malsaine ! » Gardanne, dont l'intelligence n'était pas vive, et qui se trouvait en fort bon air, crut devoir rassurer le prince. La nuit suivante il n'avait eu garde de profiter de l'avertissement, lorsqu'un déluge de bombes lui en fit comprendre l'esprit et la portée, en le réveillant en sursaut dans son domicile, d'où il eut peine à échapper pour en aller choisir un autre plus salubre.

Le mien était le quartier royal, situé entre Mola, l'antique Formies, le pays des Lestrigons, et la forteresse. Cette maison se trouvait au bord du golfe, près du chemin où Cicéron, surpris dans sa litière par Popilius Lenas et Herennius, périt sous leurs coups ! Une ruine, qu'on disait être son tombeau, et dont nous avions fait un dépôt de poudre, était près de là. Ce quartier royal était tellement exposé au feu de la flottille anglo-sicilienne, que, entre autres exemples, un de ses boulets, rasant le traversin sur lequel reposait ma tête, s'était logé à un pied au-dessus d'elle, dans le mur auquel mon lit était appuyé. La mer baignait le jardin de ce quartier que l'une de nos batteries défendait. Je me souviens que, de cette redoute et pendant l'une de ces attaques, j'aperçus, sous les flots, des débris de constructions antiques. Le combat fini, je revins à ces ruines avec les cicerone du lieu. Ils prétendaient y reconnaître les bains et la salle d'école du grand orateur, dont ils usurpaient le nom, dans l'orgueil que leur inspirait leur science plus que douteuse.

Ce jour-là un espion des deux partis nous proposa d'empoisonner le prince de Hesse. C'était un prêtre napolitain. On voulut d'abord, par une réminiscence de l'histoire romaine, le renvoyer dans Gaëte, pieds et poings liés, à ce gouverneur. Mais on l'expédia à Naples, où, moins Romain, on se contenta, je crois, de mépriser et de chasser ce misérable.

Nous avions affaire à une garnison de huit mille hommes, secondés par une escadre de quatre vaisseaux, de quatre frégates anglaises et de trente chaloupes canonnières. Les assiégés étaient plus nombreux que les assiégeants. Cela et la disposition des lieux rendaient les approches dangereuses. Nous reconnûmes, à la justesse du tir de leurs grosses et petites armes, l'adresse de leurs bombardiers anglais et de leurs tirailleurs. Ravitaillés sans cesse par la mer, ils épargnèrent si peu leurs munitions, que, depuis l'ouverture de la tranchée, et sans compter les pots à feu, la mitraille, etc., ils nous envoyèrent plus de cent trente mille boulets et bombes ! Maintes fois je vis celles-ci, dirigées contre un de nous seul et debout sur l'épaulement, tomber à trois pieds du but. Dans la troisième parallèle, si l'on montrait une demi-seconde le haut de la tête, à l'instant même vingt balles grecques, effleurant la crête ou se logeant dans le sac à terre qui la couronnait et nous couvrait, punissaient notre curiosité, ou nous avertissaient de notre imprudence. Aussi, et quoiqu'on n'en ait avoué que la moitié, perdîmes-nous deux mille hommes, tués ou mis hors de tout service, à ce siège.

Il est vrai que, de notre côté, l'habitude, l'amour-propre et l'ennui nous rendirent téméraires. Un bataillon de noirs surtout se fit remarquer; mais un autre mobile le poussait. On voyait ces nègres suivre en l'air, d'un œil avide, les bombes ennemies qu'on leur payait cinquante centimes; ils accouraient à leur chute, se précipitaient sur elles, en arrachaient la mèche brûlante, à moins que, prévenus par l'explosion, ils ne fussent tués dans cette chasse si peu lucrative et si dangereuse.

Cependant Masséna, bien secondé par Dumas, par tout le génie et par les généraux en second de l'artillerie, venait de convertir enfin le blocus en un véritable siège. Sur cet isthme formé d'un roc, qu'une mince couche de sable recouvrait, pour cheminer à couvert et se défiler, loin de pouvoir creuser les tranchées, il fallait, apportant tout avec soi, les former en relief de fascines et de sacs à terre. Néanmoins, quand, le 14 juin, le général du génie Vallongue fut tué, nous nous trouvions à cent toises de la place. A la fin de ce même mois nous n'en étions plus qu'à cinquante toises; les batteries de brèche étaient prêtes, on les arma. Le 7 juillet il était onze heures du soir, lorsque, au milieu du silence profond d'une belle nuit, et sur un signal du roi Joseph, tout à coup les feux de nos vingt-trois mortiers et de nos cinquante canons de 24 et de 33, éclatant tous à la fois, foudroyèrent la forteresse! Elle fut un moment muette de surprise; mais bientôt ses cent bouches à feu nous répondirent. Qu'on se figure, s'il se peut, ces formidables détonations simultanées et redoublées, et bien plus encore les sifflements, les rugissements de ces énormes projectiles, lancés des deux parts, se croisant, et déchirant l'air avec une furie infernale, Rien n'égale la sublime horreur d'un pareil spectacle. Mais il étonne ; il semble qu'un si grand trouble de la nature par la main de l'homme, soit une usurpation sur la puissance du Ciel, et que la violence même permise à nos passions y soit dépassée !

Les parapets, les embrasures des remparts de Gaëte, en furent bouleversés ; une grande partie de ses pièces, démontées ; trois de ses magasins de poudre et de bombes sautèrent ; et bientôt redevenue muette d'impuissance comme de consternation, un long silence répondit seul à notre attaque. Mais le lendemain, le brave gouverneur, aidé des Anglais, déblaya ses ruines et réorganisa sa défense. Il la soutenait avec une constance digne d'un meilleur sort, quand, le 10 juillet, atteint d'un éclat d'obus, il fut emporté mourant hors de la place.

Le 12 juillet deux brèches commencèrent à se former. Le 16, et devant la batterie de brèche de notre gauche, vigoureusement commandée par Clermont-Tonnerre, l'éboulement de l'ouvrage ennemi, qui couvrait la citadelle, parut praticable. On reconnut cette brèche abordable par la mer, dont la profondeur n'était là que de dix-huit pouces. Mais la rampe de la seconde brèche, plus au centre, au bastion à trois étages, était incomplète. Pourtant, impatients d'en finir, nous demandions l'assaut ; et,

16.

comme Chamberlhiac, général commandant en second le génie, s'y refusait avec raison, nous insistâmes, lui montrant l'éboulement, et lui disant : « Qu'il y avait là des « croix d'honneur ! » Mais lui, nous calmant, nous répon- « dit : Oui, oui, j'en vois bien aussi là, des croix, il n'en « manque pas, mais ce sont des croix de bois. Croyez- « moi, attendons quarante-huit heures. »

Le 18 juillet en effet, à la fin du second jour, tout juste comme il l'avait dit, comme nous l'avions craint, et comme Masséna l'espérait, les deux brèches étant praticables et l'assaut commandé, Gaëte capitula. Nous y entrâmes par la brèche faite par Clermont-Tonnerre. La capitulation portait que la garnison, en armes, défilerait devant nous et s'embarquerait pour la Sicile ; mais, comme l'embauchage n'était pas défendu, et que la qualité des troupes s'y prêtait, nos gestes, accompagnés d'argent et de promesse suffirent pour en détourner une partie. Un bon nombre passa ainsi du côté de la victoire, dans les rangs de l'armée du roi Joseph.

Ce siège doit rester célèbre. Il nous avait coûté cinq mois de blocus, quatre mois de tranchée ouverte, onze jours de feu, et deux mille hommes, dont huit cents soldats, vingt-neuf officiers, tués ou blessés, et onze à douze cents malades ou morts aux hôpitaux. Nous y avions tiré soixante et huit mille coups d'artillerie, brûlé trois cent quatre-vingt mille cartouches, employé cent soixante et onze mille sacs à terre, neuf mille gabions, trente-deux mille fascines ou saucissons, et dépensé, tout compris, près de sept millions de francs.

XX.

IÉNA.

Quant à moi, envoyé pour servir d'aide de camp au roi Joseph pendant la conquête de son royaume, Gaëte prise, je n'avais plus rien à faire à Naples.

J'obtins de rejoindre à **Paris** Napoléon et de reprendre mon poste auprès de lui. Son accueil fut bienveillant, paternel même. J'en dirai seulement les derniers mots parce qu'ils prouvent que l'Empereur était bien loin alors de croire à l'agression pourtant si prochaine du roi de Prusse soutenu par la Russie.

« Reposez-vous donc et mariez-vous, me dit-il, il y a « temps pour tout et il n'est nullement question de « guerre. » Six semaines plus tard cependant, et marié, je partais pour l'Allemagne, passant ainsi sans plus de repos des campagnes des côtes, d'Ulm, d'Austerlitz et de Naples à celle de la Prusse et de la Pologne.

L'Empereur quitta Mayence et franchit le Rhin le 3 octobre 1806. Les ordres de marche à ses troupes, les hommages des princes du Rhin, des conférences avec l'archiduc Ferdinand et une vaine tentative de rapprochement avec l'Autriche, le projet arrêté du mariage de son frère Jérôme avec la fille du roi de Wurtemberg, enfin la dénonciation des menaces violentes de la Prusse à ce nouveau monarque, dont s'accrut l'irritation de l'Empereur contre Frédéric et le prince de Brunswick, telles furent ses principales occupations à Wurtzbourg jusqu'au 5 octobre. Ce jour-là je l'y rejoignis de Paris, où jusque-là il m'avait permis de séjourner.

Cent soixante mille Prussiens et Saxons étaient accourus, en laissant, en arrière de leur aile gauche, cette rivière. Cette magnifique et jeune armée était conduite par sa belle reine en habit d'amazone, par les princes, par son roi et ses ministres, car tous ici conseillaient et commandaient ; enfin, par les vieux généraux du Grand Frédéric, que rajeunissait l'exaltation universelle. Elle marchait bruyamment, comme une passion longtemps comprimée et enfin délivrée de ses entraves. L'un de ses corps, faible et détaché, flanquant seul sa gauche, observait Hoff et la Franconie sans inquiétude, tandis que ses masses, s'amoncelant autour d'Erfurt, de Gotha et de Weymar, montraient déjà leurs avant-gardes à Saalfeldt et même vers Fuld, menaçant le Mayn. Elles prétendaient à l'attaque ; elles s'imaginaient surprendre notre armée de deux cent mille hommes, répandue dans ses cantonnements entre le Rhin et le Danube.

Toutefois, avant de s'aventurer davantage, ils délibéraient. Le roi et Luchesini seuls espéraient encore la paix. Le reste, les généraux, les ministres, les princes, la reine surtout s'excitaient à l'envi, les uns les autres, à pousser violemment la guerre ; quant au plan, ils s'efforçaient d'en imaginer un sans pouvoir s'entendre. Leur Conseil tumultueux d'Erfurt dura depuis le 5 jusqu'au 7 ou 8 octobre. Un projet de reconnaissance générale vers leur flanc gauche et une insolente injonction à l'Empereur d'évacuer sur-le-champ l'Allemagne, le terminèrent.

Mais, pendant que, laissant négligemment la Saale à leur gauche, ils poussaient leurs cris de guerre, ne songeant qu'à nous rejeter au travers du Mayn, sur le Rhin même, la Grande Armée, silencieuse, abandonnant notre fleuve-frontière à lui-même, et déjà tout entière en mouvement sous les yeux de son Empereur, avait quitté ses cantonnements de la Franconie et du Danube. Elle s'avançait du sud au nord-est sur trois colonnes. Celle de notre gauche, seule, devait rencontrer, à Saalfeldt, leur avant-garde, tandis que, tout au contraire de l'armée prussienne, qui avait remonté, puis laissé la Saale en arrière à sa gauche, Napoléon et ses deux autres colonnes, se dirigeant rapidement entre cette rivière et l'Elster, allaient la descendre par sa rive droite pour l'aborder, pour la franchir soudainement d'Iéna à Nauembourg, prendre Frédéric en flanc gauche et en arrière, s'interposer entre lui et l'Elbe, et le séparer de ses magasins, de sa capitale et de sa retraite !

Notre marche-manœuvre commença de Cobourg, de Cronach et de Hoff, le 8 octobre. Le 13, cinq jours après, déjà la rive droite de là Saale, entièrement nettoyée, était abordée de Saalfeldt à Nauembourg. Le corps d'observation prussien était rejeté, avec perte de mille hom-

mes et de ses bagages, par delà Iéna. Il n'avait soutenu
à Schleitz, le 9 octobre, qu'un combat insignifiant ; mais,
devant notre gauche à Saalfeldt, le 10 octobre, le prince
Louis de Prusse, l'ornement de l'armée ennemie, par la
beauté de ses formes héroïques, par sa brillante intelligence, par sa valeur chevaleresque et téméraire, s'était
fait écraser par Lannes et Suchet, et tuer par un de'nos
sous-officiers ! Atteint dans la mêlée d'une charge désespérée, il refusa de se rendre, et fut percé d'un coup
de sabre. Il resta mort entre nos mains avec trois mille
hommes, trente-trois canons, leurs caissons et tous les
bagages. Cette mort fut déplorée par les deux armées :
Napoléon s'en émut ; il écrivit le 12 octobre au roi
ennemi pour lui témoigner sa douleur d'une perte aussi
cruelle, et lui proposer la paix.

Cependant, en ce même jour 12 octobre, le maréchal
Lannes, d'abord appelé vers Auma et Géra, où l'Empereur avait cru à une bataille, s'était rapproché de la
Saale ; son avant-garde l'avait descendue jusqu'à Iéna,
où nos voltigeurs pénétrèrent. Là, avec cette intelligence
de la guerre qu'ils ont tous, ils s'étaient inquiétés de leur
position dans cette ville. En effet, la rive gauche, que
l'ennemi devait occuper, la domine. C'est pourquoi plusieurs d'entre eux, pour s'éclairer, se hâtèrent avant la
nuit d'en gravir la rampe ; mais arrivés au faîte, quelle
surprise, lorsque, au lieu d'apercevoir seulement quelque
poste ennemi dont ils avaient craint le voisinage, ils virent l'armée prussienne rangée en bataille sur trois lignes !

Le lendemain, 13 octobre, le maréchal Lannes, averti par eux, s'assura de la vérité de leur rapport; et, s'emparant de ce dangereux défilé qu'on lui disputa négligemment, il y appela l'Empereur. Napoléon était alors à Géra. Ses ordres de marche, à en juger par ceux qu'il m'avait donnés, tendaient tous encore vers Nauembourg. Mais à cette nouvelle, changeant de décision, il appelle Soult, Augereau et Ney; il fait rétrograder Murat, et les dirige tous sur Iéna, où lui-même, rejoignant Lannes, arrive deux heures avant la nuit, précédant sa garde.

Il s'était décidé sur-le-champ à livrer bataille en avant de cette ville. Bernadotte et Davout déjà vers Nauembourg, reçurent l'ordre de prendre en flanc gauche l'armée ennemie, pendant que l'Empereur, s'élançant d'Iéna le même jour, l'attaquerait en face.

Pendant que l'armée prussienne se figurait imposer à Napoléon l'autorité de sa science et de ses manœuvres, les corps d'avant-garde, qui flanquaient son aile gauche et qu'elle supposait hors d'atteinte, avaient été surpris, battus et découragés. Une terreur panique près d'Iéna en avait saisi les restes : on les avait vus, le 12 octobre, fuir en désordre, à travers cette ville, au faux bruit de notre apparition, et jeter leurs armes. Le corps saxon, déjà mutilé, se voyant coupé de son pays, murmurait; il se croyait sacrifié, il menaçait d'abandonner la cause commune. A des nouvelles si inattendues, dans les Conseils qui se multiplient au quartier général prussien, il n'est plus question de la marche en avant sur le Rhin, sur le Mayn même. On s'arrête, on délibère ; on s'aperçoit que, selon sa coutume, Napoléon s'est placé au point le plus central de sa manœuvre, d'où lui-même a fait exécuter, rapidement et simultanément, ce que lui seul avait conçu et ordonné ; on comprend enfin que, en pivotant ainsi, sa droite en avant par delà l'aile gauche de son adversaire, il vient de la tourner, et de mettre de son côté le nombre, le temps et l'attaque !

Le 13 octobre, au même instant où Napoléon disposait tout pour déboucher le lendemain, dès le point du jour, d'Iéna sur Weymar, le roi et ses soixante-dix mille hommes, comme s'ils eussent voulu laisser le champ libre à notre Empereur, vidèrent cette plaine ! Ils en partirent, marchant par leur gauche, appelant d'Erfurt Ruchel et leur droite à leur suite, et se dirigeant, par Eckartsberg et Auerstœdt, sur Freybourg et Nauembourg. Ils voulurent nous y prévenir, ne nous y croyant pas encore en force. Ils ne laissèrent donc devant Iéna, par précaution, et pour couvrir leur marche, que le prince de Hohenloe avec ses quarante mille hommes.

De son côté Napoléon était accouru précipitamment, le 13 octobre comme on l'a vu, de Gera à Iéna en avant de ses corps et de sa garde. Il y avait trouvé le maréchal Lannes déjà maître, par son avant-garde, de la pente des hauteurs opposées dont l'ennemi couronnait le faîte. Aussitôt s'élevant, de plis en plis de terrain, au travers des feux des tirailleurs, lui et ce maréchal s'étaient efforcés d'atteindre une sommité, d'où leurs regards, embrassant le champ à conquérir le lendemain, en pussent faire la reconnaissance. La nuit venue, il fit gravir silencieusement le commencement de cette pente au corps entier du maréchal Lannes. Ces vingt mille hommes se rangèrent sur ce versant dangereux, ligne sur ligne. L'Empereur établit son bivouac en arrière d'elles. Quand la garde survint, lui-même en dirigea les bataillons, en arrière de ceux de Lannes; et, de leurs rangs redoublés, il augmenta cette masse, dès lors forte de vingt-cinq mille hommes. Elle demeura ainsi, toute la nuit, comme attachée et suspendue au flanc de cette montée rapide. Les abords, à la sortie d'Iéna, en sont si difficiles qu'il fallut quelques travaux sur la berge gauche de la grande route, pour en ébouler l'escarpement. L'empereur mit tant d'empressement à accumuler, dans cette nuit ou sur ce versant, ses moyens d'attaque, que vers dix heures du soir je le vis encore, une chandelle en main, éclairer lui-même nos artilleurs; il les encourageait, il les aidait à hisser leurs canons, à force de bras et de cordages, sur cette berge si abrupte, pour aller prendre rang avec sa garde.

Ce soin rempli, et l'ordre, renouvelé à Davout et donné à Bernadotte, de déboucher, de Kosen sur Appolda, dans le flanc du roi, qu'il croyait en face de lui, il retourna s'aventurer, presque seul, sur les hauteurs au delà de nos avants-postes. Il était impatient de juger par quel premier effort il pourrait, le lendemain, pousser soudainement en avant la masse qu'il tenait sous sa main; la lancer hors des dernières ombres de la nuit et de cette embuscade, surprendre son adversaire, et gagner assez de terrain pour se développer et livrer bataille.

Dans cette reconnaissance hasardeuse il sortit si entièrement de notre ligne, que, en y rentrant, l'une de
nos grandes gardes, sachant les Prussiens à quelques pas
d'elle, le prit pour eux et fit feu sur lui !

Le reste de la nuit fut calme. Napoléon rentré dans
sa tente vers minuit, y dormit profondément. Notre position cependant était tellement périlleuse, que parmi
nous on disait que l'ennemi aurait pu, d'un boulet jeté
à la main, traverser toutes nos lignes. Cela était si vrai
que, le lendemain, son premier coup de canon, passant
sur nos têtes, alla, fort en arrière de nous, tuer un cuisi-
nier sur sa cantine !

Le lendemain, 14 octobre, il n'était pas encore cinq
heures du matin, quand les maréchaux Lannes et Soult
vinrent prendre l'ordre. L'Empereur venait de dicter celui
de la bataille. Il ne pouvait guère consister que dans une
attaque devant soi, dès l'aube du jour, pour gagner le terrain indispensable au développement, sur deux lignes,
d'environ quarante mille hommes ; car, jusqu'à midi, ce fut
là tout ce que Napoléon eut sous sa main. Après quoi
l'on aviserait selon les lieux, qu'on ne connaissait que
par la carte et les mouvements de l'armée ennemie,
qu'on croyait en force. Toutefois, comme un succès
sur la gauche de cette armée compromettait la retraite
de tout le reste, et qu'on attendait de ce côté Davout
et Bernadotte, le village aperçu la veille, en avant de
notre droite, fut désigné pour but à notre premier
effort. Le maréchal Lannes, la division Suchet en tête,
dut commencer.

Vers cinq heures Napoléon, resté seul avec le maréchal Soult, lui disait : « Les battrons-nous ? — Oui,
« s'ils sont là, répondait le maréchal ; mais je crains
« qu'ils n'y soient plus ! » En ce moment les premiers
coups de fusil se firent entendre, l'Empereur s'écria gaiement : « Les voici ! L'affaire commence ! Et il alla
haranguer notre infanterie, la piquant d'honneur contre
cette cavalerie Prussienne si célèbre, « qu'il fallait,
« dit-il, faire expirer ici devant nos carrés, comme nous
« avions, à Austerlitz, écrasé l'infanterie russe ! »

Mais jusqu'à huit heures, un brouillard épais et gla-
cial ayant remplacé la nuit, nos tirailleurs ne purent
marcher qu'à tâtons, n'ayant pour guides que le bruit
et la lueur des coups de feu qui répondaient à leur
attaque. Ils avancèrent pourtant, mais au hasard. Ils
déviaient à gauche, ainsi que les bataillons qui suivaient,
quand ceux du 17me se heurtèrent inopinément contre
l'avant-garde ennemie, près de Clozwitz. Cette ligne,
appuyée à un bois, nous attendait de pied ferme ; elle
fut prête la première ; et, de son feu à bout portant,
elle nous mit hors de combat un bon nombre d'hommes. Toutefois ce combat s'égalisa bientôt. Il dura
près d'une heure, et fut à la fois sanglant et sans résultat, les feux seuls attirant les feux, l'obscurité dérobant
les objets environnants et s'opposant à toute manœuvre.

A neuf heures enfin le nuage glacé, qui nous aveu-
glait, se dissipa. Aussitôt Suchet, s'élançant contre ce
premier corps prussien mal ensemble, le surprit ; il le
culbuta, et le rejeta dans la plaine avec perte de vingt-

deux canons. Peu d'instant après, vers dix heures, le maréchal Soult, avec la division Saint-Hilaire, accourut, et s'interposa entre cette partie du centre des ennemis repoussés et leur aile gauche, qu'il écarta et chassa du champ de bataille. La cavalerie de cette aile était nombreuse ; ses retours agressifs échouèrent d'abord sur les baïonnettes du 10me léger, puis, chargée à son tour et défaite par les escadrons de Soult, elle se rebuta.

Ce premier et double effort fut décisif. Soult avait séparé d'Hohenlohe son aile gauche ; Suchet avait laissé derrière lui le champ libre à nos colonnes. Déjà tous deux établissaient notre ligne de bataille, la droite en avant ; ce qui forçait Holenlohe à combattre hors de sa retraite naturelle. Le bruit du canon avait réveillé ce général dans son quartier singulièrement excentrique de Kapellendorf. Il ne s'en était pas ému d'abord, ne croyant de ce côté qu'à des tirailleries, et n'attendant l'ennemi qu'à sa droite, quand nous avions déjà renversé sa gauche. Les deux chefs opposés étaient sous l'empire d'illusions bien différentes : Napoléon croyant s'attaquer à l'armée entière de Frédéric, et Hohenlohe, n'avoir à repousser qu'une attaque d'avant-postes !

Celui-ci, malgré les premiers bruits du combat et des avis réitérés, se refusait à croire à une bataille. Il ne s'occupait qu'à expédier à son souverain la proposition de paix de l'Empereur. Son obstination dans le repos, auquel il avait consacré cette journée, persista jusque vers neuf heures. Alors enfin, arraché à son er-

reur et commandé par notre agression, il se hâta d'a-
bandonner aux Saxons la défense de sa droite ; de rappeler, contre notre flanc droit, son aile gauche qui ne
pouvait plus l'entendre ; d'inviter Ruchel et son corps,
alors à Weimar, à venir prendre part à une victoire
dont il semblait ne point douter ; et enfin d'accourir
lui-même, avec son centre, se heurter à Heiligen contre notre attaque. Il en eut le temps, parce que l'Empereur, supposant toujours le roi devant lui, attendit
deux heures l'arrivée de ses renforts. Mais Ney, en accourant trop impétueusement, et trop peu suivi sur
Heiligen, précipita tout !

Ce fut là que se fit le plus grand effort. Il fut vif
et court ; il n'eut d'autre moment d'incertitude que
celui où le premier emportement de Ney fut repoussé,
à plusieurs reprises, du village disputé, et le temps qu'il
fallut à la cavalerie de Durosnel et à la gauche du maréchal Lannes pour l'appuyer. Si la bataille, commencée vers six heures, en dura dix, c'est que le premier
tiers de ce temps se perdit dans le brouillard ; le second
suffit d'abord aux défaites de l'avant-garde et de l'aile
gauche, puis, après l'arrivée de nos renforts, à celle
du centre. Dans les trois dernières heures, enfin, on
acheva Hohenlohe, on vainquit le corps de Ruchel d'environ quinze mille hommes, qui vinrent, en arrière du
centre vaincu, le remplacer, et se faire détruire à leur
tour ; après quoi l'aile droite saxonne, abandonnée et
enveloppée, mit bas les armes.

Ce fut une victoire successive contre un ennemi sur-

pris, qui, se battant sans ensemble, fut d'abord coupé
de sa gauche, et dont tout le reste, de plus en plus
débordé du côté de cette gauche, se trouva tourné en
même temps que vaincu] en face. Les forces y furent
égales. Les nôtres y eussent été presque doubles, sans
l'espace et l'encombrement des défilés, que, en arrière
de nous, nos colonnes avaient à franchir pour nous rejoindre : la moitié arriva trop tard, ou fut inutile. Tel
fut l'ensemble des faits ; en voici quelques détails :

Vers onze heures, lorsque Hohenlohe s'était présenté
pour nous disputer Heiligen, et que déjà ses feux d'artillerie commençaient, l'Empereur était à la tête de sa
garde, déployée sur le plateau de Lutzebrode. L'une
des divisions d'Augereau s'avançait à sa gauche, et à
sa droite celle de Lannes. Plusieurs fois, selon que le
combat s'échauffa d'une ou d'autre part, lui-même, à
la tête de cette réserve, se porta tantôt vers la droite
tantôt vers la gauche de cette position élevée, il y demeura presque tout le jour ; son regard dominait de
là et commandait toute la plaine.

Le maréchal Ney, dont le corps d'armée était encore
au delà du défilé d'Iéna, venait d'arriver. Il avait entraîné avec lui trois mille des siens au pas de course.
La cavalerie de Colbert le suivait. Emporté par son
ardeur habituelle, ce maréchal dépassa les divisions de
Lannes ; et, nous laissant tous en arrière, il se rua au
plus fort de la bataille, à son foyer le plus ardent,
à Heiligen même. Bientôt pourtant, forcé, par le feu
trop meurtrier de l'ennemi, de s'arrêter, il y jeta ses

escadrons. Leur charge d'abord éteignit ce feu, mais il se ralluma presque aussitôt, les escadrons de Colbert ayant été ramenés à leur tour, jusque sur l'Empereur, par la cavalerie prussienne. Napoléon fut un moment entouré de leur déroute. Ils ne s'arrêtèrent qu'à sa vue, au regard et au geste de mécontentement qu'il leur adressa !

Pendant qu'ils se ralliaient, l'Empereur appela Durosnel avec ses deux régiments de cavalerie légère, et lui ordonna de recommencer la charge. Il se passa là un fait singulier, quoiqu'il y en ait plusieurs exemples. L'un des régiments de ce général, lancé le premier, venait, par un mémorable élan, de renverser sur son passage trois lignes de cavalerie et d'artillerie prussiennes ; il disparaissait dans leur défaite, quand Durosnel ordonna à son second régiment de charger à son tour, pour soutenir le premier et achever l'œuvre. Mais le colonel de ce corps, jusque-là toujours soldat intrépide, hésita ; et, quoique sous les yeux des siens, de son général et de l'Empereur, il recula dans les rangs, comme frappé d'un vertige, ou de quelque pressentiment funeste ! Durosnel dit qu'il le crut fasciné, comme si la mort en personne lui fût apparue : et, en effet, un boulet à l'instant même l'emporta !

Cependant son général avait eu le temps d'entraîner ce régiment sur la batterie ennemie bouleversée ; il en resta maître. Au même moment Heiligen, qui marquait le centre de la bataille, était enfin emporté par le maréchal Ney. Une heure après, dans un autre élan, sou-

tenu par la droite d'Augereau, il conquit le village d'Is-
sertœdt.

L'Empereur alors, sûr de la victoire en face et à sa
gauche, reporta ses pas et ses regards à la droite du
plateau, où il ramena sa réserve. De ce côté, et en avant
de lui, le maréchal Lannes poussait la gauche du général
Ruchel sur la route de Weymar. Mais des escadrons
nombreux, d'une apparence formidable, se montraient
à l'horizon; ils semblaient s'apprêter à prendre en
flanc droit ce maréchal. L'Empereur, apercevant cette
cavalerie que lui-même avait appelée célèbre, s'en in-
quiéta; et, me l'indiquant, il m'envoya porter l'ordre
à la division Suchet de se former en carrés contre
elle.

Cet ordre transmis et exécuté, je crus à propos d'en
aller avertir le maréchal. En ce moment une nouvelle
et dernière ligne d'infanterie de Ruchel, accourue de
Weymar, l'arrêtait en face, à deux cents pas de lui, et
l'écrasait de sa mitraille. Lannes nous donna là un
exemple remarquable de la sûreté de son coup d'œil.
Sur l'avis que je lui communiquai de la crainte et de
l'ordre de l'Empereur, il jeta un regard sur sa droite,
et sur cette cavalerie dont il ne tint compte. Bien
plus, deux de ses canons tiraillaient de ce côté pour la
contenir; mais lui, me montrant la ligne d'infanterie
ennemie bien plus forte que la nôtre, qui lui faisait
front, me pria d'aller chercher ces deux pièces, et de
les mettre en batterie à sa gauche, sur un tertre qu'il
me désigna. « Dès leur second coup, me dit-il, vous

« verrez toute cette ligne d'infanterie et d'artillerie se
« mettre en retraite. »

J'en doutais ; mais, en dépit des feux ennemis dirigés contre nous dès que nous parûmes, et malgré l'empressement qu'ont souvent alors les artilleurs de se mettre trop tôt et de trop loin en batterie, dix minutes
ayant suffi pour le satisfaire, à notre seconde décharge,
et précisément comme il me l'avait dit, la ligne prussienne ploya et se retira !

Ce fut alors qu'un coup de leur mitraille faillit le
tuer : il me montrait, en s'en applaudissant, leur mouvement rétrograde, quand ce dernier coup vint déchirer
son uniforme sur sa poitrine, qu'il effleura. Son cheval
en fut si effarouché qu'il se jeta sur le mien et faillit
me démonter ; mais lui, sans s'occuper de cette blessure et sans perdre l'ennemi de vue : « Les voyez-
« vous, s'écria-t-il, ils fuyent tous sur Weymar ! La
« route se couvre de leurs caissons ! Courez en avertir
« l'Empereur ! »

Je retrouvai Napoléon sur le même plateau, mais
plus à gauche. Il était environ trois heures ; il m'é-
coutait, quand plusieurs boulets saxons dirigés sur lui
vinrent bondir presque entre mon cheval et le sien.
Alors m'interrompant : « Il est, me dit-il, inutile de
« se faire tuer à la fin d'une victoire ; mettons pied à
« terre. » Et il m'ordonna de faire avancer sur ce point
l'artillerie de sa Garde ; après quoi, croyant utile d'insister, je lui répétai l'avis du maréchal Lannes. « Bien,
« me dit-il ; allez donc, et suivez leur retraite sur

« Weymar ; mais avant, voyez devant notre gauche ce
« que deviennent ces Saxons, et qu'on en finisse ! »

Je traversai rapidement la plaine. Elle était couverte
de débris de Hohenlohe et de Ruchel, que, en ce moment,
Murat et notre cavalerie achevaient. A notre gauche
Augereau poussait les malheureux Saxons de front et
en flanc. Un bataillon de Ney, marchant en carré,
commençait à les déborder à droite. Je m'y joignis à
l'instant où une dernière charge de hussards saxons
s'écoulait devant son front dont elle emporta les balles.

Cependant une profonde et longue colonne d'infanterie s'avançait, du même pas que nous, vers ces
mêmes batteries de position qui venaient de tirer sur
l'Empereur. Ses derniers rangs engagés entre nos bataillons semblaient en sortir. C'étaient les Saxons. Ils
étaient huit mille ; ils fuyaient, mais en ordre, en masse,
sans un tirailleur sur leurs flancs ; et moi, sans les examiner, pensant, à leur attitude et à la direction de leur
marche, qu'ils étaient des nôtres, je courus ventre à
terre en prendre la tête ! Ce fut là seulement, à vingt
pas du premier rang de cette colonne, que, en jetant
les yeux sur elle, je m'aperçus de ma méprise ! Si
j'eusse alors sommé ces pauvres Saxons de se rendre,
ils étaient dans une position si désespérée, que peut-
être aurais-je eu l'honneur, le premier, de leur faire
mettre bas les armes ; mais dans ma surprise, et leurs
baïonnettes se croisant sur moi, je n'y songeai pas ; je
crus même n'avoir pas le temps de me retourner ; et,
dépassant leur front, sous leur feu je revins, par l'autre

flanc, aux premiers des nôtres, avec lesquels je pénétrai presque aussitôt dans cette malheureuse colonne, qui jeta ses armes.

Murat en avait la gloire! Dans son ardeur chevaleresque, seul, et faisant sciemment ce que j'avais fait sans le savoir, il s'était, un instant après moi, placé devant leur tête. Quand j'y fus revenu moi-même, au travers de ces rangs désarmés je le trouvai là, l'épée au fourreau, sa canne seulement à la main, la tête haute, souriant, et à lui seul recevant prisonniers ces milliers d'hommes!

La première partie de ma mission était terminée; Weymar était la seconde. Toute la plaine était nettoyée; vers quatre heures j'arrivai à la hauteur d'où l'on descend rapidement sur l'un des ponts des fossés de cette ville. Letort y formait ses dragons en colonne, pour en forcer l'entrée qu'un bataillon ennemi défendait. Une charge impétueuse au travers de leur feu nous en rendit maîtres. Il fallut là quelques coups de sabre, un caisson d'infanterie étant en travers du pont, et les grenadiers prussiens s'étant retranchés derrière; mais ils avaient perdu la tête.

Pendant que Letort allait prendre position au delà de cette ville, je m'arrêtai au palais du grand-duc, où bientôt Rapp et Murat me rejoignirent. La grande-duchesse y était restée. La reine de Prusse venait d'en partir; on nous assura que nous avions failli la prendre! On ajoutait que, le matin même, surprise inopinément comme le roi, dans Auerstœdt, par le commencement d'un autre bataille, il avait fallu la supplier pour la décider à se retirer à Weymar. Là encore la vue de ceux qui fuyaient devant nous l'avait seule déterminée à s'en échapper. Il fallut donc nous contenter de la prise de cette ville, où Goëthe se trouvait, du général Schmettau blessé, et de huit cents prisonniers que nous y fîmes.

Je voulais retourner près de l'Empereur, Murat me retint; il me pria d'attendre son rapport. Il le fit tard, ses soins empressés pour la grande-duchesse l'en ayant distrait, pendant que Rapp et moi, attirés par le feu qui venait de prendre près du palais, nous nous occupions à le faire éteindre. Enfin, après un dîner de victorieux, mais où notre joie fut contenue par la présence de la princesse qui voulut nous en faire elle-même les honneurs, je quittai Rapp et Murat pour n'arriver que vers minuit à Iéna, où Napoléon était rentré après la bataille.

Son quartier autant que je puis me le rappeler, était dans une auberge; son lit, au coin d'une salle assez vaste, était celui du lieu. L'Empereur n'était pas alors entouré de toutes ses aises qui depuis contribuèrent à lui rendre la guerre moins fatigante, et peut-être trop facile. J'entrai seul, une lumière à la main, et je m'approchai de son lit. Ce ne fut qu'un instant après, que la clarté terne de ce flambeau le réveilla d'un profond sommeil; car il ne pouvait supporter la nuit aucune lumière, et, pour l'empêcher de s'endormir, la plus faible lueur de la moindre lampe suffisait. Son réveil fut doux comme cela lui était habituel, et comme l'est, dit-on, celui des caractères heureux; il fut subit, entier, sans étonnement, par habitude, et comme s'éveillent ordinairement les gens de guerre.

Sa lecture du rapport achevée, je lui rendis compte de

la prise du corps saxon que j'évaluai à six mille hommes.
« J'ai vu, me répondit-il; ils étaient plus, ils étaient au
« moins huit mille ! » Puis, quand j'ajoutai qu'à Weymar
nous avions failli prendre la Reine, sa voix s'anima en
me répondant « : C'eût été justice ! elle l'avait bien mérité!
« C'est elle qui est la cause de la guerre ! » Alors, d'un
air préoccupé : « Mais, reprit-il, n'avez-vous pas, en
« marchant sur Weymar, entendu au loin sur votre droite
« une forte canonnade ? » Sur ma réponse négative, et
qu'il eût été difficile de distinguer ce bruit de ceux de
notre bataille, il ajouta : « Cela est singulier ! Il doit
« pourtant y avoir eu de ce côté une affaire considé-
« rable ! »

En effet, deux heures plus tard, un officier de Davout,
Bourck, vint encore le réveiller. Il lui apprit la victoire
d'Auerstœdt : victoire tellement à part de celle d'Iéna,
quoique simultanée, que, huit et dix heures même après
la fin de celle-ci, l'Empereur l'ignorait, s'en enquérait, et
n'en avait pas même entendu le bruit Il ne faut pourtant
pas s'étonner si, dans son bulletin du lendemain, il se
plut à confondre cette victoire avec la sienne. C'était
surtout à Auerstœdt et devant un seul de ses lieutenants,
que, trois fois plus nombreuse, l'élite des forces prussiennes, avec ses généraux les plus renommés, ses princes
et son roi lui-même, venait d'être anéantie, tandis que,
à Iéna, l'Empereur, aussi fort que l'ennemi, ne se trouvait avoir vaincu que deux lieutenants qu'il avait surpris
séparés du reste. La gloire était trop disproportionnée
pour qu'il en convînt aux yeux des peuples, lui qui vivait

surtout de gloire ! On verra que, moins gêné par la politique, il fut plus vrai dans ses paroles, et plus juste
dans ses éloges et dans sa reconnaissance.

Il pouvait au reste attribuer à sa première et grande
manœuvre, qui surprit en flanc et menaça la retraite de
l'ennemi, le succès de ces deux batailles. Cette manœuvre,
en renversant tout à coup les desseins de son adversaire,
avait jeté celui-ci, ayant de si grandes masses à remuer,
dans l'incertitude et le trouble de l'imprévu, dans le désordre des contre-ordres, des contre-mouvements, où l'ensemble se perd, où le temps échappe, où rien ne se fait à
propos ; tandis que, d'autre part tout étant concerté d'a-
vance, le nombre, le temps, l'attaque, et tous les avantages
enfin, s'étaient trouvés de notre côté.

Quant à la grande colonne saxonne que nous avions
faite prisonnière, je sus alors qu'elle avait été envoyée à
l'Empereur. Elle avait défilé devant lui, pendant que,
couché à terre sur ses cartes déployées, il y marquait à
Berthier ces hardis mouvements qui suivirent sa victoire.
Il était tellement accablé de fatigue qu'au milieu de ce
travail il s'endormit. Ses grenadiers s'en aperçurent, et,
sur un signe du maréchal Lefebvre, ils formèrent silencieusement le carré autour de lui ; protégeant ainsi le
sommeil de leur Empereur sur ce plateau où il venait de
les faire jouir d'un si glorieux spectacle !

Mais l'ordre des faits me rappelle à ce moment de la
nuit suivante, celle du 14 au 15 octobre, où, réveillé une
seconde fois dans Iéna après mon rapport, Napoléon
reçut celui de Davout et de sa victoire d'Auerstœdt.

De ce côté, le 13 au soir, les quartiers généraux des deux armées opposées, celle de Davout de vingt-cinq mille hommes, celle du roi de soixante-dix mille, étaient l'un à Nauembourg, l'autre à Auerstœdt. Un défilé, d'environ deux lieues, les séparait; Brunswick y touchait : il n'avait qu'un pas de plus à faire, et de plain-pied, pour s'en saisir. Davout en était séparé par la Saale et par toute la longueur du défilé; mais, au lieu de dormir, il y avait poussé, dans la nuit du 13 au 14, Gudin et sa division, tandis que Brunswick avait remis au lendemain matin le soin d'y jeter Schmettau et son avant-garde.

Il en résulta que, au milieu du brouillard des trois premières heures du 14 octobre, quand cette avant-garde prussienne s'approcha d'Hassenhausen, elle se heurta contre Gudin, qui lui prit ses canons et la repoussa ainsi que Blücher et ses escadrons.

Alors, dans le camp prussien, les chefs étonnés tinrent conseil. Brunswick voulut déployer l'armée, et attendre que l'ennemi fût mieux reconnu; Mollendorf pensa tout le contraire, il jugea qu'il fallait recommencer sur-le-champ l'attaque, ce que Frédéric approuva; et Blücher, lancé encore et complétement défait cette fois, s'enfuit à gauche sur Eckartsberg.

Mais, derrière lui, trois divisions d'infanterie prussienne s'avançaient; elle se déployèrent sous notre feu avec la lenteur méthodique et minutieusement régulière de leurs manœuvres de parade. Cette attaque compassée de vingt-cinq mille Prussiens, pendant qu'on les criblait de balles et de mitraille échoua encore contre les sept

mille hommes de Gudin, dont la division Friant vint en
ce moment appuyer la droite. On y remarqua nos tirailleurs, et avec quelle expérience de la guerre ils s'aidèrent
de tous les reliefs d'un terrain accidenté. La fatalité s'en
mêla : elle voulut que, dans ce second effort, sur les quatre
chefs ennemis, deux, Schmettau et Brunswick, fussent
blessés à mort, et un troisième démonté.

Le roi, cependant, s'obstina : il tint tête à sa mauvaise fortune. Son général en chef, ses lieutenants étaient
abattus; son infanterie étonnée s'arrêtait; il appela l'élite
de sa cavalerie sous le prince Guillaume. Cette fois, Gudin
vainqueur, mais à moitié détruit, allait succomber,
lorsque, à sa gauche, la division Morand guidée par Davout accourut, forma ses carrés et repoussa ce troisième
effort de Frédéric. On vit là toutes les charges, vainement
redoublées, de cette cavalerie si renommée, expirer successivement sous les feux croisés de Morand et devant ses
baïonnettes. La même fatalité voulut encore qu'ici le roi
fût démonté, et que le prince Guillaume fût emporté,
blessé, du champ de bataille !

Davout sut aussitôt s'y rendre inexpugnable, en cou-
ronnant d'infanterie et d'artillerie le Sonnenberg. Puis,
ardent à l'attaque autant qu'opiniâtre à se défendre, en
même temps qu'il s'assurait du terrain conquis, il lança
en avant sur Rehausen ses deux divisions victorieuses.

De son côté, pour la quatrième fois, le roi, déjà réduit
à sa réserve, rendit attaque pour attaque. Mais, de la
position dominante qu'il venait de prendre à sa gauche,
Davout déchirait de son artillerie le flanc droit de l'en-

nemi; Friant en faisait autant contre le flanc gauche, en sorte que Gudin et Morand purent vaincre en face ce dernier effort de Frédéric. Là encore, et par un sort toujours aussi funeste aux Prussiens, un coup mortel frappa leur vieux et célèbre Mollendorf!

Frédéric alors s'arrêta. Rehausen venait de lui être arraché; tous ses corps étaient battus, rebutés et en désordre; ses deux frères, et la plupart de ses lieutenants, étaient tués ou blessés; sa cavalerie fuyait à sa droite et à sa gauche; il était cinq heures du soir; le malheureux roi, refoulé jusque dans son quartier général de la veille, se résigna. Tandis que, à cette heure-là, l'Empereur ne se doutait pas de la plus grande moitié de sa victoire, lui ignorait la moitié de son infortune, et dans l'instant même où nous nous emparions de Weymar, c'était Weymar qu'il donnait comme point de ralliement à sa défaite!

Mais dans cette journée, au milieu d'une lutte si inégale, et quoiqu'il eût été forcé de se réfugier, à plusieurs reprises, au milieu de ses carrés, Davout, qui n'oublia rien et qui fit tout à propos, n'avait pas songé seulement à vaincre en face, un contre trois, il s'était préparé à profiter de la victoire. En même temps qu'il avait tout fait pour elle au centre et à sa gauche, sa droite, sous Friant, poussée en avant jusqu'à Eckartsberg, avait débordé la gauche du roi; elle le rabattait sur l'Empereur et le séparait de l'Elbe et de sa retraite! Ce dernier mouvement compléta, couronna son œuvre. Le Roi fut rejeté dans cette plaine d'Iéna et de Weymar où, dans ce moment, Napoléon de son côté triomphait.

Ici l'aile gauche d'Hohenlohe et les débris du roi se rencontrèrent. Où fuir ? Les Français victorieux se montraient partout : Davout à l'est, Bernadotte enfin au sud, l'Empereur à l'ouest ; Weymar même, le lieu désigné pour la retraite, était envahi ! Un seul intervalle vers le nord, mais sans routes, était encore vide d'ennemis. Alors, et dans cette direction, infanterie, cavalerie, caissons et canons, se croisèrent et s'entrechoquèrent. Beaucoup de soldats jetèrent leurs armes, ceux de l'artillerie coupèrent leurs traits ; et tous s'enfuirent, au hasard et à travers champs, à la débandade. Erfurt prise, trois cents canons, quarante généraux, et cinquante mille ennemis tués, blessés ou prisonniers, presque tout le reste découragé, désorganisé et en déroute, tel fut le résultat immédiat de ces deux batailles simultanées, et d'une seule journée de guerre !

Nous y perdîmes onze mille hommes, tués ou hors de combat ; Davout, sept à huit mille sur vingt-cinq mille ; l'Empereur, trois mille sur cinquante mille.

Au commencement de ce grand jour, vers trois heures du matin, malgré les dernières instructions de l'Empereur, et en dépit de l'offre du commandement en chef que lui fit Davout, Bernadotte s'était séparé de ce maréchal pour rétrograder sur Dornbourg. Vers dix heures, au moment du plus grand danger, Davout, la tête nue, un boulet la lui ayant découverte, avait envoyé Romeuf le conjurer de venir à son secours. Bernadotte se trouvait en ce moment à la hauteur du pont de Cambourg ; il n'avait qu'à le passer, peu d'instants eussent suffi pour l'amener à la tête de vingt mille hommes sur le flanc droit de l'ennemi ; son apparition eût décidé la victoire : il s'y refusa ! Davout l'appelait, l'invoquait, lui offrait le commandement ; Bernadotte le savait attaqué par des forces triples ; il continua, sur la rive opposée, sa marche paisible, et s'éloigna ! Ce ne fut pas la crainte de sa responsabilité, ni une autre crainte qui le détourna. Les siens disent qu'il eût été un héros dans sa propre cause. Mais sa nature était ainsi, tout exclusive. C'était seulement quand il pouvait rapporter tout à lui, que son cœur s'ouvrait. Dès lors, ardeur, générosité, dévouement pour les siens, toutes les séductions, tous les entraînements des grandes âmes s'y retrouvaient. Mais supporter un égal, un supérieur ; servir à la gloire d'un autre quel qu'il pût être, un tel effort lui fut toujours, ou impossible, ou insupportable ! Quelques-uns crurent qu'une haine privée contre Davout lui avait fait commettre cette détestable action, ce qui l'expliquerait sans la rendre plus excusable.

Quant à Davout, homme de probité, d'ordre et de devoir avant tout, quoiqu'il eût bien servi jusque-là, et malgré le rang de maréchal qu'il avait atteint, il n'en était pas moins, à nos yeux, demeuré obscur. On se disait que c'était Valmy qui avait nommé Kellermann maréchal de France ; Fleurus, Jourdan ; Castiglione, Augereau ; Zurich, Masséna ; cent actions glorieuses, Lefebvre, Ney, Lannes ; et qu'enfin d'autres choix avaient eu pour motifs de précédents commandements en chef ; tandis que, pour Davout, il semblait que, en lui, l'Empereur eût voulu récompenser surtout des services privés, et qu'il avait moins consulté la renommée que le dévouement à sa personne. Telle était l'opinion. Mais, dans cette seule journée d'Auerstœdt, Davout prouva que, à son génie entier et tenace, il n'avait manqué qu'une occasion ; qu'il n'y a point de grands hommes sans de grandes circonstances, et que c'est à leur vigueur à s'en emparer et à en profiter que ces hommes-là se font reconnaître !

Il justifia le choix de l'Empereur ; et, en quelques heures, d'obscur qu'il était injustement, il devint justement célèbre !

XXI.

BERLIN.

Le premier soin de Napoléon après sa victoire et celle de Davout avait été de dicter le bulletin. Davout y fut comblé des plus grandes éloges, mais l'exactitude des faits y fut altérée; il n'y fut question que d'une bataille, et il y en avait eu deux. L'Empereur y sembla avoir eu le plus à vaincre, tandis que c'était tout le contraire. Il est vrai qu'alors sur ce dernier fait il y eut erreur peut-être, tant la victoire de Davout paraissait encore extraordinaire.

Il fit ensuite appeler les trois cents officiciers saxons que nous avions pris la veille, et les harangua. « Quand « lui ne s'était armé, leur dit-il, que pour affranchir « Dresde du joug de Berlin, par quelle faiblesse leur « Souverain s'était-il laissé entraîner à s'armer contre la « France? N'était-ce pas à elle que, depuis deux siècles, « la Saxe, menacée par l'Autriche et par la Prusse, de- « vait son indépendance? Les Saxons ne voyaient-ils « pas aujourd'hui que, dans la Confédération du Rhin, « une même protection s'offrait à leur prince? Qu'ils

« jurent donc de ne plus servir contre la France, et que,
« libres avec leurs soldats, ils retournent porter chez eux
« ces paroles d'alliance ! » Tel fut à peu près son langage ; leurs acclamations y répondirent, et tous prêtèrent
le serment demandé, qu'ils signèrent ensuite.

L'Empereur alors se rendit à Weymar, où tout en lui
fut digne de sa victoire. Ses ordres pour en profiter furent
expédiés de cette ville. Ce fut là qu'il apprit, de Ney et
de Murat, la capitulation d'Erfurt, et de quinze mille
hommes, premier résultat du découragement qui suivit
les deux batailles. Dans son trajet d'Iéna à Weymar il
avait reçu la réponse de Frédéric à ses offres de paix
faites la veille du combat, et la demande d'un armistice.
Il répondit : qu'il avait écrit pour prévenir la bataille ;
qu'elle avait été livrée, qu'il n'avait plus qu'à songer à
en recueillir les fruits. Et aussitôt, jugeant par la lettre
du roi de la direction de sa fuite, il s'en servit pour le
poursuivre.

Le 17 il arriva à Nauembourg, après avoir traversé le
champ, tout sanglant encore, d'Auerstœdt. Ce lieu de
carnage, plus que d'autres, le consterna ; on l'entendit
« s'écrier : Que c'était un affreux spectacle qu'un champ
« de bataille ! Que jusqu'à trente ans la victoire pouvait
« éblouir et parer de gloire de telles horreurs, mais que
« plus tard.... » Je ne sais ce qu'il ajouta, mais dans
Nauembourg, qu'il trouva comble de nos blessés, toujours sous la même impression, il dicta pour l'Impératrice des paroles toutes semblables.

Là encore, apprenant enfin les détails de la conduite

de Bernadotte pendant ce massacre : « Cet acte est
« odieux! dit-il ; un Conseil de guerre le condamnerait
« à mort! Mais cela est si honteux qu'il vaut mieux le
« taire! Je le livre à sa conscience, à l'opinion de l'ar-
« mée; quant à la mienne, je la lui ferai connaître! »

Le 19 octobre, de Nauembourg à Mersebourg, en traversant le champ de bataille de Rosbach, il en fit renverser et transporter en France la colonne triomphale.
A Halle ensuite et à Dessau, les 20 et 22 octobre, de
plus en plus instruit des résultats de sa victoire, dans les
coups sanglants du sort, dont tous les chefs ennemis,
provocateurs de cette guerre, venaient d'être si fatalement frappés, il crut voir plus que jamais luire son étoile,
sa confiance en elle en augmenta : « C'était, disait-il, le
doigt même de la Providence qui avait marqué ces
victimes ! »

Ce fut, je crois, après Wittemberg que, traversant un
bois de sapins, l'Empereur, forcé par un violent orage de
s'abriter dans une maison isolée, fut surpris d'y être
reconnu par l'habitante de cette chaumière. Il apprit
d'elle que, Saxonne, mais femme en Égypte d'un officier
français, et restée veuve et mère sans avoir pu obtenir
une pension du Directoire, elle avait été forcée de quitter
la France. Sur quoi, Napoléon attendri lui tendant la
main, lui dit : « Qu'il allait réparer cette injustice en se
« chargeant de faire élever son fils. » En signant l'ordre
de ce bienfait il jouta : « Que c'était sa première aven-
« ture au milieu d'un orage et d'une forêt, et qu'il
« remerciait le sort qu'elle eût été aussi heureuse ! »

Le 24 octobre je devançai Napoléon dans Potsdam, le Versailles de Berlin. Deux fois déjà, dans des missions précédentes, j'étais venu là, comme tant d'autres, contempler les souvenirs que le Grand Frédéric y a laissés. Cette fois, au lieu d'en approcher avec un respect timide, je pris possession de cette résidence royale et de Sans-Souci, comme de l'une de nos conquêtes. Je connaissais les lieux; mon premier mouvement m'entraîna dans cette chambre jadis habitée par le grand Roi. J'y retrouvai tout à la même place, sous la garde du même valet de chambre. Là, j'oserai l'avouer, parce que, dans la fantaisie dont je fus saisi, il n'entra aucun sentiment qu'il soit possible d'accuser d'une profanation dont je rougirais encore; à la vue de ce fauteuil célèbre, témoin de tant de méditations profondes et d'où jaillirent tant de saillies mordantes, tant de jugements redoutés; où, sans s'éblouir de sa gloire, Frédéric avait su consolider ses conquêtes par une habile politique, je ne sus point résister au désir, au moins indiscret, de pouvoir me rappeler, toute ma vie, que j'avais occupé un instant sa place! J'avouerai donc que j'osai, le front découvert, m'asseoir un moment dans ce fauteuil, et de là examiner curieusement tout ce qui était à sa portée.

Il y avait au côté droit de ce siège, dans le mur près duquel il se trouvait, un placard resté entr'ouvert. Parmi les objets que renfermait cette armoire, je remarquai une lorgnette d'un seul verre; j'osai la toucher, l'essayer même. Le verre en était concave; son numéro, huit ou neuf, n'avait pu convenir qu'à une forte

myopie. « Hé quoi ! m'écriai-je, en me levant précipi-
« tamment, car je me sentais là mal à mon aise, ce
verre appartenait-il au Grand Frédéric ? » Le valet de
chambre répondit affirmativement, et que cet objet,
comme tous ceux qui se trouvaient là, avait toujours
été conservé religieusement à la même place, où la mort
du grand homme les avait surpris. Étonné, je renouve-
lai l'épreuve à plusieurs reprises, et, quelque tentation
qu'il me fallût vaincre, je remis scrupuleusement où je
l'avais pris, ce verre qui me paraissait et qui était en
effet si remarquable.

Ainsi donc, sur les champs de bataille, où la vue
joue un si grand rôle, frappé de la même myopie qu'A-
lexandre le Grand et que le grand Gustave-Adolphe,
Frédéric le Grand n'en avait pas été plus arrêté dans ses
victoires que ces deux grands hommes de guerre ! Dans
de moindres proportions Davout, à Auerstœdt, venait
d'offrir un autre exemple de ce phénomène. Ces exemples prouvent que c'est surtout dans le caractère qu'il
faut chercher la source des grandes actions ; que, dans
les batailles, pour des hommes aussi haut placés, quand
leur parti est pris, les points décisifs reconnus, et les ordres donnés en conséquence, il peut suffire de la vue
d'ensemble, dont celle des détails pourrait parfois les
détourner ; détails où peuvent les suppléer leurs lieutenants qu'ils ont toujours su, ou choisir, ou former et
inspirer.

Je me perdais dans ces réflexions, en continuant à placer autour du palais les différents postes, lorsque Napo-

léon arriva. Il voulut aussitôt être conduit au milieu de
ces mêmes souvenirs. Je les revis à sa suite, non sans
un embarras intérieur qui pouvait ressembler à un remords. L'Empereur les examina avec une curiosité atten-
tive et silencieuse.

Ce fut, je crois, le lendemain 25 octobre que, me rencontrant sur son passage et le voyant sortir à pied du
côté de la ville avec quelque préoccupation, je le suivis jusqu'à l'église qui renferme le tombeau du Grand Frédéric.
Il s'y rendit à pied et d'abord précipitamment; mais,
arrivé à ce temple, sa marche se ralentit : elle devint
de plus en plus lente et posée, à mesure qu'il approcha
des restes du grand Roi auquel il venait rendre hommage. La porte du monument était ouverte; il s'arrêta
à l'entrée, dans une attitude grave et recueillie. Son regard plongeait dans l'ombre qui enveloppait cette cen-
dre auguste. Il demeura ainsi près de dix minutes, immobile, silencieux, et comme absorbé dans une méditation profonde. Nous étions quatre ou cinq autour de
lui : Duroc, Berthier, Caulaincourt, l'aide de camp de
service, et moi. Nous contemplions tout ce que ce rapprochement avait de solennel et d'extraordinaire, nous
figurant ces deux grandes âmes en présence, nous iden-
tifiant aux pensées que nous supposions à notre Empereur, devant cet autre génie dont la gloire survivait à son
œuvre renversée, qu'on avait vu aussi grand dans l'extrême adversité qu'au faîte de la fortune, et qui avait
su s'arrêter !

Je ne sais plus si ce fut avant ou après ce pèlerinage

qu'il fit prendre l'épée et les insignes du grand homme,
et qu'il les destina en trophée à la consolation de nos
Invalides échappés au désastre de Rosbach. Le jour de
notre départ de Potsdam, le 26 octobre, le prince d'Hatzfeldt vint apporter à l'Empereur les clefs de Berlin.
Dans cette audience ceux qui accompagnaient Hatzfeldt
blâmèrent leurs princes comme les auteurs de la guerre,
et répondirent de la résignation de la capitale. On verra
bientôt comment cette démarche compromit ce seigneur
prussien et faillit le perdre.

Ce jour-là, la nouvelle de la reddition de Spandau étant
arrivée, Napoléon alla visiter cette forteresse, d'où il vint
coucher à Charlottembourg ; s'étant égaré, il n'y arriva
qu'une heure avant la nuit, à cheval, seul, et trempé par
une pluie battante. Nul habitant, nul gardien même ne
s'y trouvaient ; l'herbe avait crû sur le pavé de cette résidence royale qui semblait abandonnée. Je venais aussi
de mon côté d'y arriver, et j'essayais d'en ouvrir la
porte lorsque je vis paraître l'Empereur ; il mit pied à
terre et unit ses efforts aux miens, me reprochant son
isolement, qui, réellement, au milieu d'un pays ennemi
n'était pas sans imprudence : « Pourquoi n'avais-je dis-
« posé aucune troupe sur son passage ? Pourquoi se trou-
« vait-il là sans aucune garde ? » Je n'en étais point la
cause, je répliquai ; il m'imposa brusquement silence ;
mais un moment après, la porte ayant cédé à nos efforts,
sou humeur changea. Ce fut surtout lorsque, en parcou-
rant les appartements, il aperçut un bon nombre de
lettres laissées par la reine dans une chiffonnière que,

par curiosité, je venais d'ouvrir. L'Empereur s'égaya sur l'oubli de cette correspondance ; et, la supposant galante, il plaisanta sur l'indiscrétion qu'il ne pourrait peut-être maîtriser, et qui allait le rendre confident des secrets de la princesse.

Il parcourut ensuite curieusement toutes les traces des habitudes de la reine, m'adressant sur chacun de ces objets ses observations, avec cette voix qu'il savait rendre si caressante, lorsqu'il voulait réparer envers ceux de son intérieur un premier et injuste mouvement d'impatience.

Depuis un an tout dans les actions comme dans les paroles de Napoléon avait changé. L'année précédente, en abattant la troisième coalition, modéré dans sa victoire, il avait épargné au peuple vaincu le spectacle d'une entrée triomphale à Vienne. Mais ici, dans cette défaite d'une quatrième coalition, d'un allié nouveau de cette Angleterre devenue plus que jamais sa rivale implacable, tout en lui fut menaçant, tout sentit la conquête! De là son entrée solennelle dans Berlin. Il en accueillit en maître les autorités, s'empara du gouvernement, et prit possession de la résidence royale, où je le reçus le 27 octobre.

Néanmoins l'irritation qu'il y apporta ne fut pas aveugle. Plusieurs princes et princesses du sang royal, surpris dans cette ville, se trouvaient en notre pouvoir : il alla les visiter et les consoler ; il voulut que les honneurs dus à leur rang leur fussent rendus. L'un d'eux, le jeune prince Auguste, y était resté blessé et prisonnier :

il le remit libre au prince Ferdinand son père ; le peuple
fut rassuré ; la police de la ville confiée à l'élite de la bourgeoisie ; mais sa colère contre la noblesse éclata dans
une apostrophe menaçante : « Elle avait, en dépit de
« son roi, voulu la guerre ! elle en supporterait tout le
« poids ! » Il en dit plus et tint parole. Ces menaces avaient
été préméditées ; leur publication par ses soins en est la
preuve.

Il en fut de même de l'humiliation qu'il se plut à in-
fliger aux gendarmes de la garde. Ce corps entier, pris
les armes à la main, était l'un de ceux qui avaient le plus
insulté de ses mépris la Grande Armée et son Empereur.
Berlin avait vu leur arrogance ; il voulut qu'elle revît ses
jeunes maîtres, naguère d'une présomption si outrageante,
traverser ses rues en une longue file de captifs démontés,
désarmés, et chargés de la réprobation universelle !

Mais revenons à son entrée dans cette capitale. Ce jour-
là un incident digne de remarque avait eu lieu. Le prince
d'Hatzfeldt s'était, une seconde fois, présenté devant lui
en tête des autorités soumises. Le dévouement de ce général prussien à son roi lui avait fait accepter cette position pénible. Mais soit qu'il n'en eût pas assez calculé
les engagements, ou qu'il en eût bravé les conséquences,
tandis que, d'une main, il apportait les clefs de la capitale
à Napoléon, de l'autre il avait rendu compte à Frédéric
de la situation de notre armée au milieu de sa conquête.
Davout avait saisi sa correspondance ; le prince d'Hatzfeldt l'ignorait, quand à sa vue l'Empereur, le foudroyant
d'un regard, s'écria : « Retirez-vous, Monsieur ! allez

18.

« dans vos terres! Ne vous présentez plus devant moi,
« je n'ai plus besoin de vos services! »

Hatzfeldt s'était attiré cette réception, et peut-être
suffisait-elle. Mais dans la nuit suivante la lecture de la
dépêche saisie accrut la colère de l'Empereur : il fait
aussitôt arrêter ce malheureux général; il ordonne que
sur-le-champ il soit traduit comme espion devant une
commission militaire; il veut que, amené dans le palais
que lui-même habite, il y soit gardé à vue, et que, confié
à ma surveillance, je réponde de sa personne.

L'arrestation, le jugement même du coupable étaient
dans le droit de Napoléon, si toutefois le droit peut jamais être assez rigoureux pour s'élever au-dessus de toutes
considérations humaines. Mais faire de sa propre résidence une prison criminelle; mais se faire ainsi lui-même,
dans son palais, par sa propre garde, par les officiers
de son service, le gardien de sa victime, il y avait là
quelque chose de si excessif, que nul de nous ne put
croire à un dénoûment sinistre. Aussi arriva-t-il ce que
lui-même, sans doute, avait prévu.

Pendant que, ce jour-là même, il passait en revue le
corps d'armée de Davout et qu'il se préparait, par les
éloges et les récompenses dont il le comblait, à une indulgence généreuse, j'avais été dans la chambre du prisonnier, bien moins pour m'assurer de sa garde que pour
calmer son inquiétude. En même temps, guidé par un
sentiment pareil, le grand maréchal Duroc avait accueilli
l'anxiété de la princesse d'Hatzfeldt, épouse de l'infortuné général. La nuit était revenue, la revue finie; le

palais étincelait de lumières ; déjà les grenadiers de la
garde formaient la haie sur l'escalier étroit et tournant,
et jusque dans la première pièce de l'appartement de
l'Empereur, quand cette pauvre princesse, grosse, prête
d'accoucher, et toute tremblante, me fut confiée. Je la
plaçai, malgré la consigne, à l'entrée même du salon de
Napoléon, et sur son passage. Malheureusement, dans
ma préoccupation à l'encourager lorsque l'Empereur parut, j'oubliai d'imposer silence au tambour qui se trouvait là près d'elle, en sorte que, au retentissement soudain des premiers coups sur cette caisse, saisie d'effroi
comme par l'explosion de ces armes à feu qu'elle venait
conjurer, elle tomba dans mes bras à peu près sans connaissance ! « Qu'est-ce que cela ? » me dit l'Empereur ;
sur ma réponse : « Bien ! » me dit-il, mais plus du regard que de la voix, et en passant si rapidement, qu'à
peine eus-je le temps de ranimer la princesse, et de la
pousser après lui dans cet appartement dont aussitôt les
portes, en se refermant, nous séparèrent.

Une demi-heure après, elle en sortit troublée, égarée
encore, mais cette fois par tous les transports les plus
touchants de la plus vive gratitude. Nous la conduisî-
mes, le grand maréchal Duroc et moi, dans les bras du
prince d'Hatzfeldt, que nous eûmes le bonheur de rendre
à sa joie reconnaissante.

On sut bientôt, d'elle et de Napoléon lui-même, comment elle avait obtenu sa grâce. Accueillie avec égards,
elle n'avait d'abord songé qu'à défendre son mari en pro-
testant de son innocence. « Fille du ministre Schulem-

« bourg, l'un des ennemis les plus ardents de Napoléon,
« sans doute l'Empereur, avait-elle dit, voulait se venger
« de son père sur celui qu'il avait choisi pour gendre ! »
Cette supposition pouvait paraître injurieuse ; Napoléon,
sans s'émouvoir, y répondit en se faisant apporter la dépêche accusatrice, qu'il lui fit lire, dont il la fit juge, et
lui expliqua les conséquences ; mais aussitôt, touché de
l'extrême détresse de cette infortunée : « Eh bien ! »
s'empressa-t-il d'ajouter, en lui montrant la cheminée
devant laquelle elle était assise, « puisque vous tenez
« entre vos mains la preuve du crime, anéantissez-la, et
« désarmez ainsi la sévérité de nos lois de guerre ! » Il
n'avait pas fini, que déjà l'heureuse princesse, se précipitant, avait jeté au plus ardent du foyer la lettre fatale.
L'Empereur alors, achevant de la rassurer par la promesse de sa protection, l'avait promptement renvoyée à
son mari qu'il venait de lui faire sauver de ses propres
mains, par cette clémence ingénieuse.

C'était, comme il a été dit, après la revue du corps
d'armée de Davout, que cette action de l'Empereur,
simple au fond, mais belle par la forme, avait eu lieu.
Dans cette revue, sa noblesse d'âme s'était montrée
par un acte de justice d'un autre genre. Depuis le 15 octobre son équité souffrait : il la sentait surchargée de
la part de gloire de son lieutenant, qu'il s'était attri-
buée dans ce bulletin, où, confondant Auerstœdt dans
Iéna, il n'avait fait qu'une bataille de ces deux victoires.
Aussi avait-il saisi toutes les occasions de restituer en détail cette gloire usurpée, sa politique se refusant à

une restitution plus ouverte et plus complète. A Iéna même, dans la nuit du 14 au 15, quand, deux heures après mon rapport de Weymar à l'Empereur, le colonel Bourck, officier de Davout, était venu lui apprendre cette victoire d'Auerstœdt : « Mon cousin, avait-il écrit à ce « maréchal, le combat d'Auerstœdt est une des plus « belles journées de l'histoire de France ! Je la dois aux « braves troupes du troisième corps et au général qui « les commande ; je suis bien aise que ce soit vous ! »

Le lendemain, à Weymar, redoublant encore, il terminait un ordre de ce jour par ces mots : « Que Davout « et son corps d'armée avaient acquis, pour jamais, des « droits à son estime et à sa reconnaissance ! » A Nauembourg, il avait été visiter lui-même et consoler les nombreux blessés de ce maréchal ; à Wittemberg, il avait voulu que Davout eût l'honneur d'entrer le premier dans la capitale ennemie ; et, dans son ordre de ce jour-là, il avait motivé glorieusement cette préférence. A Berlin enfin, le 28 octobre, dans cette revue du corps d'armée de Davout, il venait encore de consacrer à la reconnaissance toute cette journée, dont il avait couronné la fin par un acte de clémence. Cinq cents étoiles d'Honneur, et la plus nombreuse des promotions à divers grades, en avaient été le gage. Quant à ces dernières faveurs, la circonstance les commandait, puisqu'il fallait bien remplir d'aussi grands vides ; mais, en distribuant ces grades de ses propres mains, il en augmenta le prix qu'il sut accroître de ses paroles.

Elles allèrent d'abord chercher de rang en rang et satisfaire le soldat, comme l'officier et le général. Ces éloges du grand Empereur, son attitude, son regard, ses moindres gestes en leur parlant, cette connaissance intime que chacun, jusqu'au dernier fusilier, croyait avoir contractée avec le grand homme, allaient être d'inépuisables sujets d'entretien dans la compagnie, et de correspondance avec la famille ! C'étaient autant de brevets d'immortalité, dont chacun d'eux serait à jamais illustré, dans son peloton, dans sa ville ou dans son village !

Ce premier effet produit, et Napoléon en connaissait toute l'influence, généraux, officiers, sous-officiers de tous les grades, avaient été appelés en cercle autour de lui. Alors, de cette voix qui semblait être celle de la Renommée, la voix de l'Histoire : « Leur valeur, dit-il, lui « avait rendu à Iéna le plus signalé de tous les services ! « C'était à leur belle, à leur brillante conduite qu'on de- « vait tous les glorieux résultats de cette guerre ! Leurs « compagnons morts, il les regrettait comme ses enfants ! « Tous enfin, répéta-t-il, avaient acquis, pour jamais, « des droits à ses bienfaits et à sa reconnaissance ! » A ces paroles, qui élevaient ce corps d'armée, à la fois et tout entier, au premier rang dans la gloire de la conquête, l'enthousiasme fut universel. Davout, transporté, répondit : « Sire, nous sommes votre Dixième Légion ! « Le troisième corps sera partout et toujours pour vous, « ce que cette Légion fut à César ! »

Rien dans ce rapprochement, quelque élevé qu'il fût, ne parut trop ambitieux; on trouva même qu'il convenait à ce maréchal. Ceux qui l'ont connu le mieux disent qu'il y avait en effet quelque chose d'antique dans sa propre inflexibilité, sévère à lui-même comme aux autres ; et surtout dans cette simplicité stoïque, au-dessus de toute vanité, avec laquelle on le voyait marcher toujours droit, et tout entier à l'accomplissement de son devoir ! Il ne songea pas ce jour-là, que seul, au milieu de tant d'éloges, il restait encore frustré. Plus tard on verra que Napoléon fit plus ; et que, en le nommant duc d'Auerstœdt, il acheva de restituer à son lieutenant la bataille qui lui appartenait, et la plus belle, la plus décisive des deux victoires.

Au milieu de tant de soins présents et lointains, chacun de nous put remarquer combien, pendant le séjour qu'il fit à Berlin, son génie, si inflexiblement entier et absolu dans sa voie ambitieuse, hors de là redevenait naturellement tantôt sensible et généreux, tantôt causeur aimable plein de séduction, et de l'accès le plus attrayant et le plus facile. La princesse de Hesse-Cassel, sœur de Frédéric, abandonnée dans le désordre de la défaite, était restée malade et ignorée dans l'un des appartements du palais. Elle y manquait de tout. Un hasard en instruisit Napoléon ; aussitôt il lui fit porter deux mille louis d'or ; il voulut que tous ses biens propres lui fussent rendus sur-le-champ ; que tous ses désirs fussent satisfaits, et plusieurs fois lui-même alla consoler son infortune.

Dans ce même palais, Humboldt et d'autres savants moins illustres furent attirés : tous en sortirent saisis d'admiration et pénétrés de reconnaissance. L'un d'eux, le célèbre historien Jean de Müller, en a consigné le souvenir. « Jamais, a-t-il écrit, depuis ses entretiens avec « le Grand Frédéric, il n'avait entendu de conversation « aussi variée, aussi ferme, aussi énergique ! » Quant à la profondeur et à l'étendue des idées, il donne l'avantage sur le grand Roi à l'Empereur. Du reste, et dans la séduisante expression de leur bouche, il a, dit-il, trouvé le même attrait, la même douceur ! Müller ajoute de curieux détails sur les soins que Napoléon prit pour le séduire : tels que l'insistance exclusive de son entretien avec cet historien le plus renommé de l'Allemagne au milieu d'un grand nombre de hauts personnages, et l'attention délicate de lui faire entendre, dans le concert de cette soirée, les airs nationaux de son pays.

Ainsi Napoléon et Frédéric courtisèrent, dans l'historien de leur temps, l'une des cent voix de cette renommée pour laquelle ils faisaient tant de sacrifices. Et cependant ces deux grands hommes, dit-on, méprisaient l'espèce humaine. Singulière contradiction entre tant de dédain et tant d'efforts ; entre ce mépris des hommes et tant de prix qu'ils attachent à leur estime, à leurs louanges, à obtenir leur admiration et à se survivre dans leur mémoire ! Mais tout grand homme vit d'encens, et ce qu'il méprise en détail, il le prise en masse !

Quoi qu'il en soit, en cette occasion l'Empereur atteignit son but, car Müller termine en déclarant : « Que « cette conversation, du 19 novembre, a fait de ce jour- « là le plus remarquable de sa vie ! et que la bonté natu- « relle et le génie de Napoléon ont fait aussi sa conquête !

Une députation du Sénat français vint alors lui rendre hommage. Ce corps était son instrument favori, celui sur lequel il comptait le plus pour légaliser sa dictature. Il lui rendit honneurs pour honneurs ; il voulut que les trois cent quarante drapeaux conquis et les insignes du Grand Frédéric fussent confiés à ces sénateurs, et qu'ainsi leur retour en France fût triomphal ! Quant à la multitude de nos prisonniers prussiens, il les envoya à leur suite dans l'intérieur : il offrait leurs bras désarmés, auxquels un modique salaire suffirait, à nos manufacturiers et à nos cultivateurs, pour tenir lieu de nos conscrits, dont l'absence, déjà, se faisait sentir.

Cependant la plus grande partie de son armée vient de treverser Berlin sous ses yeux. Chaque jour on l'a vu, sur la place du Palais, en passer successivement en revue les différents corps ; il en a surveillé la réorganisation ; et, de sa voix, de sa main victorieuse, il a exalté l'amour-propre par ses éloges et excité l'émulation par ses récompenses. Ce fut là que, autour de lui, naquit dans quelques imaginations cette folie des extrémités qui n'ont d'issue que des abîmes ! Murat commença. Fier et tout éclatant de renommée, aussitôt après avoir achevé d'Hohenlohe et Blücher, il était accouru dans Berlin près de l'Empereur. Il s'y trouva au moment où, de Posen, les lettres de Davout arrivaient toutes brûlantes des transports de la Pologne. Les Polonais, à la vue des Aigles françaises, n'avaient plus douté de leur affranchissement.

XXII.

Le 27 novembre 1806 Napoléon arrive à Posen. La
guerre de Prusse est terminée ; c'est la guerre de Pologne
contre les Russes qui commence.

J'avais, à Berlin, reçu l'ordre de devancer Napoléon
de plusieurs jours, d'abord à Posen, puis à Varsovie. Je
n'étais chargé d'aucune mission politique ; mais l'arrivée
dans ces deux villes d'un premier officier attaché à l'Empereur et l'établissement de son quartier impérial que je
commandais, y avaient fait quelque sensation. Séduit par
l'esprit vif et brillant et par l'enthousiasme patriotique
et chevaleresque de la noblesse de ce pays, l'accueil, plein
d'épanchements, de ces âmes ardentes et si communica-
tives m'avait entraîné. Je m'étais trouvé à quelques-unes
de leurs réunions ; là, malgré la réserve sérieuse, habituelle à tout ce qui entourait de près Napoléon, j'avais
pris part à leurs joies et partagé l'espoir de cette nation
si digne d'un meilleur sort, et à la fois si brave et si
aimable. Ceci expliquera quelques premières sévérités
outrées dont je fus victime dans la captivité qui m'attendait au milieu de l'armée russe.

L'Empereur était inopinément, et presque seul, entré dans Varsovie, la nuit du 18 décembre. Le 23, avant le jour, je l'avais suivi au quartier général de Davout sur les bords du Bug. Il y était arrivé vers dix heures du matin ; et aussitôt, comme s'il eût été fatigué de ce mois entier d'éloignement du bruit des armes, impatient de reprendre ses habitudes guerrières, nous l'avions vu franchir ce fleuve, courir aux avant-postes sur l'Ukra, et là, tantôt à cheval, tantôt à pied, tantôt même du sommet des toits des maisons, examiner, avec l'attention la plus scrupuleuse, les positions ennemies et les nôtres. Il s'en était pénétré si complètement, que, à son retour au camp de Davout, lui-même avait dicté l'ordre de l'attaque dans un détail qui serait invraisemblable, si la dictée n'en existait pas encore. La chute du jour avait été désignée pour le commencement de cette affaire. Le signal convenu était l'incendie d'une maison. Composition, emplacement, direction non seulement des colonnes d'attaque et des réserves, mais de chacune de leurs demi-batteries, de chaque compagnie de tirailleurs, et des moindres piquets de cavalerie destinés à les soutenir ; enfin l'indication des points et des moyens de passage, de la manière de combattre de chaque arme selon la nature des lieux et la résistance prévue, telles avaient été sur notre front les dispositions qu'il avait prescrites. Il en avait ajouté d'autres pour deux attaques de flanc simultanées ; il avait même voulu que, dès les premiers coups, une fumée épaisse, produite par des monceaux de paille mouillée allumés devant la droite de nos ennemis, ajoutât aux préoccupations de leur général l'inquiétude d'un autre passage.

Tant de soins avaient fait croire autour de Davout que l'Empereur avait voulu honorer le corps d'armée vainqueur à Auerstœdt, en le commandant ainsi lui-même. Cela se peut ; mais on n'y doit pas moins voir un exemple mémorable de toutes les précautions qu'exigent les apprêts d'un combat nocturne. En effet, et plus que dans toute autre occasion, tout, dans ce genre de combat, doit avoir été prévu par le général, les chances, aussitôt après que l'engagement est commencé, ne pouvant plus être saisies par son coup d'œil. Aussi le succès couronna-t-il l'œuvre, malgré la difficulté des lieux, augmentée par les retranchements opposés et par l'habile et opiniâtre résistance d'Ostermann. Ce conflit nous avait coûté environ mille hommes, et le double à l'ennemi, qui s'était retiré sur Nasielsk.

Dans notre perte on avait remarqué celle de nos officiers : elle fut disproportionnée ; ce qu'on attribua à la nécessité où ils sont tous, dans ces attaques de nuit, de se jeter en avant des leurs pour les guider, les encourager, s'en faire mieux entendre, et mieux reconnaître l'obstacle à vaincre. L'Empereur lui-même avait pris son quartier dans une chaumière, à portée du canon des Russes. Il avait voulu présider au combat comme à ses dispositions. Il nous avait dispersés sur les divers points à assaillir, et il ne prit de repos que lorsqu'il vit le succès assuré, d'après nos rapports.

Il était onze heures du soir quand je revins lui porter

le mien. Je le trouvai, comme à Iéna, couché dans le pauvre lit qu'il avait trouvé dans cette chaumière. Mon rapport fait sur l'attaque de notre gauche, je m'excusai d'être revenu aussi tard, sur ce que, mon cheval ayant été tué dans un retour offensif des Russes contre le 12me de ligne, il m'avait fallu revenir à pied. Cet accident n'avait rien d'extraordinaire, et je ne sais pourquoi l'Empereur, relevant la tête : « Quoi! est-il vrai? votre « cheval tué sous vous! » me dit-il vivement et à deux reprises. Je le quittai surpris et reconnaissant de cette marque d'intérêt; quatre jours avant il m'avait ordonné de faire auprès de lui le service d'aide-de-camp; cet accident le confirmait-il dans cette volonté? je pouvais le croire. En tout cas, un malheur m'ayant séparé de lui le lendemain ajourna de six ans pour moi cette fortune.

Je ne puis me décider à passer ici sous silence un fait assez rare dont le souvenir me touche encore. J'ai dit qu'à l'attaque nocturne de l'Ukra, le 23 décembre, j'avais été démonté. Mon cheval avait été blessé d'une balle au poitrail, le sang en ruisselait; et, comme il ne pouvait plus se soutenir, j'avais été forcé de l'abandonner et d'emporter son équipement sur mes épaules. Arrivé à trois cents pas de là, à notre première grande garde, je me reposais devant son feu, assez chagrin de la perte de ma monture, lorsqu'un son plaintif et un choc inattendu me firent détourner la tête. C'était la pauvre bête qui, ranimée, s'était traînée de loin sur mes pas; malgré la distance et l'obscurité elle était parvenue à me rejoindre; et, me reconnaissant à la lueur de ce bivouac, elle venait de poser, en gémissant, sa tête sur mon épaule. A cette dernière preuve d'attachement mes yeux se mouillèrent; je la caressais quand, épuisée de sang et de son effort pour me suivre, et entourée de nos soldats surpris et touchés comme moi, elle tomba, se débattit un moment, et expira!

Les malheurs, on le sait, marchent par troupes : on dirait que l'isolement n'est pas dans leur nature. Une série d'accidents commençait pour moi. En quittant la misérable chambre de l'Empereur j'étais passé dans une espèce de couloir, jonché de paille, seul autre abri qui existât dans cette chaumière. Un officier piémontais, qui depuis s'est fort distingué, s'y était endormi; réveillé en sursaut il m'injuria sans savoir pourquoi; et quand il eut repris sa tête, s'opiniâtrant, je fus forcé de lui assigner le lendemain pour le dénoûment de cette querelle.

Me voilà donc avec un cheval tué et un duel! Je n'étais pas au bout : le jour revenu, nous fûmes, mon adversaire et moi, momentanément séparés par l'ordre de marche. Je partis avec Rapp, général commandant la cavalerie de l'avant-garde. Bientôt, arrivés en vue de Nasielsk, nous aperçûmes l'ennemi sur le revers opposé, et couvert de bois, du vallon où se trouve cette ville. Dès nos premiers coups de mitraille la ligne ennemie s'entr'ouvrit, elle offrit un intervalle; je proposai à Rapp d'y faire charger l'un de ses régiments, afin d'empêcher les Russes de se réunir. Rapp approuva : il me pria d'aller faire exécuter cette manœuvre.

Je la commençai à la gauche de la ville, avec Exelmans

et le 1er de chasseurs à cheval qu'il commandait; je l'achevai avec le 12me de dragons, Exelmans ayant été attiré à droite par l'attaque de Nasielsk. Mais le colonel du 12me s'emporta. Au lieu de tenir la plaine déjà balayée, la chaleur de la poursuite l'entraîna jusque dans les bois de haute futaie qui la terminent. Je l'y rejoignis et lui fis comprendre son imprudence; elle était grande. Nous étions si absurdement déplacés dans ce bois, que, pour en sortir, nous fûmes obligés de défiler par un, et courbés sur nos chevaux, au travers des branches auxquelles les casques des dragons s'accrochaient.

Il était temps; déjà les fuyards ennemis s'étaient rassemblés par groupes, sur le bord de cette futaie, pour nous abattre successivement à la sortie de ce coupe-gorge. Je m'en échappai le vingt-cinquième sous leurs coups de feu. Aussitôt, et afin de faciliter la sortie du reste, ralliant ce peloton, je culbutai le groupe ennemi le plus rapproché. Mais en sauvant ainsi le régiment je me perdis; et ce fut par une faute toute semblable à celle que je venais de blâmer dans son colonel.

Jusque là la manœuvre que j'avais conseillée, et que je faisais exécuter, avait réussi. La ligne de cavalerie ennemie séparée en deux ne pouvait se réunir; les uns fuyaient à gauche sur les routes de Novemiasto et de Wirziki; leur général au contraire et le gros de sa division se retiraient à droite sur la route de Srzegocin. Quant à nous, placés entre deux, nous nous trouvions en même temps avoir tourné Nasielsk qu'en ce moment Exelmans et Rapp attaquaient de front. Il n'y avait donc plus qu'à profiter de cet avantage, en réunissant nos efforts aux leurs contre la ville et contre l'arrière-garde d'Osterman. Le 12me de dragons, délivré de la forêt par la charge que je venais d'exécuter, ne manqua pas cette attaque. Ce fut moi seul, avec le peloton que je venais d'entraîner, qui m'en écartai.

Notre premier élan avait été si vif au travers de ces hussards fuyant en déroute, que, en les poursuivant beaucoup trop loin dans la forêt sur la route de Wirziki, je m'en étais trouvé environné. Je m'arrêtais pour revenir au point d'attaque, quand l'un d'eux passa si rapidement près de moi que je le manquai d'un coup de sabre. Irrité je m'attachai à sa poursuite, m'enfonçant aveuglément dans cette forêt, jusqu'à ce que je l'eusse atteint et abattu.

C'était une faute et, j'en conviens, un emportement de soldat bien irréfléchi. Je m'en aperçus aussitôt à mon isolement des nôtres, au milieu de sapins énormes dont l'immobile silence n'était interrompu que par le mouvement des fuyards russes. Je les voyais se dérober, à droite et à gauche du grand chemin, à travers ces grands arbres; leur effarement était heureusement si complet, qu'ils me laissèrent tourner bride et rejoindre le peu de dragons qui, m'ayant suivi, s'étaient imprudemment engagés sur cette route.

Ces dragons revenaient sur leurs pas; deux de leurs officiers, frappés de vertige et n'apercevant pas le danger de leur position, cheminaient lentement, au pas, en causant comme en pleine paix, sans même songer à rallier le faible peloton qu'ils commandaient. Ils n'écoutèrent ni mes représentations, ni même celles de leurs sous-officiers, qui leur montraient un gros d'ennemis de toutes armes nous barrant au-dessus de Nasielsk la sortie de la forêt, et s'apprêtant à nous en disputer l'issue dans la plaine.

Il était évident qu'il ne nous restait d'espoir qu'en sortant de là, comme nous y étions entrés, par une charge à fond ; mais ces officiers, dont l'un, fils d'un terroriste, nous portait, je crois, malheur, avaient perdu tout jugement. Incompréhensiblement obstinés dans leur négligente insouciance, ils me firent l'effet d'être empreints de fatalité, comme ces animaux marqués de rouge qu'on mène abattre. A leur défaut je courus à leurs dragons. Ils étaient au nombre de vingt-deux ; mais, ne se voyant pas conduits, ils nous avaient devancés, en sorte que, lorsque je voulus en prendre le commandement et les rallier, il n'était plus temps. Tout cela fut l'affaire de quelques secondes, car dans ces moments critiques l'action va plus vite que la parole. Déjà les dragons les plus avancés, sans chef, sans ordre, et repoussés, avaient abandonné la grande route : ils s'étaient jetés à gauche dans une prairie marécageuse aboutissant à des canaux. Malgré mes cris et mes imprécations ils y entraînèrent leurs officiers, et, demeuré seul sur le chemin, je fus forcé de les suivre dans cette impasse.

Là, environnés et fusillés à bout portant, ils se laissèrent abattre successivement sans chercher à se défendre. Je vis ces infortunés mettre pied à terre et planter leurs sabres devant eux, montrant ainsi qu'ils voulaient se

19.

rendre. Tous y périrent, à l'exception de trois dragons, les seuls que je pus rallier. Alors, perçant le fond de ce cul-de-sac, franchissant le canal, nous arrachant à ce marais, et fuyant à notre tour, nous nous jetâmes, tous quatre, dans un sentier tracé au travers des derniers sapins qui séparent la route de Wirzicki de celle de Srzégocin. Ce sentier sembla d'abord nous conduire sur le bruit de notre canon, et, quoique l'arrière-garde ennemie occupât toujours Nasielsk qu'il nous fallait traverser pour rejoindre notre armée, nous n'avions pas encore perdu toute espérance.

Mais bientôt je m'aperçus que ce fatal sentier déviait à gauche, et qu'il nous éloignait de Nasielsk. Il fallait pourtant le suivre, et rapidement, car déjà nous entendions derrière nous les cris sauvages d'une multitude de Tartares acharnés sur notre piste. Il nous conduisit en quelques minutes hors de la forêt, mais ce fut sur la route de Srzégocin. Elle était couverte de troupes en marche de retraite. A cette vue mes dragons, transportés de joie, s'écrièrent : « Voilà les nôtres ! Nous sommes « sauvés ! — Dites perdus ! leur répliquai-je, c'est l'en- « nemi ! Nous sommes tombés au milieu de l'armée « russe ! Il n'y a plus qu'un parti à prendre ; joignons « ses premiers traîneurs, faisons-les prisonniers et ren- « dons-nous à eux, ils nous préserveront ensuite. » A l'instant même, avisant un fantassin isolé, je l'attaquai ; lui, se retranchant derrière un fossé, m'ajusta.

Je l'avoue, en ce moment désespéré j'abaissai mon sabre, et j'avançai ma poitrine au-devant du coup de feu

prêt à me débarrasser d'une position qui m'était insupportable ; il pleuvait et le coup ne partit pas !

La mort ne voulait donc pas de moi, cela me rendit
ma pensée première. Ne pouvant atteindre ce soldat, et
pressé par les rugissements des Kalmouks prêts à nous
joindre, je l'abandonnai pour courir sur un Cosaque effrayé, dont je gagnai le côté gauche, et que je sommai
de se rendre ; mais celui-ci apercevait son corps d'armée
à quelques cents pas devant lui ; il voyait que, me contentant de parer ses coups, je le menaçais sans le frapper ;
il continua donc à fuir vers les siens, galopant à côté de
moi, et multipliant si bien ses coups de lance, que l'un
d'eux enfin m'atteignit au côté droit.

Ce fut alors que, blessé et n'étant pas secondé par les
dragons, soit qu'ils ne m'eussent pas compris, soit que
leurs chevaux exténués n'eussent pas pu suivre d'assez
près le mien, je changeai d'espoir. Nous étions près, en
ce moment, de la division en retraite du comte Ostermann
La nuit approchait, la forêt continuait à border, à quelque cent toises, le côté gauche de la route : « A la forêt !
« criai-je à mes pauvres compagnons, et perdons-nous-y
« jusqu'à ce que notre avant-garde nous délivre ! »

Un moment plus tôt cette inspiration nous eût peut-être
sauvés ; mais une telle voie de salut répugne, et ce n'est
qu'à la dernière extrémité qu'on s'y résigne. Il était trop
tard. Nos premiers ennemis débouchaient alors du bois
où ils nous avaient poursuivis ; ils nous aperçurent, et, se
jetant ventre à terre entre nous et la forêt, ils nous atteignirent. C'était une quarantaine d'horribles Kalmouks

et de cosaques irréguliers. Un des dragons en fut blessé mortellement, un autre eut les deux joues traversées d'un coup de lance, et j'ignore s'il en revint; le troisième fut pris sans avoir été blessé ni déshabillé, et il en parut si heureux que sa joie me fit sourire; mais ce fut plus tard et de souvenir, car en ce moment j'avais trop à faire !

Une quinzaine de ces sauvages venait de tomber sur moi en me criblant de coups de lance, dont l'un, mieux adressé, me perçant le cou, me jeta à terre. Je me relevai promptement et, me faisant un abri de mon cheval, je gagnai ainsi quelques instants; cependant l'un de ces Kalmouks m'ayant arraché mon sabre le montra aux autres; il était ensanglanté, leur fureur en redoubla, et mes bras et mon cheval ne suffisaient plus à m'en garantir, lorsque, au travers de cet orage de coups, je distinguai leur chef. C'était un de ces grands et beaux Cosaques du Don, aux traits persans; sa noble figure était restée calme; il semblait dédaigner d'achever à terre un ennemi vaincu et désarmé; « Nikalé ! » disait-il à ces forcenés qui, ne l'écoutant pas, continuaient.

J'ignorais la signification de ce mot russe; toutefois j'en compris l'intention, et aussitôt je me mis à leur répéter impérieusement : « Nikalé ! » à plusieurs reprises. L'effet de ce commandement dans ma bouche fut magique ! A ce mot, qui signifie, m'a-t-on dit depuis, « Ne frappez pas, » surpris de m'entendre parler leur langue, toutes ces physionomies si féroces n'exprimèrent plus que l'étonnement; tous les bras restèrent suspendus ! Je dus la vie à cette parole ; mais je n'étais pas au bout de mon supplice.

A leur brutalité sanguinaire, la passion du butin succéda. Alors tous, à l'envi l'un de l'autre, s'étant jetés sur
moi, m'arrachèrent mes vêtements, tirant chacun de son
côté, me soulevant en l'air, m'abattant, me relevant. Je
n'eus de répit que lorsque, après m'avoir mis nu et fouillé
jusque dans les endroits les plus secrets, ils se disputèrent
mes dépouilles. Ce fut surtout mon épaulette de chef d'escadron, que l'un d'eux m'avait arrachée, qui excita leurs
convoitise. Leur chef ne prit point part à ce pillage; il
me fit même laisser, avec ma chemise toute déchirée et
souillée de sang, un dernier vêtement indispensable.

Je croyais la crise enfin terminée; mais son dernier
acte et le plus pénible m'attendait. En cet instant quelques coups de feu, se rapprochant, attirèrent leur attention. Ils eurent peur pour eux et de perdre leur capture;
la férocité des moins bien partagés se réveilla. Alors, re-
montés précipitamment sur leurs chevaux et moi seul à
pied au milieu d'eux, ils m'entraînèrent par les bras et
les cheveux au galop de leurs montures. D'autres par derrière m'accablaient de coups. Ils me traînèrent ainsi jusqu'à l'arrière-garde d'Ostermann, où enfin ils s'arrêtèrent!

J'étais essoufflé, suffoqué, presque évanoui, et ils m'in-
juriaient, me fouillaient et me maltraitaient encore, quand
enfin, reprenant haleine et apercevant un régiment russe
en bataille son colonel en tête, je m'arrachai par un effort
soudain à ces mains féroces, et je courus me jeter sous la
protection de ce chef. « Je suis colonel comme vous,
« m'écriai-je, et prisonnier! Nous ne traitons pas ainsi
« les vôtres! Préservez-moi donc de ces sauvages! »

Dès ce moment mon supplice physique fut fini, mais un autre commença.

Ce colonel, dont je voudrais savoir le nom, fit son devoir. J'étais nu, je ne pouvais plus me soutenir : il me fit couvrir d'un manteau, donner un cheval, et eut soin de mes pauvres dragons que je lui recommandai ; après quoi il nous envoya au comte Ostermann-Tolstoï qui me reconnut.

Le premier accueil de ce général ne me plut guère ; il fut trop impérieux. C'est leur manière quand rien ne les gêne, et vraisemblablement par habitude de maîtres au milieu d'esclaves ; sa position d'ailleurs le préoccupait. Battu la veille et vivement poussé en cet instant, il lui importait de savoir précisément à qui il avait affaire. C'est pourquoi, en me faisant cheminer au pas à côté de lui, il me questionna, et ce fut du ton d'un chef qui exige une réponse. « L'Empereur est-il là ? Avec quels corps ? « Combien sont-ils ? — Monsieur le Comte, lui répon- « dis-je, vous me connaissez, vous savez du moins mon « nom ; pourquoi donc m'offenser inutilement par ces « questions, quand vous devez être sûr d'avance que rien « ne pourra me contraindre à y répondre. — Comment, « Monsieur !... s'écria-t-il avec violence dans un premier « mouvement tout moskovite, vous osez !... » Mais aussitôt, la civilisation reprenant le dessus, il se dompta, me tendit la main, et d'une voix affectueuse il plaignit mon sort ; il déposa même les soucis, trop naturels dans sa situation assez critique, pour me demander des nouvelles de ceux des nôtres qu'il avait connus en France. Dans la soirée, à son quartier de Srzégocin, où nous passâmes la nuit, et le lendemain à notre départ pour Pultusk avant le jour, sa noble politesse et ses soins généreux ne se démentirent pas.

Cette première nuit de ma captivité m'est restée dans la mémoire. Nous étions dans une chambre petite, mais chaude et assez propre ; une table au milieu, quelques chaises et un lit garni de paille en formaient l'ameublement. Tout fatigué qu'il devait être, le général voulut absolument me céder ce lit ; il m'y fit d'abord panser mes blessures dont l'une était assez grave, et à ma prière il ordonna qu'on allât en faire autant à mes dragons. Il ne souffrit pas que je me levasse pour partager son repas, qui fut bien maigre, à en juger du moins par sa brièveté et par ce que son aide de camp m'en apporta.

Un personnage pâle, sec, d'une taille élevée, d'une apparence froide, et avec une cicatrice au visage, venait d'entrer. C'était Beningsen. Ils étaient quatre : lui, Ostermann et deux autres généraux. Leur préoccupation paraissait extrême, mais leur contenance était calme ; leur discussion, qui fut longue, conserva ce caractère. Ils tinrent conseil une partie de la nuit, autour de la table couverte de cartes qu'ils consultaient. Leur feld-maréchal Kaminski venait de les quitter, en ordonnant à tout prix une retraite générale sur Ostrolenka. Ce fut évidemment là, sur cette table, qu'ils se décidèrent à désobéir, à lutter contre Napoléon et à se défendre. Le sort voulut que je fusse témoin de leur détermination, qui faillit les perdre, mais enfin qui leur réussit et qui les honore. Ils me savaient attaché à Napoléon : plusieurs fois leurs regards se tournèrent vers moi ; mais, de quelque importance qu'un renseignement de ma bouche leur pût être, ils respectèrent mon malheur et ne tentèrent d'en abuser ni directement, ni insidieusement.

A deux heures du matin Ostermann, avant de se remettre en marche, me fit couvrir d'une demi-pelisse polonaise, et me confia à la garde d'un officier et de six Cosaques. Les premières heures de cette marche furent pénibles : je les passai sur la paille d'un chariot découvert, au milieu des colonnes russes, et cheminant lentement ainsi au travers de leurs imprécations très menaçantes. Vingt fois je vis le moment où ils allaient me percer de leurs baïonnettes ; j'en parai même quelques atteintes. Cette désagréable situation, mais qui du moins me distrayait de mon chagrin, ne cessa que le 26 décembre matin, quand nous entrâmes dans Pultusk. J'y fus renfermé dans une maison de briques, de bonne apparence, à un étage, et dans une chambre à cheminée, ce qui est rare en ce pays. On m'y laissa longtemps seul à mes réflexions ; elles étaient tristes !

Et cependant ces premiers moments ne furent pas les plus pénibles. Je savais qu'Ouvarof, un aide de camp d'Alexandre, avait au même instant que moi éprouvé le même sort. Un échange était donc possible, et en effet Napoléon le proposa. Je me sentais d'ailleurs dans Pultusk, encore à portée des nôtres ; bientôt même le bruit de leur canon se fit entendre ; séparé des miens par la vue, du moins par l'ouïe j'y tenais encore, c'était un dernier

lien. J'écoutais plein d'anxiété, il me semblait que ce bruit
de guerre se rapprochait ; évidemment un combat violent
était engagé. Ce canon était celui de l'impétueux maréchal Lannes ; malheureusement il fut repoussé. Il ne l'é-
tait pas encore ; sa première attaque avait réussi, ses coups
devenaient plus distincts ; il y eut même un moment où
je crus entendre qu'un tumulte, précurseur d'un déroute,
m'environnait !

Il y avait plusieurs heures que j'étais seul dans cette
chambre ; aucun des hommes qui me gardaient n'avait
paru. Que savais-je ? Dans la chaleur du combat, au milieu du trouble d'une défaite, n'était-il donc pas possible
que j'eusse été oublié ? Déjà j'entr'ouvrais la fenêtre, je
sondais la cheminée, cherchant autour de moi quelque
retraite où, me cachant et me dérobant à une première
recherche, je pourrais attendre l'irruption soudaine des
nôtres, et, dans le désordre des vaincus, leur échapper. Je
comptais sur les habitants : ils étaient Polonais, ils favo-
riseraient ma fuite !... Une femme entra ; ses yeux hu-
mides, ses regards attendris exprimaient un vif intérêt.
Une main amie l'avait chargée de m'apporter un pain
blanc d'une dimension énorme. Depuis vingt-quatre
heures je n'avais à peu près rien mangé ; un bien autre
soin me préoccupait. Je la sollicitai, des yeux et par signes, de m'aider dans l'évasion dont j'avais conçu l'espoir ; mais, à son attitude, à son doigt posé sur sa bouche,
je vis bien que nous étions surveillés de près. Elle sortit
et néanmoins j'espérais encore, quand l'officier russe et
ses Cosaques reparurent. Ils me firent remonter sur mon

chariot, et m'entraînèrent rapidement sur la grande route.

C'en était fait ; dès le soir même plusieurs lieues m'avaient séparé des champs de bataille. Je m'aperçus d'ailleurs que, si tous les égards convenables pour moi avaient été recommandés, la surveillance, dans ce pays pour eux tout ennemi, n'en était que plus active. Elle était telle que, dans nos haltes au milieu de ces déserts, si une nécesité m'obligeait à m'éloigner de quelques pas, toujours un Cosaque, le sabre nu, m'accompagnait. De même encore, pendant la longue durée des nuits, et quoique enfermé et étendu sur la paille au milieu de mon escorte, toujours un Cosaque demeurait debout à mon côté, l'œil sur tous mes mouvements, la lance d'une main, tandis que de l'autre il faisait une guerre active à ces insectes dégoûtants dont ils sont couverts, et dont j'avais peine à me défendre.

Rien alors, nul espoir, aucun péril ne me distrayait plus de mon malheur. J'eusse dû m'y soumettre ; mais au contraire je me joignis à lui contre moi-même, m'en accusant, et mon imagination trop vive en doublant le poids. Tantôt elle me reportait, pleine d'anxiété, au milieu des miens : je croyais les entendre me reprochant ma folle imprudence, comme s'ils eussent pu la connaître, quand tous ceux qui l'avaient partagée étaient tués ou pris. Tantôt je me figurais que mon livret d'ordres, où la situation de l'armée était inscrite, trouvé dans mes vêtements par les Kalmouks, avait été conservé par eux et remis à quelque chef, ce qui n'était guère vraisemblable et heureusement n'était point vrai.

Ainsi j'aigrissais mes maux réels en m'en créant d'imaginaires. Ce fut d'autant plus mal à propos, que, en ce même moment l'Empereur, loin de me blâmer ou de m'abandonner, disait dans son bulletin du 30 décembre : « Que, « tombé dans une embuscade, j'avais tué deux ennemis « de ma main avant de me rendre ; qu'il m'avait fait ré- « clamer, mais que je venais d'être envoyé à Pétersbourg. »

J'avais fait mieux, puisque, au lieu de me laisser surprendre, c'était en attaquant, et après deux charges heureuses, qu'enfin j'avais succombé ; l'Empereur ignorait ces détails, et dans ceux qu'il supposait il cherchait à m'être favorable. Il fit plus : il voulut, sans m'accuser de mon malheur, en l'atténuant, et même en me louant, l'apprendre lui-même à mon père. « M. de Ségur, lui écri- « vait-il, votre fils a été fait prisonnier par les Cosaques ; « il en a tué deux de sa main avant de se rendre, et n'a « été que très légèrement blessé. Je l'ai fait réclamer ; « mais ces Messieurs l'ont fait sur-le-champ partir pour « Saint-Pétersbourg, où il aura le plaisir de faire sa cour « à l'Empereur. Il vous sera facile de faire comprendre à « Mᵐᵉ de Ségur que cet événement n'a rien de désagréa- « ble, et ne doit l'alarmer en rien. Sur ce, je prie Dieu « qu'il vous ait en sa sainte et digne garde (1). »

« A Pultusk, le 31 décembre 1806.

« NAPOLÉON. »

Tant de bienvaillance et un soin aussi paternel, si j'eusse pu en être instruit alors, m'eussent épargné bien des soucis.

(1) L'original de cette lettre est aux Archives Nationales.

XXIII.

CAPTIVITÉ.

Cependant, seul avec mes six sauvages, j'étais encore sans abattement, mon activité se nourrissant du mouvement de la route, de ces anxiétés mêmes si peu fondées, et, le dirai-je, d'un besoin tout matériel ; car, soit l'effet de tant d'émotions violentes, ou tout simplement de deux jours de jeûne, je fus alors saisi d'une faim si insatiable, qu'en vérité j'ignore ce que je serais devenu sans cet énorme pain polonais que, à Pultusk, l'officier russe chargé de ma garde n'avait pas voulu que j'oubliasse. Dans toute autre circonstance ce pain m'eût suffi pour quatre grands jours ; je le dévorai presque entièrement en vingt-quatre heures : ce fut pour mes Cosaques d'escorte un spectacle qui les émerveilla !

Le lendemain soir nous arrivâmes à Rozan. Là, soit que la renommée d'un si miraculeux appétit fût parvenue jusqu'au colonel prince T...., qui se trouvait blessé dans cette ville, soit plutôt que ce seigneur russe voulût se distraire de l'ennui de sa blessure, il me fit offrir de venir partager son dîner déjà servi. J'acceptai avec une reconnaissance qui dura peu, car il me fit payer cher ce maigre repas, qu'une querelle interrompit.

Nous commençâmes, par des compliments réciproques de condoléances ; nous nous les adressions, moi d'une table assez bien couverte, et lui de son lit. Mais voilà que soudainement, dans ce Prince à demi civilisé le vieil homme russe reprenant le dessus, il m'apostrophe : « Quand donc, me dit-il, votre dévastateur du monde en « finira-t-il ? Quand laissera-t-il en paix le genre hu- « main ! » Surpris de cette attaque imprévue et si dépla- cée, je répondis vivement : « Que de Russe à Français, et « dans cette Pologne où nous nous trouvions, de pa- « reilles qualifications convenaient mal. Que, en tous cas, « si elles étaient applicables, ce ne pouvait être qu'aux « agresseurs ; et que, dans la querelle présente, ce n'é- « taient point nous, mais son empereur et le roi de Prusse « qui l'avaient été. »

Surpris à son tour, le prince se tut ; je me levai et nous nous séparâmes assez sèchement. S'il eût continué ses invectives il n'eût été que brutal ; mais il fut pire, son silence fut perfide. On verra bientôt que, sur sa plainte, je faillis être envoyé en Sibérie. Il m'avait gardé rancune : il me représenta à son gouvernement comme un prisonnier révolté, m'accusant d'avoir osé, devant lui, injurier son empereur !

Pendant qu'il me préparait ce long voyage, de mon côté, plus satisfait de ma réponse que de son dîner inter- rompu, j'étais revenu achever ce repas à mon auberge. Elle était encombrée de marchands russes. L'un d'eux était venu se placer en face de moi ; il m'envisageait, me dévisageait, et cela avec des exclamations accompagnées de geste d'étonnement et de joie si bizarres, puis d'offres mutipliées de verser dans mon verre tout ce qu'il y avait de meilleur à boire en ce logis, qu'enfin je demandai l'explication de ce ravissement si tendre et si généreux à mon officier de garde. « Il prétend, me dit-il, vous reconnaître. — Quelle invraisemblance ! répliquai-je, je suis de « Paris, et lui d'Astrakan, me dites-vous, il y a trop loin « de l'un à l'autre. — Attendez, reprit mon officier ; n'é- « tiez-vous pas à Austerlitz ? — Oui, sans doute ! — Un « mouchoir blanc n'attachait-il pas votre chapeau sous « votre menton ? — Cela est vrai. — N'avez-vous pas, à « la fin de la bataille, tendu la main à un Cosaque pour « l'aider à se retirer d'un lac gelé où il se noyait ? — C'est « encore vrai. — Eh bien, échappé ainsi à ce danger, à « cette guerre et, depuis, aux mains de vos soldats qui « l'emmenaient, son temps de service étant fini, il est « devenu marchand à la suite de notre armée, et le voilà « devant vous lui-même ! Il vous reconnaît, dit-il, à vos « traits qu'il n'a point oubliés, et aussi à l'appareil de « votre blessure, parce que, de même que votre mouchoir « blanc de l'an dernier, ces linges blanc vous entourent « la figure. »

Il n'y avait plus à en douter : la rencontre était aussi singulière qu'agréable, et ce fut avec un plaisir sincère que je serrai la main à ce bon Cosaque.

Ce dut être le 28 décembre que nous arrivâmes de bonne heure à Ostrolenka, où se trouvait le grand quartier général de l'armée russe. On m'y déposa dans la grande salle d'une auberge. Une multitude d'officiers y fourmillait. Je passai le reste de cette journée assis dans le coin d'un canapé, plus isolé que jamais au milieu de cette foule. Elle se renouvelait à tout instant, grossissant de plus en plus, et me fatiguant d'une curiosité successive, tantôt bruyante, tantôt fixe, silencieuse et contemplative. Ils s'appelaient, ils s'arrêtaient en face de moi, se communiquant leurs observations, comme on le fait devant un animal inconnu, extraordinaire, qu'on vient de prendre dans un piège.

Le mouvement de ce grand quartier général, qui me rappelait le nôtre; cette curiosité assez naturelle, mais si pénible pour moi, et qu'il me fallait subir; le contraste de ma triste et captive stagnation au milieu de leurs joies étrangères et ennemies, si libres et si actives, tout cela raviva et me rendit plus insupportables que jamais mes chagrins réels et imaginaires. Il fallait pourtant, seul en butte à tous ces regards, les soutenir, faire bonne contenance et même paraître fier, lorsque, à la longue et intérieurement, l'abattement succédait à l'irritation. Que de fois, dans cette interminable journée, et surtout quand des témoignages de compassion remplaçaient cette indiscrète curiosité, je fus forcé de dévorer des flots de larmes! Elles me gagnaient, je les renfonçais avec effort; combien alors j'eusse payé cher un moment de solitude! J'étouffais, mais enfin je parvins à cacher à nos ennemis cette faiblesse. Quelle honte si j'y eusse succombé! Heureusement je pus me vaincre, et en apparence garder, en dépit de tant d'émotions diverses, un front convenable.

Le lendemain la scène changea ; j'eus un autre combat bien plus vif à soutenir, mais moins difficile, car ce ne fut pas du moins contre moi-même. On venait de me réunir à un officier du 13ᵐᵉ de chasseurs, prisonnier aussi, mais blessé si grièvement qu'il en devait bientôt mourir. Je me souviens que, ce jour-là nous nous trouvions enfermés dans une salle de billard, seuls avec deux officiers de l'administration russe. Le colonel Swetchin était l'un d'eux. Ils y étaient venus remplis des sentiments de la plus délicate et noble générosité ; Swetchin surtout me les exprimait avec toutes les formes les plus obligeantes et les plus aimables, lorsqu'un petit vieillard maigre, d'une physionomie de Kalmouk, sec et vêtu plus qu'avec simplicité, entra brusquement et même si grossièrement, le chapeau sur la tête, que je me redressai et demeurai sans le saluer, roide et immobile. Mais Swetchin, me serrant vivement le bras, me dit à l'oreille : « Saluez, c'est le feld-« maréchal Kaminski ! » Je me découvris ; et tout aussitôt le maréchal, s'asseyant, dit à son aide de camp de prendre du papier, une plume et de se tenir prêt à écrire. Alors, sans autre préliminaire, il m'ordonna de répondre sur-le-champ aux questions qu'il allait m'adresser sur l'armée française. Je m'y refusai poliment, mais lui, sans m'écouter, continua. Je réitérai mon refus en ajoutant : « Que je tenais trop à son estime pour lui répondre. » Il haussa les épaules ; puis, se levant convulsivement, il me lança un regard sauvage, plein de menace, avec ces mots : « Vous êtes prisonnier, vous obéirez ! » et, me tournant le dos, il sortit aussi brusquement et précipitamment qu'il était entré.

Je me félicitais d'être si promptement débarrassé de cette incartade singulière, et Swetchin, qui n'était pas sans inquiétude, s'étonnait de ce dénouement, lorsque l'aide de camp rentra, son papier à la main. « Voilà, « me dit-il, les questions posées par M. le Maréchal. Il « veut que, à l'instant et par écrit, je lui rapporte vos « réponses ! » Je ne m'attendais pas à cette insistance, elle m'irrita. « Monsieur, lui dis-je, vous avez entendu « ma réponse à M. le Maréchal ; je n'y ajouterai rien, « je n'en ai point d'autre à faire. Respectez ma position. « Ne me fatiguez plus par des interpellations désormais « déplacées et que, en me jugeant par vous-même, vous « devez croire fort inutiles ! »

Cet aide de camp ne ressemblait nullement à son maréchal : il était d'une génération plus civilisée. « Mon « Dieu, Monsieur, me répondit-il, excusez-moi, j'exécute « un ordre ; vous ne connaissez pas le maréchal Ka- « minski. Pour moi comme pour vous, je vous en supplie « aidez-moi, répondez ce qu'il vous plaira ; dites tout « ce que vous croirez le plus utile à votre armée, vrai « ou non, il n'importe, pourvu que je ne rapporte pas au « maréchal un refus que je redoute, et dont vous ne pouvez « pas apprécier comme moi les funestes conséquences. » Swetchin alors, se joignant à lui, me pressa instamment de le satisfaire : il me prenait les mains ; il me disait que j'avais affaire à un vieillard des anciens temps, capable de tout, et dont les féroces emportements n'étaient que trop connus et trop redoutés d'eux-mêmes et de toute l'armée russe !

Cela était si vrai, que, à force de barbaries, ce malheureux vieillard devait finir misérablement d'un coup de hache dont l'assassina l'un de ses paysans désespéré.

« Je vous comprends, Messieurs, leur répondis-je,
« et je vous remercie du fond du cœur de vos bon-
« nes intentions ; mais je ne puis me rendre à vos con-
« seils. Quant aux intérêts de l'armée française, j'ignore
« si mes inventions leur conviendraient ; et quant à moi-
« même, quoi qu'il en puisse advenir, rien, devant votre
« armée comme devant la nôtre, ne doit me faire manquer à l'honneur, ni en réalité, ni en apparence ! »

J'étais en bonne compagnie ; l'aide de camp se tut, me serra la main, baissa la tête et se retira. Swetchin resta désolé : il prévoyait quelque violence ; je n'y pouvais croire encore, lorsque nous vîmes entrer la lance à la main mes six Cosaques. Ils avaient l'ordre de nous attacher les mains et de nous entraîner au fond de la Russie, à pied, au milieu de leurs chevaux, et à l'instant même !

Il faut savoir que, depuis deux jours, une neige épaisse tombait à gros flocons, qu'elle continuait, et que déjà, de plus d'un pied, la terre en était couverte. L'intention était évidente, et la vengeance trop atroce. « Ne
« nous y soumettons pas, dis-je à mon compagnon
« d'infortune, que la fièvre n'avait point encore abattu ;
« défendons-nous ici. Autant vaut, blessés comme nous
« sommes, nous faire achever dans cette chambre, que

« d'aller infailliblement périr dans la neige de la grande
« route ! »

Aussitôt, nous armant de ce qui se trouva sous notre
main, et nous retranchant derrière des bancs dans un
angle de cette salle, nous défiâmes les Cosaques. Ils
avançaient pour nous saisir, quand Swetchin, jusque-là
pâle et muet de consternation, se jeta entre eux et nous ;
il les arrêta s'écriant : « Que c'était une barbarie intolé-
« rable ! qu'il ne souffrirait pas une violence qui désho-
« norerait le nom russe ! » En même temps il ordonna à
ces nomades d'aller chercher son propre kibitck couvert,
dans lequel il nous fit monter et partir promptement
pour Byalistock.

C'est ainsi que, généreusement et à tous risques, nous
fûmes dérobés au supplice que nous avait infligé l'indigne maréchal. Nous nous séparâmes de Swetchin les
larmes aux yeux, emportant une reconnaissance que je
lui conserve encore dans ce monde-ci et que sans doute
lui garde également mon pauvre compagnon dans l'autre
monde, où, bien peu de jours après, ses blessures devaient
l'emporter !

Swetchin ne pouvait nous rendre un plus grand service. Son maréchal ne s'était pas trompé dans sa vengeance en la confiant à l'hiver russe. Le temps, en effet,
était si affreux, que notre officier de garde et nos Cosaques eux-mêmes n'y purent résister : il leur fallut s'arrêter trois jours à Tycoczin. De là nous traversâmes Byalistock d'autant plus rapidement, que le plus grand seigneur de ce pays y vint m'exprimer ses vœux pour nos

succès, et me combler des plus touchants témoignages de la part qu'il prenait à mon infortune. J'en profitai pour confier à sa générosité mon pauvre compagnon mourant, qu'il ne put sauver, mais dont il adoucit du moins les derniers moments.

Le 6 janvier nous franchîmes le Niémen ; nous entrâmes à Grodno ; j'étais en Russie ! Le général Abrewskow y commandait. On me conduisit chez lui ; sa réception fut sèche, j'en fus choqué. J'étais presque nu ; je n'étais couvert que de ce pantalon d'uniforme déchiré, dédaigné par les Kalmouks, et de cette demi-pelisse polonaise, espèce de veste en aussi mauvais état, seul vêtement qu'Ostermann avait d'abord pu me procurer. Une si misérable apparence était loin d'être imposante ; mais, comme on fait son lit, dit-on, on se couche ; or, personne ne paraissant disposé à vouloir se charger du mien, je compris qu'il y fallait mettre la main moi-même ; opposer à cette dure réception un orgueil exigeant, et recouvrir ma très peu respectable et misérable défroque d'une attitude d'autant plus fière.

En conséquence je me plaignis vivement du traitement indigne que, blessé, désarmé et jeté à terre, j'avais éprouvé ! Je me couvris de mon grade, de ma position près de l'Empereur, du nom de mon père, des souvenirs qu'il avait laissés à Pétersbourg ; j'ajoutai que, dépouillé, j'avais droit d'attendre de ceux qui représentaient le gouvernement russe, qu'ils vinssent à mon secours par une avance, dont le remboursement serez assez garanti par ma signature.

Ce langage réussit. Je ne puis dire que ce fut de bonne grâce, mais enfin, sur mon reçu, ce général me fit compter cinquante ducats; j'obtins même que, au lieu d'être envoyé dans quelque prison; il me fît renfermer dans une maison assez propre, chez un Juif, où, à force d'or, je me r'habillai convenablement. Mais je fus gardé là dans un tel isolement, qu'à peine laissa-t-on le Juif lui-même approcher de ma personne. Pendant les quatre jours de cette réclusion, s'il entra chez moi la nuit pour quelques minutes, ce fut si furtivement que je lui en demandai la cause. J'appris alors, à mon grand étonnement, que je passais pour un personnage dangereux, naguère chargé par Napoléon du soulèvement de la Prusse polonaise; que depuis, et quoique prisonnier, j'avais insulté l'Empereur Alexandre; qu'enfin j'étais l'objet de la surveillance et des ordres les plus sévères.

En même temps je m'aperçus, à plusieurs présents que ce Juif vint mystérieusement m'offrir, tels que nécessaires de voyage, argent et autres objets, de la sollicitude que j'inspirais aux Lithuaniens de cette province, et qu'ils étaient aussi impatients de se voir affranchis du joug russe, que l'avaient été les Polonais de Posen et de Varsovie de secouer la domination prussienne. Ce Juif d'ailleurs, ne me laissa point douter de l'intérêt qu'on me portait, des efforts mêmes qu'on serait prêt à tenter pour m'aider à échapper aux mains des Russes. J'en comprenais l'impossibilité; j'en témoignai ma reconnaissance, mais je n'acceptai rien, me défiant d'un pa-

20.

reil intermédiaire, et dans la crainte d'exciter inutilement pour moi, et dangereusement pour mes bienfai-
teurs, de si généreuses imprudences. Je fis bien, car depuis j'ai su que ce Juif les avait trahis !

Ce *carcere duro*, quant à la solitude seulement, dura
jusqu'au 9 janvier à huit heures du soir. Je ne sais si ce
fut par hasard, ou pour dérouter les bonnes intentions
de quelques habitants de cette ville, mais ce fut à cette
heure-là, et la nuit bien close, qu'un officier et trois
grenadiers vinrent me prendre. Le froid était très vif ;
deux traîneaux attelés étaient dans la rue : dans le premier, un soldat nous précéda avec nos bagages ; on me fit
monter dans le scond ; l'officier se mit à côté de moi ;
il plaça deux grenadiers sur le devant, les fit asseoir sur
nos pieds qu'ils écrasaient, disant que cela les tiendrait
chaud, mais plus vraisemblablement pour m'empêcher
de faire des miens, dans l'occasion, un mauvais usage.
Le signal alors donné, tout s'élança.

Nous partions ainsi à toute bride pour Smolensk,
pour la Sibérie peut-être. Le 11 nous passâmes à Nowo-
grodeck, à Minsk le 12 ; le 13 nous franchîmes, à Bori-
sow, la Bérésina que je contemplai de tous mes yeux,
ne songeant qu'à Charles XII !

Dans ce rapide sillage, de six jours sur une neige
glacée, les fréquents versements de nos traîneaux et
les très courts moments des relais seuls nous arrêtèrent.
On ne me laissa descendre qu'à deux stations. A la première, où je ne demeurai seul que cinq minutes, la
pauvre maîtresse lithuanienne de cette chétive maison

de poste trouva l'occasion de m'approcher. Ses signes,
son air attendri attiraient mon attention, quand elle
glissa dans ma main un vieux morceau de papier jaune,
que j'ouvris vite : il renfermait quatre ducats. C'était le
denier de la veuve ! Je lui rendis son pauvre trésor les
larmes aux yeux ; et retenant le vieux papier tout jauni
je l'appuyai sur mon cœur pour lui exprimer ma reconnaissance, le prix que j'attachais à sa généreuse intention,
et le souvenir que je voulais à jamais en conserver !

Notre second temps d'arrêt ne dura pas une demi-heure.
Ce fut avant Borizow, je crois, dans un bourg , au milieu
d'une forêt. Là, pendant que mon officier était occupé
ailleurs, le maître du logis me fit promptement passer
dans une salle reculée : elle était remplie de nobles lithuaniens du voisinage. Était-ce le hasard qui avait
rassemblé là cette société, et l'avidité de nouvelles d'une
guerre dont ils attendaient leur affranchissement ? Je
l'ignore, mais j'y fus accueilli en compatriote. Je leur dis
que j'avais laissé notre armée puissante et victorieuse.
Ces braves gentilshommes s'échauffèrent ; déjà même
ils me montraient la forêt ; ils semblaient se concerter
entre eux pour m'enlever à mon escorte ; et moi, quoique si avant au milieu de mes liens, et quelques fatigues
et dangers qui m'attendissent, j'étais prêt à tout dans
l'espoir de ressaisir ma liberté, lorsque l'officier russe
avec ses soldats reparut ? Il fallut les suivre. Mon arrivée avait été trop imprévue. Le temps manqua à ces
braves gens, si ardents, si entreprenants, mais leur
bonne volonté fut évidente. Je remarquai même que,

dans leur désappointement, ils ne daignèrent pas la dissimuler : bravant l'officier russe, ils me comblaient devant lui des témoignages de leurs regrets, que lui fit semblant de ne point apercevoir, en m'arrachant toutefois, précipitamment, à ces manifestations audacieuses.

Le seul bien que je recueillis de cet incident fut de m'ennuyer un peu moins dans la compagnie de mes quatre Russes. Au milieu de la monotone étendue de cette terre morte de froid, ensevelie sous une neige épaisse que surmontaient de noirs sapins, et qui semblait ainsi porter son propre deuil, mon imagination s'était allumée à l'éclair d'espoir qui venait de me traverser le cœur. Je n'y abandonnai complaisamment, me dérobant par mille rêveries à la triste réalité. Je me figurai, de relais en relais, la possibilité de ma délivrance. Je me voyais passant subitement aux mains de mes protecteurs, pressant le flanc de leurs chevaux si légers et si agiles, franchissant leurs vastes espaces, m'enfonçant dans leurs forêts, me cachant dans leurs asiles, m'y déguisant, et, à travers mille aventures, m'échappant enfin de leurs frontières, et rapportant à l'Empereur, avec ma libération, la preuve de l'appui que trouverait notre armée, au milieu d'une noblesse si courageuse et d'un peuple si impatient de briser son esclavage !

Ces vives illusions s'évanouirent successivement, à mesure que, sous la course de nos traîneaux, disparaissait trop rapidement la terre lithuanienne. Il m'y fallut renoncer entièrement le 15 janvier, vers Lyadi, où la vieille Russie commence. Nous approchions de Smolensk; nous y arrivâmes dans la nuit du 15 au 16, à neuf heures du soir. Mon officier, le major Petchskin, dont je n'avais eu qu'à me louer, me conduisit aussitôt chez le général comte Apraxin, gouverneur de la province.

Je savais que c'était un grand seigneur de cette Cour si polie et si aimable de la Grande Catherine, où mon père avait laissé tant de brillants et doux souvenirs; j'étais blessé, j'avais la tête encore enveloppée de linges sanglants, j'étais malheureux, je m'attendais donc à une réception au moins convenable. Tout dans cette résidence annonçait le luxe de la civilisation moderne : un nombreux domestique; un appartement chaud et bien éclairé; un vaste salon meublé somptueusement, où, d'un premier coup d'œil, j'aperçus, au milieu de plusieurs officiers supérieurs, un personnage dont la taille élevée, la figure noble et les manières de la plus haute distinction me rappelèrent ce que j'avais vu de mieux dans les restes de notre ancienne Cour, et tout ce que j'avais entendu raconter des beaux temps du grand siècle de Catherine.

C'était le comte Apraxin lui-même. Mais je fus bien surpris, après avoir été remis entre ses mains, de l'entendre m'interpeller de la voix la plus dure et la plus hautaine. « C'est donc vous, Monsieur, me dit-il, qui, ne « respectant rien, avez osé injurier notre Empereur ! » Je répondis que, en défendant le mien et en refusant de satisfaire à des questions inconvenantes, je n'avais fait que mon devoir, et que, d'ailleurs, je n'avais injurié personne. Mais lui, m'interrompant, reprit plus rudement

encore : « Qu'il y avait un rapport contre moi, envoyé à
« Pétersbourg, et que je méritais les traitements les plus
« sévères! » Alors, indigné et croisant les bras, je répliquai que je ne me repentais de rien ; qu'il n'avait pas
besoin, pour sévir contre moi, de prétextes faux et invraisemblables ; que j'étais entre ses mains, qu'il pouvait
faire de moi ce qu'il lui plairait, puisqu'il en était le
maître !

Pendant ce colloque le pauvre Petchskin semblait au
supplice, il jetait sur moi un regard de commisération ;
je crois même me rappeler qu'il osa dire, en russe, quelques mots au Gouverneur. Celui-ci, pour toute réponse,
le congédia d'un geste ; puis, d'un autre geste impératif,
et en ouvrant la porte d'une pièce voisine, il m'ordonna
brusquement de passer sur-le-champ dans cette chambre.

C'était un petit cabinet que je crois voir encore : il
était éclairé de deux bougies; quelques bûches brûlaient
dans une cheminée pratiquée dans l'un des angles de
cette pièce. Il m'y suivit avec la même brusquerie; mais
à peine la porte fut-elle refermée sur nous, que, à mon
extrême étonnement, se retournant et m'ouvrant les
bras : « Maintenant que nous voilà seuls, me dit-il de la
« voix la plus attendrie, venez m'embrasser ; allons nous
« asseoir au coin de ce feu, et causons ensemble comme,
« à Pétersbourg, j'ai causé tant de fois avec votre père,
« dont je chérirai toujours le souvenir ! »

La métamorphose était complète ! D'un côté de cette
petite porte à l'autre, quelle différence ! Dans ce salon, et
sans doute devant un témoin gênant, j'avais cru voir et

entendre un chef tartare dur, hautain, se plaisant à menacer un ennemi blessé et désarmé ; ici, et dans ce même
personnage, si subitement transformé, je trouvais la plus
touchante, la plus aimable et expansive sensibilité, les
soins délicats, et toutes les bienveillantes prévenances
d'un ancien et tendre ami de ma famille ! Aussitôt après
ces préliminaires, et avec cette grâce facile, si attrayante,
avec cette élégante et noble politesse, et tout le charme
de la conversation du siècle dernier, il engagea le plus
intéressant entretien : d'abord sur les souvenirs d'une
société bien regrettée, et bientôt sur la guerre actuelle,
sur les intérêts communs aux deux Empires et sur le
caractère des deux Empereurs ; et tout cela, dans un esprit de conciliation auquel, dans l'intérêt général, comme
dans le mien, je n'eus garde de me montrer contraire.
Après quoi, m'ayant ainsi éprouvé : « Nous nous enten-
« drons parfaitement, me dit-il ; je vous retiens ici, je ne
« vous laisserai point emmener plus loin ; j'alléguerai
« vos blessures ; nous nous reverrons souvent, nous avons
« beaucoup à causer ensemble ; la maison de mon aide
« de camp sera la vôtre ; sortez peu, un sergent vous ac-
« compagnera, c'est une forme indispensable, mais il vous
« sera moins gênant qu'utile. Il vous faudra des livres ;
« vous êtes en Russie, prenez-en l'histoire ; voici Léves-
« que ; mais ne montrez pas la carte qui y est renfermée ;
« quelque générale et réduite qu'elle soit sous ce format
« in-12, vous me compromettriez ; c'est absurde, mais
« on dirait que je vous ai livré les secrets et les plans de
« notre Empire ! C'est encore pourquoi je retiens le

« volume où se trouvent quelques pages de l'histoire de
« notre Grande Catherine ; il est défendu comme trop
« moderne. Je suis soumis à cela moi-même ; nous
« sommes ainsi ! »

Pendant les quinze jours suivants je ne sortis qu'à la
nuit close et pour aller chez lui, où il me fit appeler
presque tous les soirs. Dans ces tête-à-tête nous nous
faisions connaître réciproquement, lui la Russie et moi
la France, nous représentant les deux peuples et leurs
Empereurs par leur bon côté. Quant à leur politique ambitieuse ou non, nous convenions que, dans tous les cas,
la guerre entre eux était contraire à tous leurs intérêts,
tandis qu'ils n'auraient qu'à gagner à la paix, en dépit
de l'Angleterre.

. Toutes les nuits, rentré dans ma solitude, je réfléchis-
sais à ces entretiens. Ce gouverneur n'y trouvait-il que le
plaisir d'une conversation dont il semblait privé au milieu
de ces compatriotes ? Profitait-il d'une occasion de s'é-
pancher avec le fils de l'un des anciens amis de sa jeunesse ? Avait-il un but plus sérieux ? Quoi qu'il en fût
et quoi qu'il pût arriver, en morale générale comme dans
ma position particulière, j'étais certain que l'expression
de mes vœux pour la paix,. si elle ne pouvait être utile,
était du moins convenable, surtout de la part d'un prisonnier et du fils d'un ministre plénipotentiaire, dont le
nom était attaché aux plus beaux souvenirs de la Russie
et au premier traité de commerce obtenu entre la France
et cet Empire.

J'en étais là, soutenant ce rôle, lorsqu'un soir, c'était,

je crois, le 1ᵉʳ février 1807, enfermés plus mystérieusement qu'à l'ordinaire dans ce même cabinet, où tant
d'heures aussi agréables qu'elles peuvent l'être pour un
prisonnier s'étaient écoulées pour moi, après une courte
récapitulation de l'esprit de nos entretiens précédents :
« Mon cher Ségur, me dit le comte Apraxin, en m'en-
« visageant avec plus de bienveillance encore que de
« coutume; connaissez-vous bien toutes les anecdotes
« relatives à l'histoire de votre empereur alors qu'il était
« Consul? Il y en a une qui devrait avoir pour vous en
« ce moment un intérêt particulier. Vous rappelez-vous
« comment, peu après son avénement au consultat, la
« paix se fit entre lui et l'empereur Paul; que ce fut
« un officier russe prisonnier qui en fut l'intermédiaire;
« que votre Consul, l'ayant fait appeler, l'envoya à Pé-
« tersbourg; et que de cette mission est résultée la sé-
« paration de la Russie d'avec la coalition, et l'alliance
« entre l'empereur Paul et Bonaparte? Dites-moi, que
« vous semble de la position de cet officier et du rôle
« qu'il a joué dans cette affaire? »

A ce préambule, dont il ne me fut pas difficile de
deviner l'intention, je me sentis saisi d'une émotion si
vive, que j'eus peine à la contenir. « Certes, répondis-je,
« dans toutes les positions, mais surtout dans celle d'un
« prisonnier, quelle mission pouvait être plus honorable,
« quel événement plus heureux! Cet officier a dû bénir
« dès lors une captivité qui l'a rendu si utile à deux em-
« pires! — Eh bien, reprit Apraxin en me serrant les
« mains, vous accepteriez donc une mission semblable;

« je n'en doutais pas d'après nos entretiens, et je vous
« l'ai peut-être préparée. »

Alors il m'expliqua que deux partis, l'un français,
l'autre anglais, divisaient le Conseil de l'empereur
Alexandre : que le premier, celui de la paix, quoique
vaincu, luttait encore ; qu'il fondait son espoir sur le
caractère et les penchants de l'empereur ; que lui Apraxin,
étant de cette opinion, avait écrit à Pétersbourg, m'a-
vait dépeint à ses amis tel qu'il m'avait jugé ; et que, en
ce moment, ils agissaient dans le but de me faire diriger
sur cette capitale. « Là, me dit-il, l'empereur voudra
« vous voir. Ne craignez pas de lui tenir le langage que
« vous m'avez fait entendre ; je le connais, soyez le même ;
« vous ferez sur son esprit l'impression la plus favorable,
« et, selon toute probabilité, la paix en résultera ! »

Il était minuit quand nous nous quittâmes. Je me
souviens que, à cette perspective si heureuse qui s'ouvrait
pour moi, mon agitation, contenue devant Apraxin, avait
été si vive, que, avant de rentrer dans mon logis et sans
pouvoir la calmer, je parcourus d'un pas rapide tous
les remparts de la ville sans m'apercevoir d'un froid de
dix-huit degrés qu'il faisait alors. Pendant ce temps
mon imagination fit bien plus de chemin encore : Pétersbourg au lieu de la Sibérie peut-être ; au lieu d'une inerte,
ennuyeuse et pénible captivité, espèce d'éclipse, longue et
fâcheuse interruption de ma carrière, l'aperçu soudain
d'une destinée toute nouvelle, cent fois plus utile et plus
brillante que la position même à laquelle Nasielsk m'avait
arraché, et qui depuis avait été pour moi l'objet de tant

de regrets aveugles ! Je me figurais déjà mon arrivée dans
la résidence impériale toute pleine encore des illustres
souvenirs qu'y avait laissés mon père ; je m'attendrissais
à la pensée de cette protection paternelle si lointaine et à
la fois si douce et si glorieuse ! Je m'effrayais bien un peu
de la difficulté de m'en rendre digne ; mais enfin, un
premier succès n'en promettait-il pas un second ; et, si
dans Smolensk j'avais réussi, n'en pourrait-il pas être de
même à Pétersbourg ?

Je m'abusais, mais je ne fus pas le seul ; car, depuis ce
moment, le comte Apraxin, soit trop d'entraînement aux
tendres et généreux sentiments qu'il me portait, soit trop
de confiance dans l'espoir qu'il avait conçu, se plut à me
montrer publiquement une amitié et une considération
dont il brava, pour lui-même, les dangers réels. Un jour
il me faisait assister aux revues des troupes en marche
au travers de son gouvernement ; un autre jour, et dans
une place d'honneur, il voulut me rendre témoin des
pompes majestueuses et de la splendeur orientale des cérémonies du culte grec. Plusieurs fois encore, et entre
autres un jour même de marché public, malgré les excitations de toute nature dont son gouvernement échauffait
contre les Français le patriotisme russe, il ne craignit
pas de me faire voir assis à son côté sur son traîneau, me
montrant, sur les deux rives du Borysthène, la ville entière, comme s'il eût voulu m'en faire les honneurs.

Une confiance si extraordinaire en ce pays, et si opposée
à ses précautions précédentes, augmenta la mienne. Les
lettres qu'il recevait de Pétersbourg lui donnèrent cette

assurance. Tout concourait : la rigueur de la saison avait
suspendu la guerre ; le moment pour négocier semblait
opportun ; je me livrai donc, plus que jamais, à la plus
riante des espérances, à celle de gagner à l'Empereur Napoléon l'esprit de l'Empereur Alexandre, et de reparaître
à notre quartier impérial, non seulement libre, mais
devenu miraculeusement d'un triste prisonnier inutile et
oublié, une sorte de ministre de paix entre les deux empereurs et les deux plus grands empires du monde !

Je rêvais ainsi ; c'était le 11 février, il était dix heures du matin, quand on vint m'annoncer que le gouverneur me priait de venir chez lui en toute hâte. J'y
courus ; il me reçut dans ses bras, me pressa sur son
cœur, mais je vis ses yeux tout baignés de larmes. « Tout
est manqué, me dit-il, nous avons été trahis ! » A quelques mots qui lui échappèrent, je crus voir qu'il en accusait jusqu'à la comtesse Apraxin, alors à Pétersbourg,
et qui était du parti contraire au sien. Quoi qu'il en
soit, la douleur du comte fut si touchante que j'en oubliai la mienne. « Mon Dieu ! m'écriai-je, pourvu que vos
« bonnes intentions pour moi ne vous aient pas compro-
« mis ! — Non, me dit-il ; mais ce qui m'afflige vivement,
« c'est qu'il faut nous séparer. Nos adversaires ont tout
« prévu. J'ai l'ordre le plus impératif de vous faire
« partir à l'instant même, quel que soit l'état de vos
« blessures ; c'est pour Vologda, une espèce de Sibérie,
« vers la mer Blanche ! et cela par Vladimir, et sans y
« entrer ; on ne veut pas même que vous traversiez
« Moskou ! Allez donc, puisqu'il le faut, vous préparer

« à ce long voyage. Vous aurez, pour vous conduire, le
« jeune prince Moustaphine ; je l'ai choisi, c'est vous
« dire que vous serez content de cet officier. Mais je ne
« veux pas vous quitter sans vous revoir ; venez dîner, me
« dire adieu, et que du moins votre dernière heure ici
« soit encore pour moi ! »

Ce dîner, devant des témoins gênants, et où nous ne
pûmes manger ni l'un ni l'autre, fut un des plus pénibles moments de ma vie entière. J'étais, depuis quelque
temps, si accoutumé à de rudes émotions, que, à la première nouvelle de ce coup du sort qui dissipait tant de
brillantes illusions, me contenant, j'avais pu paraître
ferme et résigné ; mais à ce dîner, la douleur du comte
Apraxin, ses adieux, ses larmes, tous les témoignages de
la tendre sollicitude dont il me combla jusque dans le
traîneau prêt à m'emporter, me firent perdre contenance.
Ce fut à son dernier embrassement, et malgré plusieurs
regards russes fixés sur moi, que mon cœur, gonflé et
comprimé depuis longtemps, m'échappa ! Je cachai mes
yeux sur sa poitrine ; et, après un dernier serrement de
main, je me hâtai de me jeter dans le fond du traîneau
à demi couvert qui m'attendait. Mon jeune officier russe
m'y suivit ; il plaça deux soldats sur le devant, donna le
signal, et nous partîmes ventre à terre.

Ma faiblesse ne dura guère : le mouvement, le grand
air d'une part, et de l'autre l'entrain, le bon caractère
de Moustaphine, puis quelques accidents de voyage m'en
eurent bientôt arraché. J'acceptai mon sort ; et, changeant mon rôle de pacificateur, dont je venais d'être si

brusquement dépouillé, en celui de voyageur, je voulus
du moins tirer tout le parti possible, sous ce point de
vue, de ma situation nouvelle. Mais ce fut encore une
déception : nous allions trop vite, et la neige, confondant tous les objets, leur donnait une désespérante uniformité. Quant aux villes, je n'en vis point, nous re-
layâmes en dehors. Ce fut seulement à la rareté d'une
colline surmontée d'une maison en pierres assez apparente, autre rareté, que je pus remarquer la célèbre Vladimir.

Je ne sais si ce fut en Moustaphine obéissance aux
ordres venus de Pétersbourg, ou plutôt amour-propre
d'étonner mes yeux étrangers de la fabuleuse rapidité du
traînage russe, ou tout simplement vivacité de jeune
âge qui se plaît et met sa gloire à tout faire avec excès ;
mais, pendant toute cette traversée, notre traîneau dé-
vora l'espace. Champs de neige, villes et villages à demi
ensevelis, forêts immenses de noirs sapins, de tristes mélèzes, de pâles bouleaux, surtout entre Jaroslaf et Vologda, tout passait, tout fuyait derrière nous et disparaissait en un clin d'œil. Cela eût été fort naturel, amusant
même et assez à propos, en dépit de ma curiosité qu'il
ne s'agissait pas de satisfaire, si le temps eût favorisé
cette impatience ; mais, dès les premières heures, un
malencontreux dégel s'y était montré contraire. Déjà, sur
cette profonde mer de neiges, mille petits abîmes s'é-
taient formés, en sorte qu'à chaque moment notre traîneau, emporté au triple galop de trois chevaux de front
que pressaient sans cesse le guide et nos soldats s'y en-

gouffrait ; il s'y engravait, et s'y fixait subitement avec
une si horrible secousse, que tous les traits se rompaient,
que les chevaux culbutaient, et que, nous-mêmes mainte
fois lancés et roulant sur la neige tout brisés et moulus
de ces effroyables chocs, le sang jaillissait à notre figure.

Nous souffrîmes pourtant moins de ces accidents
que nos soldats, lesquels placés sur le devant étaient là
plus exposés, le guide aussi ; mais son adresse et son
agilité le tiraient toujours d'affaire, et le désordre de
son attelage était réparé en une seconde. Alors, remonté
aussitôt, tantôt assis, souvent debout sur l'avant du
traîneau, presque sur la croupe des chevaux, et aussi
ardent, il semblait ne mettre son zèle ou son devoir qu'à
nous faire voler, à tout risque et à fond de train, d'un
relais à l'autre !

Quant à nous, tous deux jeunes, tous deux militaires,
nous luttâmes d'amour-propre à qui soutiendrait le plus
gaiement ces rudes épreuves. Du reste nous vécûmes
bien, en courant ainsi, des provisions dont les soins du
comte Apraxin nous avaient munis ; à peine entrâmes-
nous trois minutes dans l'une de ces maisons de paysans,
composées d'un réduit pour un four et d'une chambre,
espèce d'étuve, se ressemblant toutes, et déjà trop con-
nues pour qu'il soit besoin de les décrire. Nous ne nous
arrêtâmes qu'à Jaroslaf, véritable ville. J'y arrivai vers
neuf heures du soir ; je fus aussitôt présenté au prince
Galitzin, gouverneur de la province, et à la princesse.
Ce fut dans une belle et grande maison, espèce de palais,
où toutes les recherches de l'aisance, du luxe même, me

semblèrent réunies. Ces illustres hôtes m'accueillirent en secret, à part et sans témoins, mais avec les formes et les égards de la politesse des Cours de Louis XVI et de Catherine Seconde. Après dix minutes d'un entretien assez contraint, mais dont quelques anciennes relations de famille furent le texte, Moustaphine me ramena à notre hôtellerie, maison de briques à deux étages, fort propre et convenable.

Là, pendant que, dans un isolement complet, je me reposais tristement, lui, transporté de joie, alla passer la nuit entière à un bal, où ce bon jeune homme eût bien voulu pouvoir m'emmener; je ne le lui enviai pas. J'étais bien moins accablé de fatigue qu'oppressé de cet espace énorme, que chaque instant augmentait de plus en plus, entre moi et mon retour au milieu des miens. Combien ma captivité devait être longue, puisqu'on jugeait devoir ne rien épargner pour la rendre aussi lointaine! Encore, si la colère de ce gouvernement m'avait envoyé en Sibérie, j'aurais alors été plaint, sans être beaucoup plus à plaindre; c'eût été une distinction! J'aurais recueilli de cet exil une espèce de renommée, la seule à laquelle en ce moment je pouvais prétendre. J'eusse vu l'Oural, l'Asie, ses peuples nomades, des contrées que les souffrances de l'exil et leur âpreté ont rendues célèbres; que de choses à raconter! J'aurais souffert pour mon pays et pour n'avoir point voulu en laisser insulter le chef! C'eût été un combat encore! Mais non; l'on me confinait dans une région voisine qui ne valait guère mieux, presqu'aussi éloignée par le détour qu'on m'infligeait, sur

le versant de la même mer Glaciale, mais province obscure, où rien ne frappait l'imagination. C'était, hélas!
après m'avoir si rudement dépouillé de mon espoir diplomatique, me réduire à mon insignifiante position de prisonnier, en me forçant, à mon grand regret, à me résigner
au chagrin de n'avoir aucun sujet de me plaindre et de
n'être pas même intéressant!

Mon amour-propre décontenancé n'eut pour toute consolation que tant de frais d'escorte pour un seul captif, et
les singulières précautions qu'on avait cru devoir pro-
diguer pour m'interdire toute communication, pareille à
celle de Smolensk, avec les autres villes et les principaux
personnages de cet Empire. C'était pourquoi, sans doute,
mon entrevue avec les Galitzin venait d'être si gênée, si
courte, si mystérieuse. Je me plus du moins, et à tout
hasard, à me le persuader.

Nous repartîmes au point du jour. Après Jaroslaf nous
dépassâmes, toujours au triple galop, plusieurs collines
que partout ailleurs je n'eusse pas remarquées. Ces ondu-
lations du sol marquaient cependant le partage des
grandes eaux du sud et du nord de l'empire russe. En
peu d'instants, et sans que notre course en eût été ra-
lentie, nous nous trouvâmes sur leur versant dans les
mers Blanche et Glaciale.

Nous allions atteindre le lieu de mon exil. Pendant le
peu de jours de six heures et de nuits de dix-huit
heures que nous mîmes à ce long et trop rapide trajet,
mes observations n'avaient pu porter que sur quelques
objets extérieurs. Depuis Jaroslaff je voyais bien que la

21.

contrée devenait de plus en plus déserte, et d'un aspect sombre et sévère ; mais quant aux hommes et à leurs habitudes, au milieu de ces solitudes plus ou moins sauvages, ce qui m'étonnait c'était de les voir toujours pareils. Tout y portait la même empreinte, celle d'une éternelle et universelle uniformité de servitude ! Je venais de traverser les gouvernements de Smolensk, de Kalouga, de Vladimir et d'Iaroslaf, j'arrivais dans celui de Vologda ; et cependant, du centre au nord de ce vaste Empire, dans les habitations rurales de ce peuple serf, logements, meubles, nourriture même, et caractères apparents, rien n'avait changé. C'était partout une même, une primitive immobilité de mœurs brutes, de foi superstitieuse, de coutumes grossières ; partout, sous le niveau d'un même joug, même conscience d'abaissement ; un même docile et souple empressement, une même ardeur adroite et obéissante, un même dévouement dans l'esclavage. Ces pauvres gens répétaient obstinément, et sans nuls progrès, la vie de leurs pères : ne croyant que ce qu'ils avaient cru, et de vérités que si elles étaient vieilles, comme si, dans leurs têtes endurcies par le double despotisme du maître et du climat, les idées au lieu d'être meubles étaient immeubles !

Ce fut le 19 février, après neuf jours et autant de nuits de ce rude voyage et vers le milieu de la journée, qu'enfin nous aperçûmes les dômes des églises de Vologda et les grands bâtiments de briques où réside le gouverneur de cette province. Moustaphine me remit entre ses mains. En se séparant de moi, cet excellent jeune homme s'at-

tendrit ; il voulut me laisser écrit dans mon portefeuille
un simple et touchant adieu ; le voici, ce n'est pas sans
émotion que je l'y retrouve : « Souvenez-vous de moi,
« et Dieu veuille que je vous revoie encore! » Tout
Russe qu'il était, et accoutumé aux déserts glacés de son
pays, il gémissait d'avoir été forcé de me conduire et de
m'abandonner dans cette contrée désolée, que le gouverneur n'embellissait guère. C'était un grand et long
Allemand, maladif, phlegmatique et taciturne ; mais s'il
avait quelques-uns des inconvénients de son origine, il
en avait aussi les avantages : une bonté calme, une égale
et douce simplicité, caractère fort convenable à ma situation, qu'il n'aggrava pas, et dans laquelle il me laissa
attendre et prendre patience.

Le quartier qu'il me choisit fut une jolie maison de
bois, isolée, d'une construction élégante et pittoresque,
propriété d'un riche marchand. Elle avait, comme beaucoup d'autres, pour dépendances, un potager, une cour
fermée par un mur de planches et par quelques bâtiments
de service. Qu'on se figure une maison construite avec
de gros sapins, pelurés, peints, non équarris, et couchés
les uns sur les autres. Ces murs solides, bien calfatés et
goudronnés au dehors, sont au dedans couverts d'un en-
duit de plâtre peint, qu'une chaleur de vingt degrés sil-
lonne de fentes, où se logent des hordes nombreuses
de sales insectes. C'est leur seul inconvénient, dont sait
se préserver, dans quelques maisons pareilles, la classe
supérieure. L'habitation était composée d'un rez-de-chaus-
sée peu élevé, sans autre étage, mais d'un assez grand

développement. La plus grande et la meilleure partie
m'en fut réservée. Un étroit vestibule, un grand salon
bien éclairé et assez bien meublé, et une jolie chambre à
coucher formaient mon appartement. Quant au proprié-
taire, lui, sa femme et sa famille furent relégués, sans
façon, dans le reste du plain-pied de cette demeure.

Tout, dans l'ameublement de ces deux pièces, rappelait les commodités de la vie allemande, au lit près, auquel en Russie l'on ne songe guère, un canapé le plus
souvent en tenant lieu. Hors cela je ne vis de caracté-
ristique que trois objets : dans le vestibule ou antichambre un étroit et circulaire banc de bois, tenant au mur ;
c'était là que devait s'asseoir le jour, et dormir la nuit
toujours tout habillé et sans couverture, un vieux sergent à la garde duquel j'étais confié ; dans le salon un
grand poêle bâti du plancher jusqu'au plafond, et s'al-
lumant par dehors : cette masse de briques, recouverte
en faïence, occupait un angle, d'où elle chauffait à la
la fois les trois pièces que j'habitais ; dans l'angle opposé
était suspendue une image dorée de saint Nicolas, enca-
drée et sous un grillage, avec une veilleuse toujours allumée auprès, espèce d'oratoire devant lequel le proprié-
taire venait, chaque jour, faire une innombrable quantité
de signes de croix avec la plus prodigieuse rapidité, en
maudissant évidemment de tous ses vœux son locataire !

Quant à mes rapports avec lui et sa jeune femme, on
verra que je n'en eus guère. Celle-ci était très belle, quoique d'un trop fort embonpoint ; c'est une disgrâce assez
commune aux personnes de cette classe : elle tient au peu

d'exercice qu'elles font, et au kwass, espèce de bière fade et légère, dont l'inoccupation de ces femmes et leur altération produite par une nourriture échauffante et par la chaleur factice où elles vivent, les portent à s'abreuver continuellement.

Telle était ma jeune hôtesse, qu'on me laissa voir rarement. Elle portait comme ses pareilles, aux jours de parure, une espèce de tiare élevée ou de couronne ouverte, ornée de perles, d'or et de pierres précieuses, dont la hauteur me rappelait, sans toutefois l'égaler, ni lui ressembler dans sa forme, la coiffure, d'origine scandinave aussi, de nos Cauchoises. Ces femmes de marchands en décorent, aux jours de fête, leurs belles figures de coupe persane et leur teint éclatant de blancheur, mais malheureusement relevé par un rouge minéral de couleur vive, enluminure importée d'Asie, et que je crus d'abord une imitation exagérée du fard dont se paraient nos dames de l'ancienne Cour française.

Dans cette classe de commerçants, alors serfs de la Couronne, et fort estimés sous le rapport de leur négoce, on retrouve, dit-on, les mœurs des anciens Russes. Je ne pus m'en apercevoir dans mon propre domicile, d'ailleurs si élégant, qu'à la réclusion habituelle de la femme, à la superstitieuse ignorance du mari, à sa barbe touffue, à ses vêtements asiatiques, à son ivrognerie journalière et à sa brutalité. Une simple porte condamnée me séparait de ce ménage. Chaque soir l'arrivée nocturne de mon hôte m'était signalée par une horrible tempête d'imprécations, de coups redoublés, et des cris de mon hôtesse : effroyable vacarme suivi bientôt d'un autre bruit, sale et dégoûtant dénoûment de l'état d'ivresse complète, dans lequel ce Russe des anciens temps rentrait régulièrement dans son domicile!

J'ignorais si je devais juger du reste de cette classe, de cette espèce de tiers état, par ce riche marchand, mais cette grossièreté de mœurs n'était pas une exception. Je me souviens qu'un jour, voyant à la porte de la cathédrale ramasser un habitant vautré au milieu de la boue dans cet état d'ivresse, j'appris que c'était le pope desservant de cette église. Ses ouailles, en le secourant ainsi, ne paraissaient nullement étonnées ni scandalisées du honteux exemple qu'il leur donnait, et dont à leur tour elles s'autorisaient sans doute.

Je n'ai point d'ailleurs remarqué dans ce peuple la tristesse résignée qu'on lui suppose. L'air leste et décidé des paysans m'a souvent frappé. Les Russes sont encore ce qu'on les fait; plus libres un jour, ils seront eux-mêmes. Alors, malheur à l'Europe, si leur vaste empire, plus peuplé et mieux pourvu de communications plus rapides, ne se divise pas! Comme ils doivent à leur longue supériorité sur l'Asie, à leur foi superstitieuse, et à la concentration des pouvoirs dans une seule main, la personnalité nationale la plus orgueilleuse et la plus exclusive, et qu'en même temps leur dur climat leur fait facilement supporter la douleur, et leur vie pénible affronter la mort, ils iront loin!

XXIV.

RETOUR.

Je demeurai à Vologda jusqu'au 30 juin 1807; à cette date l'attitude des Russes nous fit soupçonner la victoire de Friedland : c'étaient des demi-aveux, que complétèrent à mes yeux les empressements d'un émigré français, vagabond de bas étage. C'était la seconde fois que je rencontrais cet homme. Son insolence m'avait appris Eylau ; ses bassesses me donnèrent la mesure de Friedland, mais imparfaitement, l'ayant accueilli la seconde fois, comme la première, avec le dégoût qu'il m'inspirait. Enfin vint le jour de notre délivrance et de nos adieux à nos alliés nouveaux. Je m'en séparai avec de sincères regrets pleins d'une juste reconnaissance. Et réellement, je me plais ici à le répéter, victorieux ou vaincus, ennemis comme alliés, toujours les mêmes, je n'avais trouvé en eux que de généreux, de bons et d'aimables hôtes.

Les ordres venus de Pétersbourg nous avaient partagés en plusieurs convois. Je fus mis à part. On m'expédia en poste, ou plutôt à grandes journées de marche de vingt-quatre heures, avec le major Deschamps qui, fait prisonnier à Eylau, était venu partager ma captivité. Notre kibitck était couvert; le fond était occupé par nous, et le devant par un feldjæger. Les constants égards de ce sous-officier nous attestèrent les bienveillantes instructions qu'il avait reçues.

Il y eut pourtant à la joie de notre retour le mélange d'un regret amer, celui de n'avoir pu prendre une part active à la gloire de nos armes, et la fatigante perspective de tant d'espace à franchir pour revoir la France : distance énorme, que la lenteur du roulage en été, comparée au vol rapide des traîneaux pendant l'hiver, allait augmenter encore. Il fallut se résigner à la loi commune qui semble vouloir que le bien soit aussi lent à revenir que le mal vient vite. Nous la subîmes en ceci, car notre retour fut ausssi long que notre éloignement avait été prompt à s'accomplir.

Quant à tromper notre impatience par l'aspect des lieux, comme l'itinéraire de ce retour était le même que celui de notre arrivée à Vologda, il n'y avait guère là de quoi piquer notre curiosité. Sans doute ces aspects avaient changé; mais s'il semble, au premier coup d'œil, que rien ne doive différer autant de la Russie d'hiver que la Russie d'été, ce n'est là qu'une apparence : au fond, et dans sa région boréale surtout, c'est toujours la même et monotone uniformité de la solitude, la même sombre et triste verdure des sapins et des mélèzes, et de plaines de sable incultes et désertes, remplaçant des plaines de neige.

L'espace en Russie seul est grand, mais d'une grandeur désespérante, dont les habitations elles-mêmes, aperçues de loin, augmentent l'effet. Peut-être en eussions-nous jugé autrement à Pétersbourg, à Moskou, et dans les établissements militaires ; mais on ne nous fit d'abord traverser que des champs, des forêts et des villages. Notre feldjæger avait pour instruction de nous faire tourner les villes sans y entrer, en sorte que ce ne fut qu'en passant, et de loin, que nous pûmes apercevoir Iaroslaf. Nous vîmes des files de maisons de bois plates et basses, entrecoupées par des jardins, bordant des rues d'une largeur disproportionnée. A cette distance on eût dit un rassemblement de huttes de sauvages dans un désert . L'homme ne semblait y avoir changé la nature que sur quelques points, dans quelques maisons de pierres ou de briques, et surtout dans un bon nombre d'églises, surmontées chacune de plusieurs dômes dorés et peints de riches couleurs : trophées d'une religion d'abord vaincue, puis victorieuse. Ces monuments représentent l'histoire du peuple russe, sa longue dépendance de l'Asie, son triomphe sur la Horde Dorée, et la victoire, sur le Croissant, de la Croix du Christ !

Nous vîmes bientôt Kalouga : ce fut la première ville où nous entrâmes. Dans ses habitations plus agglomérées et dans le mouvement de la population nous crûmes enfin revoir une ville européenne, mais avec ses vices, à en juger du moins par les précautions de notre guide contre les empressements, autour de nous, d'une foule aux mains envahissantes, dont il suspectait la dextérité.

Entre cette ville et Smolensk, s'il m'en souvient, un

sol montueux fréquemment couvert de bois de plusieurs essences, et assez peuplé, nous rappela celui de la France. Quand enfin nous atteignîmes cette Smolensk pleine pour moi de si vives émotions, je crus revoir une patrie et dans ses habitants des compatriotes; mais le comte Apraxin en était absent. Dès lors cette ville, tout animée qu'elle était, me parut vide, et je ne demandai plus à notre guide que le temps d'adresser à ce gouverneur quelques lignes de reconnaissants et tendres regrets. Après quoi nous repartîmes et continuâmes, jour et nuit, notre voyage par Minsk et Vilna, où le quartier général des armées russes se trouvait alors.

Leurs généraux m'y reçurent à bras ouverts : ils me prodiguèrent, et surtout leur prince Gortchakoff, ces manières si caressantes qu'ils semblent tenir de l'Asie; soit que, alliés nouveaux, elles leur eussent été dictées par leur empereur, ou qu'elles leur fussent inspirées par les souvenirs, encore tout vivants, que mon père leur avait laissés. Des milliers de Kalmouks et de Baskirs couvraient les routes. Mon compagnon le major et moi, nous leur achetâmes des armes par curiosité. Nous ne nous doutions pas que bientôt nous en ferions, l'un contre l'autre, un assez fâcheux usage.

Le meilleur accord avait pourtant toujours existé entre nous, et si l'on m'eût dit que, entré en Russie avec un duel convenu de la veille, je n'en devais sortir qu'avec un autre duel, il m'eût été impossible de le croire. Au reste cette seconde querelle devait avoir pour moi une plus prompte et plus heureuse issue que la première. Nous venions, en nous jetant, pénétrés de joie, dans les bras l'un de l'autre, de dépasser enfin la frontière russe ; mais dès lors, livrés à nous-mêmes au milieu de la détresse haineuse des Prussiens tant rançonnés, pillés et humiliés, tout nous manqua. Or, si la faim met, dit-on, le loup hors du bois, beaucoup de nous ont éprouvé qu'elle ne fait que trop sortir l'homme de son caractère. Celui de mon compagnon de captivité avait été, jusque-là, plein d'une douceur égale et bienveillante ; il en changea soudainement, et voici comment :

Le 8 août nous approchions de Friedland, lorsque, pressés par une faim dévorante en vue d'un château et d'une chaumière, nous hésitâmes. Lui, voulait s'adresser au châtelain pour demander un déjeûner que nous aurait probablement refusé ce seigneur prussien ; et moi, redoutant cette humiliation, je résistai, j'entraînai mon compagnon affamé dans la chaumière, où pour quelque argent nous devions obtenir, sans rien risquer, un repas à la vérité moins succulent. Le malheur voulut que, malgré notre appétit et la bonne volonté d'une pauvre paysanne, le festin de lait aigre et de détestable pain qu'elle nous servit ne fût réellement pas mangeable. De là une altercation où tout à coup, l'instinct animal l'emportant, le major, ivre de faim, m'injuria. Je le rappelai à son âge et à son grade plus avancés que les miens, j'invoquai sa modération habituelle ; mais il avait perdu la tête, et au lieu de me faire des excuses il leva la main sur moi.

C'en était trop ; nous courûmes à notre chariot, où trois

sous-officiers, échangés comme nous, nous attendaient. Nous y dérobâmes à leur insu nos mauvais sabres de Kalmouks, et, disparaissant dans le verger, nous y choisîmes le terrain de notre combat. Ce fut une clairière étroite, où se trouvait une jolie chaumière isolée et en ce moment fermée et inhabitée. Nous avions à peine mis bas nos habits que, dans sa fureur, le major se précipitant sur moi me fit reculer, et me blessa légèrement au bras. En même temps il m'invectivait avec tant de violence, qu'à mon tour, irrité enfin, je le chargeai, le fis rompre, et lui coupai le poignet d'un coup de sabre. Il tomba à la renverse; et là, désarmé, hors de combat, étendu à terre, sa folle exaspération croissait encore; il m'appelait assassin, il me traitait de scélérat. La raison ne lui revint qu'en me voyant lui tendre la main et le relever, puis courir au puits voisin pour laver sa plaie et ses vêtements, déjà couverts du sang qui jaillissait abondamment de sa blessure. Alors seulement mon pauvre compagnon rentra dans son caractère. Dès qu'il fut pansé aussi bien qu'il était possible, et toutes les traces de sang effacées, nous revînmes à notre chariot, où nous remontâmes sans que nos sous-officiers se fussent aperçu de cette aventure. Telle fut ma bataille de Friedland !

Ce jour-là même le major se fit mieux panser dans cette ville ; et le surlendemain 10 août, redevenus meilleurs amis qu'auparavant, nous nous séparâmes à Kœnigsberg. Le 14 j'étais à Elbing, et le 19 à Berlin, après une autre querelle à peu près semblable, où le tort cette fois

fut de mon côté, mais dont je me tirai pareillement.
Enfin, le 1ᵉʳ septembre, je revis Paris, l'Empereur et ma
famille, à laquelle seule, peut-être, ce récit de ma captivité ne paraîtra pas hors de propos, et d'une longueur
trop fatigante.

XXV.

EN ESPAGNE.

A la fin de l'année 1807, après mon retour de Vologda, nommé major c'est-à-dire lieutenant-colonel, et impatient de mon inaction à Fontainebleau, j'avais reçu l'ordre d'aller à Poitiers prendre le commandement d'un régiment de marche. C'était une agglomération provisoire de recrues de sept régiments de hussards ; car telle fut la trop jeune et trop faible composition d'une grande partie de la première armée destinée à prendre possession de la vieille Espagne.

Nous y entrâmes comme alliés en mars 1808. La division d'avant-garde, dont je faisais partie, s'arrêta à Aranda sur Duero. Nous occupions pacifiquement cette position à l'époque de la révolution d'Aranjuez, vers le 19 mars, quand Ferdinand VII usurpa le trône, et Murat entra à Madrid, pour protéger contre ce prince les vieux souverains et leur favori renversé.

Jusque-là tout restait paisible en apparence, et Ferdinand, en allant, comme on l'a vu, se livrer à Bayonne au milieu d'avril, traversa nos cantonnements dont je commandais le plus avancé, sans qu'il se manifestât la moindre émotion sur son passage ; après quoi, nous nous ralliâmes derrière lui dans Aranda, et jusqu'au 2 mai l'Espagne demeura inerte encore.

De notre côté la discipline, quant aux rapports de l'armée et des habitants était sévèrement maintenue ; mais nous vivions entièrement étrangers les uns aux autres. La différence des habitudes, de la langue, du caractère, la gêne du logement militaire, l'orgueil national, révolté de cette invasion déguisée sous la forme d'une alliance et dont le but devenait de plus en plus suspect, tout nous séparait. Quant aux pratiques religieuses, rien ne nous ayant été prescrit et rien n'étant observé, cette Espagne catholique si fervente dut nous croire sans religion ; en sorte que ce qui, du moins, aurait pu être un lien commun entre les deux peuples, devint un obstacle de plus à leur rapprochement.

Cependant le départ successif des princes de la famille régnante, et surtout celui du prince de la Paix, dérobé à la vengeance nationale, accroissait l'irritation. L'attitude toujours grave de ces peuples devenait sombre ; leur patience n'était plus visiblement maintenue que par l'étonnement de la docilité de leurs princes, par l'habitude d'obéir, et par un reste d'incertitude sur un dénoûment que leur loyauté et la grande opinion qu'ils s'étaient faite de l'Empereur leur faisait croire encore invraisemblable.

Mais, quand il ne fut plus possible de s'y méprendre ; quand Murat, remplaçant le dernier Bourbon parti pour Bayonne, devint chef du gouvernement, la colère universelle n'attendit plus qu'un signal : la Junte de Madrid n'osant le donner, le peuple de cette capitale s'en chargea. Telle avait été la révolte du 2 mai. Elle eut lieu à l'occasion du départ des infants Don Antonio et Don Francisco. Dans le tumulte, cinq cents Français périrent poignardés ou tués en combattant. Toutefois ce premier symptôme fut encore désavoué par tous ceux qui avaient quelque chose à perdre. Murat avait éteint en quelques heures, dans le sang de cent soixante révoltés, cette émeute d'assassins. L'égorgement des nôtres fut vengé, dans la nuit suivante, par l'exécution militaire de trente-cinq des plus coupables : vengeance qui augmenta la haine, parce qu'on remarqua que ces misérables avaient été fusillés sans qu'ils eussent été préparés chrétiennement à leur supplice.

Napoléon ressentit une joie trompeuse à la première nouvelle de ce soulèvement dont il ne connaissait point les détails, mais il en sut tirer parti sans en redouter assez les suites. C'était pourtant la première étincelle d'un incendie qui ne devait plus s'éteindre que sous les débris de son Empire ! C'était le premier signal d'une lutte nouvelle, où les rôles allaient changer ; où le bon droit n'était plus sous nos drapeaux où toutes les puissances morales, la justice, la foi publique, le droit des gens, l'orgueil national soulevés, étaient retournés contre nous ; où la guerre enfin d'un peuple pour son indépendance, guerre pareille à celle dont l'élan nous avait sauvés dans notre révolution, se trouvait du côté contraire.

Le contre-coup de cette révolte n'avait pas tardé à se faire sentir du Mançanarès au Duero. Huit jours après, quelques assassinats nous en avertirent, puis l'embauchage et la désertion de plusieurs de nos conscrits. Bientôt les escortes devinrent nécessaires ; une atmosphère de haine nous environna, nous nous sentîmes sur un volcan ! Badajoz et Oviédo répondirent, le 22 mai, au signal donné par Madrid, Valence le 23, Séville le 26, l'Aragon le 27, et de Bayonne à Aranjuez il ne nous resta de libre encore que les villes occupées par nous, et la grande route.

Là, comme dans la Vendée de 1793, le peuple seul avait commencé ; les grands, les riches, les autorités civiles, l'armée espagnole même, tout ce qui calculait enfin, tout ce qui avait intérêt à l'ordre, et ne concevait de force que la force organisée, hésita et temporisa.

Nos régiments de marche furent alors poussés jusqu'à Madrid, où leurs détachements se dispersèrent pour rejoindre leurs numéros. Je restai donc sans commandement à la diposition de Murat. Un autre trône l'appelait. Le désappointement de se voir frustré de celui-ci, sa responsabilité au milieu d'une insurrection générale, le climat, les aliments, plus nutritifs en ce pays que dans le nôtre, avaient altéré son humeur et sa santé. Malade, découragé, pressé d'aller régner à Naples, il n'aspirait qu'à sortir de ce royaume. Il me chargea d'en exprimer son désir à l'Empereur.

Les moindres maux de la guerre sont ceux des champs de bataille. Ce sont les souffrances des marches, des

bivouacs, les privations, le défaut de distributions régulières, le manque de médicaments et d'hôpitaux, qui
dévorent les armées, les nôtres surtout, où tout se fait à
la hâte, sans assez de souci des mille détails auxquels la
santé du soldat est attachée; mais alors, et quoique le
titre de général comprenne la science administrative et
en impose tous les soins, peu de nos généraux savaient
être administrateurs. Parmi les exceptions j'en citerai
trois cependant, vraiment dignes de ce nom : Davout,
Saint-Cyr, et Suchet surtout. Ce n'était point un chef
tel que ceux-ci qui nous avait commandés à Aranda. On
ne pourrait se figurer l'horrible spectacle qu'offrait
l'hôpital formé pour nos régiments dans cette ville. Tout
y manquait : l'air, les médicaments, les lits même, où
gisaient, par deux et même par trois, mourants et malades! Dans les visites que mon devoir m'imposait, j'y
avais puisé le germe du typhus qui moissonnait nos
jeunes recrues; et quand, vers le milieu de juin, Murat
me donna mes instructions pour rejoindre l'Empereur,
j'étais plus malade que lui-même.

La fièvre me prit à l'instant où j'allais monter à
cheval à Madrid, pour n'en descendre qu'à Bayonne.
Néanmoins tel était l'empire du devoir, l'habitude de
tout braver, et l'empressement à sortir de ce pays, que,
me lançant à franc étrier dans cet espace sous un soleil
dévorant, je fis les cent soixante lieues en cinquante et
quelques heures. Le mal cependant l'emporta à plusieurs
reprises : trois fois je tombai sans connaissance; le bonheur voulut que ce fût à des relais, et qu'il s'y trouvât

des Français ou des femmes compatissantes. On me re-
mettait en selle, et je continuais.

Près d'Aranda un autre danger faillit terminer ma
mission, comme il arriva depuis à tant d'autres. J'avais
aperçu sur la route, aux approches d'un village, des traces
d'une lutte violente, des lambeaux d'uniformes ensanglantés, et à quelques pas, sur la gauche dans les vignes,
un rassemblement de ces énormes vautours si communs
dans ce pays. Cette trace, ces débris, la réunion de ces
sinistres oiseaux et leur acharnement sur une proie dont
je ne pouvais distinguer la forme, ne m'indiquaient que
trop l'entrée du village comme le lieu d'un horrible
meurtre, et les vautours, la place où l'on avait traîné les
victimes. M'arrêter ou reculer en vue de ce repaire d'assassins, c'eût été ou me perdre ou manquer ma mission ;
il ne me restait de parti à prendre que de le traverser à
toute bride. Mais, au moment où je m'engageais ainsi
dans ce coupe-gorge, mon guide se mit au pas ; il me barra
le passage ; je le menaçai de mon sabre ; un coup de sifflet
partit : et tout à coup une multitude d'hommes furieux,
à physionomies atroces ou qui me parurent telles, s'élançant de plusieurs masures, m'environnèrent, me menaçant de leurs poignards, et poussant des cris de mort !

Tombé dans ce guet-apens je m'affermissais sur mes
étriers, ne songeant plus qu'à choisir le point le plus
faible du cercle que par un élan désespéré je pourrais
enfoncer peut-être, quand, de ce côté, un vieux prêtre
accourant se fit jour lui-même. Il pénétra jusqu'à moi
les bras étendus, me couvrit de sa personne, et, par

quelques mots rapidement prononcés, fit cesser tout le tumulte. En un instant les poignards disparurent ; toutes ces physionomies si féroces changèrent d'expression ; le cercle meurtrier s'ouvrit, et le passage me fut livré.

Je ne pris que le temps de serrer la main à ce bon prêtre, en jetant sur lui un regard pénétré de reconnaissance, et je passai. Mais ce regard et les premiers temps de galop que je fis dans le village, suffirent pour m'expliquer l'heureuse issue de cette aventure. On se souvient que, à l'époque du départ de Ferdinand VII, j'avais été détaché en avant d'Aranda, sur la route que suivait ce prince. C'était justement dans ce même cantonnement et chez le même curé. Il m'avait reconnu ; et voilà pourquoi, satisfait de nos bons rapports et se rappelant la discipline observée, il venait, avec tant d'à-propos et un si heureux succès, de m'en témoigner sa gratitude.

Après quelques autres accidents graves, mais trop communs en Espagne et dans des courses aussi rapides pour qu'ils méritent d'être rappelés, j'arrivai au quartier impérial, vaincu par la maladie et tout à fait au bout de mes forces. J'entrai pourtant, et remis mes dépêches à l'Empereur, en lui transmettant les vœux du grand-duc de Berg. Mais, plus mort que vif, j'aurais mal satisfait à ses questions s'il eût attendu mes réponses. Il m'en épargna la peine, car, s'il m'interpella sur l'esprit pacifique et la soumission de la Péninsule, ce fut de façon à me convaincre de m'abstenir de tout ce qui pourrait ébranler en lui une sécurité qui ne pouvait être qu'apparente. Aussi me congédia-t-il promptement et fort à temps pour moi ; autrement je serais tombé devant lui sans connaissance, comme il m'arriva hors de sa porte, devant un grenadier en faction qui me ramassa.

On me porta à Bayonne, chez Mme de Ravignan, ma parente et mère du prédicateur jésuite alors enfant, et aujourd'hui devenu célèbre. Ce fut de là, et après une vive lutte, où deux fois on me crut assez mort pour me jeter un drap sur la figure, que, remis sur pied par les bons soins de cette famille, je fus renvoyé à Paris pour y achever ma convalescence.

Revenu malade de Bayonne dans Paris, je n'avais pu accompagner l'Empereur au Congrès d'Erfurt. A son retour il m'avait repris, et j'étais rentré en Biscaye à sa suite. Je le rejoignis à Vittoria.

Jusque-là rien en Espagne ne m'avait paru changé. La verte, la pittoresque et laborieuse Biscaye, intacte encore, semblait étrangère aux passions et aux bouleversements du reste de la Péninsule. J'y rentrais pour la troisième fois ; mais cette fois, plus encore que les deux premières, je fus frappé de la brusque dissemblance d'aspects, de mœurs et de caractères, qui, bien plus que l'étroite Bidassoa, séparait les deux pays. Nos troupes, celles surtout qui arrivaient de la bonne et grasse Allemagne, s'en étonnèrent. Il n'en était point ici comme à nos autres frontières. Aucune nuance, rien de commun, nul commencement de mélange d'habitudes, de langage et de manières, ne faisait transition. Dès le premier village-frontière, celui d'Irun, nos soldats se sentirent mal à l'aise. La physionomie grave et réservée des habi-

22.

tants, leur costume différent du nôtre et sa couleur
sombre, les rues étroites, tortueuses, et les fenêtres
grillées des maisons avec leurs portes toujours closes ; de
petits chariots de forme antique, à roues pleines et insup-
portablement criardes ; une odeur nauséabonde, particulière aux lieux habités et dont la saleté seule peut être la
cause ; tout un aspect enfin, sérieux, sévère, étrange et
inhospitalier, leur avait attristé et serré le cœur.

Ce fut bien autre chose au delà de Vittoria, quand
la première armée d'invasion apprit à la seconde sa
défaite, et de quelles horreurs elle avait été accompagnée ! La tristesse alors se changea en indignation, et
peut-être ne songea-t-on point assez à en maîtriser les
suites cruelles. En effet notre première armée n'avait que
trop éprouvé combien peut être atroce la colère mona-
cale, et tout ce que peut renfermer de haine et de vengeance l'âme d'un Espagnol insulté !

Elle racontait par quels effroyables massacres de leurs
propres généraux ces peuples avaient préludé à leur insurrection universelle ; par quels mensonges leurs prêtres
les avaient déchaînés contre nos compagnons de guerre !
L'aménité et les charmes extérieurs du nouveau roi
auraient pu séduire : ils le leur avaient dépeint borgne,
ignoble, ivrogne, et de l'aspect le plus repoussant ! Puis,
s'appuyant du ciel pour soulever la terre, ils avaient
exalté ces esprits superstitieux par de prétendus miracles :
la foudre, disaient-ils, avait éteint les feux sacrés qui
brûlaient devant leur Vierge des Batailles ! Ils avaient
vu les images de leurs saints pleurer ! Dès lors, partout,

nos malades, nos traîneurs, nos officiers envoyés en ordonnance, surpris et saisis, avaient été, quant aux plus
heureux, égorgés sur place ; plusieurs autres jetés dans
des chaudières d'eau bouillante ; d'autres encore, ou sciés
entre des planches, ou brûlés à petit feu ! Entre mille
victimes de pareilles atrocités nos soldats citaient l'un des
plus probes et des plus humains de leurs généraux, qu'ils
avaient retrouvé mourant encore, garrotté à l'un des
arbres du chemin, où ces monstres lui avaient scié les
quatre membres !

Transportées de colère à ces récits nos armées s'étaient
élancées furieuses ! Celle des Espagnols, à l'exception de
leurs troupes réglées, partout à peu près les mêmes, étaient
composées surtout de ces féroces insurgés ; elles s'étaient
bien moins préparées à la défense qu'à l'attaque. On y
avait songé, avant tout, à nous empêcher de fuir. Eni-
vrées du souvenir de Baylen, d'orgueil national, et des
prédications de leurs moines, elles avaient apporté presque
autant de fer pour nous enchaîner que pour nous vaincre.
Leurs contrebandiers, enrégimentés, s'étaient même fait
suivre par de grands amas de marchandises, dont ils prétendaient inonder la France, à leurs yeux déjà conquise !

On a vu que, de leur gauche à leur droite, quelques
heures nous avaient suffi pour changer toute cette jactance orientale en une fuite méprisable. Car, de même
que les Turcs, dont ils ont les défauts et les qualités, ces
peuples ne savent se défendre obstinément que derrière
des murs ; ils tiennent mal en plaine, ne trouvant pas de
honte à tourner le dos, à se disperser, à courir se cacher

dans leurs montagnes. Toutefois, comme ils ne se sou-
cient guère de leurs pauvres habitations et qu'ils vivent
de peu, s'ils fuyent, s'ils se réfugient dans leurs rocs,
c'est sans se décourager, sans abandonner leur cause,
mais pour y multiplier la guerre, pour la transformer,
sur les flancs et sur les derrières de l'ennemi, en une
foule de luttes incessantes, toutes de guet-apens, de surprises et d'assassinats! Il est vrai qu'alors, surpris et
saisis eux-mêmes à leur tour, ils savent mourir fièrement,
comme des martyrs, sans daigner se plaindre ni demander
grâce !

Il arriva aussi que, dans leurs défaites, beaucoup, s'é-
chappant par mille sentiers détournés, allèrent à de
grandes distances rejoindre leur drapeau; d'où vint
que leurs armées, sans cesse dissipées, reparurent sans
cesse, presque aussi nombreuses, sur de nouveaux champs
de bataille. Plus tard d'autres s'accoutumèrent à être
pris et repris, et à des capitulations de conscience : ils
prêtèrent serment au nouveau monarque, mais pour gagner du temps et l'occasion de déserter avec les armes
que le roi leur avait fait donner, et qu'ils reportaient
fidèlement à leur bonne cause.

Grand peuple ! mais sans grands hommes, pendant six
années de circonstances les plus propres à en créer. Il
faut au reste, convenir que, dans ce pays, il n'était pas
alors si facile d'être grand homme : cela n'étant possible que par une suite de victoires, impossibles avec ces
ramassis d'insurgés devant une armée expérimentée
comme la nôtre; en sorte que, malgré les secours de

toute nature prodigués par les Anglais, les efforts redoublés de ces peuples ne produisirent que des chefs de partisans assez remarquables, sans jamais créer un général.
A cela bien d'autres considérations pourraient s'ajouter :
telles que la configuration du pays, son morcellement en
provinces animées de divers esprits et intérêts de localité ;
de là une multitude de chefs, chacun d'eux, d'ailleurs,
exaltant dans un langage si hyperbolique ses moindres
succès, qu'on ne sait où la renommée aurait trouvé
d'autres voix pour dominer celles-ci, et proclamer des
actions d'une grandeur moins imaginaire !

Je ne pus après Briviesca juger de l'aspect du pays,
parce que, au moment où l'avant-garde de Soult et de
Bessières écrasaient à Burgos, d'un premier élan, l'armée du centre, je fus envoyé de l'une à l'autre de ces
deux villes, à franc étrier et pendant la nuit. Le hasard
fait que j'en retrouve ici, sous ma main, l'ordre dicté et
signé par l'Empereur. Voici cet ordre : « Partez à mi-
« nuit avec mon petit quartier général, afin d'arriver
« avant cinq heures du matin à Burgos, et de m'y éta-
« blir. Mon intention est de partir à deux heures du
« matin d'ici, et d'arriver à sept heures à Burgos. Si
« l'armée et les maréchaux sont à Burgos, j'irai de
« suite à mon quartier général, mais incognito. Si au
« contraire il y a du désordre, j'irai hors de la ville.
« Vous préviendrez le maréchal Soult pour qu'il soit à
« mon arrivée, et le maréchal Bessières, s'il est encore
« en ville. Mais s'il est à la poursuite de l'ennemi, il faut
« bien se garder de le déranger. Tous mes chasseurs et

« dragons, qui sont ici depuis longtemps, se mettront en
« marche, demain matin à trois heures, pour Burgos.
« J'arriverai très incognito. Pourvu que je puisse faire
« mes affaires, tout m'est égal ! Partez à minuit, de ma-
« nière à pouvoir être arrivé à Burgos à la pointe du
« jour. Je suppose que vous y serez à quatre heures,
« ou au plus tard à cinq heures. J'arriverai à sept heures.
« Je désire trouver, à une lieue de la ville, quelqu'un qui
« m'indique où je dois aller. Sur ce je prie Dieu qu'il
« vous ait en sa sainte et digne garde !

« Cubo, ce 10 novembre 1808, 7 heures du soir.

« NAPOLÉON. »

Cet ordre, que je ne reçus qu'après minuit, n'était point
exécutable pour le petit quartier général de l'Empereur.
Aussi, laissant tout derrière moi et courant à tous chevaux, à toute selle et à toute bride, au travers de la plus
noire des nuits, j'atteignis Burgos vers six heures, au
point du jour. Ses premières lueurs me montrèrent la
grande route et les champs voisins couverts d'Espagnols
tués la veille, de moines encore en froc, armés et étendus
à terre, de chevaux abattus, et de plusieurs de ces beaux
chiens de chasse, si communs en ce pays, les uns gisant
morts près de leurs maîtres, les autres hurlant, et cherchant celui qu'ils avaient perdu.

Quant à Burgos elle-même, prise de vive force, et
presqu'entièrement vide de ses habitants, elle était en
proie au pillage le plus actif : les portes des maisons

enfoncées, les rues jonchées de vêtements épars, de débris d'ustensiles de ménage, de meubles brisés. Nos soldats y fourmillaient courbés, les uns sous des amas d'effets précieux, plusieurs sous des sacs de quadruples ; tous
étaient si ardents à cette curée, qu'à peine me fut-il
possible de rassembler un bataillon pour prendre possession de l'archevêché, et y établir le quartier impérial.

Je n'avais point encore placé les premiers postes, que
je vis arriver, seul avec son mamelouck et Savary, l'Empereur lui-même ! Il avait couru comme moi toute la
nuit ; il arrivait à toute bride, couvert de boue, et mourant de faim, de froid et de fatigue. Cet archevêché
n'avait guère été plus épargné que le reste de la ville.
L'appartement destiné à l'Empereur était encore tout
bouleversé, sali d'éclats de bouteilles, de flaques de vin
répandu, et de meubles défoncés; nous y remîmes d'a-
bord quelque ordre; puis Savary, ayant été préparer
quelques vivres avec Rustan, me laissa seul avec l'Empereur qui m'aida à allumer son feu.

J'achevais, à la lueur d'une chandelle, de remplir ce
soin, quand Napoléon, dont l'odorat très fin supportait
mal l'infection des restes du pillage, m'appela pour ouvrir
une croisée près de laquelle il venait de s'asseoir. J'accourus fort heureusement, et nous en tirâmes d'abord les
rideaux; mais quelle surprise ! Derrière ces rideaux trois
Espagnols, tout armés, debout, immobiles, se tenaient
adossés et collés contre les volets, soit qu'ils se fussent
réfugiés là pour échapper à nos pillards, ou qu'eux-mê-

mes y fussent venus piller, ce dont on accusait leur armée comme la nôtre. Depuis au moins dix minutes que Napoléon, seul avec moi, était là sans défiance, tantôt assis, tantôt courbé devant la cheminée, et leur tournant le dos, ils eussent pu dix fois, d'un seul coup, terminer la guerre! Mais par bonheur ce n'étaient point des insurgés, c'étaient des soldats de ligne. Ces malheureux, se voyant découverts, demeurèrent glacés de peur, nous regardant d'un œil effaré. L'Empereur n'eut pas même la pensée de mettre la main sur ses armes; il sourit, fit un geste de pitié; je les désarmai, les livrai à nos soldats; et, m'étant assuré qu'aucun autre ennemi n'était caché dans cette chambre et ses environs, je m'empressai d'aller reconnaître, avec encore plus de soin que de coutume, le reste de ce vaste bâtiment.

C'était comme une ville entière, la célèbre cathédrale de Burgos et ses dépendances étant jointes à l'archevêché. A l'aspect de cette magnifique église je restais saisi d'admiration, lorsque, vers le sommet de ses énormes piliers, il me sembla voir se glisser des ombres humaines! Cela me rappela au devoir que j'étais venu remplir; et bientôt, ayant découvert une entrée dans la base de l'une de ces gigantesques masses, j'en atteignis rapidement le faîte, par l'escalier tournant sur lui-même qu'elle renfermait. Cet escalier aboutissait à une rotonde. J'étais hors d'haleine quand, surgissant dans cette coupole et levant les yeux, je me trouvai environné de vingt officiers ennemis, rangés circulairement, et silencieusement assis contre la muraille. A ma vue un murmure,

moitié suppliant, moitié menaçant, s'éleva ; quelques
épées même se tirèrent, et peut-être allais-je être sacrifié
à leur salut, si je n'eusse, promptement et à tout hasard,
accompagné du cri *A moi, grenadiers !* l'ordre que je
leur donnai de se rendre. Après un instant d'hésitation
ils s'y décidèrent, fort heureusement pour eux comme
pour moi, car j'eusse été vengé à l'instant même, plusieurs des nôtres m'ayant vu disparaître dans ce pilier,
et venant de s'y engager à ma suite.

Ce jour-là, et le lendemain, le pillage continua dans
toute la ville. Les distributions manquaient. Nul habitant ne se trouvait là pour y suppléer ; et, la nécessité
pour chacun de se procurer des vivres servant de pré-
texte, rien n'échappa à cette destruction, l'arrivée successive de corps nouveaux la renouvelant sans cesse.
Les chefs d'ailleurs, pour fermer les yeux, s'autorisaient
des atrocités espagnoles contre les nôtres. On voulut
épouvanter ! Ce fut, depuis l'Èbre jusqu'à Madrid, comme
une exécution militaire. On laissa le soldat jouir de cette
vengeance et s'en rassasier.

Dans Burgos la contagion gagna jusqu'au quartier
impérial ; il y fallut même, pour l'arrêter, un exemple
sévère ordonné par l'Empereur. Je remarquai un fait
unique au milieu de ce désordre. On m'avait averti
qu'une troupe de pillards venait de pénétrer dans la cathédrale. J'y courus, mais il n'en était pas besoin ; l'imposante majesté de ce lieu sacré avait suffi ! Devant tant
de grandeur et d'éclat, les maraudeurs stupéfaits, saisis
d'un respect subit, étaient demeurés confondus ! Ils ad-

miraient ! Entrés audacieux, ils étaient devenus tout humbles ! On eût dit, à leur muette contemplation, et à l'embarras de leur démarche en se retirant, que, à l'aspect imprévu de cette sublime immensité, écrasés de leur néant, ils s'étaient crus, tout à coup, en présence de Dieu lui-même !

Mais il n'en fut pas ainsi dans Lerma, où je fus envoyé vers le 20 novembre. Cette ville est bâtie sur le versant d'un monticule, espèce de cône tronqué, dont le plateau porte une abbaye, un palais et leur esplanade. Dès la première nuit tout y fut pillé, et la moitié de la ville incendiée ; je n'y pus rien, un brasero, laissé la nuit dans ma chambre, m'ayant presque asphyxié.

Que faire, d'ailleurs, contre un entraînement universel ? On sait qu'une longue suite de victoires gâte le soldat comme le général ; que de trop fréquentes marches forcées altèrent la discipline ; qu'alors l'irritation de la faim et de la fatigue, et l'obscurité, en arrivant aux cantonnements dans la nuit, portent et enhardissent à tous les excès, comme aussi le défaut de distributions impossibles avec tant de hâte; d'où vient, chaque soir, pour les soldats la nécessité de se disperser afin de pourvoir à leurs besoins, et, comme ils ne reçoivent jamais rien, l'habitude de tout prendre. Comment donc s'étonner de ces désordres ? Nos soldats s'y croyaient autorisés. Après les miracles d'Iéna et de Friedland ils venaient de faire cinq cents lieues au pas de course, et de vaincre en arrivant ! Leur vie était comme un long assaut surhumain contre la fatigue et le danger; au milieu de quoi le pillage, comme l'un des fruits de la victoire, leur semblait un droit. Le leur trop contester ç'eût été les rebuter. Comment, enfin, tant exiger sans rien tolérer ?

Ici, d'ailleurs, les habitants n'avaient eu garde de nous attendre. Leur fuite annonçait assez qu'ils faisaient cause commune avec leur armée, et bien pis encore. On disait que, dans leur premier succès, eux et leurs femmes elles-mêmes s'étaient disputé l'horrible jouissance d'achever nos blessés et nos malades! On ajoutait d'affreux et de trop réels détails : la vie arrachée successivement aux uns par d'odieuses mutilations, à d'autres par des milliers de coups de ciseaux, enfoncés dans leurs yeux et dans toutes les parties les plus sensibles. On savait qu'à Valence deux cents Français, habitant la ville depuis longtemps et presque naturalisés, y avaient été martyrisés ; et là, comme ailleurs, c'était à des moines qu'on imputait le signal de ces massacres! De là ces excès des nôtres, suivis de profanations sacrilèges, dont Lerma surtout donna le premier et fâcheux exemple ; de là cette longue orgie de quarante-huit heures, ces incendies causés par le vin, et qu'avec le vin on voulut éteindre! De là enfin, sur ce même plateau élevé, en vue de ces pleuples religieux jusqu'au fanastime et réfugiés dans leurs rochers, le spectacle de nos soldats, dans une triple ivresse de vin, de gaîté et de colère, circulant processionnellement autour de leurs feux, cierges en main, affublés des frocs de ces moines, dont ils imitaient les chants sacrés sur des paroles de garnison les moins édifiantes !

L'Empereur ne vit point ces égarements qu'il n'eût

point souffert. Il venait même d'essayer par une proclamation, de rappeler les populations dans leurs foyers et
de les ramener à sa cause, leur donnant un mois pour y
rentrer. Il leur promettait, à ce prix, sa protection, n'en
exceptant que plusieurs Grands, sur qui devait porter
toute sa colère. Il partit de Burgos le 23 novembre, et
ne s'arrêta le même jour qu'à Aranda. Ici, de tous les
habitants l'alcade seul était resté. Il disait que des ressources du pays environnant il pourrait nourrir, pendant
un mois, quatre-vingt mille hommes. Mais là comme à
Burgos, quant au pillage, même désordre : les portes les
lits, tous les meubles des maisons alimentèrent et garni-
rent les bivouacs du centre de notre armée réunie autour
de cette ville.

Dès le lendemain 29, Napoléon, poussant lui-même
par Sommo-Sierra, droit sur Madrid, avec Victor et sa
propre garde, n'avait plus songé qu'à y prévenir l'arrivée des débris espagnols de Tudela, et à étonner prompt-
tement la Péninsule et l'Europe par la nouvelle de son
entrée dans la capitale.

En conséquence je reçus l'ordre d'aller l'attendre, le
29 novembre (1), à Boceguillas. C'est un assez joli village, à trois lieues environ du Sommo-Sierra, forte position dont la réserve de l'ennemi occupait les approches
et le défilé. Ce jour-là, les chevau-légers polonais de notre garde faisaient tête de colonne. Ils chassèrent les
Espagnols de Carajas, autre village situé à l'entrée de la

(1) 1808.

gorge du Sommo-Sierra. Ce régiment s'y établit et couvrit ainsi le quartier impérial.

L'Empereur arriva à Boceguillas à la fin de ce même jour. On éteignait, en ce moment, le feu qui venait de prendre à la maison située sur la place de ce village. C'était justement celle et la seule qui pouvait le recevoir. Dans la nuit qui suivit, un brouillard glacé, l'impatience du combat du lendemain, et l'odeur de l'incendie de la veille, l'agitèrent : il dormit mal. Cette odeur le chassa même de son quartier dans sa tente, d'où il vint, à plusieurs reprises, se réchauffer à nos bivouacs. Aussi monta-t-il à cheval trop tôt, dès que le rapport du matin arriva, et dès qu'il crut l'infanterie de Victor en tête, et prête à s'engager dans la montagne.

XXVI.

SOMMO-SIERRA, JE SUIS BLESSÉ.

Le Sommo-Sierra était le dernier obstacle à vaincre pour arriver devant Madrid. Les débris de Castaños, échappés de front à Lannes et dans leur déroute au maréchal Ney, s'écoulaient derrière ce rideau. L'Empereur avait hâte de le percer : il pressait la marche. Néanmoins, arrivé vers onze heures à la hauteur de Carajas, et l'infanterie de Victor n'étant pas prête, ni l'ennemi assez reconnu, il s'arrêta sur une colline, à gauche de la route où nous déjeunâmes.

Ce fut là que le chef de bataillon du génie Lejeune, aide de camp de Berthier, et peintre fort connu depuis par un tableau remarquable de cette affaire, vint lui rendre compte de la position du corps ennemi. Il annonça que les tirailleurs de Victor étaient aux prises.

En effet, devant nous, l'avant-garde de ce maréchal entrait avec la grande route dans un défilé, que deux arêtes escarpées resserraient de plus en plus. Il y avait au fond de cette gorge, et sur le bord à droite de la route, un rocher énorme. Ce rocher marquait et masquait le pied d'un dernier ressaut, roide et court, dernière et rapide pente à gravir .pour atteindre le sommet de ce plateau, plus célèbre qu'il ne le mérite. C'était une position bénie, presque sainte, et crue invincible ! Le sommet en était couronné par une redoute armée de seize canons, et défendue par douze mille Espagnols rangés en bataille, sur deux lignes, entre des rocs. Le brigadier général Saint-Juan les commandait. Une foule de leurs tirailleurs se prolongeait en avant d'eux, sur les contre-forts de droite et de gauche, d'où ils plongeaient leurs feux dans le défilé.

Le corps d'armée de Victor était nombreux, bien ensemble, et soutenu par la garde impériale. De leur côté il y avait moins d'hommes, mais plus de haine, l'avantage du lieu, et tant de foi, tant de confiance dans cette position, que, après y avoir failli, ne comprenant pas qu'elle ne se fût point défendue d'elle-même, ils crièrent à la trahison, et se rendirent coupables, comme on le verra, d'un abominable meurtre.

L'Empereur, étonné qu'on eût osé l'attendre, et de plus en plus impatient, nous fit remonter à cheval ; il devança l'infanterie, et s'engagea trop tôt dans cette gorge. Le feu des ennemis l'y arrêta, à quatre cents mètres environ de la droite de leur ligne de bataille. Alors, se rangeant dans un pli de terrain, à la gauche de la route, il laissa s'avancer nos fantassins. Là, soit mépris pour ces insurgés, soit impatience de s'être autant et aussi inutilement exposé, et que le brouillard lui cachât l'obstacle, dans son irritation croissante il ordonna à son escadron d'escorte d'avancer, de charger, et, sans plus attendre, d'enlever la position. Cet escadron était composé de quatre-vingts chevau-légers polonais, commandés par sept officiers : MM. Kozjietulski, Rudowski, Dziewanowski, Rowiczki, Krazinski, et Niegolewski. A leur tête partirent aussi le général Montbrun et Piré, aide de camp du prince de Neuchâtel. En même temps il fit escalader le contrefort de droite par le 9me régiment léger, celui de gauche par le 24me, et il poussa le 96me en avant sur la grande route.

Cette attaque d'infanterie bien combinée demandait du temps; car dans le début d'une pareille manœuvre, où le sol abrupt, changeant d'aspect à chaque pas, est d'abord à vaincre autant que l'ennemi, il y a souvent de l'hésitation. Les chefs n'ont point leurs masses réunies sous la main ; l'ensemble manque, on s'attend mutuellement ; et le combat, dispersé en insignifiantes tirailleries, languit longtemps sans décision.

Il commençait ainsi, lorsqu'on vint annoncer à l'Empereur que la charge de son escadron de service était arrêtée ; qu'elle avait rencontré un obstacle insurmontable, que l'emporter de front était impossible. C'était en effet par les flancs et par l'infanterie seule qu'il pouvait être surmonté. Mais il n'y avait pas de temps à perdre. Napoléon s'était engagé dans un mauvais pas ; il ne voulait pas devant les troupes s'en retirer ; les balles, du haut des crêtes, pleuvaient autour de sa tête. C'était bien l'affaire des Polonais, comme gardes, d'éloigner ce péril de sa personne ; néanmoins, comme Piré et Montbrun ignoraient le danger de l'Empereur, ils avaient raison; et l'on verra trop, tout à l'heure, que militairement leur chargé, inopportune en ce moment, était impossible.

Mais à ce dernier mot, l'Empereur, impatient d'en finir, s'indigna! Il frappa violemment le pommeau de sa selle, en s'écriant : « Comment ? impossible ! je ne con« nais point ce mot-là ! Il ne doit y avoir pour mes Po« lonais rien d'impossible ! » A quoi Walther, général commandant la garde, s'efforçant de le calmer, répliqua : « Sire, un moment de patience ; l'infanterie monte sur « les flancs ; l'ennemi va être abordé de plain-pied sur « ses deux ailes ; c'est alors qu'une charge, au centre, « l'achèvera ; il n'aura rien perdu pour attendre. » L'Empereur ne l'écouta point. Au travers des frémissements de sa colère, j'entendais ces exclamations : « Impossible ! « Quoi ! ma garde arrêtée par des paysans ! devant des « bandes armées ! »

En ce moment les balles ennemies redoublaient, et moi, par un mouvement naturel, je m'étais avancé entre elles et Napoléon, le regardant, craignant à chaque instant de le voir atteint, m'animant de son danger et m'exaltant trop de ses paroles, car Walther avait raison. Mais lui, voyant dans mes regards la même irritation qui l'enflammait : « Oui, ajouta-t-il comme si je l'avais « interpellé, oui, partez, Ségur ! Allez ! Faites charger « mes Polonais ! Faites-les tous prendre, ou ramenez-« moi des prisonniers ! »

Partant aussitôt, au travers de la forêt mouvante de nos baïonnettes qui hérissaient la route et que, à chaque

23.

temps de galop, il me fallait relever pour n'en pas être atteint, j'arrive au pied du rocher à l'abri duquel l'escadron polonais, seul, en avant de l'infanterie, s'était rangé. « Commandant, criai-je à Korjietulski, l'Empe- « reur nous ordonne de charger à fond, et sur-le-champ ! » Sur quoi Montbrun fit une exclamation et un geste d'é- tonnement, sans oser me contredire ; mais Piré répondit : « C'est impossible ! — On l'a dit à l'Empereur, répliquai- « je, et il n'en croit rien. — Eh bien, reprit Piré, viens-y « donc regarder toi-même ; et vois si le diable, tout fait « au feu qu'il doit être, pourrait mordre là-dessus ! »

Alors, joignant à l'avis la preuve, et dépassant le ro- cher il me montra, au travers d'une grêle de balles, dont aussitôt nos équipements furent criblés, la montée ra- pide du chemin sur cet amphithéâtre hérissé de rocs, la redoute de seize canons qui le couronnait, et vingt ba- taillons déployés de façon à converger, de front et de flanc, tous leurs feux sur une attaque qu'on ne pouvait effectuer qu'en colonne et sur la route.

Il y avait bien là quarante mille coups de fusil et plus de vingt coups de mitraille à recevoir par minute ! Rien n'était plus convaincant sans doute ; mais l'ordre avait été trop impératif, il n'y avait plus à reculer. « C'est « égal, m'écriai-je ; l'Empereur est là, et il veut qu'on en « finisse ! Allons, commandant, à nous l'honneur, rom- « pez par pelotons, et en avant ! »

Pour toute autre troupe, le colloque précédent à haute voix l'eût intimidée ; elle eût hésité ; mais avec ces héroï- ques Polonais il n'y parut pas le moins du monde : à

peine eus-je le temps d'arracher mon sabre de son fourreau, que déjà leur charge en colonne sur cette route
était commencée.

Nous chargeâmes ventre à terre. J'étais à dix pas en
avant d'eux, tête baissée, répondant par notre cri de
guerre, dont j'avais besoin de m'étourdir, au bruit des
feux ennemis éclatant tous à la fois, et à l'infernal sifflement de leurs balles et de leur mitraille. Je comptais
sur la rapidité d'une attaque impétueuse; j'espérais que,
étonné de notre audace, l'ennemi tirerait mal; qu'enfin
nous aurions le temps d'arriver au milieu de ses canons,
de ses baïonnettes, et d'y mettre le désordre. Mais ils ne
tirèrent que trop juste !

Bientôt, malgré nos clameurs et la détonation de tant
d'armes, derrière moi des coups secs suivis de gémissements, le bruit de la chute des hommes et de celle des
chevaux, me firent pressentir notre défaite. J'entendais
les cris de douleur des malheureux Polonais l'emporter
sur leur cri de guerre; je n'osais tourner la tête vers eux,
craignant un spectacle funeste et d'être forcé de renoncer. Déjà je m'étais senti frappé moi-même; plusieurs
balles venaient de percer mon chapeau, le collet de mon
manteau et tous mes vêtements, mais elles m'avaient à
peine contusionné. Une autre avait écrasé le fourreau
de mon sabre sur mon côté gauche, car sur nos deux
flancs, comme en tête, plus nous avancions, plus les feux
de l'infanterie ennemie nous assaillaient. Un biscaïen
vint alors m'effleurer le cœur qu'il mit presque à découvert. Je me consultai; mais, comprenant vite qu'une telle

blessure devait être mortelle ou insignifiante, et ne me sentant pas défaillir, je continuai. (Je fus cependant six mois à en guérir.) Enfin, presque au même instant, un coup de feu dans le côté droit m'ayant coupé la respiration, je m'arrêtai et regardai autour et derrière moi.

J'étais seul à trente pas de la redoute. J'avais dépassé deux bataillons ennemis, placés d'écharpe, derrière un ravin, sur notre flanc droit. Un seul officier me suivait, Rudowski, je crois, un colosse comme la plupart de ces hommes d'élite. Il était encore à cheval, mais blessé à mort, chancelant et près de tomber, face à l'ennemi! La distance et les rochers me cachaient le reste. Je voulus, mais vainement, retourner mon cheval blessé lui-même. Les Espagnols hurlaient des cris de victoire, ils s'avançaient pour me saisir. Alors, ramassant ce qui me restait de forces, je sautai à terre. Dans ma retraite, pour m'abriter de leurs feux, qui bien inutilement continuaient sur un seul homme, je me serrai contre les rochers à droite de la route. Retraite cruelle! où d'abord, en passant rapidement près de Rudowski, je vis cet infortuné, achevant d'expirer, tomber presque sur moi; après quoi il me fallut franchir ou éviter tous nos malheureux compagnons morts, ou se débattant avant de mourir, sur ce glorieux mais bien triste champ de bataille!

L'escadron presque tout entier était abattu. Sur les six autres officiers, trois encore étaient tués roides ou blessés mortellement : c'étaient les lieutenants Rowiczki, Rrzyzanowski et le capitaine Dziewanowski. Les trois autres, les lieutenants et capitaine Niegolewski et

Krazinski, et le chef d'escadron Korjietulski, étaient blessés. Quarante sous-officiers et lanciers, tués ou blessés à mort, jonchaient la terre. Douze autres encore étaient blessés, mais moins grièvement ; vingt seulement, sains et saufs, avaient échappé à ce massacre. Ceux-ci venaient d'aider leurs blessés à se retirer ; en sorte que, sur tout le reste du terrain de notre charge, je ne revis debout qu'un seul trompette. Immobile au milieu des feux qui continuaient, le pauvre enfant pleurait son escadron et l'un de ses officiers étendu à terre. Il en tenait le cheval et m'aida à le monter, car je souffrais déjà beaucoup : je ne pouvais plus me soutenir, et il n'y avait point à s'arrêter sous cette pluie de balles et de mitraille. Il me conduisit ainsi jusqu'au pied de ce rocher protecteur, d'où nos valeureux Polonais s'étaient élancés si pleins de vie, et d'une ardeur que la mort seule avait pu éteindre ! La tête de colonne de notre infanterie s'était arrêtée derrière. Ce dernier trajet, au pas, sur une descente rapide, fut bien douloureux : il me parut d'une longueur interminable.

Enfin, parvenu au milieu des nôtres, et le péril ne me soutenant plus, je tombai dans les bras des grenadiers du 96me. Le colonel de La Grange se trouvait là. Je lui dus de premiers soins, et la conservation de mon sabre que, jusque-là, il m'était resté la force de ne point abandonner.

Ce fut lui encore qui me fit emporter aussitôt par quatre grenadiers. A quelques pas de là, Savary, allant dresser l'attaque, me rencontra ; il s'apitoyait ; mais j'é-

tais encore sous l'influence de cette chaude animation
sans laquelle on ne se dévouerait guère; aussi : « Ne
« songez point à moi, lui répondis-je ; en avant! en
« avant! et que l'infanterie venge nos Polonais sur ces
« misérables! »

Un peu plus loin, le groupe que nous formions, en
passant près de l'Empereur, attira ses yeux ; il s'informa.
« Ah! pauvre Ségur! s'écria-t-il ; Ywan, allez vite, et
« sauvez-le-moi! » Je tiens ce détail d'Ywan lui-même.
Ywan accourut ; et, se réunissant aux grenadiers, il
les aidait à me porter, lorsqu'une autre balle espagnole,
venue des crêtes du défilé, me choisissant seul au milieu de toutes ces têtes penchées sur moi et qui me
couvraient, les effleura sans les blesser et me traversa
la cuisse droite !

Dans le premier étonnement de cet acharnement du
sort on s'arrêta. « Ah! le malheureux, dit Ywan;
« voilà encore sa cuisse cassée! — Non, non, dis-je
« en la faisant mouvoir ; mais allons vite, tirez-moi d'ici,
« car il paraît qu'aujourd'hui le sort m'est décidément
« contraire! » La balle, en effet, après avoir contourné l'os
sans le briser, bombait de l'autre côté et s'était arrêtée là.

Ce trait assez remarquable d'infortune fut, en cet instant, mais pour un autre que moi, suivi d'un exemple
tout contraire. Turenne, officier d'ordonnance de l'Empereur, m'apercevant, s'était précipité pour venir à mon
secours, et cela bien à propos pour son propre salut;
car à peine fut-il en bas de son cheval, qu'un boulet en
brisa la selle !

On reprit la marche, et bientôt, à cent pas plus en arrière, je fus déposé sur le bord de la route, à l'abri d'un rocher, où commença le plus désagréable moment de ce genre de position, celui où l'on sonde les blessures.

Ywan, en me dépouillant de mes habits coupés et percés de toutes parts, comme dans une exécution militaire, quelque accoutumé qu'il fût à ces sortes d'aventures, ne pouvait retenir l'expression de son étonnement. Les contusions, la large blessure que j'avais sur le cœur, celle de la cuisse qu'il lui fallut ouvrir pour en arracher la balle, l'arrêtèrent peu. Mais à la contraction de sa figure, quand il vit le coup qui avait pénétré dans mes entrailles au-dessus du foie, et dont il sondait vainement la profondeur, je compris qu'il perdait tout espoir de me sauver. Je m'en aperçus mieux encore à ses gestes en réponse aux vives et nombreuses interpellations des officiers de la vieille garde, défilant presque sur mes pieds, et aux exclamations de leurs regrets, derniers adieux que leur amitié m'adressait, et dont je suis attendri encore.

Ainsi, convaincu de ma fin prochaine, et Ywan étant forcé de me quitter, je le chargeai de mes adieux à ma famille et à l'Empereur ! Mais il faut que l'amour-propre soit en nous d'une nature bien vivace, ou que Napoléon l'eût bien exalté, car, l'avouerai-je, dans ces dernières paroles adressées à l'Empereur, ma plus grande préoccupation fut d'accroître son estime, me distrayant, me consolant même de la mort, en songeant avant tout à bien mourir !

Cette marche en avant de notre réserve m'avait annoncé le succès de la bataille. En effet, pendant que notre charge avait attiré et concentré sur elle tous les feux de l'ennemi, le général d'infanterie Barrois avait profité de cette diversion. Il s'était avancé jusqu'à ce rocher, notre point de départ et de retraite. Là, poussé en avant, comme moi, sur la route par l'Empereur, dès son premier pas au delà de cet abri, pour recommencer ma charge, treize de ses grenadiers avaient été abattus par le feu de la redoute. Alors, rétrogradant derrière le roc, il avait envoyé quelques compagnies à l'escalade des hauteurs à notre droite, pour tourner l'obstacle ; puis, impatient de leur hésitation, lui-même, à la tête de sa brigade, y était monté. Là, de plain-pied enfin, devant dix mille Espagnols rangés sur deux lignes, il les avait attaqués. Mais eux, quatre contre un pourtant, se voyant près d'être abordés, avaient déchargé leurs armes ; et, se débandant aussitôt, ils s'étaient mis à fuir à toutes jambes. Au même moment, ajoute-t-il (car c'est lui qui parle et j'en ai la note de sa main), à sa gauche le bruit de la canonnade avait cessé.

Nos troupes allaient atteindre le bourg de Buytrago et une dernière troupe ennemie ; ils apercevaient même au milieu d'elle un groupe de soldats français prisonniers qu'elle entraînait, et ils redoublaient d'ardeur pour les délivrer, lorsqu'un temps d'arrêt, suivi d'une décharge et de la chute simultanée de tous ces captifs, les consterna ! Le crime était consommé ! Les infortunés, fusillés à bout portant, étaient abattus ! il n'y avait plus à songer qu'à la vengeance ! Malgré la fuite des assassins pour y échapper, elle fut entière, et l'on put ensuite relever et rendre à la vie quelques-unes de leurs victimes.

Ce fait infâme n'entachait point le corps espagnol entier défait à Sommo-Sierra ; mais ce corps acheva de se déshonorer, à dix jours et à vingt lieues de là, par un attentat plus odieux encore. Talavera de la Reyna en fut le théâtre. La déroute de ces misérables ne s'était arrêtée que dans cette ville. On n'y concevait pas qu'ils eussent pu être vaincus sur le Sommo-Sierra, tant cette position passait pour sainte et inexpugnable. Elle ne l'était certes pas, mais ils pouvaient s'y mieux défendre. Ce fut alors, que, pour s'absoudre de leur lâcheté, imputant leur défaite à une trahison de leur général, ils se précipitèrent sur le brave et malheureux San-Juan qu'ils avaient abandonné ; et, l'attachant tout vivant à un poteau, ils en firent, pendant un jour tout entier de tortures, le but de leur exécrable adresse ! Ensuite, chassés honteusement par notre avant-garde, ils lui laissèrent le spectacle de ce cadavre suspendu encore, revêtu de l'uniforme de général espagnol, et percé de mille balles !

Cependant, depuis deux heures que j'étais étendu sur la terre humide, notre corps d'armée s'était écoulé, et l'Empereur était entré à Buytrago, où le duc de Bassano l'ayant rejoint : « Voilà, lui dit-il, une jour- « née qui serait complète sans une perte qui m'est bien « sensible ! » Alors, apprenant que je vivais encore, il m'envoya sa propre calèche avec Ywan, son chirurgien, et voulut qu'on essayât de me transporter jusqu'à son quartier impérial. Ce trajet de plusieurs kilomètres sur les débris du combat me fut bien pénible. A tout moment on était forcé de s'arrêter, car j'étouffais ; et maintes fois Ywan, qui m'escortait à cheval, avança la tête pour voir si je respirais encore.

Dans cette situation je me souviens qu'apercevant, sur le côté de la route, des groupes d'Espagnols prisonniers, je fus frappé de la menaçante fierté de leur attitude, de leur sombre et féroce physionomie, et des noirs regards, pleins de haine et de colère, qu'ils osaient encore lancer sur nous !

Le lendemain matin, après avoir laissé près de moi l'un de ses chirurgiens, l'Empereur, remonté à cheval, s'acheminait avec Berthier sur la route de Madrid, lorsque, appelant Larrey, chirurgien en chef : « Vous « avez vu Ségur, lui demanda-t-il, me répondez-vous de « sa vie ? » Sur sa réponse négative, après quelques interpellations à Duroc et à Berthier, il se retourna vers les officiers qui le suivaient : « Sait-on, leur dit-il, « où et comment Ségur a été blessé ? Serait-ce en portant quelque ordre ? » Or nul ne pouvait répondre, car Walther n'était point là ; mais Piré, comme un Breton qu'il était, très-hardi en tout et partout, aussi surpris de cette question que, depuis, je le fus moi-même, poussa son cheval en avant. « Eh ! Sire, répondit-il, « c'est en chargeant, par votre ordre, en tête de l'es- « cadron polonais de service près de votre personne ! Je

l'ai entendu et vu ! Ici le général Montbrun, célèbre
depuis, ajouta plusieurs mots si honorables, que ce n'est
point à moi de les reproduire. Ywan aussi rapporta quelques-unes de mes paroles. L'Empereur alors, m'ont-ils dit,
demeura pensif, et depuis il se fit chaque jour, par Ywan,
apporter mon bulletin.

Pourtant, dans celui de la bataille et dans les suivants,
tout en m'honorant par le soin de donner publiquement
de mes nouvelles, et en annonçant qu'il m'avait nommé
colonel, il crut devoir confondre, en un seul mouvement
de charge, la plupart des détails décrits plus haut. Mais
on verra aussi, pour ce qui m'est particulier, qu'il ne
s'en tint pas aux témoignages précédents de son estime ;
fait privé, et en cela peu remarquable, s'il ne répondait
aux calomnies qui ont accusé ce grand homme de du-
reté, et de manquer à la fois de sensibilité et de gratitude.

Pendant cette marche en avant de l'Empereur j'étais
resté à Buytrago tête à tête avec mon chirurgien, c'est-
à-dire à peu près avec moi seul ; non pas que ce docteur
fût sans mérite, l'avenir a prouvé tout le contraire ; mais,
trop jeune alors, et faute d'habitude ou de foi dans son
art et en lui-même, il était de ceux qui craignent, en l'attaquant, d'attirer leur ennemi. Il n'osait rien. De peur
de tuer, il laissait mourir ! Il temporisait indécis, quand
le blessé était aux prises avec son mal et qu'il n'y avait
pas de temps à perdre !

En cette occasion le timide docteur était d'autant plus
encouragé dans ce système, que les derniers adieux de

mes amis, et les pronostics de ses maîtres, venaient de le convaincre que j'étais sans ressource aucune. Aussi, durant les 1er et 2 décembre, ne se croyant là que pour la forme, laissa-t-il le danger, qu'Ywan, par une première saignée, avait éloigné momentanément, revenir avec la fièvre et se ressaisir de tout mon être. Il en résulta que, aux premières lueurs du 3 décembre, je l'aperçus refaisant son portemanteau, comme si, me voyant sans voix, sans haleine, et croyant sans doute mes sens à peu près éteints, il s'attendait d'un instant à l'autre à notre départ simultané : lui pour Madrid, où il avait hâte d'arriver, et moi pour l'autre monde, auquel, je l'avoue, je ne songeais guère malgré l'à-propos.

J'étouffais pourtant, je ne pouvais plus me faire entendre, j'entrevoyais même mon valet de chambre Legrand assis à terre près de mon lit, et pleurant à chaudes larmes ; mais, nullement disposé à m'attendrir, je me cramponnais à mon dernier fil, quand j'entendis le docteur dicter à ce bon serviteur les derniers devoirs qu'il aurait à me rendre : « Qu'il prît soin de mes effets ; qu'il « recueillît quelques derniers souvenirs de moi pour ma « famille, et qu'il me fît enterrer convenablement ! »

Je n'étais pas si résigné, cela m'irrita ! Était-ce là les seules prescriptions que j'eusse à attendre de ce docteur ? Je m'indignai de cet abandon ; et, par un dernier effort, je l'appelai d'un geste ; il revint, se pencha sur moi, et je parvins à articuler que s'il y avait un dernier moyen à tenter, il fallait qu'il l'employât. « Vous saigner ? me ré-« pondit-il, mais vous êtes si faible ! » Et je vis, à son regard levé au ciel, qu'il n'osait, craignant de me voir passer sous sa lancette! Alors, étendant le bras vers lui avec un signe et un mot impératifs, je le décidai : mon sang jaillit, et je fus sauvé !

Le soir de ce même jour le docteur me déclara fièrement hors de danger ; mais intérieurement, et malgré la joie que son bon cœur en éprouva, je crois qu'il fut assez mystifié de ma renaissance. Elle fut si prompte, et lui toujours si pressé de gagner Madrid, que, trois jours après, la voiture du colonel du 54ᵐᵉ se trouvant là, il m'y plaça, et m'achemina sur cette ville au travers d'une neige glaciale. Il ne craignit même pas de m'installer, la nuit, tout grelottant de fièvre et de froid, sous un misérable hangar ouvert, et sur une paille humide, où, pendant douze mortelles heures, une épaisse couche de neige s'ajouta à la couverture dont il m'avait enveloppé. Des souffrances pareilles ne sortent guère de la mémoire, mais plutôt pour s'en vanter que pour s'en plaindre, la gloire consistant presque autant à les bien supporter qu'à les affronter. Cependant nous arrivâmes.

Ici, puisque je n'ai peut-être pas assez craint de m'être trop complu dans ces détails, pourquoi n'oserais-je pas rapporter un fait dont je fus presque témoin dans ce trajet, fait intéressant seulement par la discussion qu'il provoqua. Nous avions fait halte dans un village, où se trouvait l'un de nos employés des vivres, ainsi qu'un dépôt de prisonniers. Cet employé, homme d'esprit et de ma connaissance, après m'avoir demandé de mes nouvelles, interpellant mon docteur, s'était écrié : « Que s'il

« convenait d'affirmer, par une preuve matérielle, qu'en
« nous c'était l'âme seule qui sentait et non le corps, ce
« qu'il venait d'observer sur l'un des officiers pris à
« Sommo-Sierra, suffirait bien. Ce prisonnier, ajouta-t-il,
« avait été amputé d'un bras à cette affaire ; à peine ré-
« tabli, il s'était pris de querelle avec d'autres prisonniers
« et si vivement, qu'il se trouvait en danger de perdre
« l'autre bras frappé, dans cette rixe, de je ne sais quel
« instrument. »

Jusque-là il ne semblait pas que la métaphysique pût
s'immiscer, en rien, dans un accident qui ne paraissait
que trop physique. Mais on avait remarqué que, dans
l'exaspération de sa colère, ce prisonnier n'avait rien senti
du coup violent qu'il avait reçu à ce bras qui lui restait,
tandis qu'il se plaignait toujours, de même que tant
d'autres amputés, de ses souffrances à son autre bras qu'il
avait pourtant laissé sur le champ de bataille. D'où notre
employé concluait que c'était donc à l'âme seule qu'il
fallait attribuer le sentiment, puisqu'elle seule, toujours
entière, pouvait souffrir, en ce malheureux, dans la partie
de son corps qui n'existait plus, tandis que d'autre part,
sans doute attirée tout entière ailleurs par la passion, son
absence momentanée avait privé de sensibilité l'autre
partie saine de son être, vivante encore !

Sur cela je vis le docteur sourire. Habitué à avoir
affaire plus au corps qu'à l'âme, il expliqua ce fait plus
matériellement : attribuant l'effet de la douleur au membre absent, à une continuité de sensation de l'origine commune des nerfs, et le résultat contraire, celui de l'absence

de sensibilité au membre présent, à une sorte de contraction, de concentration produite au cerveau par la colère.

Quant à moi, fort intéressé, depuis sept à huit jours surtout, à ne point séparer ainsi l'âme du corps, cette solution, vraisemblablement satisfaisante physiologiquement parlant, me parut, philosophiquement, incomplète et insuffisante. Je trouvai qu'elle ne remontait pas jusqu'au principe en question; j'y ajoutai donc, pour la compléter, la citation de ce passage de Malèbranche où il dit : « Que « l'âme réside immédiatement dans la partie du cerveau « à laquelle tous les organes des sens aboutissent; » soit que Dieu l'ait enchaînée sur ce sommet, comme Prométhée sur son rocher; soit que, prisonnière dans notre corps dont elle est la vie, ce lieu soit son centre d'action, celui-là même où Dieu a voulu, par un mystère à jamais impénétrable, que cette émanation de son immatérielle immensité et éternité subisse une personnification passagère, à la fois spirituelle et matérielle.

Quoi qu'il en puisse être, au milieu de ces réflexions j'étais arrivé à Madrid, le 7 décembre. Pendant mon séjour dans cette capitale jusqu'au 27, et avant comme après le départ de l'Empereur, je fus comblé des marques de son intérêt. Il me fit écrire par Berthier qu'il m'avait nommé colonel; et, sur ma lettre de remercîments : « Bien ! « dit-il en souriant; s'il a de l'ambition, c'est une preuve « qu'il vivra; mais je veux désormais qu'il s'expose « moins. J'ai été à cinquante batailles sans être blessé; « et lui, en voilà deux de suite où il est atteint. Il faut, « à la guerre, du bonheur ! »

Là-dessus on devisa. On ne remarqua point que là où je n'avais été que blessé la plupart de ceux qui me suivaient avaient péri. On n'en conclut pas moins, d'après une observation générale, déjà citée par Louis XV, comme on peut le voir dans les mémoires de mon père, que j'étais un nouvel exemple de ces bizarres et systématiques coups du sort qui, alternativement, frappent une génération et épargnent l'autre. Ainsi le maréchal de Ségur, mon grand-père, avait été constamment atteint, mon père épargné, et moi, toujours frappé comme mon aïeul!

L'Empereur ajouta qu'il m'en consolerait. Il me fit dire en effet par Duroc, la veille de son départ, qu'il me chargeait de porter et de présenter au Corps législatif tous les drapeaux pris dans cette campagne. Il eut la bonté de recommander au général Belliard, gouverneur de Madrid, de ne me laisser partir que suffisamment rétabli. Enfin, et malgré la hâte subite de sa rentrée en campagne, en remontant à cheval, il me laissa la lettre qu'on va lire, lettre qui, jointe à tant d'autres marques de son attachement pour les siens, ne permettra plus, je le pense, de l'accuser d'insensibilité et d'ingratitude.

« Monsieur Philippe de Ségur, j'ai éprouvé une véri-
« table peine de vous savoir un moment en danger. J'ap-
« prends avec bien du plaisir que l'état de vos blessures
« vous permet d'entrer en convalescence, et d'aller bien-
« tôt vous rétablir à Paris. Vous ne devez avoir aucune
« espèce d'inquiétude sur votre sort ; vous m'avez donné
« des preuves de votre zèle, de votre bravoure, et de
« votre attachement à ma personne. Votre principale

« affaire, à présent, est de vous guérir de vos blessures,
« de manière à ne pas vous en ressentir. Cette lettre n'é-
« tant à autre fin, je prie Dieu qu'il vous ait en sa sainte
« garde (1) !

        « A Madrid, le 21 décembre 1808.

                                « NAPOLÉON. »

(1) L'original est aux Archives Nationales.

XXVII.

JE PRÉSENTE LES DRAPEAUX AU CORPS LÉGISLATIF.

Pour en finir avec ces détails trop longs, trop personnels
sans doute, j'ajouterai seulement, que, le 27 décembre 1808,
couché dans une berline chargée des drapeaux conquis,
je partis de Madrid pour Bayonne, par Sommo-Sierra,
Burgos et Vittoria. Une compagnie d'infanterie m'escortait, bivouaquant la nuit autour de moi et de ces drapeaux. Elle était si indispensable, qu'un officier en dépêche, ayant voulu, malgré nos avis, nous précéder de
quelques pas, fut égorgé aussitôt qu'il se trouva hors de
la protection de nos baïonnettes.

Enfin, le 7 janvier 1809, quittant pour la seconde fois
cette Espagne, presque aussi fatale pour moi qu'elle devait l'être à l'Empire et à l'Empereur, je rentrai en
France, et bientôt dans ma famille. Là, mes blessures
longtemps ouvertes m'ayant retenu couché plusieurs mois
encore, il fallut remettre à la session prochaine, celle
de 1809 à 1810, la présentation au Corps Législatif des
trophées conquis par nos armées d'Espagne en 1808. Mais
puisque cette dernière scène se rapporte presqu'exclusi-

vement au sujet qui nous occupe, pourquoi en ajourner le récit ? Le voici donc.

Certes, pour un jeune colonel, avant tout passionné de gloire, on doit croire qu'une pareille journée fut la plus belle et la plus heureuse de sa vie entière. Mais tout s'achète ; et ce qu'on trouvera fort singulier peut-être, c'est que l'instant qui précéda cette présentation, pour moi si honorable, a peut-être été le plus pénible de tous les mauvais moments que j'ai passés ! Telles sont les secrètes anomalies de l'âme, quand l'imagination s'échauffe, et que l'amour-propre se mêle à des sentiments plus élevés.

Dans cet instant, le dirai-je, ces honneurs publics dont Napoléon me comblait ; le soin si délicat d'y mêler mon père, de le rendre spectateur et acteur dans cette séance mémorable, où devait parler pour la dernière fois, et pour me répondre, l'orateur d'alors le plus célèbre, M. de Fontanes, séance du 22 janvier 1810 ; le public de princes et de rois étrangers qui y assistait ; ces drapeaux, ces soldats d'élite si renommés dont j'étais environné ; enfin, et surtout l'honneur de parler devant les représentants de la plus grande des nations, au nom de sa Grande Armée et du plus grand de tous les hommes, tout cela, au lieu de m'enfler présomptueusement, m'avait accablé !

J'étais parti à pied du château des Tuileries, le cœur assez haut encore, à la tête de quatre-vingts grenadiers de la vieille garde et des drapeaux espagnols qu'ils portaient. Mais lorsque, après avoir traversé le jardin du palais impérial jusqu'à la place de la Concorde, je fus arrivé dans le salon qui précédait l'enceinte législative, et que, devant les portes de cette salle prêtes à s'ouvrir, il me fallut attendre le moment où cette scène historique allait commencer, je l'avoue, toute l'orgueilleuse joie de mon âme disparut dans la peur, qui me saisit, d'y mal soutenir mon rôle, de gâter toute cette pompe et de ne m'en pas montrer assez digne. Comment et de quel air me présenter devant une assemblée aussi considérable ? Avec quelle démarche assez ferme allais-je traverser dignement tant de regards ? Bien plus, lorsqu'il me faudrait monter à cette Tribune, pour moi si nouvelle, dans quelle attitude y paraîtrais-je ? De quelle voix assez convenable, assez haute, assez assurée me ferais-je entendre ? Et quelle humiliation, quelle situation désastreuse, si ma mémoire se troublait, si je n'étais point assez maître d'elle pour me rappeler le discours, préparé d'avance, que j'avais à prononcer ; si j'allais enfin rester court au milieu du silence et de l'attention universelle !

Pendant une demi-heure d'attente et de redoublement de cette folle anxiété, mon imagination échauffée la rendit si violente, que j'en suis encore à concevoir comment je pus y résister. Je sentais en moi tout se décomposer, lorsqu'enfin les portes s'ouvrirent ! L'impérieuse nécessité, seule alors, quoique le terrain me semblât manquer sous mes pas, me fit entrer, et traverser, à la suite des questeurs, la salle entière, d'un mouvement presque machinal. Arrivé au pied de la tribune, lieu si redoutable que les plus éloquents improvisateurs ne l'abordent jamais, disent-ils, sans une émotion dont leur vie s'abrège, je me croyais incapable de prononcer le moindre mot, quand un faux mouvement de mes grenadiers me rendit l'usage de la parole. L'ordre que je leur donnai, par l'habitude, m'arracha à mon anéantissement. Ce bruit de ma voix me rassura ; il se fit en moi une révolution subite : toutes mes terreurs s'évanouirent. Cette transformation fut si prompte et si complète, que, une fois en face de l'Assemblée, je parlai avec une telle assurance, que je m'y complus moi-même, qu'elle enchanta nos grenadiers, et qu'elle surprit les Législateurs, dont un entre autres, M. d'Aguesseau, mon oncle, me dit ensuite qu'il m'eût désiré une apparence plus modeste. On peut croire que j'acceptai gaîment cette critique, au fond si peu méritée, la préférant de beaucoup au reproche tout contraire, auquel je m'estimais très heureux d'avoir échappé.

XXVIII.

INTRIGUES A PARIS : FOUCHÉ ET BERNADOTTE.

Forcé de rester en France pour me guérir, j'y fus témoin de nombreuses intrigues. La campagne des mécontents de l'intérieur s'était rouverte avec la campagne d'Autriche de 1809. Cette fois encore, et plus que jamais comme on l'a vu, les chances de l'une avaient excité l'activité de l'autre. En effet, la blessure de l'Empereur à Ratisbonne ; le malheur d'Essling ; le mal subit, puis la tentative. d'assassinat de Schenbrünn, les soulèvements du nord et du sud de l'Allemagne ; ce qu'il y eut d'évidemment fallacieux dans la coopération de l'empereur russe ; les violences commises à Rome et l'excommunication ; la descente anglaise ; nos revers dans la Péninsule ; toutes ces vicissitudes enfin d'une lutte guerrière et religieuse, navale et continentale, engagée sur tous les points de l'horizon ; que d'aliments aux calculs de ceux dont la destinée se fatiguait d'être attachée à l'existence si précaire et si compromise d'un seul homme !

Il ne faut donc pas s'étonner que, à l'intérieur, tous ne se soient pas résignés à cette vie au jour le jour, et que, parmi les hommes issus et fatigués de tant de révolutions, plusieurs aient voulu s'assurer d'un lendemain. On vient de voir qu'à la tête de ces spéculateurs inquiets se trouvaient Fouché et Talleyrand ; deux personnages d'origine bien différente, se considérant comme les représentants des sociétés ancienne et nouvelle, circonstance qu'ils jugeaient utile à leurs vues ambitieuses, et motif de plus à leur rapprochement ; du reste, sans moralité qui les gênât, d'accord pour se tenir prêts à tout événement, et trop décidés à en tirer pour leur intétêt personnel toute espèce de profit.

Présent à Paris, où j'étais retenu par mes blessures, peu propre à être l'historien de pareils détails, je ne rapporterai que les faits directement venus à ma connaissance, en raison de la part que je fus forcé d'y prendre.

Le 7 juillet, lendemain de Wagram, une proclamation mensongère de Bernadotte avait attribué à son corps d'armée saxon l'honneur de la victoire. C'était l'habitude et l'habileté de ce maréchal, de chercher à jeter des racines dans tous les cœurs et à se créer partout des partisans. Ceci toutefois lui en fit peu, son corps d'armée ayant été aussitôt dissous, lui blâmé, démenti, et renvoyé en France où, dans sa disgrâce, accueilli par Fouché et Talleyrand, il s'était réuni à leurs intrigues.

Fouché, ministre de la police, se trouvait alors aussi, par intérim, chargé du ministère de l'intérieur. Toujours remuant et audacieux courtisan de la Fortune, habile à se placer de façon à rester son ministre indispensable de quelque côté qu'elle se tournât, il avait toujours une main cachée dans toutes celles des mécontents, et l'autre ardente à se montrer au pouvoir régnant comme la plus dévouée et la plus utile.

C'était alors qu'inopinément la descente anglaise avait menacé Anvers. A cette nouvelle, et malgré l'hésitation de Cambacérès, Fouché avait pris sur lui d'appeler aux armes la garde nationale, d'en mobiliser une partie, d'en nommer les officiers, et de pousser Bernadotte à en demander le commandement. Mais Clarck, alors ministre de la guerre, s'était défié de son collègue. Homme d'ordre et d'inclinations aristocratiques, il détestait les antécédents et l'esprit révolutionnaire de Fouché ; il en soupçonna les intentions et transmit à Schœnbrünn ses inquiétudes.

L'Empereur, malgré la distance où il se trouvait d'aussi graves complications, ne prit point l'alarme. De même que sur un champ de bataille il savait distinguer, d'un coup d'œil sûr, les points décisifs : il apprécia chaque danger, il fit à chacun sa part, et sut à la fois parer à tout. Pour faire échouer la descente, il multiplia les ordres nécessaires, ajoutant qu'il suffirait de la maintenir en échec, entassée dans les marais de la Zélande, où la fièvre la décimerait, ce qui arriva. Le roi de Hollande et Bernadotte lui offrirent de prendre à Anvers le commandement en chef : il refusa son frère, dont il suspectait le zèle, le jugeant d'ailleurs insuffisant ; pour Bernadotte, comme cette mission éloignait de Paris ce maréchal, il l'en chargea, mais avec le soin de ne mettre sous ses ordres que des officiers d'une fidélité incorruptible. Quant à l'appel d'abord partiel de la garde nationale, il approuva, il excita même à cette démonstration, qui accroissait l'idée de sa puissance et ses moyens de recrutement. Il avait donc loué d'abord Fouché de cette mesure, quand celui-ci, pour augmenter son importance ayant étendu son appel à toute la France quoique le danger fût passé, s'attira enfin de justes soupçons. L'Empereur ne les lui dissimula pas. Entre autres griefs il désapprouva la précipitation de ce ministre à nommer les officiers à la garde nationale. Toutefois, en cela même, il ne se préoccupa des avis de Clarck que pour Paris. Ce fut là seulement que, plus attentif, il exigea que Fouché rétractât l'un de ses choix, celui de Louis de Girardin, qu'il avait nommé colonel de la garde à cheval de cette ville.

J'étais alors sur pied, et à peu près rétabli de mes blessures, lorsque, le 9 ou 10 septembre, Clarck me fit appeler. « Vous voyez, me dit-il, ce qui se passe. Fouché
« vient de lever dans Paris trente mille hommes! Il
« arme le peuple, des domestiques même. C'est une levée
« de 93 qu'il veut avoir sous sa main! Il se prépare à
« jouer un grand rôle dans des cas prévus, tel que celui
« d'un mal plus grave que l'indisposition dont l'Em-
« pereur vient d'être atteint, ou d'une blessure plus sé-
« rieuse que celle de Ratisbonne, ou d'un revers plus
« complet que celui d'Essling. Trente mille hommes ar-
« més dans Paris? Mais il y faudrait une armée pour
« nous garder de cette garde! Et il en continue, en dépit
« de nous, l'organisation : il en a nommé les officiers,
« quoiqu'il sache bien que l'Empereur s'en est réservé le
« droit. Son but est évident, c'est une trahison! Mais je

« le surveille. C'est pourquoi l'Empereur vient de don-
« ner au maréchal Serrurier le commandement de cette
« belle garde nationale ; quant à la cavalerie ; il veut
« que vous en soyez le colonel ; et nous verrons alors si
« Fouché en disposera comme il l'entend. »

Je n'aimais pas plus que lui Fouché, mais, je l'avoue,
dans ce conflit, cette subite annonce du rôle qu'on me
destinait me fit l'effet d'une tuile tombant sur ma tête.
Moi dans la garde nationale ! Ma carrière ainsi coupée !
Un brevet de vétérance, quand je demandais à rejoindre
l'armée active ! il n'y avait point de nouvelle qui pût
m'être plus fâcheuse. Mais la circonstance était impérieuse, et l'Empereur, plus impérieux qu'elle, n'admettait
jamais à ses ordres la moindre objection. Je n'en fis
point, mais je rentrai fort contrarié chez moi, où je reçus
de Fouché l'invitation de me rendre près de lui le lendemain.

On connaît ce personnage : sa taille moyenne, ses cheveux couleur de filasse, plats et rares, sa maigreur active,
sa figure longue, mobile et pâle, avec une physionomie de
fouine agitée ; on se souvient du regard perçant et vif,
mais sans fixité, de ses petits yeux sanglants, de sa parole
brève et saccadée, conforme à son attitude remuante et
convulsive. Dès qu'il m'aperçut, ces dehors s'exagérèrent
d'un dépit mal concentré. Forcé de m'apprendre que
l'Empereur réformait son choix et que j'y étais substitué,
il ne me cacha point la contrariété qu'il en éprouvait. Je
la partageais, j'en étais convenu avec le ministre de la
guerre, mais avec Fouché, changeant d'attitude, je ne me

montrai qu'honoré de la confiance de l'Empereur, empressé d'obéir à ses ordres, et en conséquence d'être promptement reconnu en tête de cette garde nationale.

Il se peut que ce ministre ait espéré de moi quelqu'hésitation, un refus même. Mon empressement augmenta son embarras ; il tergiversa, il remit au lendemain à me satisfaire, et le jour suivant il me dit : Qu'il en avait « référé au Conseil des ministres, mais qu'on n'avait « voulu rien décider, qu'il fallait attendre ; qu'il allait « écrire à Vienne, où sans doute on ignorait que Girar- « din était déjà reconnu colonel ; enfin, qu'il le main- « tiendrait provisoirement, jusqu'à ce que, mieux ins- « truit, l'Empereur pût lui envoyer de nouveaux ordres ; « qu'au reste on pourrait former un second régiment, et « qu'il me proposerait pour général de cette brigade. »

Deux régiments ! quand pour le premier à peine cent volontaires avaient pu être réunis ; quand ce petit nombre, presque tout composé de banquiers et d'agents de change, bien décidés à ne point sortir des portes, n'aurait pas même eu le loisir de s'exercer aux manœuvres indispensables ! Il y avait dans tout cela une si grossière déception, que j'en instruisis aussitôt le quartier impérial ; j'espérais que la vérité, bien connue de l'Empereur, le dégoûterait de me charger de ce commandement.

Le fait est que, dans le Conseil, ce n'était pas sur moi que la discussion avait porté. Clarck et Fouché y avaient échangé d'autres paroles. Le premier s'était écrié : « Que « ce n'était qu'un s.... Jacobin de 93 qui avait pu avoir « l'idée de lever et d'armer dans Paris une garde na-

« tionale ! » A quoi Fouché avait répondu : « Que ce n'était
« qu'un étranger vendu aux Anglais qui pouvait s'op-
« poser à la formation de cette garde ! »

Hullin, commandant de la capitale, m'en dit bien
plus : « Il ne pouvait plus répondre de Paris ! Ses pa-
« trouilles y rencontraient, inopinément, des postes et
« des patrouilles inconnues : on ne savait si c'étaient des
« citoyens ou des malfaiteurs ! Il les ferait désarmer ; il
« ferait tirer dessus ! »

Telle était l'exaspération, quand, le 28 septembre, je
fus rappelé chez Fouché. Ce ministre, en me remettant
mon brevet, me dit que l'Empereur avait persisté, qu'il
avait confirmé ma nomination ; puis, déployant la lettre
qu'il venait de recevoir, il me lut ce passage : « Que les
« autres Souverains ne nommaient au commandement
« de leurs régiments que ceux qui prouvaient des quar-
« tiers de leur noblesse ; que ses quartiers de noblesse, à
« lui, étaient des blessures reçues au service du pays ; que
« j'en étais couvert, qu'en conséquence c'était à moi
« que le commandement devait être conservé ! »

Aussi peu satisfait que Fouché de ce dénoûment, j'allai
aussitôt chez Clarck lui porter cette nouvelle. « Il ne vous
« a pas tout dit, me répondit-il ; le misérable persiste dans
« ses projets ! Sans cela, au lieu de continuer l'organisa-
« tion de sa garde nationale, il en commencerait le licen-
« ciement comme il en a l'ordre ; je puis vous le mon-
« trer ; votre corps lui-même y est compris, s'il n'est pas
« organisé de façon à prendre campagne. Allez chez le
« maréchal Serrurier, et il vous confirmera cet ordre. »

En effet telle en était la lettre, mais non l'esprit, auquel Clarck ne songeait pas assez. Il consistait à renvoyer chez soi chacun de ces volontaires déjà trop hostiles à l'Empereur, mais sans un surcroît de mécontentement, ce qui n'était pas facile. J'essayai plus, j'entrepris de changer leurs dispositions. Leurs officiers surtout, déjà tout habillés, équipés, montés à leurs frais, et fort irrités de l'inutilité de cette dépense d'argent, de bruit et de mouvements, voulaient prévenir, par une démission en masse, qui eût été d'un éclat fâcheux, ce licenciement trop tôt divulgué par l'empressement de Clarck. Je les en détournai, et, m'aidant des autorités administratives, avec force civilités, de bonnes paroles et quelques dîners, je gagnai du temps; puis, procédant par gradation, et profitant de l'heureuse nouvelle de la retraite honteuse de l'expédition anglaise, je leur fis entrevoir, comme récompense de leur zèle devenu sans but, l'espoir d'être conservés comme Gardes d'honneur de Napoléon, ce qu'ils acceptèrent. C'était déjà un retour vers lui, une sorte d'offre de dévouement à sa personne. En même temps j'obtins de Clarck, pour ceux que la vanité de l'uniforme, dans ces temps de gloire, avait enflammés de velléités guerrières, l'espérance de quelques brevets d'officiers dans l'armée active.

C'est ainsi que peu à peu, pendant que les chevaux se vendaient et que la dislocation s'effectuait d'elle-même, chacun des meneurs ayant .été regagné en particulier, nous finîmes par un grand repas, où, tout en me fêtant en vers et en prose, avec un enthousiasme de vin de

Champagne, on porta de même la santé de l'Empereur ; après quoi, l'on se sépara satisfait les uns des autres.

Cependant, si la paix se rétablissait avec l'Autriche, il en était autrement à Paris dans le Conseil. Ici Clarck triomphant et Fouché battu étaient restés en présence. Ils continuaient à lutter l'un contre l'autre dans l'esprit de l'Empereur. A entendre Clarck, il était certain que Fouché avait des rapports secrets avec l'Angleterre, et que d'Anvers Bernadotte entretenait, avec lui et d'autres mécontents, des correspondances séditieuses. Il en advint que Bernadotte, remplacé par Bessières, fut rappelé avec l'ordre de voyager ou de retourner à Schœnbrünn, puis d'aller prendre un commandement en Catalogne. L'étoile de ce maréchal lui fit préférer le quartier impérial. Ce fut là que Napoléon, bien moins vindicatif qu'on ne pense, lui offrit le Gouvernement de Rome, d'abord accepté, puis négligé comme un exil, et enfin dédaigné. On verra plus tard la perspective du trône de Suède venir, comme une réalisation des rêves des *Mille et une Nuits,* s'offrir à l'ambition de ce personnage.

La querelle des deux ministres en était là, lorsque, au milieu de la nuit du 26 au 27 octobre, l'ordre d'aller promptement recevoir l'Empereur à Fontainebleau me réveilla. J'y arrivai de grand matin par une porte, au même moment où par l'autre l'Empereur, revenant d'Allemagne, y entrait tout seul aussi de son côté. Harassé de fatigue, il se mit aussitôt dans son lit, près duquel il me fit appeler à l'instant même. Ses premiers mots furent une vive interpellation sur ce qu'avait été, dans Paris, toute cette garde nationale. Je répondis : qu'elle avait été insignifiante, sans aucune volonté ; que bien plus, sans l'emploi de moyens coercitifs et le bruit qu'on avait fait courir de la possibilité d'une émeute de cent mille ouvriers des faubourgs, aucun citoyen ne se serait présenté ; qu'aussi le licenciement s'en était effectué à la satisfaction universelle. Quant au corps dont j'avais été chargé, j'en dis la composition, je n'en dissimulai pas l'esprit d'abord hostile, l'excusant sur le mécontentement assez naturel des banquiers et des commerçants en temps de guerre.

L'Empereur m'interrompit par des récriminations contre cette classe de ses sujets, qu'il croyait lui être hostile. Je le calmai en lui rendant compte des sentiments meilleurs dans lesquels nous nous étions séparés. Mais alors quelques noms de ceux qu'il savait lui être contraires ayant été prononcés, sa colère contre eux se ranima ; elle devint même menaçante. Il s'agissait, il est vrai, d'hommes ardents, agressifs, fort maldisants, mais pleins d'amour-propre et donnant prise sur eux de ce côté. J'en fis l'observation, ajoutant qu'il suffirait, pour les regagner, de quelques faveurs, et que je m'en étais assuré. Il se mit là-dessus à réfléchir ; j'en profitai pour me retirer, satisfait qu'il n'eût point songé à m'interroger sur la querelle des deux ministres, dont, par prudence, je ne me souciais nullement de me mêler. J'échappais d'ailleurs, ainsi, à des réponses qui eussent trop ressemblé à une dénonciation.

Le surlendemain cependant, dans une causerie sur ce sujet avec le grand maréchal Duroc, moins sur mes gar-

des je m'aperçus, à la façon dont il m'écoutait que cet
entretien pourrait aller plus haut et plus loin que je n'en
avais eu l'intention. En effet, dès le jour suivant, je vis
arriver à Fontainebleau les deux ministres : Clarck d'a-
bord, qui sortit fort échauffé du cabinet de l'Empereur,
et Fouché ensuite, dont l'entretien avec Napoléon dura
plus longtemps. Or je n'ignorais pas que, en pareille circonstance, l'Empereur avait l'habitude de citer, à l'appui
de ses reproches, les noms de ceux dont l'opinion et les
paroles avait éveillé son attention. Je surveillai donc la
sortie de Fouché, afin de m'assurer par sa contenance, au
premier moment où il m'apercevrait, si mes épanchements
de la veille ne m'auraient pas fait un ennemi fâcheux de
ce ministre.

Cette appréhension ne tarda pas à se réaliser. Fouché
sort ; et du coin de l'œil me voyant là, sans paraître m'a-
percevoir, il parcourt d'abord vivement ce salon avec son
agitation accoutumée. Pour moi, négligemment appuyé
contre la console de marbre qui fait encore face à la cheminée, j'attendais silencieusement et de pied ferme, lorsqu'enfin, venant directement à moi, il m'interpelle, et me
propose brusquement une promenade dans la forêt. J'acceptai, préférant à une rancune sournoise, dangereuse
dans un chef de police, une explication, quelque orageuse
qu'elle pût être.

La voici, telle qu'avec son astuce habituelle il jugea
à propos de me la donner. Probablement l'Empereur, en
raison de mes confidences au grand maréchal, venait, dans
l'amertume de ses reproches, de rappeler à son ministre sa

triste renommée, sans la décolorer de ces teintes sanglantes et révolutionnaires dont le public et Clarck la
surchargeaient. Voilà sans doute pourquoi, espérant se ré-
habiliter, le premier besoin de Fouché, encore tout chaud
de cette scène, fut de me raconter sa vie entière, récit
que je retrouve dans mes notes écrites ce jour-là mêmes
tant il me parut curieux à conserver.

« Monsieur de Ségur, me dit-il, on fait sur moi bien
« des suppositions et beaucoup de contes. On prétend que
« j'ai été prêtre et que je suis marié à une religieuse. La
« vérité est, qu'élevé à l'Oratoire, je n'y ai pas même été
« tonsuré ; et pour mon mariage, qu'il a eu lieu en 1789,
« époque où les prêtres ne se mariaient pas et où l'on
« n'épousait point des religieuses.

« On fait encore à mon propos une autre supposition
« non moins absurde : on me prétend révolutionnaire !
« On cite Lyon ! Il y a dans tout cela, ignorance, confu-
« sion, anachronisme. Qu'il ait alors fallu hurler plus ou
« moins avec les loups, se soumettre à des nécessités de
« circonstance, cela se conçoit ; mais le fait est que, en-
« voyé là, après le sac de cette ville, j'en revins révolté,
« avec un rapport contre Robespierre, et que, à dater de
« ce moment jusqu'au 9 thermidor, je fus son rival dé-
« claré !

« Robespierre s'était établi aux Jacobins, et moi dans
« les Comités, d'où je le chassai ; vous allez voir ! J'étais
« Jacobin moi-même, mais il y en avait de deux espèces.
« Quant à nous, nous n'étions pas populaires ; nous par-
« lions d'égalité, mais au fond nous étions aristocrates !

« Oui, plus aristocrates que qui que ce soit peut-être !

« Les Jacobins du parti contraire, comme par exemple
« Hullin, battaient le pavé ; ils vociféraient dans la foule
« du parterre ; nous ne les voyions que des loges. C'é-
« taient les suppôts de Robespierre qui flattaient cette
« populace ; Robespierre en était le chef, l'âme, pré-
« tendant régner par eux et en écraser la Convention !
« mais nous y étions ses antagonistes, moi en tête ! Il me
« craignait ; je le connaissais depuis sa jeunesse, nous
« avions été d'une même académie ; j'avais alors eu des
« occasions de lui prouver son insuffisance, insuffisance
« relative, car on l'a mal jugé. Il avait quelque talent,
« une volonté forte, persévérante ; de la simplicité, point
« d'avidité ; mais il était tout bouffi d'un orgueil que j'a-
« vais humilié. C'en était assez pour être certain qu'il
« serait mon ennemi mortel ; que son caractère haineux
« et envieux ne me le pardonnerait jamais, pas plus qu'à
« Lacuée que, sans Carnot, il eût fait guillotiner ! Et
« cela, uniquement parce qu'autrefois, et à propos d'un
« concours académique à Metz, je crois, le mémoire de
« Lacuée avait été préféré au sien. Mandé à Paris, dès
« son arrivée, Lacuée était perdu si, d'après l'avis de
« Carnot, il ne se fût échappé par une porte, au moment
« où, par l'autre, les gendarmes accouraient pour le sai-
« sir et livrer sa tête à l'amour-propre blessé de Robes-
« pierre !

« Je compris qu'il ne fallait pas aller combattre un
« pareil homme dans son club ; qu'il m'y ferait quelque
« carmagnole ; que j'y serais dominé, écrasé, et, que pour

« lui résister, il fallait choisir un autre terrain, c'est-à-
« dire la Convention elle-même et ses Comités.

« Ce fut donc là que, à mon retour de Lyon, je dé-
« butai par un rapport sur ce qu'il y avait à faire pour
« arrêter l'entière désorganisation de cette province, dont
« j'accusai Robespierre. On fut surpris, terrifié de mon
« audace, Carnot entre autres, qui dans son émotion
« m'embrassa, louant mon courage, mais en m'avertis-
« sant qu'il m'en coûterait la tête ! Cela ne m'arrêta pas,
« je persistai ; et, m'adressant à tous les ennemis du Dic-
« tateur, soit à part, soit dans des réunions que je con-
« voquai comme chef de l'instruction publique, je les
« remontai, les encourageai, et je décidai le Comité à
« appeler Robespierre devant lui pour se défendre. C'é-
« tait le mettre en fausse position, il ne l'accepta point ;
« il refusa de se présenter et se renferma aux Jacobins,
« où je proposai de le faire attaquer, saisir comme re-
« belle et jeter à la rivière !

« Nous en préparions les moyens quand arriva le 9
« thermidor, jour où Tallien, à lui seul, inopinément,
« sans nous en avoir avertis, sans connaître notre projet,
« nous prévenant, dénonça Robespierre comme le tyran
« de ses collègues ! Il me cita à l'appui de cette interpel-
« lation, à quoi Robespierre répondit, que ceci était un
« duel entre lui et moi ! Vous savez le reste. Mais ce
« qu'on ignore, c'est que, sous le Directoire, c'est encore
« moi qui ai détruit la queue de ce parti, après en avoir
« ainsi combattu la tête !

« Il s'agissait encore des Jacobins ; non pas de ceux de

« la Convention, dont j'avais été ; ceux-là avaient voulu
« abattre la Royauté et mettre à la place une Républi-
« que ; ils eurent un grand but, tandis que ceux du Di-
« rectoire n'en avaient aucun.

« Leur club, ressuscité dans la salle du manège, se com-
« posait déjà de trois mille frères et amis. Ils commen-
« çaient à prendre pied, lorsque je fis contre eux un rap-
« port au Directoire. La conclusion en était que, aux yeux
« de l'Europe, il était avilissant pour le Gouvernement
« de se laisser imposer la loi par cette tourbe d'anarchis-
« tes. Sur cet avis le Directoire, divisé, incertain et n'o-
« sant se décider, envoya aux Cinq-Cents ma proposition,
« Cela fit crise, et d'autant plus, que Bernadotte, alors
« ministre de la guerre, Marbot, commandant de Paris,
« et Jourdan, Président des Cinq-Cents, soutenaient ces
« Jacobins. On cria à la tyrannie, on m'abandonnait,
« j'allais être sacrifié ; mais je n'hésitai pas. Je fis venir
« Bernadotte chez moi, et je lui dis : Imbécille! Où
« vas-tu, et que veux-tu faire ? En 93, à la bonne heure,
« il y avait tout à gagner à défaire et à refaire! Mais ce
« que nous voulions alors, ne l'avons-nous pas aujour-
« d'hui ? Or, puisque nous voilà arrivés et que nous n'a-
« vons plus qu'à perdre, pourquoi donc continuer ?

« Il n'y avait à cela rien à répondre, et pourtant il
« s'obstina. Alors j'ajoutai : Comme tu voudras ; mais
« souviens-toi bien que dès demain, quand j'aurais affaire
« à ton club, si je te trouve à sa tête, la tienne tombera
« de tes épaules ! Je t'en donne ma parole, et je la tien-
« drai ! Cet argument le décida.

« Quant à Jourdan, le lendemain, au moment où,
« dans son Conseil des Cinq-Cents, lui et ses partisans
« commençaient à vociférer, criant qu'il fallait mettre
« hors la loi le ministre de la police, un grand bruit de
« cavalerie les interrompit. C'était un régiment dont le
« chef était à moi. Je lui 'avais prescrit, pour toute ma-
« nœuvre, sur un signal convenu, de passer et de re-
« passer, au grand trot de ses chevaux, autour de la salle
« de l'Assemblée, et de faire autant de bruit qu'il serait
« possible. Cela réussit. A ce bruit subit et inattendu de
« cliquetis d'armes, des commandements des officiers et
« de mouvements militaires, la peur prit à la gorge des
« plus criards, leurs voix faiblirent, celles de nos amis
« prévalurent ; et, le soir même, le manège fut fermé aux
« Jacobins ! Repoussés de là, ils essayèrent de se réunir
« au palais de Salm, d'où je les fis chasser encore ; après
« quoi quelques arrestations, accompagnées de force me-
« naces sans effet, suffirent pour terminer cette carma-
« gnole. »

Ce fut ainsi que Fouché, voulant apparemment me
prouver qu'il était des nôtres, et l'ami le plus utile ou
l'ennemi le plus dangereux, m'en conta pendant une heure.
Lorsqu'il fut au bout de cette singulière et naïve apologie,
il me quitta, convaincu qu'il m'avait édifié ; que, entre
les deux nuances du Terrorisme de Robespierre et de son
Jacobinisme, j'allais établir, en son honneur, une grande
et flatteuse distinction ; qu'elle me ferait oublier en lui le
régicide, le proconsul, le signataire de tant de sanglantes
exécutions, et que c'était à coups de nos têtes qu'il avait

25.

soutenu sa lutte contre Robespierre ; qu'enfin j'admire-
rais avec quel génie, dès qu'il avait été personnellement
satisfait du fruit de ses œuvres, il avait su s'arrêter, se retourner, et s'associer à ses victimes.

Mes conclusions furent toutes différentes. Dans cette
singulière justification, si l'on pouvait reconnaître un
personnage dégoûté des crimes auxquels il devait son élévation, depuis que ces cruautés lui étaient devenues inutiles et même nuisibles, je vis surtout le plus audacieux
des intrigants, toujours disposé à risquer tous les moyens
révolutionnaires, ou autres, pour se conserver indispensable, à tout prix, dans la position qu'il s'était acquise :
ministre dangereux au Gouvernement qui l'employait,
prêt sans cesse à le trahir, et ne le servant que dans l'intérêt de sa propre cause !

XXIX.

NAPOLÉON : A LA RÉCEPTION DE M. DE CHATEAUBRIAND A L'ACADÉMIE.

Napoléon se faisait peu d'illusions sur les sentiments qu'il inspirait. Un jour s'adressant à mon père il l'avait interpellé sur ce qu'il pensait qu'on dirait de lui après sa mort. Mon père commençait à s'étendre sur nos regrets. « Point du tout, interrompit l'Empereur, on dira : « Ouf! » et il accompagna cette exclamation d'un geste de soulagement, qui exprimait de la manière la plus significative les mots suivants : « Enfin nous allons donc respirer et nous reposer.

Toutefois en public, et hors de ses entretiens particuliers ou des discussions de son Conseil, il était souvent dangereux de se trouver en travers du chemin de Napoléon. On en jugera par un incident de cette époque, où mon père encore figura.

Chénier venait de mourir. M. de Chateaubriand s'était mis au nombre des candidats prétendant à le remplacer à l'Académie Française, que mon père alors présidait. M. de Chateaubriand vint donc lui demander sa voix, et se re-

commander à l'influence qu'il pouvait exercer sur ses con-
frères. Mon père lui répondit franchement que, pour cette
fois, il venait trop tard, et que sa voix et cette influence
il les avait destinées à M. Aignan, traducteur de *l'I-
liade*; que, à la vérité, les statuts défendaient que l'on
s'engageât d'avance avec qui que ce fût, mais non pas avec
soi-même, et que telle était sa situation. Pourtant M. de
Chateaubriand insista avec tant de vivacité, il s'appuya
de titres si puissants, il promit si formellement sa voix et
celles de ses amis à M. Aignan, pour la première place
vacante après celle de Chénier, que mon père, entraîné
par le bon droit de l'auteur du *Génie du Christianisme*,
décida M. Aignan à lui céder un fauteuil dont il se
croyait déjà presque assuré.

M. de Chateaubriand semblait tenir particulièrement
à ce fauteuil. Il ne manqua point à la coutume, imposée
à tout candidat, d'aller solliciter chacun des autres suf-
frages dont son élection dépendait. Il fut élu. Il savait
que, dans son discours de réception, il avait à faire l'éloge
de l'académicien qu'il remplaçait. Or Chénier avait été
l'un des régicides que l'on voyait siéger à l'Institut. M. de
Chateaubriand composa son discours avec beaucoup d'art.
Son but évident fut de ne déplaire à aucun de ses nouveaux collègues, sans en excepter Napoléon. Il louait avec
une vive éloquence la gloire de l'Empereur; il exaltait la
grandeur des sentiments républicains; mais il disait
qu'il ne pouvait faire dans Chénier que l'éloge de l'homme
de lettres, rappelant, à ce propos, que l'Angleterre avait
été quarante ans sans se vanter de Milton, qui n'avait

point voté l'exécution de Charles Ier, mais qui en avait fait le panégyrique !

Ce discours, comme tous ceux de réception, avant d'être prononcé publiquement, dut être examiné par une Commission de douze membres de l'Académie française. Les avis de ces académiciens se partagèrent également : six pensèrent qu'il produirait une impression fâcheuse ; les six autres, au contraire, le jugèrent favorablement. Mon père et M. de Fontanes furent de ceux-ci ; mais l'un des six premiers, Regnault de Saint-Jean d'Angély, trop impétueux dans ses appréhensions, courut avertir l'Empereur de cet incident, à ses yeux plus politique que littéraire ; il lui communiqua l'impression exagérée qu'il avait reçue de cette lecture, et revint loyalement prévenir mon père et M. de Fontanes de cette espèce de dénonciation. Sur cet avertissement, M. de Fontanes s'abstint prudemment, pendant huit jours, d'aller faire sa cour à l'Empereur ; dès le lendemain, au soir, mon père s'y exposa.

C'était à Saint-Cloud ; il y avait spectacle. L'empereur, au sortir de sa loge le rencontrant, lui dit assez brusquement : « Venez au coucher, Monsieur ! » Mon père l'y suivit. Napoléon, dès qu'il l'aperçut en avant de la foule nombreuse d'officiers de sa Cour rangés, debout en cercle autour de sa personne, vint droit à lui. « Monsieur, s'é-
« cria-t-il aussitôt, les gens de lettres veulent donc mettre
« le feu à la France ! J'ai mis tous mes soins à apaiser
« les partis, à rétablir le calme, et les idéologues vou-
« draient rétablir l'anarchie ! Sachez, Monsieur, que la

« résurrection de la Monarchie est un mystère; c'est
« comme l'Arche! Ceux qui y touchent peuvent être
« frappés de la foudre! Comment l'Académie ose-t-elle
« parler des régicides, quand moi, qui suis couronné, et
« qui dois les haïr plus qu'elle, je dîne avec eux, et je
« m'asseois à côté de Cambacérès! »

« Votre Majesté, répondit mon père, veut sans doute
« parler de la Commission de l'Institut; mais je ne vois
« pas en quoi elle a pu mériter de pareils reproches. —
« Elle en a mérité de plus graves, repartit l'Empereur;
« et vous, et M. de Fontanes, comme Conseiller d'État et
« comme Grand Maître de l'Université, vous mériteriez
« que je vous misse à Vincennes! » Mon père répliqua :
« Je ne vous crois point capable, Sire, de cette injustice.
« On peut trouver naturel d'entendre blâmer la mort de
« Louis XVI, sans croire contrarier un Gouvernement
« qui vient de faire dresser à Saint-Denis des autels ex-
« piatoires! »

A ces mots, l'Empereur, en colère, frappant du pied,
s'écria : « Je sais ce que je dois faire, et quand et com-
« ment je dois le faire ! Ce n'est point à vous de le ju-
« ger! Vous n'êtes point ici au Conseil d'État! Et je ne
« vous demande point votre avis ! »

« Je ne le donne pas , répondit mon père, je me jus-
tifie! »

« Et comment, reprit l'Empereur, justifiez-vous une
« pareille inconvenance ? »

« Sire, dit alors mon père, M. de Chateaubriand, dans
« son discours, compare Chénier à Milton, qui était un

« grand homme ; et, quand il le condamne, c'est en ne
« traitant que d'erreur d'une âme élevée le républica-
« nisme et le vote de Chénier. Je n'ai vu à cela rien
« d'inconvenant. »

« Enfin, ajouta Napoléon, au lieu de faire l'éloge de
« son prédécesseur, il a condamné tous les régicides,
« dont une partie est dans l'Institut. L'auriez-vous osé
« comme lui, en face d'eux ? »

« Et c'est justement, Sire, s'écria mon père, ce que
« j'ai fait dans le tableau politique de l'Europe, quand
« ils gouvernaient encore, pendant la République ; et, là,
« ce que M. de Chateaubriand n'appelle qu'erreur, je
« l'ai nommé crime ! Ces messieurs ne m'en ont pas su
« mauvais gré ; ils sont plus accoutumés que vous ne le
« pensez aux discussions politiques. »

« Monsieur, répliqua l'Empereur, on lit froidement
« un ouvrage dans son cabinet, il n'en est pas de même
« d'un discours prononcé en public ; cela aurait fait un
« scandale honteux ! »

« En le permettant, répondit mon père, ç'aurait été,
« tout au plus, un scandale de vingt-quatre heures ; en
« le défendant, ce sera peut-être celui d'un mois ! »

« Je vous répète, Monsieur, reprit rudement l'Empe-
« reur que je ne demande pas de conseils. Vous présidez
« la seconde classe de l'Institut, je vous ordonne de lui
« dire que je ne veux pas qu'on traite de politique dans
« ses séances ! »

« En ce cas, Sire, ajouta mon père, je dois renoncer
« à l'éloge de Malesherbes qu'elle m'a chargé de faire. »

« Je n'y vois pas un très grand mal, » répondit Na-
poléon. Puis, de sa voix brève et la plus impérieuse :
« Exécutez mon ordre ! allez, et songez bien que, si la
« Classe y désobéit, je la casserai comme un mauvais club! »

L'Empereur en achevant ces mots salua, et chacun, la
tête baissée, se retira, évitant mon père, à l'exception de
Duroc, qui, se rapprochant de lui, lui fit observer que,
s'il n'avait rien répondu, cette scène n'aurait duré qu'une
seconde.

Le lendemain matin, mon père, décidé à une explication, ne manqua pas de se rendre au lever, où plusieurs
lui firent une assez froide mine. Le lever congédié, il
resta chez l'Empereur, malgré Rambuteau, alors cham-
bellan, aujourd'hui préfet de Paris, et qui, pensant qu'il
allait se perdre, voulut en vain l'entraîner dans la salle
précédente.

L'Empereur, s'apercevant que mon père était demeuré
seul dans son intérieur, lui demanda, avec douceur, ce
qu'il désirait. « Vous parler, Sire, de la scène d'hier au
« soir, lui dit mon père ; le respect seul m'a fait garder
« beaucoup de choses que je voulais vous répondre. Rien
« n'est plus pénible que des reproches aussi vifs pour
« ceux qui vous sont attachés. Si vous voulez qu'on ne
« contrarie pas les maximes de votre Gouvernement, il
« faut, pour nous au moins, n'en pas faire des énigmes.
« L'approbation que vous aviez donnée à ce que j'ai écrit
« sur la mort du Roi, les paroles sévères que vous avez
« prononcées récemment contre les régicides, dans la
« Salle du Trône, enfin votre ordonnance expiatoire pour

« Saint-Denis, rendent incompréhensible, pour moi, la
« manière très rude avec laquelle vous m'avez parlé hier,
« et dont je suis très affecté. »

Alors mon père lui expliqua en détail tout ce qui s'était
passé dans la Commission. Il lui fit remarquer qu'un tel
discours, en le supposant malfaisant, n'aurait pu nuire
qu'à son auteur, tandis que, repoussé ainsi, il tournerait
contre la chose en elle-même, cette interdiction pouvant
paraître une approbation d'un acte justement et politiquement réprouvé. Il termina en ajoutant, que surcharger
la littérature de trop de chaînes, et la borner à des discussions grammaticales, ce serait obscurcir, éteindre même
un des rayons les plus brillants de la gloire de son règne,
la haute littérature, comme la morale, ne pouvant guère
être séparée de la politique.

A toutes ces choses l'Empereur, après l'avoir bien
écouté, répondit : « Je ne vous en veux pas. Ceci est de
« ma politique. Je vous ai dit hier ce que je voulais qu'on
« répétât. Il y a de l'esprit de parti dans tout cela. Si
« c'était un autre que M. de Chateaubriand qui eût fait ce
« discours, je n'y aurais pas pensé ; et voilà ce que, comme
« homme d'État, vous auriez dû sentir. Au reste, ajouta-
« t-il en riant, convenez que les littérateurs visent tou-
« jours à l'effet, et qu'ils aiment à parler aux passions.
« Avouez encore que, comme homme de lettres et comme
« homme de goût, M. de Chateaubriand a fait une inconve-
« nance ; car enfin, lorsqu'on est chargé de faire l'éloge
« d'une femme qui est borgne, on parle de tous ses traits,
« excepté de l'œil qu'elle n'a plus ! »

Ce bon mot fit rire mon père, et l'Empereur alors reprit : « Ah çà, vous n'êtes plus fâché, ni moi non plus ; « mais empêchez l'Institut de parler politique, car cela « est plus facile à arrêter qu'à modérer !

Mon père ouvrit alors la porte, et tous, voyant l'Empereur sourire en le reconduisant avec la plus gracieuse bienveillance, s'empressèrent autour de lui.

Le lendemain matin M. de Chateaubriand écrivit à mon père pour le remercier de la persistance avec laquelle il l'avait défendu. Le jeudi suivant l'Académie délibéra sur le rapport de sa Commission. La conclusion fut de charger son Directeur d'inviter M. de Chateaubriand à supprimer de son discours tout ce qui avait trait à la mort du Roi. M. de Chateaubriand attendait dans une salle voisine : mon père alla lui faire part de cette décision. Le premier mot du nouvel accadémicien fut : qu'il ne se soumettrait à aucun retranchement. Ce fut aussi son dernier mot, quoique modifié dans sa forme ; car, mon père lui ayant répliqué qu'il ne ferait usage de sa réponse que lorsqu'il la lui aurait répétée ailleurs, et dans une disposition plus calme, le surlendemain M. de Chateaubriand revint chez mon père, et, ne l'ayant pas trouvé, il lui écrivit sur son bureau : « Qu'en ce moment il était trop souffrant « pour travailler, et qu'il ne renverrait à l'Académie un « autre discours de réception que lorsque sa santé lui « permettrait de s'en occuper. »

On sait que cette feinte indisposition fut assez persistante pour durer jusqu'à la Restauration.

La Restauration! Et par la conquête, par l'envahissement

retournés contre nous-mêmes! Oh! combien alors nous nous croyions loin de cette catastrophe! ou plutôt nous n'y songions aucunement. Comment croire à une transformation aussi complète d'une fortune si grande et de tant de fortunes privées, à un bouleversement aussi entier d'une organisation aussi puissante, et de tant d'intérêts, d'habitudes, de pensées et de sentiments qui s'y rattachaient? Et cependant cette année 1811 devait être la dernière de la toute-puissance ascendante de Napoléon et de notre Empire. Notre étoile ne devait plus jeter que de dernières lueurs, brillantes encore, mais trompeuses, mais passagères, mais telles que ces lumières mourantes, qui ne jettent plus un dernier éclat que parce que, en expirant, elles consument avec elles tout ce qui les avait jusque-là soutenues et environnées!

TABLE DES MATIÈRES.

FIN DE LA TABLE.

TYPOGRAPHIE FIRMIN-DIDOT ET Cie. — MESNIL (EURE)